胡雪巖

上

胡雪巖系列

新校版

高陽

目次

楔子

在清朝咸豐七年，英商麥加利銀行設分行於上海以前，全國金融事業，為兩個集團所掌握；商業上的術語稱為「幫」，北方是山西幫，南方是寧紹幫；所業雖同，其名則異，大致前者稱為「票號」，後者稱是「錢莊」。

山西幫又分為祁、太、平三幫，祁縣、太谷、平遙；而始創票號者，為平遙人雷履泰。他最初受雇於同縣李姓，在天津主持一家顏料鋪，招牌叫做「日昇昌」，其時大約在乾隆末年。日昇昌在雷履泰的悉心照料之下，營業日盛，聲譽日起，連四川都知道這塊「金字招牌」；因為雷履泰經常入川採購銅綠等等顏料，信用極好。

四川與他省的交通最不便，出川入川攜帶大批現金，不但麻煩，而且有風險。於是雷履泰創行匯兌法；由日昇昌收銀出票，憑票到指定地點的聯號兌取現銀。當然，匯兌要收匯費，名為「匯水」；匯水並無定額，是根據三個因素計算出來的：第一、路途的遠近，遠則貴，近則廉。第二、銀根的鬆緊，大致由小地方匯到大地方來得便宜，由大地方匯到小地方來得貴，因為地方大則銀根鬆，地方小則銀根緊；如某處缺乏現金，而有待兌的匯票，則此時有客戶交匯，正好濟急，反有倒過來貼補客戶匯費的。

最後是計算銀錠的成色，銀錠的大小，通常分為三種，最大的五十兩，為了便於雙手攜捧，做成兩頭翹起的馬蹄式，即所謂「元寶」，而出於各省藩庫的，稱為「官寶」；其次是中錠，重十兩，有元寶形的，稱為「小元寶」，但通常都做成秤錘式；最小的或三兩、或五兩，通稱「銀錁」。再就是碎銀，輕重不等。此外各省有其特殊的形制，如江浙稱為「元絲」，底凹上凸，以便疊置。但不管任何形狀、大小；銀子的成色，各地不同，需要在交匯時核算扣足。

由於匯兌憑票兌銀，所以叫做「票號」。早先運送現銀的方法，如果不是隨身攜帶，就得交鏢局保送；費用大，麻煩多，走得慢，而且還有風險，萬一被劫或者出了其他意外，鏢局雖然照賠，但總是件不愉快的事，所以票號一出，請教走鏢英雄好漢的人就少了。

早期的票號，多為大商號兼營的副業，到咸豐初年，始有大量專營的票號出現。但票號的勢力不得越長江而南，因為江南的錢莊，為保護本身的利益，一方面仿照票號的成例，開辦匯兌業務；一方面力拒票號的侵入。至於票號除匯兌以外，以後亦經營存款及放款；所以票號與錢莊的業務，由於彼此仿效的結果，幾乎完全相同，只是在規模上，錢莊遜於票號而已。

錢莊業多為寧紹幫所經營，而鎮江幫有後來居上之勢。但在同治到光緒初年，全國最大的一家錢莊，規模凌駕票號而上之；同時他的主人亦不屬於寧紹幫，是為當時金融業中的一個特例。

這家錢莊的字號叫「阜康」；它的主人是杭州人。

第一章

有個福州人，名叫王有齡，他的父親是候補道，分發浙江；在杭州一住數年，沒有奉委過甚麼好差使。老病侵尋，心情抑鬱，死在異鄉。身後沒有留下多少錢，運靈柩回福州，要好一筆盤纏；而且家鄉也沒有甚麼可以倚靠的親友，王有齡就只好奉母寄居在異地了。

境況不好，而且舉目無親，王有齡混得很不成樣；每天在「梅花碑」一家茶店裡窮泡；一壺「龍井」泡成白開水還捨不得走，中午四個制錢買兩個燒餅，算是一頓。

三十歲的人，潦倒落拓，無精打采，叫人看了起反感；他的架子還大，經常兩眼朝天，那就越發沒有人愛理他了。

唯一的例外是個二十歲左右的少年，王有齡只知道他叫「小胡」；小胡生得一雙四面八方都照顧得到的眼睛，加上一張常開的笑口，而且為人「四海」，所以人緣極好。不過，王有齡跟他只是點頭之交，也識不透他的身分；有時很闊氣，有時似乎很窘，但不管如何，總是衣衫光鮮——像這初夏的天氣，一件細白夏布長衫，漿洗得極其挺括；裡面是紡綢小褂袴；腳上白竹布的襪子，玄色貢緞的雙梁鞋，跟王有齡身上那件打過補釘的青布長衫一比，小胡真可以說是「公子哥兒」了。

他倒是有意結交王有齡，王有齡卻以自慚形穢，淡淡地不肯跟他接近。這一天下午的茶客特別多，小胡跟王有齡「拼桌」；他去下了兩盤象棋，笑嘻嘻走回來說：「王有齡，走，走，我請你去『擺一碗』。」擺一碗是杭州的鄉談，意思是到小酒店去對酌一番。

「謝謝。不必破費。」

「自有人請客。你看！」他打開手巾包，裡面有二兩碎銀子；得意地笑道：「第一盤『雙車錯』；第二盤『馬後炮』；第三盤，小卒『逼宮』，殺得路斷人稀。不然，我還要贏。」

為了盛情難卻，王有齡跟著去了。一路走到「城隍山」——「立馬吳山第一峰」的吳山；挑了個可以眺望萬家燈火的空曠地方，一面喝酒一面閒談。

酒到半酣，閒話也說得差不多了，小胡忽然提高了聲音說：「王有齡，我有句話，老早想問你了。我看你不是沒本事的人；而且我也懂點『麻衣相法』，看你是大貴之相，何以一天到晚『孵』茶店？」

王有齡搖搖頭，拈了塊城隍山上有名的油餅，慢慢咬著；雙眼望著遠處，是那種說不出來的茫然落寞。

「叫我說甚麼？」王有齡轉過臉來盯著小胡，彷彿要跟他吵架似地：「做生意要本錢，做官也要本錢，沒本錢說甚麼？」

「做官？」小胡大為詫異：「怎麼做法？你同我一樣，連『學』都沒有『進』過，是個白丁。

那裡來的官做？」

「不可以『捐班』嗎？」

小胡默然。心裡有些看不起王有齡——捐官的情形不外乎兩種，一種是做生意發了財，富而不貴，美中不足，捐個功名好提高身價，像揚州的鹽商，個個都是花幾千兩銀子捐來的道台，那一來便可以與地方官稱兄道弟，平起平坐；否則就不算「縉紳先生」，有事上得公堂，要跪著回話。

再有一種，本是官員家的子弟，書也讀得不錯，就是運氣不好，三年大比，次次名落孫山，年紀大了，家計也艱窘了，總得想個謀生之道；走的就是「做官」的這條路，改行也無從改起，只好賣田賣地，拜託親友，湊一筆去捐個官做。像王有齡這樣，年紀還輕，應該刻苦用功，從正途上去巴結；不此之圖，而況又窮得衣食不周，卻癡心妄想去捐班，豈不是沒出息？

王有齡看出他心裡的意思，有幾杯酒在肚裡，便不似平時那麼沉著了，「小胡！」他說，「我告訴你一句話，信不信由你；先父在日，替我捐過一個『鹽大使』。」

小胡最機警，一看他的神情，就知道絕非假話，隨即笑道：「唷！失敬，失敬，原來是王老爺。一直連名帶姓叫你，不知者不罪。」

「不要挖苦我了！」王有齡苦笑道：「說句實話，除非是你，別人面前我再也不說；說了反惹人恥笑。」

「我不是笑你。」小胡放出莊重的神態問道，「不過，有一層我不明白，既然你是鹽大使；我們浙江沿海有好幾十個鹽場，為甚麼不給你補缺？」

「你只知其一，不知其二——。」

捐官只是捐一個虛銜，憑一張吏部所發的「執照」，取得某一類官員的資格；如果要想補缺，必得到吏部報到，稱為「投供」；然後抽籤分發到某一省候補。王有齡尚未「投供」，那裡談得到補缺？

講完這些捐官補缺的程序，王有齡又說：「我所說的要『本錢』，就是進京投供的盤纏。如果境況再寬裕些，我還想『改捐』。」

「改捐個甚麼『班子』？」

「改捐個知縣。鹽大使正八品，知縣正七品，改捐花不了多少錢。出路可就大不相同了。」

「怎麼呢？」

「鹽大使只管鹽場，出息倒也不錯，不過沒有意思。知縣雖小，一縣的父母官，能殺人也能活人，可以好好做一番事業。」

這兩句話使得小胡肅然起敬，把剛才看不起他的那點感想，一掃而空了。

「再說，知縣到底是正印官；不比鹽大使，說起來總是佐雜，又是捐班的佐雜，到處做『磕頭蟲』，與我的性情也不相宜。」

「對，對！」小胡不斷點頭；「那麼，這一來，你要多少『本錢』才夠呢？」

「總得五百兩銀子。」

「噢！」小胡沒有再接口，王有齡也不再提，五百兩銀子不是小數目，小胡不見得會有，就有也不見得肯借。

兩人各有心事，吃悶酒無味，天也黑上來了，王有齡推杯告辭，小胡也不留他。只說：「明天下午，我仍舊在這裡等你，你來！」

「有事嗎？」王有齡微感詫異，「何不此刻就說？」

「我有點小事託你，此刻還沒有想停當。還是明天下午再談。你一定要來，我在這裡坐等，不見不散。」

看他如此叮囑，王有齡也就答應了。到了第二天下午，依約而至，不見小胡的蹤影。泡一碗茶得好幾文錢，對王有齡來說，是一種浪費；於是沿著山路一直走了過去。城隍山上有好幾座廟，廟前有耍把戲的，打拳賣膏藥的，擺象棋攤的，不花錢而可以消磨時光的地方多得很；他這裡立一會，那面看一看，到紅日啣山，方始走回原處，依舊不見小胡。

是「不見不散」的死約會。王有齡頓感進退兩難，不等是自己失約；要等，天色已暮，晚飯尚無著落。待了半天，越想越急，頓一頓足，往山下便走；心中自語：明天見著小胡，非說他幾句不可！他又不是不知道自己的境況，在外面吃碗茶都得先算一算，何苦捉弄人？

走了不多幾步，聽見後面有人在叫：「王有齡，王有齡！」

轉身一看，正是小胡；手裡拿著手巾包，跑得氣喘吁吁，滿臉是汗。見著了他的面，王有齡的氣消了一半，問道：「你怎麼這時候才來？」

「我知道你等得久了，對不起，對不起！」小胡欣慰地笑著，「總算還好，耽遲不耽錯。來，來，坐下來再說。」

王有齡也不知道他這話是甚麼意思？默默地跟著他走向一副設在櫥下的座頭，泡了兩碗茶；小胡有些魂不守舍似地，目送著經過的行人，手裡緊捏住那個手巾包。

「小胡！」王有齡忍不住問了：「你說有事託我，快說吧！」

「你打開來看，不要給人看見。」他低聲地說；把手巾包遞了給王有齡。

他避開行人，悄悄啟視，裡面是一疊銀票，還有些碎銀子，約莫有十幾兩。

「怎麼回事？」

「這就是你做官的本錢。」

王有齡楞住了，一下子心裡發酸，眼眶發熱，盡力忍住眼淚，把手巾包放在桌上，卻不知怎麼說才好。

「你最好點一點數。其中有一張三百兩的，是京城裡『大德恆』的票子；認票不認人，你要當心失落。另外我又替你換了些零碎票子，都是有名的『字號』，一路上通行無阻。」小胡又說：「如果不為換票子，我早就來了。」

這時王有齡才想出來一句話：「小胡，你為甚麼待我這麼好？」

「朋友嘛！」小胡答道，「我看你好比虎落平陽，英雄末路，心裡說不出的難過，一定要拉你一把，才睡得著覺。」

「唉！」王有齡畢竟忍不住了，兩行熱淚，牽連不斷。

「何必，何必？這不是大丈夫氣概！」

這句話是很好的安慰，也是很好的激勵；王有齡收拾涕淚，定一定神，才想起一件事，相交至今，受人絕大的恩惠，卻是對他的名氏、身世，一無所知，豈不荒唐？

於是他微有窘色地問道：「小胡，還沒有請教台甫？」

「我叫胡光墉，字雪巖，你呢，你的大號叫甚麼？」

「我叫雪軒。」

「雪軒、雪巖！」胡雪巖自己念了兩遍，撫掌笑道：「好極了，聲音很近——好像一個人。你叫我雪巖，我叫你雪軒。」

「是，是！雪巖，我還要請教你，府上——？」

這是問他的家世，胡雪巖笑笑不肯多說：「守一點薄產過日子，沒有甚麼談頭。雪軒，我問你，你幾時動身？」

「我不敢耽擱。把舍間略略安排一番，總在三、五日內就動身。如果一切順利，年底就可以回來。雪巖，我一定要走路子，分發到浙江來；你我弟兄好在一起。」

「好極了。」胡雪巖的「好極了」，已成口頭禪。「後天我們仍舊在這裡會面，我給你餞行。」

「我一定來。」

到了第三天，王有齡午飯剛過，就來赴約。他穿了估衣鋪買的直羅長衫，亮紗馬褂，手裡拿一柄「舒蓮記」有名的「杭扇」；泡著茶等，等到天黑不見胡雪巖的蹤影，尋亦沒處尋，只好再等。

天氣熱了，城隍山上來品茗納涼的，絡繹不絕；王有齡目迎目送著每一個行人，把脖子都攞得痠了，就是盼不著胡雪巖。

夜深客散，茶店收攤子，這下才把王有齡攆走。他已經雇好了船，無法不走；第二天五更時分上船，竟不能與胡雪巖見一面話別。

在王有齡北上不久，浙江的政局有了變化：巡撫常大淳調湖北；雲南巡撫黃宗漢改調浙江，未到任以前由布政使——通稱「藩司」，老百姓尊稱為「藩台」的旗人椿壽署理。

黃宗漢字壽臣，福建晉江人。他是道光十五年乙未正科的翰林，這一榜人才濟濟，科運甚隆，那年——咸豐二年，當到巡撫的就有三個，廣東葉名琛、江西張芾，當到二品大員的有何桂清、呂賢基、彭蘊章、羅惇衍，還有杭州的許乃釗，與他老兄許乃普，都當內閣學士。

這黃宗漢據說是個很能幹的人，但是關於他的操守與治家，批評極壞。到任以後，傳說他向椿壽索賄四萬兩銀子；椿壽沒有賣他的帳，於是多事了。

其時漕運正在改變辦法。因為海禁已開，而且河道湮淤，加以洪楊的戰亂；所以江蘇的蘇、松、太各屬改用海運；浙江則是試辦，椿壽既為藩司，又署理巡撫，責無旁貸，當然要親自料理這件公事。

漕運的漕，原來就是以舟運穀的意思。多少年來都是河運——先是黃河，後來是運河；而運河又有多少次變遷興作，直到康熙年間，治河名臣靳輔、于成龍先後開「中河」，歷時千餘年的運河，才算大功告成。

這條南起杭州，北抵京師，流經浙江、江蘇、山東、河北四省，全長兩千多里的水道，為大清朝帶來了一百五十年的盛運；不幸的是，黃河的情況，越來越壞，有些地方，河底積淤，高過人家屋脊，全靠兩面堤防約束，「春水船如天上行」，真到了束手無策的地步。而運河受黃河的累，在嘉慶末年，幾乎也成了「絕症」。於是道光初年有海運之議。

在嘉慶末年時有齊彥槐其人，著有一篇〈海運南漕議〉，條分縷析，斷言「一舉而眾善備」；但地方大吏不願輕易更張。直到湖南安化的陶文毅公陶澍，由安徽巡撫調江蘇，銳意革新，消除鹽、漕兩事的積弊，齊彥槐的建議，才有一個實驗的機會。

這次實驗由陶澍親自主持，在上海設立「海運總局」，他親自雇好專門運載關東豆麥的「沙船」一千艘；名為「三不像」的海船幾十艘，分兩次運米一百五十多萬石到天津，結果獲得極大的成功，省時省費，米質受損極微。承運的船商，運漕而北，回程運豆——一向漕船南下「回空」；海船北上「回空」，現在平白多一筆收入，而且出力的船商，還「賞給頂戴」做了官，真正是皆大歡喜。

但是到了第二年，這樣的好事竟不再做下去！依然恢復河運。因為，不知道有多少人靠這條運河的漕船來剝削老百姓，他們不願意革新！

漕運的弊端與徵糧的弊端是不可分的，徵糧的權責屬於州縣；這七品的正印官，特稱為「大老爺」，在任兩件大事：刑名、錢穀。延請「紹興師爺」至少亦得兩名：「刑名師爺」和「錢穀師爺」。縣大老爺的成名發財，都靠這兩個人。

錢穀師爺的本事不在算盤上，在於能了解情況，善於應付幾種人，第一種是書辦，世代相傳，每人手裡有一本底冊，那家有多少田？該納糧多少？都記載在這本冊子上，為不傳之祕。

第二種是「特殊人物」，他們所納的糧，都有專門名稱，做過官的紳士人家是「衿米」；舉人、秀才、監生是「料米」，這兩種米不能多收，該多少就多少，否則便有麻煩。再有一種名為「訟米」，專好無事生非打官司的訟棍所納的糧，也要當心。總而言之一句話，刁惡霸道，不易對付的那班「特殊人物」，必須敷衍，分量不足，米色粗劣，亦得照收不誤。甚至虛給「糧串」——納糧的憑證，買得個安靜二字。

有人占便宜，當然有人吃虧；各種剝削耗費，加上縣大老爺自己的好處，統統都出在良善小民頭上，這叫做「浮收」，最「黑」的地方，「浮收」到正額的一半以上，該納一石米的，起碼要納一石五斗，於是有所謂「包戶」，他們或者與官吏有勾結，或者能挾制官吏；小戶如託他們「包繳」，比自己到糧櫃上去繳納，便宜得多。

第三種就是漕船上的人。漕船都是官船，額定數字過萬，實際僅六千餘艘，分駐運河各地；一地稱為一幫；這就是游俠組織「青幫」之幫的出典。

幫中的管事及水手，都稱為幫丁，其中又有屯丁、旗丁、尖丁之分；尖丁是實際上的頭目，連護漕的千總、把總都得聽他的指揮。州縣衙門開倉徵糧，糧戶繳納；漕船開到，驗收裝船，名為「受兌」。一面徵糧，一面受兌，川流不息，那自然是再順利不過的事；但是這一來漕船上就玩出花樣來了。

他們的第一個花樣是「看米色」。由於漕船過淮安時，漕運總督要「盤糧」點數；到通州起岸入倉時，倉場侍郎要驗看米質，如有不符，都由漕船負責。因此，他們在受兌時，驗看米色，原是分所當為。但米色好壞，僅憑目視，並無標準，這樣就可以挑剔了，一廒一廒看過去，不是說米色太雜，就是不夠乾燥，不肯受兌。

以一般的情況而言，開倉十日，所有的倉廒就都裝滿了，此時如不疏運上船，則後來的糧戶，無倉可以貯米，勢必停徵；糧戶也就要等待，一天兩天還不要緊，老百姓無非發發牢騷而已，日子一久，廢時失業，還要貼上盤纏，自然非吵不可，這叫做「鬧漕」，是件極嚴重的事，地方官往往會得到極嚴厲的處分。倘或是個刮地皮的貪官，這一鬧漕說不定就會激起民變，更是件可以送命的大禍。

因此，錢穀師爺，便要指揮書辦出來與「看米色」的旗丁講斤頭；倘或講不下來，而督運的委員，怕誤了限期，催令啟程，那些幫丁就不問兌足不兌足，只管自己開船；這時的州縣可就苦了，必須設法自運漕米，一路趕上去補足，稱為「隨幫交兌」。

幸而取得妥協，漕米兌竣，應該出給名為「通關」的收據，這時尖丁出面了，先議「私費」，就是他個人的「好處」；私費議妥，再議「通幫公費」，是全幫的好處。這些看米色所受的勒索，以及尖丁私費、通幫公費，自然羊毛出在羊身上，由浮收來支付。

這以後，就該幫丁受勒索了。首先是「過淮」投文過堂，照例有各種陋規；一幫船總要花到

五、六百兩到一千兩銀子。這一關一過，沿路過閘過壩，處處要送紅包，大概每一艘船要十幾兩銀子。最後到了通州，花樣更多，要投四個衙門的文，有人專門代辦，每船十三兩銀子，十兩鋪排四個衙門，三兩是代辦者的酬勞。等漕米上岸入倉，伸手要錢的人數不清，總要花到三、五十兩。所以幫丁勒索州縣，無非悖入悖出。

幫丁的苦楚猶不止此，一路還要受人的欺侮；在運河裡，遇到運銅運鉛的船，以及木排，千萬要當心，那是在運河裡蠻不講理出了名的，撞沉了漕船，他們可以逃散，幫丁則非傾家蕩產來賠不可。因為如此，幫丁便格外團結，以求自保；「青幫」之起因如此，所以，他們的「海底」名為「通漕」——並不是世俗所稱的「通草」。

一度行之有效，但以積習已深，慣於更張的南漕海運，終於咸豐元年舊事重提；這出於兩個原因，第一個是人，第二個是地。

這個人是兩江總督陸建瀛，湖北人，極能幹，而且善於結交，所以公卿延譽，負一時物望。他頗有意步武陶澍，留一番政績。陶澍改鹽法，淮北行之大效，而淮南依舊，陸建瀛在淮南繼陶未竟之功；漕運也是如此，他得到戶部尚書孫瑞珍的支持，準備恢復海運。

適逢其會的是，運河出了問題，在徐州附近的豐縣以北決口，「全河北趨，由沛縣之華山、戚山分注微山、昭陽等湖，挾清水外泛，運河閘、壩、縴隄，均已漫淹」，朝廷一方面撥鉅款搶救，一方面也加強了改用海運的決心。

海運之議，奉旨由兩江總督陸建瀛、江蘇巡撫楊文定、浙江巡撫常大淳，會同籌劃。結果決定咸豐二年江蘇的蘇州、松江、常州、鎮江、太倉等四府一州的漕米，改用海運。浙江則是試辦，但其間又有反覆，未成定議。

就在這段期間中，椿壽由湖南布政使調浙江；當朝命初下時，黃宗漢是掌理一省司法的浙江按察使，通稱「臬司」，等椿壽到任時，他已經調差了。等二年，洪軍由廣西而湖南；湖北吃緊，清文宗把善於捕盜的常大淳，調為湖北巡撫。浙江巡撫由藩司椿壽署理。

椿壽的運氣太壞。這年的浙江，省城杭州及附近各州縣，自五月以後，雨量稀少，旱荒已成；於是對他發生兩大不利，第一是錢糧徵收不起，第二是河淺不利於舟行，影響漕運。江蘇的海運，非常順利，四府一州的漕糧，糙米三十二萬多石，白米二萬七千餘石，於三月間出海北上，安然運到。而浙江的漕米，到九月間還未啟運，這是前所未有的現象。

在此以前，也就是浙江正鬧旱災的五月間，為了軍事上的需要，各省巡撫有個小小的調整，雲南巡撫張亮基調湖南，遺缺由甘肅布政使黃宗漢接充。他不願意去雲南，經過一番活動，很快地改調浙江。不過一年的功夫，重回杭州時，已非昔比。

署理巡撫椿壽交卸以後，仍舊幹他的藩司。據說黃宗漢在第一天接見椿壽時，就作了個暗示，椿壽的「紗帽」在他手裡，如果想保全，趕快送四萬兩銀子的「紅包」過去。黃宗漢敢於作此勒索，就因為椿壽在漕運上，已經遲延；如果上司肯替他說話，可以在天災上找理由，有處分，亦屬輕微。否則，耽延了「天庾正供」，將獲嚴譴。

椿壽沒有理會他，於是黃宗漢想了個極狠毒的手法來「整」人。他認為本年漕糧，啟運太遲，到達通州交倉，糧船不能依照限期「回空」；這樣便要影響下一年的漕運。就在這個言之成理的說法上來整椿壽。

心裡已有成算，表面絲毫不露；把椿壽請到撫院來談公事，問起漕運的情形。

一提到這上面，椿壽自己先就緊張，「回大人的話，」他說，「今年浙江的漕運，無論如何要耽處分了！」

「誰耽處分啊？」黃宗漢故意這樣問。

「自然是司裡。」藩、臬兩司向巡撫回話，照例自稱「司裡」。

「這也不是耽處分的事。」黃宗漢用這句話先做一個伏筆，卻又立即撇開不談，「貴司倒先說說看，究竟因何遲誤？」

「自然是因為天旱水淺，河道乾淤。已經奏報過的。」

「天旱是五月以後的事。請問，照定例，本省漕船，每年甚麼時候開，甚麼時候『過淮』，甚麼時候『回空』？」

一連三問，把椿壽堵得啞口無言。照定例，江西和浙江的漕船，限在二月底以前盡數開行。年深日久，定例有變，但至遲亦不會過四月。現在秋風已起，漕船開行的還不過一半；這該怎麼說呢！

他遲遲不答，黃宗漢也不開口，是逼著他非說不可。椿壽無奈，只好這樣答道：「大人也在浙江待過，漕幫的積弊，還有甚麼不明白的？漕丁有種種花樣，譬如說陳漕帶私貨囉——。」

椿壽的話未完，撫台便一個釘子碰了過來：「天下烏鴉一般黑，各省漕丁都是一樣的。」

「今年略微不同，因為奉旨籌議南漕海運，漕幫不免觀望，這也是延誤的原因之一。」

「觀望甚麼？」黃宗漢大聲問道，「議辦海運是來年新漕之事，跟今年何干？」

振振有詞一問，椿壽語塞——既然來年有此改變之議，漕丁自不免有所瞻顧，以致鼓不起勁來；但身為藩司，署理撫院，這些地方正該督催，否則便是失職，所以椿壽無詞可解。

「現在怎麼辦呢？」黃宗漢又憂形於色地說，「事情總要辦通才行啊！」

「是，是！」椿壽趕緊答道，「司裡盡力去催，總在這個把月裡，一定可以全數啟運。」

「個把月？」黃宗漢皺著眉說，「說老實話，這上面我還不大弄得清楚。反正本年漕運，自前任常中丞調任以後，都由老兄一手經理。以後該如何辦理，等我商量了再說。」

他這段話有兩層用意，第一是說目前還不甚了解漕運的情況，等了解了又當別論，留下翻覆的餘地；第二是「一手經理」四個字，指明了全部責任。椿壽原是「上三旗」的公子哥兒，這幾年在外面歷練了一番。紈絝的積習，固已大減；而人心的險巇，卻無深知，那裡去理會得黃宗漢的深意？還只當撫台語氣緩和，事無大礙，所以連聲應諾，辭出撫院，趕緊召集手下，商議如何設法把未走的船，能夠早日開行，只要一出浙江省境，責任就輕得多了。

於是椿壽即刻召集督糧道和其他經辦漕運的官員，一面宣達了撫台的意思，一面力竭聲嘶地要大家「各秉天良」，務必在最短期間內，設法讓漕船全數開出。

別處都還好辦，麻煩的是湖屬八幫——浙江湖州府是東南膏腴之區，額定漕糧三十八萬八千餘石，關係重大，偏偏這八幫的漕船，一艘都動彈不得。椿壽看看情勢嚴重，不得不親自到湖州去督催。

湖州運漕，有條運河的支流，往東沿太湖南岸，入江蘇省境平望的大運河。這條支流不到一百里長，但所經的雙林、南潯兩鎮，為膏腴中的膏腴。南潯的殷富，號稱「四獅八象」，海內聞名；聽得藩台駕到，照例以捐班道台的身分，盡地主之誼，他們飲食起居的講究，雖不比鹽商、河工的窮奢極侈，但已遠非一般富貴之家可比。

身處名匠經營的園林，坐對水陸並陳的盛饌，開宴照例開戲，南潯富家都有自己的戲班，砌末、行頭，無不精美，這時集合精英，奏演名曲，而椿壽索然寡歡，卻又不得不勉強敷衍，因而這樣豪華享受的場合，在他反覺得受罪，耳中聽著《長生殿》的〈夜雨聞鈴〉，心裡想的卻是怎得下他三天三夜的大雨，運河水滿，讓擱淺的漕船，得以趁一帆西風，往東而去？

想著漕船，椿壽無論如何坐不住了，託詞「身子不爽」，向主人再三道歉告辭，回到行轅。

行轅裡已經有許多人在等著。這些人分為三類，一類是漕幫中的「領運千總」，名義上算是押運的武官，照原來的傳統，多由武舉人中選拔；一類是臨時委派的押運官，大多為候補州縣，走路子鑽上這個差使，多少弄幾文「調劑調劑」；再一類就是各幫中真正的頭腦：「尖丁」。

「尖丁」的身分是小兵；這還是明朝「衛所」演變下來的制度。小兵與二品大員的藩台，身分相差不知幾許？照平日來說，連見椿壽的面都難，但此刻也顧不得這些官派了！要設法能讓漕船開動，非找尖丁來談，才商議得出切實的辦法，所以椿壽吩咐，一體傳見。

行轅借在一家富戶的兩進屋子，時已入夜，軒敞的大廳上，點起明晃晃的火油燈，照出椿壽的滿面愁容！他居中坐在紅木匟床上，兩傍梨花木的「太師椅」上，坐的是候補州縣身分的押運官；千總和尖丁便只有站的分兒了。

在鴉雀無聲的沉重的氣氛中，椿壽扯開嘶啞的嗓子說道：「今年的漕糧，到底還運得出去，運不出去？」

這一問大家面面相覷，都要看一看對方的臉色；最有資格答話的是尖丁，但以身分關係，還輪不到他們開口。

「我在撫台面前，拍了胸脯的，一個月當中，一定全數開船。現在看了實在情形，我覺得我的話說得過分了。今天一定先要定個宗旨出來，船能動是動的辦法，不能動是不能動的辦法。這樣子一天一天等下去，非把腦袋等掉了不可。」

這是提出了要砍腦袋的警告，在座的人，無不悚然！坐在左首太師椅上的一名候補州縣，便欠身說道：「總得仰仗大人主持全局，屬下便賠上性命，也得把漕船開出去。漕糧關乎國家正用，今年天旱水淺，縱然耽遲，還有可說；倘或不走，那就是耽錯了。」

「耽遲不耽錯」這一說，凡是坐在太師椅上的，無不齊聲附和。這些候補州縣，沒有一個不鬧窮，有些在省城住了十幾年，始終沒有補上一個缺，窮得只剩下一疊當票；好不容易才派上這一個押運的差使，指望著漕船一動，便好先支一筆公費安家。至於這一去甚麼時候才能到達通州，他們不必擔心，遲延的處分，落不到他們頭上。

倘說漕船不走，他們便回不得省城；因為船不走，便無所謂押運，不僅萬事全休，而且比不得這個差使還要壞——不得這個差使，不必借了盤纏來到差；現在兩手空空回杭州，債主那裡如何交代？

椿壽當然明白他們的用心，而且也知道這些人無足輕重，既出不了甚麼力，也擔不了甚麼責任，所以不理他們的話；望著站在他們身後的「領運千總」說：「你們有甚麼主意，說出來商量。」

「領運千總」的想法，與那些候補州縣差不多，只是他們不能胡亂作主，凡事要聽尖丁的招呼，因而有個年紀大些的便這樣回答：「請大人作主！」

「如果我說不走呢？」

大家都不響，沒有一個人贊成他的主意，只是不敢駁回；但這樣不作聲，也就很明顯地表示出反對的意思了。

在座的一個實缺同知，此時忍不住開口：「跟大人回話，還是讓他們推出一兩個人來，看看有何話說？」

「他們」是指尖丁，椿壽點點頭，對那些尖丁說：「我看也非你們有句話不可。」

「是！」有個「有頭有臉」的尖丁答應一聲，請個安說：「請大人先休息。我們商量出一個宗旨，再跟大人回稟。」

「好，好，你們商量。」

椿壽坐在匟床上咕嚕嚕吸水煙；八幫的尖丁便退到廊下去悄悄商議，好久尚無結論，因為各幫的情況不同，看法各異，牽涉的因素很多。今年的漕運，吃力不討好是公認的看法，但走與不走，卻有相反的主張，一派認為賠累已不可免，不如不走，還省些事；一派則以在漕船上帶著許多私貨，不走則還要賠一筆，「公私交困」，簡直要傾家蕩產了。

談來談去，莫衷一是，椿壽已經派人來催了，只好聽憑上面去決定走與不走。不過總算也有了一點協議：那就是走也好，不走也好，各幫的賠累，只能一次，不能兩次。

「如果不走，本年的漕糧便要變價繳納；戶部定章是每石二兩銀子，現在市價多少？」椿壽問。

「這要看米的成色。」被推定去回話的那個尖丁答道：「總在七錢到八錢這個數目之間。」

「船上的漕糧有多少？」

「一共二十七萬六千石。」

「那麼，」椿壽問道，「就算每石賠一兩二錢銀子，共該多少？」

那尖丁的心算極快，略略遲疑了一下，便報出確數：「共該三十三萬一千二百兩銀子。」

「如果漕船不走，奏請變價繳銀，上頭一定會准的。不過，」椿壽面色凝重地問，「這三十三萬兩銀子，該誰來賠？」

「大人曉得的，湖屬八幫是『疲幫』，力量實在夠不上。總要請大人格外體恤，留漕丁一條命。」

「哼！」椿壽冷笑，「你們要命，難道我的命就可以不要？」

這是雙方討價還價，有意做作。漕幫有「屯田」，有「公費」，遇到這種情形，便得從公眾的產業和收入中，提出款子來賠，賠累的成數，並無定章，但以上壓下，首先要看幫的好壞；公產多的「旺幫」便賠得多，負債累累的「疲幫」便貼得少。說也奇怪，越是富庶的地區，漕幫越疲，第一疲幫是江蘇松江府屬各幫；湖州府屬八幫的境況也不見得好，這因為是越富庶的地區，剝削越多的緣故。

這賠累的差額，除了漕幫以外，主要的便得由藩司從徵收漕糧的各種陋規和「浮收」中，提成分賠。所以處理這件棘手的案子，實際上只是藩台衙門和湖屬八幫間的事。椿壽軟哄硬逼，總算把分賠的成數談好了。

然而這也不過是萬不得已的退路。眼光總是朝前看的，能夠把漕船開出去，交了差，也免了賠累，何樂不為？所以椿壽又回過頭來問：「照你們看，漕船到底能不能動呢？能動還是照開的好。」

這一句話自然大受歡迎，在座的候補州縣，一看事有轉機，無不精神復振，紛紛頌讚椿壽的明智。

惟有那名代表漕幫說話的尖丁，大搖其頭。不過他首先聲明，他自己有點意見，並不代表漕幫，不知該說不該說？

「說，說！集思廣益，說出來商量。」

照那尖丁個人的看法，漕船要能開行，首先得要疏濬河床；同時在各支流加閘，提高運河中的水位；然後另雇民船分載漕米，減輕漕船的載重，這樣雙管齊下，才有「動」的可能。

「那就這樣辦啊！有何不可呢？」有個押運官興奮地說。

那尖丁苦笑了一下，沒有作聲；椿壽卻明白他的意思，以譏嘲的口吻答道：「老兄說得容易！可知道這一來要多少錢？」

「與其賠累，何不把賠累的錢，花在疏濬河床和雇用民船上？不但交了差，而且治理了運河，也是大人的勞績。」

這兩句話說動了椿壽的心，點著頭沉吟，「這倒也是一說。」他自語似的問：「就不知道要多少日子？」

疏濬的計畫，施工的日程，要多少工、多少料，都要仔細計算，才能知道確數，在這樣人多口雜的場合中，是不可能得到結果的，所以椿壽叫大家散一散；另外找了些實際能負責、能辦事的人來重作商量。

這個少數人的集議，首先要談的就是工料的來源。這實在也只有一個字：錢。漕幫中被推派出來說話的那名尖丁，以久歷江湖的經驗，預感到此舉不妥，但人微言輕，無法扭轉椿壽的「如意算盤」；便很乾脆地答應了所派的經費，而且保證漕幫一定全力支持這件事。不過他也很鄭重地聲明，漕幫出了這筆錢，漕船不管如何非走不可。如果再出了甚麼花樣，漕幫不能負責。

於是疏濬河道的計畫，很快地便見諸實際行動。這件事地方官原來也有責任，只是湖州府和運河所經的烏程、歸安、德清三縣，要辦這件事惟有派工派料；公文往返，以及召集紳士磋商，需要好久才能動工，未免緩不濟急。為了與天爭時，自己拿錢出來徵雇民工是最切實的辦法。等這一切安排好了，預計八月底以前，漕船一定可以開行。這樣，椿壽才算鬆了一口氣，動身回省。

走的那天，秋風秋雨；一般行旅悶損不樂的天氣，在椿壽卻大為高興，心裡在想，這雨最好落大些，連下幾天，前溪水漲，起漕的時間，還好提前。

回到省城，他第一件事便是去見撫台黃宗漢。

聽完報告，黃宗漢還誇獎了一番，說他實心辦事。還告訴他一些京裡來的消息，說朝廷已有旨意，嚴飭直隸總督和駐北通州的倉場侍郎，自天津楊村地方，調派一千五百艘駁船到山東臨清，準備駁運漕糧。不過直隸總督已經覆奏，怕楊村的駁船，到達臨清，河水已經結冰，所以這樣請求：江浙的漕糧在臨清、德州一帶卸下來，暫時存貯，到明年開春解凍，再轉漕北上。這個請求，能不能奉准，尚不可知。

椿壽認為這是個好消息，他原有顧慮，怕北地天寒，到了十月以後，河裡結冰，漕船依舊受阻。現在既有直隸總督據實奏陳，等於為他把心裡想說的話說了出來，格於事實，朝廷不能不准；這樣就只要到了臨清，便算達成任務。倘說遲延，則各地情形相同；處分的案子混在一起，變成「通案」就不要緊了。

椿壽吃了這顆定心丸，對於疏濬河道的工程，進度不甚理想，就不太著急。他最關心的是直隸總督那個覆奏的下文；等漕船開出，才看到明發上諭：「浙江嘉杭等幫米石，如能撥船趕運，當仍遵前旨，酌撥楊村船隻，趁此天氣晴和，迅往撥運。設或沿途必須截卸，臨清、德州等倉，是否足資容納？著倉場侍郎、直隸總督、漕運總督、山東巡撫各將現在應辦急務，迅速妥為辦理，毋得聽任屬員推諉惡習，各分畛域，再赴貽誤。懍之！」

「虧得趕運出去。」椿壽心裡在想，「照上諭來看，在臨清、德州截卸，暫時存貯，已經准了。不過糧倉恐怕不夠，湖幫的漕米到了那裡，倘或無倉可儲，倒是棘手之事。」

於是，他「上院」去見撫台；黃宗漢一見他就說：「啊，來得正好。我正要叫『戈什哈』去請你，有件要緊事商量。」

「請大人吩咐。」

「不，不！你有事你先說。」

椿壽便說明來意，意思是想請撫台出奏，浙江湖屬八幫的漕米，已出省境北上。如果到了臨清，無法駁運，需要截卸時，請飭下漕運總督及山東巡撫，預留空倉——他是怕湖屬八幫的漕船最後到達，倉位為他幫捷足先登，所以有此要求。

黃宗漢一面聽，一面不斷搖頭，等他說完，俯身向前問道：「漕運一事，貴司內行，而且今年由貴司一手料理，我要請問，可曾計算過『回空』的日子？」

原來是這一層顧慮，椿壽略略放了心，「回大人的話，」他說，「回空自然要衍期——。」

「衍期多少時候？」黃宗漢不待辭畢，搶著問道，「請貴司算與我聽一聽。」

「這要看臨清的情形。如果在那裡截卸，等明年開凍駁運，又要看前面漕船的多寡，多則慢，少則快。」

「最快甚麼時候？」

「總要到明年四月。」

「回空呢？」

「也要兩個月。」

「這就是說，漕船明年夏天才能回家，還要經過一番修補，又得費個把月，最快也得在七月裡才能到各縣受兌漕米。請問貴司，明年新漕，不是又跟今年一樣，遲到八九月才能啟運嗎？」

「是！」椿壽答道：「不過明年改用海運，亦無關係。」

「甚麼叫沒有關係？」黃宗漢勃然變色，「你說得好輕巧。年年把漕期延後，何時始得恢復正常？須知今年是貴司責無旁貸，明年就完全是我的責任。貴司這樣子做法，簡直是有意跟我過不去嚇！」

椿壽一看撫台變臉，大出意外；他亦是旗下公子哥兒出身，一個忍不住，當即頂撞了過去：「大人言重了！既然我責無旁貸，該殺該剮，自然由我負責；大人何必如此氣急敗壞？」

「好，好！」黃宗漢一半真的生氣，一半有意做作，臉上一陣青，一陣紅地說：「你負責，你負責！請教，這責任如何負法？」

「本年漕運雖由我主管，但自從大人到任，凡事亦曾稟命而行。今年江蘇試辦海運，成效甚佳；請大人出奏，明年浙省仿照江蘇成例，不就行了嗎？」

「哼，哼！」黃宗漢不斷冷笑，「看貴司的話，好像軍機大臣的口吻，我倒再要請教，如果上頭不准呢？」

「沒有不准之理。」

「又是這樣的口吻！」黃宗漢一拍匟几，大聲呵斥，「你到底是來議事，還是來抬槓？」

椿壽做了二十幾年的官，從未見過這樣的上司，心裡在想：你是科甲出身，我亦不是捐班佐雜爬上來的，受慣了氣的；論宦途經歷，我放浙江藩司，你還不過是浙江臬司，只不過朝中有人，道光十五年乙未那一榜……。

轉念到此，椿壽打了個寒噤，暗中一聲：大事不好！黃宗漢的同年，已有當了軍機大臣的，那是蘇州的彭蘊章。還有戶部兩侍郎，一個是福建的王慶雲，最愛照應同鄉，另一個又是他的同年，而且是好友的何桂清。

俗語說得好：「朝裡無人莫做官。」黃宗漢敢於如此目中無人，無非仗著內有奧援；而且聽說他今年進京，皇上召見六次之多，聖眷正隆，自己無論如何碰不過他。這些念頭雷轟電掣般閃過心頭，頓感氣餒，只得忍氣吞聲地賠個罪。

「大人息怒。我豈敢跟大人抬槓？一切還求大人維持。」

這一說，黃宗漢的臉色才和緩了一些，「既為同僚，能維持總要維持。不過，」他使勁搖著頭，一字一句地說：「難，難！」

椿壽的心越發往下沉，強自鎮靜著問道：「大人有何高見？要請教誨。」

「豈敢，豈敢。等我想一想再說吧！」

說完，端一端茶碗；堂下伺候的戈什哈便拉開嗓子：「送客！」

這送客等於逐客。椿壽出了撫台衙門，坐在轎子裡，只催轎伕加快；急急趕回本衙門，讓聽差把文案請到「簽押房」，關上房門，細說了上院的經過，驚疑不定地問道：「各位看看，黃撫台這是甚麼意思？」

「黃撫台外號『黃閻羅』，翻臉不認人是出名的，這件事要好好鋪排一下。」

「唉！」椿壽搖搖頭，欲言又止；失悔在黃撫台剛到任，不理他索賄的暗示。

「『天下的公事，地大的銀子』，」有個文案說得很率直，「先去探探口氣看，院上到底打的甚麼主意？」

於是連夜走路子去打聽，總算有了確實的消息，據說黃宗漢為了明年的新漕得以早日受兌裝載，照限期抵達通州，決定上奏，把湖屬八幫的漕船追了回來，漕米卸岸入倉，連同明年的新漕，一起裝運。

這樣做法，只苦了漕幫，白白賠上一筆疏濬河道的費用；其次，那些奉委押運的候補州縣，沒有「公費」可派，一筆過年的盤纏便落空了。椿壽心中雖有不忍，但到底是別人的事，藩司能夠不賠，已是上上大吉，只好狠一狠心不理他們了。

果然，第二天撫台衙門來了正式公事，為恐影響來年新漕的期限，「所有本年湖屬八幫漕船，仰該司即便遵照，全數追回，候命辦理。」椿壽不敢怠慢，立即派出人去，把湖屬八幫的漕船截了回來，同時上院去見撫台，請示所謂「候命辦理」是如何辦法？

黃宗漢一直託病不見。過了有五、六天，一角公文送到，拆開一看，椿壽幾乎昏厥，頓足罵道：「黃壽臣，黃壽臣，你好狠的心！我與你何冤何仇，你要置我於死地！」

黃宗漢的手段，的確太毒辣了，他以一省最高行政長官的地位，統籌漕運全局的理由，為了使來年新漕的輸運，如期完成，以期此後各年均得恢復正常，作了一個決定，本年湖屬八幫的漕米，留浙變價；全部漕米二十七萬六千石，照戶部所定價格，每石二兩銀子，共該五十五萬二千兩，限期一個月報繳。

這是椿壽與尖丁早已算過了的，市價與部價的差額，一共要三十三萬兩銀子。如果在他第一次到湖州開會之前，撫台就作了這個決定，那麼漕幫賠大部分，藩司賠少部分；這筆小部分的賠款，也還可以在浮收的款項中撥付。說起來只是今年白吃一場辛苦，沒有「好處」而已。但現在的情況完全不同了，漕幫負擔了疏濬河道的全部經費，事先已經聲明，出了這筆錢，漕船非走不可；於今截回不走，已覺愧對漕幫，再要他們分賠差額，就是漕幫肯賠，自己也難啟齒，何況看情形是絕無此可能的。

至於浮收的「好處」，早已按股照派，「分潤」有關人員，那裡再去追索？即使追索得到，也不過五六萬銀子，還差著一大截呢！

事情的演變，竟會弄得全部責任，落在自己一個人頭上。椿壽悔恨交併，而仍不能不拚命作最後的掙扎；愁眉苦臉地召集了親信來商議，大家一致的看法是：「解鈴還須繫鈴人」，惟有去求撫台，收回「變價」的成命；應解的二十多萬石漕米，隨明年新漕一起啟運。就這樣起卸入倉，從船上搬到岸上，明年再從岸上搬到船上，來回周折的運費、倉費，以及兩次搬動的損耗，算起來也要賠好幾萬兩銀子；而且一定還會受到處分，但無論如何總比賠三十三萬兩銀子來得好。

兩害相權取其輕，椿壽只得硬著頭皮上院；把「手本」送了進去，門上出來答道：「上頭人不舒服，請大人回去吧！上頭交代：等病好了，再請大人過來相敘。」

椿壽憤不可遏，吩咐跟班說：「回去取鋪蓋！撫台不見我不走，就借官廳的匟床睡。」

門上一看，這不像話，趕緊陪笑道：「大人不必，不必！想來是有急要公事要回；我再到上房去跑一趟。」

於是椿壽就在官廳中坐等，等了半個時辰，黃宗漢出來了，仰著頭，板著臉，一見面不等椿壽開口，就先大聲問道：「你非見我不可？」

「是！」椿壽低聲下氣地回答：「大人貴恙在身，本不該打攪，只是實在有萬分困難的下情上稟。」

「如果是湖屬漕米的事，你不必談。已經出奏了。」

這句話就如焦雷轟頂，一時天旋地轉，不得不頹然坐倒；等定定神看時，黃宗漢已無蹤影，撫院的戈什哈低聲向他說道：「大人請回吧！轎子已經伺候半天了。」

椿壽閉上眼，眼角流出兩滴眼淚，拿馬蹄袖拭一拭乾淨，由聽差扶掖著，一步懶似一步地走出官廳。

就在這天晚上，椿壽在藩司衙門後院的簽押房裡，上吊自殺、第二天一早為家人發覺，哭聲震動內外；少不得有人獻殷勤，把這個不幸的消息，飛報撫台。

黃宗漢一聽，知道闖了禍，逼死二品大員，罪名不輕。但轉念想起一重公案，覺得可以如法炮製，心便放了一半。

他想起的是陝西城王鼎屍諫的往事；這重公案發生在十年以前，王鼎與奸臣穆彰阿，同為大學士值軍機。這位「蒲城相國」性情剛烈，嫉惡如仇；而遇到穆彰阿是陰柔奸險的性格，每在御前爭執，一個聲色俱厲，一個從容自如，宣宗偏聽不明，總覺得王鼎不免過分。

道光二十二年，為了保薦林則徐復用，王鼎不惜自殺屍諫，遺疏痛劾穆彰阿。那時有個軍機章京叫陳孚恩，是穆彰阿的走狗；一看王鼎不曾入值，亦未請假，心裡一動，借故出宮，趕到王鼎家一看，聽得哭聲震天，越發有數。趁王鼎的兒子，翰林院編修王抗驟遭大故，五中昏瞀的當兒，勸他把王鼎的屍首解下來，同時把遺疏抓到手裡，一看內容，不出所料，便又勸王抗以個人前程為重，不必得罪穆彰阿；又說「上頭」對王鼎印象不佳，而大臣自殺，有傷國體，說不定天顏震怒，不但王鼎身後的恤典落空，而且別有不測之禍。

這一番威脅利誘，教王抗上了當，聽從穆彰阿更改遺疏，並以暴疾身故奏報。宣宗也有些疑心，但穆阿布置周密，「上頭」無法獲知真相，也就算了。

陳孚恩幫了穆彰阿這個大忙，收穫也不小；不久，穆彰阿就保他當山東巡撫。而王抗則以不能成父之志，為他父親的門生，他自己的同年，以及陝甘同鄉所不齒，辭官回里，抑鬱以終。

穆彰阿是道光十五年乙未科會試的大主考，黃宗漢是他的門生，頗為巴結這位老師。秦檜門下有「十客」，穆彰阿門下有「十子」；黃宗漢與陳孚恩都在「穆門十子」之數，自然熟知其事。所以，一遇椿壽的變故，他立刻遣派親信，以釜底抽薪的宗旨，先設法把椿壽的遺囑弄到手，然後親自拜訪駐防的將軍和浙江學政；因為這兩個人是可以專摺奏事的，先要把他們穩住，才可以不使真相上聞。

當然，另一方面他還要間接拜託旗籍的官員，安撫椿壽的家屬，然後奏報藩司出缺。上吊自殺是瞞不住的，所以另外附了個「夾片」，說是「浙江錢漕諸務支絀，本年久旱歲歉，徵解尤難，該司恐誤公事，日夜焦急，以至迫切輕生。」把湖屬八幫應運漕米，留浙變價的事，隻字不提。同時錄呈了經過修改的椿壽的遺囑；咸豐帝此時初登大寶，相當精明，看遺囑內有「因情節所逼，勢不能生」兩句話，大為疑惑，認為即令公事難辦，何至遽爾自盡？是否另有別情，命令黃宗漢「再行詳細訪察，據實奏聞，毋稍隱飾。」

接著，浙江學政萬青藜也有專摺奏報，說椿壽身後，留有遺囑，「實因公事棘手，遽行自盡。」與黃宗漢的奏摺，桴鼓相應；皇帝批示：「已有旨，令黃宗漢詳查具報。汝近在省垣，若有所聞，亦可據實具奏。」

看來事情要鬧得很大，但事態真正嚴重的關鍵所在，只有黃宗漢自己知道。因為椿壽的自盡，如果真的是由於他的措施嚴峻，則雖良心有虧，亦不過課以道義上的責任；在公事上可以交代得過，那就不必有所畏懼。而事實上並非如此，椿壽之死，是死在他虛言恫嚇的一句話上。

所謂「留浙變價」，原是黃宗漢有意跟椿壽為難的一種說法，暗地裡他並不堅持這樣做；不但不堅持，他還留著後手，以防椿壽無法做到時，自己有轉圜的餘地。

由於在軍機處和戶部都有極好的關係，所以黃宗漢對來年新漕改用海運，以及本年湖屬各幫漕米，不能如限北運的處置辦法，都有十足的把握，私底下書函往還，幾乎已有成議。但這些情形，椿壽無從知道，他亦瞞著不說。以改用海運並無把握，河運糧船難以依限回空的理由，下令截回漕船，留浙變價，這一套措施與他所奏報的改革辦法，完全不符。他向椿壽所說的，留浙變價一事，「已經出奏」；事情到了推車撞壁的地步，再也無可挽回，這才使椿壽感到已入絕路，不能不一死了之。其實，「已經出奏」這句話，根本是瞎說。

就憑這句謊言，黃宗漢便得對椿壽之死，負起全部責任。因而他必須多方設法掩飾遮蓋，不使真相上聞，一面活動萬青藜等人，幫著他瞞謊；一面遣派親信，攜帶鉅資，到京師活動——當然，像軍機大臣彭蘊章那裡，是不必也不能行賄的，只有以同年的身分，拜託關顧照應。

不過這樣一件案子，也不是輕易壓得下去的。椿壽是「上三旗」的旗人，親戚之中，頗有貴官，認為他的死因可疑。自然要出頭為他講話。這樣軍機處要幫黃宗漢的忙，就不能不費一番手腳，來遮人耳目。

照一向的慣例，類似這種情況，一定簡派大員密查；既稱密查，自然不能讓被查的人知道，可是一二品的大員出京，無論如何是件瞞不住的事，於是便有許多掩護其行蹤及任務的方法，一種是聲東擊西，譬如明發上諭：「著派某某人馳往江蘇查案」，這人便是「欽差」的身分，所經之處，接待的禮節極其隆重；這樣一路南下，到了濟南，忽然不走了，用欽差大臣的關防，咨會山東巡撫，開出一張名單，請即傳提到案，迅雷不及掩耳地展開了查案的工作。

再有一種是暗度陳倉，乘某某大員外放到任的機會，密諭赴某處查案。這道密諭照例不發「邸抄」；被查的省分，毫無所知，行到目的地，拜訪總督或巡撫，出示密諭，於是一夕之間，可以掀起大獄。查黃宗漢逼死椿壽一案，就是用的這一種辦法；所以在表面上看不出黃宗漢出了毛病的痕跡——這當然又是軍機處幫他的忙。

這位欽差名叫何桂清，是黃宗漢的同年。在他們乙未一榜中，何桂清的年紀比較輕，儀表清俊，吐屬淵雅，人緣極好。這年秋天，由戶部侍郎外放江蘇學政，在京裡餞行送別的應酬甚多，所以一直遲遲不能啟程；就在這段摒擋行囊，準備到任的期間內，出了椿壽這件案子，彭蘊章和他一些在京同年商量的結果，奏請密派何桂清於赴江蘇學政途中，順道查辦。「上頭」只對椿壽的死因懷疑，不曾想到是他所信任的黃宗漢幹的好事，自然不會以何桂清與黃是同年為嫌，便准了軍機處的建議。

這個消息，很快、很祕密地傳到了杭州，黃宗漢等於服下一粒定心丸。何桂清以欽命在身，不敢耽擱，也就在歲暮之際，出京南下。

第二章

就在同一天，王有齡到了北通州。他從杭州動身，坐烏篷船到蘇州；然後換搭漕船北上，偏偏又逢豐北決口；捨舟換車，卻又捨不得多花盤纏，一路託客店代找便車、便船，花費固然省得多，時間卻虛擲了，以至於走了幾乎半年，才到北通州。

這裡是個水陸大碼頭，倉場侍郎駐紮在此；當地靠漕船、廒倉為生的，不知其數。這時正是南漕雲集，漕米入倉的旺季。漕幫與「花戶」，有各種公務私事接頭；漕丁所帶的私貨，也要運上岸來銷售，因此茶坊酒肆、客店浴池，到處都是客滿。王有齡雇了個腳伕，挑著一擔行李，連投數處客店，找不到下榻之處。

最後到了西關一家「興發店」，看門口的閒人車馬還不多，王有齡心想：這一處差不多了。幾次碰壁的經驗，讓他學了個乖，跟櫃上好言商量，反而易於見拒。不如拿出官派來，反倒可以把買賣人唬倒。

於是，他把身上那件馬褂扯一扯平，從懷中取出來一副茶晶大墨鏡戴上，昂然直入，夥計趕緊迎出來；他不等他開口，先就大模大樣地吩咐：「給我一間清靜的屋子。」

夥計陪著笑先請教：「你老貴姓？」

「王。」

「喔，想是從南邊來？」

「嗯。」王有齡答道：「我上京到吏部公幹。」

那夥計對這些候補官兒見得多了，一望便知；現在由他自己口中證實，便改了稱呼：「王老爺！」然後躊躇著說：「屋子倒是還有兩間，不敢讓王老爺住！」

「為甚麼？」

「知州衙門派人來定下了。有位欽差大人一半天就到，帶的人很多；西關這幾家客店的空房，全給包了。實在對不起，王老爺再找一家看看。」說著又請了個安，連聲：「王老爺包涵。」

看他這副神情，王有齡不便再說不講理的話，依然只好軟商量：「我已經走了好幾家，務必託你想辦法，給騰一間屋子。我住一宿，明天一早就走。」

只住一宿便好說話，夥計答應跟櫃上去商量。

櫃上最頭痛的客人，是漕船上的武官，官兒不大，官架子大，動輒「混帳王八蛋」地罵；夥計回句嘴就得挨打，伺候得稍欠周到便要鬧事。他們以「千總」、「把總」的職稱，給總督、巡撫當「戈什哈」還不夠格的官兒，敢於如此蠻橫無理，就因為有他們的「幫」在撐腰；漕幫暗中還有組織，異常隱祕，局外的「空子」無從窺其堂奧，所知道的就是極其團結，一聲喊「打」，個個伸拳，先砸爛客店再說。至於鬧出事來，打官司就打官司，要人要錢，呼叱立辦，客店裡是無論如何鬥不過他們的；所以遇到這樣的情形，乾脆往官府一推，倒省了多少麻煩。

但王有齡不同，雖然也有些官架子，文質彬彬，不像個不講理的人；再說，看他也不像習於行旅，相當難纏的「老油子」，因而答應容留，但有一句話要聲明在先。

「王老爺！」那夥計說，「有句話說在頭裡，聽說欽差已經出京了，是今天晚上到，還是明天早晨到，可保不定，倘或今天晚上到呢，那就只好委屈您老了。話說回來，也不能讓您老沒有地方住，不——，嘿、嘿那時候，只好跟我們一起在大炕上擠一擠了。」

「行，行！」疲累不堪的王有齡，心滿意足，滿口應承：「只需有地方睡就行了。」

於是夥計在西跨院給他找了個單間。開發了腳伕，把行李拿到屋內；那夥計叫劉四，伺候了茶水，又一面替他解鋪蓋，一面就跟他搭話，問問來蹤去跡。等他洗完臉喝茶休息的時候，拿來一盞油燈，順便問他晚飯怎麼吃？

到了通州就等於到了京城了，王有齡心情頗為優閒，要了兩個碟子，一壺白乾，慢慢喝著；正醺醺然在回憶與胡雪巖相處的那一段日子，只見門簾一掀，隨即有人問道：「老爺！聽個曲兒吧？」

說話的聲音倒還脆，王有齡抬眼一看，是個三十歲左右的婦人；擦了一臉的粉，梳得高高的一個「喜鵲尾巴」，叮鈴噹啷插著些銀釵小金鈴的。綠襖黑袴，下面穿一雙粽子大的繡花紅鞋。重新再看到她臉上，皮膚黑一些，那眼睛卻顧盼之間，嬌韻欲流；王有齡有了五分酒意，醉眼又是燈下，看過去便是十足的美人了。

這北道上的勾當他也領教過幾次，便招一招手說：「過來！」

那婦人嫣然一笑，向她身後的老婦擺一擺手；然後一個人走了進來，請個安問道：「老爺貴姓啊？」

「我姓王。」王有齡問她：「你呢？」

「小名兒叫金翠。」

「金翠！嗯，嗯！」他把她從頭到腳，又細細端詳了一番，點點頭表示滿意。

「王老爺，就是一個人？」

「對了，一個人。」王有齡又說，「你先出去，回頭我找劉四來招呼你。」

於是金翠又飛了個媚眼，用她那有些發膩的聲音說道：「多謝王老爺！您老可別忘了，千萬叫劉四招呼我啊！」

「不會，不會！」

金翠掀著簾子走了。王有齡依然喝他的酒，於是淺斟低酌，越發慢了。就這樣一面喝，一面等，劉四卻老是不露面。反倒又來了些遊娼兜搭；因為此心有所屬，他對那些野草閒花，懶得一顧，且有厭煩之感，便親自走出屋去，大聲喊道：「劉四，劉四！」

劉四還在前院，聽得呼喚，趕緊奔了來伺候；他只當王有齡催促飯食，所以一進來先道歉，說今天旅客特別多，廚下忙不過來，建議王有齡再來四兩白乾：「您老慢慢喝著。」他詭祕地笑道，「回頭我替您老找個樂子。」

「甚麼樂子？」王有齡明知故問地。

「這會兒還早，您老別忙。等二更過後，沒有人來，這間屋就歸您老住了。我找個人來，包管您老稱心如意。」劉四又說：「我找的這個人，是她們這一行的頂兒、尖兒，名叫金翠。」

王有齡笑了，「再拿酒來！」他大聲吩咐。

喝酒喝到二更天，吃了兩張餅；劉四收拾殘肴，又沏上一壺茶來，接著便聽見簾鉤一響，金翠不速而至了。

「好好伺候！」劉四向她叮囑了這一句，退身出去，順手把房門帶上。

金翠便斟了一碗茶，還解下衣襟上的一塊粉紅手絹，擦一擦碗口的茶漬，才雙手捧到王有齡面前。

雖是北地胭脂，舉止倒還溫柔文靜，王有齡越有好感，拉著她的手問道：「你今年多大？」

金翠略有些忸怩地笑著：「問這個幹嗎？」

「怎麼有忌諱？」

「倒不是有忌諱。」金翠答道：「說了實話，怕您老嫌我；不說實話，我又不肯騙您。」

「我嫌你甚麼？」王有齡很認真地說：「我不嫌！」

金翠那雙靈活的眼珠，在他臉上繞了一下，低下頭去，把眼簾垂了下來，只見長長的睫毛不住跳動。這未免有情的神態，足慰一路星霜，王有齡決定明天再在這裡住一天。

一夜繾綣，加以旅途辛勞，他第二天睡得十分酣適；中間醒了一次，從枕頭下掏出一個銀殼錶來看了看，將近午時，雖已不早，但有心與金翠再續前緣，便無須亟亟，翻個身依舊蒙頭大睡。這一睡睡不多時，為窗外的吵聲所驚醒；聽出一個是劉四，正低聲下氣地在賠罪，說原知屋子早已定下，不能更賃與別的旅客，「不過，這位王老爺連找了幾家都不行；看樣子還帶著病，出門那裡不行方便？總爺，你別生氣，請稍坐一坐，喝碗茶，我馬上給你騰。」

王有齡一聽，原來是為了自己占了別人的屋子，這不好讓劉四為難，急忙一翻身坐了起來，披衣下床。

他一面拔門閂，一面向外大聲招呼：「劉四，你不必跟客人爭執，我讓就是了。」

等開出門來，只見院子裡與劉四站在一起的那個人，約有五十上下年紀，穿著簇新灰布面的老羊皮的袍子，頭上戴著小帽，腳下卻穿一雙「抓地虎」的快靴，一下子倒認不準他的身分。

「王老爺，對不起，對不起！」劉四指著那人說：「這位是欽差大人身邊的楊二爺。您老這間屋子，就分派給楊二爺住。我另外想辦法替您找，您老委屈，請收拾行李吧！」

「喔！」王有齡向那姓楊的點點頭，作為招呼，又說：「你是正主兒，請進來坐吧！」

「不要緊、不要緊。」姓楊的也很客氣了，「王老爺你慢慢兒來！」

開出口來是雲南鄉音。喉音特重的雲南話，本就能予人以純摯的感覺；王有齡又從小在雲南住過，所以入耳更覺親切，隨即含笑問道：「你家那裡，昆明？」

他這一句也是雲南話，字雖咬得不太準，韻味卻足；姓楊的頓有他鄉遇故知的驚喜：「王老爺，你家也是雲南人？」

「我生在雲南。也攀得上是鄉親。」

「那好得很。」姓楊的大聲說道：「王老爺，你老不要麻煩了。你還住在那裡好了。」

「這怎麼好意思。來，來，請進來坐。」

「是！」姓楊的很誠懇地答道：「自己人說老實話，我還有點事要去辦，順便再找間屋子住。事情辦完了我再來，敘敘鄉情。很快，要不了一個時辰。」

「好，好！我等你。」

兩人連連拱手，互道「回見」。王有齡回到屋裡坐下來，定定神回想，覺得這番遭遇，十分可喜，除了客中的人情溫暖以外，他另有一番打算——欽差的跟班，京裡情形自然很熟；此番到吏部打點，正愁著兩眼漆黑，不知門徑，現在找到個人可以指點，豈不甚妙？

一想到此，精神抖擻，剛站起身要喊人，只見劉四領著小夥計，把臉水熱茶都已捧了來了；他笑嘻嘻地說：「王老爺，您老的運氣真不壞，這一趟上京，一定萬事如意。」

「好說，好說！」王有齡十分高興：「劉四，回頭楊二爺要看看我，我想留他便飯；你給提調一下子，不必太講究，可也別太寒酸！」

「我知道！您老放心。全交給我了，包管您又便宜，又中吃。」

過不到一個時辰，姓楊的果然應約而至，手裡拎著一包東西；王有齡從窗戶裡遠遠望見，頓被提醒，趕緊開箱子隨便抓了些土產，放在桌上。然後掀簾子出去。

「公幹完了？」他問。

「噯！」姓楊的答道：「交給他們辦去了。」

進屋坐定，彼此重新請教姓名，姓楊的叫楊承福。王有齡管他叫「楊二哥」；他十分高興，接著便把帶來的一個包裹解開。

王有齡機警，搶先把自己預備下的禮物取了來，是一盒兩把水磨竹骨的摺扇，杭州城內名聞遐邇的「舒蓮記」所製；一大包「宓大昌」的皮絲煙，這個字號，也是北方官宦人家連深閨內都知道的。

「楊二哥，不腆之儀，也算是個見面禮兒！」王有齡笑道：「不過，冬天送扇子，好像不大合時宜。」

「老弟台！」楊承福一把按著他的手，不讓他把東西放下來，「你聽我說一句——是一句自己弟兄的老實話，你可不能生我的氣。」

「那叫甚麼話？楊二哥你儘管說。」

「你這些土儀，我也知道，名為『四杭』，不過，你送給我是糟蹋了！水煙，我裝給我們大人吃，自己吃旱煙；扇子，你那裡看見過像我這種人，弄把摺扇在手裡搖啊搖的，冒充大人先生？你留著，到京裡送別人，也是一份人情。再說一句你聽，」楊承福似乎有些礙口，但停了一下，終於說了出來，「我跟我們大人到了南邊，這些東西有的是。老弟台，凡事總要有個打算，你到北方來，沒有南邊的東西送人；我往南邊走，你又拿那裡的東西送我，你想，這是甚麼算盤？」

話中帶些做兄長開導的意味，王有齡再要客氣，便似見外。「這一說，變成我假客氣了！」他說。

「本來不用客氣。」

楊承福一面說，一面已把他的包裹解了開來；他不收王有齡的禮，自己有所餽贈卻有一番說詞——他送的是家備的良藥，紫金錠、諸葛行軍散，還有種金色而形狀像耗子矢似的東西，即名為「老鼠矢」，這些藥與眾不同，出自大內「御藥房」特製，選料名貴，為市面上所買不到；而他家「大人」因為太監來打秋風，送得很多，特意包了些來相送，惠而不費，備而不用，王有齡將來回南，拿這送人，最妙不過。

這是體貼誠懇的老實話，王有齡相當感動。等劉四送來四個涼碟，一個火鍋，楊承福便老實叨擾了他的；新知把酒，互道行蹤。

做主人的覺得初次相見，雖有一見如故之感，但請託幫忙的話，在此時來說，還是交淺言深，所以除了直陳此次北上，想加捐個「州縣班子」以外，對於家世不肯多談。

那楊承福聽說他是個捐班的鹽大使，大小是個官兒，自己的身分，便覺不配，略有些忸怩地說：「這一說，我太放肆了！」

「怎樣？」

「實不相瞞，我不過是個『底下人』，那裡能跟你兄弟相稱！」

「笑話！」王有齡說，「我沒有這些世俗之見。」

楊承福把杯沉吟，似乎有些不知何以自處，也像是別有心事在盤算，過了好半晌，突然放下杯子說：「這樣，我替你出個主意。我先問你，你這趟帶著多少錢？」

這話問得突兀，王有齡記起「逢人只說三分話，未可全拋一片心」的行旅格言，有些躊躇；既而自責，別人如此誠懇，自己怎麼反倒起了小人之心？所以老實答道：「不到五百兩銀子。」

楊承福點點頭：「加捐個『州縣班子』，勉強也夠了。不過要想缺分好，還得另想辦法。」

「原要求楊二哥照應。」

「不敢當，不敢當。」楊承福接談正文，「捐班的名堂極多，不是內行那裡弄得清楚？吏部『文選司』的那些書辦，吃人不吐骨頭；你可曾先打算過？」

「上京之前，在杭州也請教過內行，我想另外捐個『本班盡先』的『花樣』，得缺可以快些。」

「這個『花樣』的價錢不輕。」當然，多少候補州縣，「轅門聽鼓」，吃盡當光，等到鬚眉皆白還未署過一任實缺的也多得是；王有齡以正八品的鹽大使，加捐為正七品的知縣，一到省遇有縣缺，盡先補用，這樣如意的算盤，代價自然不會低。楊承福便替他打算，「不必這麼辦。你要曉得，做官總以尋靠山最要緊；那怕你在吏部花足了錢，是『本班盡先』的花樣，一到省裡，如果沒有人替你講話，有缺出來，照樣輪不到你。」

「咦！」王有齡倒奇怪了，「難道藩台可以不顧部定的章程？」

「章程是一回事，實際上又是一回事；藩台可以尋個說法，把你刷掉，譬如說，有個縣的縣官出缺了，他可以說，該縣文風素盛，不是學問優長的科甲出身，不能勝任，這樣就把捐班打下來了。倒過來也是一樣，說該縣地要事繁，非諳於吏治的幹才不可，這意思就是說，科甲出身的，總不免書獃子的味道。你想想看，是這話不是？」

王有齡把他的話細細體味了一遍，恍然有悟，欣然敬一杯酒說：「聽君一席話，勝讀十年書。」

「所以我勸你不必加捐『本班盡先』，一樣也可以得好缺。」

世上有這樣的妙事！王有齡離座而起，一揖到地：「楊二哥，小弟的前程，都在你身上了。若有寸進，不敢相忘。」

「好說，好說！」楊承福急忙跳起來身來，拉住了他的手，「你請坐。聽我告訴你。」

楊承福為王有齡謀，與其花大價錢捐「本班盡先」，不如省些捐個「指省分發」——州縣分發省分，抽籤決定，各憑運氣，「指省分發」，便可有所趨避；楊承福要他報捐時指明分發江蘇。

「我們大人是江蘇學政，身分與江蘇巡撫、江寧將軍並行，連兩江總督也要買帳。你分發到了江蘇，我替你跟我們大人說一說，巡撫或者藩台那裡關照一聲，不出三個月，包你『掛牌』署缺；缺分好壞就要看你自己的運氣了。」

這真是天外飛來奇遇！王有齡笑得闔不攏口，卻不知說甚麼好！心裡在想，他家「大人」不知叫甚麼名字？想問出口來，又覺不妥；說了半天，連江蘇學政是甚麼人都不知道，豈非笑話。

楊承福還怕他不相信，特別又加了一句：「我們大人最肯照應同鄉；你算半個雲南人，再有我從中說話，事情一定成功。」

酒到微醺，談興愈豪，楊承福雖是「底下人」的身分，卻不是那幹粗活的雜役，一樣知書識字，能替主人招待賓客，接頭公事，所以對京裡官場的動態，十分熟悉。但是他的朋友，都是些粗人，不是他談論的對手，此刻遇見王有齡，談科甲、談功名、談那些大官的出身交遊，他不但懂，而且聽得津津有味，這使得楊承福非常痛快，越覺得酒逢知己，人生難得。

「我們大人的人緣最好。在同年當中，年紀輕，有才氣，人又漂亮，所以同年都肯照應他。『散館』以後，不過十年的功夫，就當到侍郎；如果不是四年前老太爺故世，丁憂閒了兩年多，現在一定升尚書了。」

聽到「散館」兩個字，便知是個翰林，王有齡問道：「你家大人是那一科？」

「道光十五年乙未。這一榜是『龍虎榜』，現在頂頂紅了。」楊承福興高采烈地說：「我家大人是二甲四十九名，點了翰林；第五十名就是大軍機彭大人——他不曾點翰林，不過官運是他頂好，現在紅得很，軍機處裡一把抓。」

這話似乎不能相信。王有齡也知道，軍機大臣要講資格，彭蘊章就算飛黃騰達，異乎常人，在軍機上也是後進，怎麼會「一把抓」呢？

「這我倒要請教了，」他說，「大軍機不是有好幾位嗎？」

「不錯，有好幾位。不過前面的幾位現在都不管事。資格最老的是賽尚阿賽大人，派到廣西打『長毛』，吃了敗仗，革職了。還有位何汝霖何大人，身子不好，告了病假，剩下就是祁雋藻祁大人，那是老資格，精神也不大好，而且鄭親王家的那個老六，御前大臣肅順，專門與他作對，灰心得很，越發不願管事。這一來，就輪著彭大人——以下也還有兩三位，科名上說是老前輩，不過進軍機在後，凡事總要退讓一步，聽彭大人作主。」

「怪不得！有這麼硬的靠山。你家大人升尚書，那是看得見的事了。」王有齡又問：「丁憂服滿起復，仍舊是兵部侍郎？」

「調了。調戶部，『兼管錢法堂』，好差使！不是自己人照應，那裡輪得到。」

說來說去，到底叫甚麼名字呢？王有齡心裡癢癢地，但越說越不宜開口動問。等飯罷訂了後約，楊承福剛剛告辭，王有齡跟著也上了街。

他上街是要去買一部書。這部書在通都大邑都有得賣，京城裡琉璃廠榮寶齋刻印的《爵秩全覽》；王有齡買了兩本，一本是今年——咸豐壬子年夏季的，一本是秋季的，翻到戶部這一欄一看，幾幾乎不相信自己的眼睛。

上面寫得明明白白，漢缺的戶部尚書和侍郎是孫瑞珍、王慶雲、何桂清。何桂清字根雲、雲南昆明人。

「奇怪啊？是這個何桂清嗎？」王有齡喃喃自問，「他本籍不是雲南，也沒有聽說過有『根雲』這個別號。到底是不是他呢？」

王有齡心裡，有著說不出的興奮，但也亂得厲害。他急須找個清靜地方去好好想一想。

回到客店，王有齡關門躺在匟上，細思往事。有了幾分酒意，兼以驟遇意想不到的情形，腦中亂得厲害；好久，才從一團亂絲中抽出一個頭緒。

這個頭緒從他隨父初到雲南時開始。王有齡的父親單名燮，字梅林，家貧力學，很受人尊敬；嘉慶二十三年中了福建鄉試第三十六名舉人，悉索敝賦湊了一筆盤纏，到北京去會試。房官已經薦了他的卷子，主司不取。貧士落第，境況悽涼；幸好原任福建巡撫顏檢已調升直隸總督，他本來就看重王燮，便把他招入幕府，這原是極好的一個機會，一面有束脩收入可以養家；一面就近再等下一科的會試，免了一番長途跋涉，不必再為籌措旅費，仰屋興嘆。

不想到了道光三年，王燮的曾祖母故世，奔喪回籍。會試三年一科，連番耽誤，已入中年，就算中了進士，榜下即用，也不過當六部的司官或者州縣，那何不就了「大挑」一途？

「大挑」是專為年長家貧，而閱歷已深的舉人所想出來的一條路子；欽命王公大臣挑選，第一要儀表出眾，第二要言語便給。王燮這兩項都夠條件，加以筆下來得，而且當過督署的幕府，公事熟悉，更不待言，因而中「一等」，分發雲南。

王燮攜眷到了雲南，隨即奉委署理曲靖府同知，遷轉各縣，最後調署首縣昆明。有一天從外面回衙，轎子抬入大門，聽見門房裡有人在讀書，聲音極其清朗，念得抑揚頓挫，把文章中的精義都念了出來，不由得大為欣賞。

回到上房，他便問聽差：「門房裡在念書的少年是誰啊？」

「是『門稿』老何的兒子。」

「噢，念得好啊！找來我看看。」

於是把老何的兒子去找了來。王燮看他才十四五歲，生得眉清目秀，氣度安詳，竟是累世清貴的書香子弟；再細看一看，骨格清奇，是一副早達的貴相，越發驚奇。

「你叫甚麼名字？」

「回老爺的話，叫何桂清。丹桂的桂，清祕的清。」

這一開口竟似點翰林入「清祕堂」的徵兆；王燮便問：「開筆做文章了沒有？」

何桂清略有些忸怩了，「沒有人指點。」他說，「還摸不著門徑。」

「拿你的窗課來我看。」

何桂清已把窗課帶了來，薄薄竹紙訂的兩個本子，雙手捧了上去；王燮打開一看，不但已經開筆做文章，而且除了八股文以外，還有詩詞，肚子裡頗有些貨色，一筆字也寫得不壞。

王燮是苦學出身，深知貧士的辛酸，一看何桂清的情形，頓起憐才之念，於是吩咐：「這樣吧，從明天起，你跟大少爺一起念書好了。」

大少爺就是王有齡。何桂清從此便成了他的書僮兼同窗。

這個何桂清可就是楊承福的主人？王有齡要解答的，就是這個疑問。他懊悔沒有問清楊承福的住處，此刻無從訪晤。轉念一想，就是知道他的住處，也不能貿貿然跑了去，率直動問。如果是那個何桂清，可能他的家世是瞞著人的，一下揭了人家的痛瘡疤，舊雨變作新仇，何苦？倘或不是，楊承福一定以為自己有痰疾，神智不清，怎還肯在他主人面前竭力保薦援引？

這樣一想，便仍舊只有從回憶中去研究了。他記得何桂清是個很自負的人，也很重感情；在一起念書時，常常暗中幫自己做功課。他喜歡發議論，看法與常人不同，有時很高超，有時也很荒謬，但不論如何，夜雨聯床聽他上下古今閒聊，是件很有趣味的事。

可惜，這樣的日子，並不太久，王有齡的母親在昆明病歿，他萬里迢迢，扶柩歸鄉，從此再沒有跟何桂清見過。而且也不曾聽他父親談過——事實上他們父子從雲南分手以後，見面的機會也不多。王有齡記得何桂清比自己只大一兩歲，如何能在十幾年前就點了翰林？而且他也不是雲南人，不可能在雲南應鄉試。看起來，這位戶部侍郎放江蘇學政的何桂清與自己的同窗舊交何桂清，不過姓名巧合而已。

可是，為何又都在雲南？一巧不能再巧！聽楊承福說他主人，少年早發，「有才氣，人又漂亮」，這些又都像是自己所識的何桂清。

疑雲越來越深，渴求澄清的心情也越來越重；好不容易盼到天黑，楊承福應約而至，依然是四碟一火鍋，對坐小酌。

「下午總算辦了一件大事。」楊承福說，「把船都雇好了。」

「喔！」王有齡問到何桂清，這次不再用「你家大人」的籠統稱呼了，「何大人甚麼時候到？」

「總在明天午間。」

「一到就下船嗎？」

「那裡？起碼有三四天耽擱。你想，通州有多少官兒要巴結我家大人？別的不說，通永道、倉場侍郎的兩頓餞行酒，是不能不吃的，這就是兩天去掉了。」

「那麼——，」王有齡很謹慎地問，「我能不能見一見何大人？」

楊承福想了想說：「索性這樣，明天上午你早些到行轅來；等我家大人一到，你在門口『站』個『班』，我隨即把你的『手本』遞了上去。看他怎麼吩咐？」

「好極了。我遵辦。」

「還有句話，我家大人自己年紀輕，人漂亮所以看人也講究儀表。你的袍褂帶來了沒有？」

這倒提醒了王有齡，他是五月裡動身的，臨時趕做了一套夏天的袍褂，冬天卻還沒有。聽他老實相告，楊承福便說：「虧得問一聲。現做是來不及了，買現成的也未見得有。好在你身材中等，我替你借一套來。」

楊承福非常熱心，親自去替他借了一件簇新的藍紬棉袍，一件狐皮出鋒，玄色貢緞的褂子，一頂暖帽。王有齡開箱子把八品頂戴的金頂子，以及繡著一隻小小的鵪鶉的「補子」都拿了出來，配置停當。看看腳下那雙靴子，已經破了兩個洞，便又叫劉四去買了雙新靴子；一面在客店門口的「剃頭挑子」上剃了頭、刮了臉。回到屋裡，急急地又剔亮油燈寫手本，在自己的名字下面，特別用小字註明：「字雪軒、一字英九」；這樣，如果楊承福的主人，真的是當年同窗兼書僮的何桂清，便絕不會想不起他這個「王有齡」是何許人。

第二天一早，收拾整齊，攬鏡自照，果然「佛要金裝、人要衣裝」，穿上這身借來新袍褂，自覺氣宇軒昂，派頭十足，心裡一高興，精神越覺爽健，叫劉四雇了乘車，一直來到楊承福所說的「行轅」——西門一座道觀的精舍。

「你來得早！」楊承福說：「總要午間才能到。且坐了吃茶。」

這時王有齡想起一件事，回頭把手本遞了上去，說不定就有石破天驚的奇遇出現，到那時楊承福不知自已的苦心，一定會在心裡罵：「這小子真會裝蒜，枉為待他那麼好；居然事先一點口風都不露，太不懂交情了！」但是，要實說固然不可，就露一點根由，也是不妥。想來想去，只有含含糊糊先安一個伏筆，等事後再作解釋。

於是他把楊承福拉到一邊，悄悄說道：「楊二哥，等下如果何大人接見，說不定有些花樣，讓你意想不到。」

「甚麼花樣？」楊承福有些緊張。「你不是要上甚麼『條陳』吧？」

「不是，不是！」他拱拱手答道：「你請放心，倘有花樣，絕不是闖甚麼禍。」

「那好。我想你也不會害我。」

「那裡的話？」王有齡異常不安，「楊二哥待我的這番盛情，報答不盡；我怎能替你找麻煩惹禍？」

楊承福點點頭，還想問下去，只見一名差官裝束的漢子，一騎快馬，飛奔到門，看樣子是何大人的前站，楊承福便慌忙迎了出去。

不錯！消息來了，何桂清已經到了通州，正在「接官廳」與迎候的官員應酬，馬上就要到「行轅」了。

王有齡心裡有些發慌，果真是當年的何桂清，相見之下，身分如雲泥之判，見了面該怎麼稱呼，說些甚麼才得體？竟茫然不知所措。那亂糟糟夾雜著畏懼與興奮的心情，他記得只有在做新郎官的那一刻有過。

幸好，嗚鑼喝道的八座大轎，一直抬進「行轅」大門。王有齡只「站班」，不報名，轎簾不曾打開，轎中人根本不知道有這麼個候補鹽大使在「伺候」，在別人是勞而無功，在他卻是如釋重負，舒口氣依舊到門房裡去坐著。

凳子都沒坐熱，忽聽得裡面遞相傳呼：「請王老爺！」「請王老爺！」王有齡一聽，心又跳了，站起來又坐下，坐下又站起，不知如何是好？

就在這時候，楊承福比甚麼人都跑得快，到了王有齡面前，把他一拉拉到僻處，不斷眨著眼，顯得驚異莫名地問道：「王老爺，你與我家大人到底是怎麼回事？」

「楊二哥——。」

「王老爺！」楊承福大聲打斷，跟著請了個安，站起身來說，「你老千萬不能如此稱呼！讓我家大人知道了，一定生氣，非把我打發回雲南不可。」

「那麼叫你甚麼呢？老楊？」

「是。王老爺如果不肯叫我名字，就叫老楊也可以。」

「老楊，我先問你，你家大人看了我手本怎麼說？」

「他很高興，說：『此是故人。快請！快請！』」

這一下，王有齡也很高興了，「不錯。」他順口答道：「我們是世交。多年不見，只怕名同人不同，所以一時不敢跟你說破。」

「怪不得！」楊承福的疑團算是打破了，「快請進去吧！」

說著，哈一哈腰，伸手肅客；然後在前引路，把王有齡帶到一個小院子裡。

這個小院子原是這裡的老道習靜之所，花木掩映中，一排三間平房；正中門楣上懸著塊小小的匾，上書「鶴軒」二字，未進鶴軒，先有聽差高唱通報：「王老爺到！」

接著棉門簾一掀，踏出一個三十多歲的人來，面白如玉，戴一頂珊瑚結子的黑緞小帽，穿一件半舊的青灰緞面的薄棉袍，極挺括的紮腳袴，白布襪，黑緞鞋，豐神瀟灑，從頭到腳都是家世清華的貴公子派頭，怎麼樣也看不出是現任的二品大員。

驟看之下，王有齡倒有些不敢相認；反是何桂清先開口：「雪軒，一別二十年，想不到在這裡重逢！」

聲音是再熟悉不過的，所不同的是，當初叫「少爺」，現在叫「雪軒」；這提醒了王有齡，身分真個判如雲泥了！他不能再叫他「小清」，甚至也不能叫他「根雲」——他還是從《爵秩全覽》中發見他有了一個別號；「做此官行此禮」，少不得要叫他一聲「何大人」！

「何大人！」王有齡一面叫，一面請了個安。

這時何桂清才有些侷促，「不敢當、不敢當！」他親手來扶「故人」，同時回頭問楊承福：「王老爺可曾帶跟班？」

問跟班實在是問衣包；如果帶了跟班，那麼一定知道主人必會請客人便衣相見，預先帶著衣包好更換，楊承福懂得他的意思，很快地答道：「王老爺在客邊，不曾帶人來。」

「那快伺候王老爺換衣服！」何桂清說，「看我那件新做的皮袍子，合不合身？」

「是。」楊承福轉臉向王有齡說：「王老爺請隨我來。」

他把他引入東面一間客室，放下簾子走了出去；王有齡打量了一下，只見四壁字畫都落著「根雲」的款，雖是過境稍作勾留，依然有過一番布置。何桂清的派頭還真不小！二十年的功夫，真正是脫胎換骨了。

正在感慨萬端時，楊承福已取了他主人的一件新皮袍、一件八成新的「臥龍袋」，來伺候王有齡更換——不過一天的功夫，由初交而成好友，由好友又變為身分絕不相類，相當於「老爺與聽差」的關係，僅是這一番小小的人事滄桑，已令人感到世事萬端，奇妙莫測，足夠尋味了。

「王老爺！」楊承福說，「這一身衣服很合適；回頭你老就穿了回去。這套袍褂，我正好送去還人家，也省了一番手腳。」

「真正承情之至！」王有齡握著他的手；心頭所感到的溫暖，比那件號稱為「蘿蔔絲」的新羊裘為他身上所帶來的溫暖更多，「老楊，我實在不知道怎麼樣感激你？」

「言重，言重！人生都是一個『緣』。」楊承福取過一面鏡子來，「王老爺你照照看。昨日今朝大不同了。」

王有齡從鏡子裡發現自己，比穿著官服，又換了副樣子，春風滿面，喜氣洋洋，如果留上兩撇八字鬍子，就是面團團富家翁的福相了。

照了一會鏡子，他忽然笑了起來，笑得開心，卻笑得無端，楊承福不免詫異。

「老楊！你說人生是個『緣』字，我說人生如戲。你看，」他指指身上，又指指剛摺疊好的那套官服：「這些不都是『行頭』嗎？不過，話又說回來，就因為有『緣』才生出許多『戲』來。人生偶合，各憑機緣，其中沒有道理好說。」

「王老爺的話不錯。請吧！我們大人在等；你老好好把這齣『戲』唱下來！」

「說得是。」王有齡深深點頭。

心中存著個「唱戲」的念頭，便沒有甚麼忸怩和為難的感覺了。踱著方步，由楊承福領到西面何桂清的屋子裡，進門一揖，從容說道：「多謝何大人厚賜。真是『解衣衣我』，感何可言！」

何桂清沒有想到他是如此老練深沉，相當驚異；同時心裡一塊石頭也落了地——他一直在擔心，怕王有齡在底下人面前洩了他的底細，照現在這樣子看，是絕不會有的事。

「噯，你太客氣了！你我何分彼此？」何桂清也很厚道，一上來就表明了不忘舊情的本心；「請匟上來坐，比較舒服些。」

匟几上已擺了八個高腳盆子，裝著茶點水果；匟前一個雪白銅的火盆，發出嗶嗶剝剝煤炭的輕響。王有齡覺得這樣的氣氛，正宜於細談敘舊，便欣然在下首落座；何桂清還要讓他上座，他一定不肯，也就算了。

當楊承福端來了蓋碗茶，做主人的吩咐：「有客一概擋駕。王老爺是我從小的『弟兄』，二十年不見，我們要好好談談；叫他們不必在外面伺候。」

「是！」楊承福又說，「請大人的示，晚上有飯局——。」

「我知道。回頭再說。」

等底下人一迴避，室中主客單獨相處，反有不知從何說起之苦。而且何桂清也還有些窘態；王有齡一看這情形，只好口不擇言地說了句：「二十年不見，想不到大人竟直上青雲，『同學少年真不賤』！可喜可賀。」

話是不甚得體，但總算開了個頭，何桂清緊接著搖搖手說：「雪軒！我們的稱呼要改一改，在場面上，朝廷體制所關，不得不用官稱；私底下你叫我『根雲』好了。」

「是。」王有齡坦然接受他的建議，「我倒還不知道你這個大號的由來。」

「是我自己取的。『根雲』者『根基於雲南』，永不忘本耳。」

原來如此！王有齡心想：照他的解釋，無非特意掛一塊『雲南人』的幌子，照此看來，他可能是「冒籍」中的舉。這也不去管他，反正能「不忘本」總是好的。

「我也聽說，老太爺故世了。」何桂清又說，「其時亦正逢先君棄養，同在苦次，照禮不通弔問。」

他的所謂「先君」，王有齡從前管他叫「老何」，現在當然也要改口了：「我也失禮，竟不知老太爺下世。說實在的，我也不知道你中舉、點翰林。不然——。」

不然早就通音問了。王有齡不曾說出這句話來，何桂清心裡卻明白；他已聽楊承福略略提過，知道他此行是為了上京加捐，看境況似乎並不怎麼好；隨即問道：「這幾年一直在浙江？」

「是的。」王有齡答道：「那年在京裡與先父見面，因為回福建鄉試，路途遙遠；當時報捐了一個鹽大使，分發到浙江候補，一直住在杭州。」

「混得怎麼樣呢？」

「唉！一言難盡。」王有齡欲言又止地。

「從小的弟兄，有甚麼話不能跟我說？」

王有齡是年輕好面子，不好意思把窘況說與舊日的「書僮」聽；此時受了何桂清的鼓勵，同時又想到「人生如戲」，便覺無所礙口了。

「這一次我有兩大奇遇，一奇是遇著你；一奇是遇著個極慷慨的朋友。舊雨新知，遇合不凡，是我平生一大快事——。」

於是王有齡把胡雪巖贈金的經過，說了一遍；何桂清極有興味地傾聽著，等他說完，欣然笑道：「我也應該感謝這位胡君；若非他慷慨援手，你就不會北上；我們也就無從在客途重逢了。」

「是啊！看來今年是我脫運交運的一年。」

正說到這裡，楊承福在窗外大聲說道：「跟大人回話；通永台衙門派人來請大人赴席。」

「好，我知道了。」停了一下，何桂清又說：「你進來。」

等楊承福到了跟前，何桂清吩咐他替王有齡備飯，又叫到客店去結帳，把行李取了來。王有齡不作一聲，任他安排。

於是王有齡吃了一頓北上以來最舒服的飯；昨天還是同桌勸酬、稱兄道弟的楊承福，這時侍立在旁，執禮極恭。要說有使得他感到不舒服的地方，那就是這一點歉疚不安了。

飯後，楊承福為他到客店去取行李，王有齡便歪在匟上打盹。一覺醒來，鐘打三下，恰好何桂清回到行館，煮茗清談，重拾中斷的話頭。

說到「交運脫運」，何桂清要細問王有齡的打算。他很老實地把楊承福的策劃說了出來；自己卻不曾提甚麼要求，因為他認為這是不需要的，何桂清自會有所安排。

「捐一個『指省分發』是一定要的，不過不必指明在江蘇。」

「那麼，在那一省呢？」

何桂清沉吟了一下忽然問道：「你知道不知道，你們浙江出了一件大案？」話剛出口，隨又用自己省悟的語氣緊接著說：「喔，你當然不知道，這件案子發生還不久，外面的消息沒有那麼快！這也暫且不提。浙江的巡撫半年前換了人，你總該知道？」

「是的。是黃撫台。」

「黃壽臣是我的同年，現在聖眷正隆，不過——，」何桂清略停一停說：「你還是回浙江。」

語意曖昧不明，王有齡有些摸不著頭腦；定神想了一下，此一刻是機會、是關鍵，不可輕易放過，無論如何跟著何桂清在一起，緩急可恃，總比分發到別省來得好！

打定了這個主意，他便用反襯的筆法，逼進一步：「如果你不願意我到江蘇，那麼我就回浙江。」

「你誤會了！」何桂清很快地接口，「我豈有不願意你到江蘇的道理？老實說，我沒有少年的朋友，有時覺得很寂寞，巴不得能有你在一起，朝夕閒話，也是一樂。我讓你回浙江，是為你打算。」

「這我倒真是誤會了。」王有齡笑道：「不過，如何是為我打算，乞道其詳。」

「江蘇巡撫楊文定我不熟，而且比我早一科，算是前輩，說話不便；就算賣我的帳，也不會有好缺給你。到浙江就不同了。黃壽臣這個人，說句老實話，十分刻薄，但有我的信，對你就會大不相同。」

「是！」王有齡將信將疑地答應著。

「索性跟你明說了吧，省得你不放心。不過，」何桂清看了看窗外說，「關防嚴密，你千萬不可洩漏出去。」

「當然，當然。」

「黃壽臣是靠我們乙未同年，大家捧他。」何桂清隔著炕几，湊過去放低了聲音說，「這還在其次，他現在有件案子，上頭派我順道密查——自然，他也知道我有欽差的身分，非賣我的帳不可。你真正是運氣好！早也不行，遲也不行，剛剛就是這會兒；我的一封信到他那裡，說甚麼就是甚麼。」

「啊！」王有齡遍體舒泰，不由得想起「積德以遺子孫」這句話；如果不是老父身前提拔何桂清，自己何來今日的機緣？

這天晚上，何桂清又有飯局，是倉場侍郎作東。赴席歸來，又吩咐備酒，與王有齡作長夜之飲。二十年悲歡離合，有著扯不斷的話頭，但王有齡心中還有一大疑團，卻始終不好意思問出來。

這個疑團就是何桂清如何點了翰林？照王有齡想，他自然是捐了監生才能參加鄉試；鄉試中式成了舉人，然後到京城會試，成進士、點翰林。疑問就在他不是雲南人，怎能在雲南鄉試？「冒籍」的事不是沒有，但要花好大的力量，這又是誰幫了他的忙呢？

他不好意思問，何桂清也不好意思說。尊前娓娓，談的都是京裡官場的故事；何桂清講起宣宗的儉德，當今皇帝得承大位的祕辛——全靠他「師傅」杜受田的指點，咸豐帝在做皇子時，表現了仁慈友愛的德量，宣宗才把皇位傳給了他。

「當今皇上年紀雖輕，英明果敢，頗有一番作為。」何桂清很興奮地說，「氣運在轉了，那班旗下大爺，昏庸糊塗，讓皇上看透了他們，辦不了大事。現在漢人正在得勢；不過漢人中，也要年輕有擔當的，皇上才賞識。所以那些瑣屑齷齪的大僚，因循敷衍，一味做官，不肯做事的，紛紛告老。如今朝中很有一番新氣象。雪軒，時逢明主，你我好自為之。」

「我怎能比你？以侍郎放學政，三年任滿，不是尚書，就是巡撫。真正是望塵莫及！」

「你也不必氣餒。用兵之際，做地方官在『軍功』上效力，升遷也快得很。」何桂清又說，「黃壽臣人雖刻薄，不易伺候，但倒是個肯做事的。你在他那裡只要吃得來苦，他一定會提拔你。」

「那自然也靠了你的面子。不過——。」

看他欲言又止的神情，何桂清便很關切地問：「你有甚麼顧慮，說出來商量。」

「你說黃撫台不易伺候，我的脾氣也不好，只怕相處不來。」

「這你放心。他的不易伺候，也要看人而定。有我的交情在，他絕不會難為你！」

「是的。」王有齡想了想，很謹慎地問，「你說他有件案子，上頭派你順道密查；不知是件甚麼案子？」

聽他問到機密，何桂清面有難色；沉吟了一會才說：「反正將來你總會知道，我就告訴了你也可以。只是出於我口，入於你耳，不足為外人道。」

於是他把黃宗漢逼死椿壽，皇帝心有所疑的經過，細細說了一遍。王有齡入耳心驚，對黃宗漢的為人，算是有了相當認識。

「這麼件案子壓得下去嗎？」他問。

「怎麼壓不下去？『朝裡無人莫做官』，只要有人，甚麼都好辦。」

「椿壽的家屬呢，豈肯善罷甘休？」

「你想呢？椿壽的家屬當然要鬧。不過，黃壽臣在這些上的本事最大，不必替他擔心。」何桂清又說，「我聽說椿壽夫人到巡撫衙門哭鬧過幾次，又寫了冤單派人『京控』；現在都沒事了——這就是黃壽臣的本事，我也不知道他是怎麼平伏下來的！」

「有這樣的事！真是聞所未聞。」

「官場齷齪，無所不有。」何桂清輕描淡寫一句撇開：「別人的事，不必去管他了。」

不管別人的閒事，自然是談王有齡切身的利害。何桂清告訴他，洪楊亂起，在廣西沒有把它擋住，現在軍入兩湖，有燎原之勢，朝廷籌餉甚急，捐例大開；凡是「捐備軍需」的，多交部優予議敘，所以目前的機會正好，勸王有齡從速進京「投供」加捐，早日到浙江候補。

「也不忙在這幾天。」王有齡笑道，「我送你上了船再動身也不晚。」

「不必。」何桂清說：「我陛辭時，面奉諭旨，以現在籌辦漕米海運，我在戶部正管此事，命我沿途考察得失奏聞。在通州，我跟倉場侍郎要好好商議，還有幾天耽擱，好在江浙密邇，將來不怕見不著面。我明天就派一個人送你進京；黃壽臣的信，我此刻就寫。」

「能有人送我進京，那太好了。吏部書辦有許多花樣，非有熟人照應不可。」

「就是這話。我再問你一句，你回浙江之後，補上了缺怎麼辦？」

這話問得王有齡一楞，細想一想才明白，問的依舊是「做官的本錢」。一旦藩署「掛牌」，不管是實缺還是署理，馬上就是現任的「大老爺」了，公館、轎馬、衣服、跟班，一切排場要擺開來；加上赴任的盤纏，算起來不是一筆小數目。而且剛到任也不能馬上就出花樣弄錢；那兩三個月的用度，也得另外籌措。這一點，王有齡當然盤算過，點點頭說：「只要掛了牌，事情就好辦了。」

「我知道。候補州縣只要一放了缺，自有人會來借錢與你。不過，說得難聽些，那筆借款就跟老鴇放給窯姐兒的押帳一樣；跟你到了任上，事事受他挾制，非弄得聲名狼藉不可！」

說著何桂清站起身來，走到裡面臥室；再回來時，手裡拿著一張銀票。

「我手頭也不寬裕，只能幫你這點忙；省著些用，也差不多了。」

銀票是八百兩，足足有餘了！王有齡喜出望外，眼含淚光地答說：「大恩不言謝。不過將來也真不知何以為報？」

「談甚麼報不報？」何桂清臉上是那種脫手千金，恩怨了了的得意與欣快，「說句實話吧，這是我報答你老太爺的提攜。沒有他老人家，我不能在雲南中舉。」

「話雖如此，我未免受之有愧。」

「這不須如此想。倒是那位在你窮途之際，慷慨援手的胡君；別人非親非故幫你的忙，無非看你是個人才，會有一番事業，你該記著這一點！」

王有齡自然深深受教。他本來就不是沒有大志，連番奇遇的鼓舞，越發激起一片雄心，只一閉上眼，便看得前程錦繡，目迷神眩；雖還未補缺，卻已在享受做官的樂趣了。

第二天早晨起身，何桂清已寫好了一封致黃宗漢的信在等他；這封信不是泛泛的八行，甚至也不像一封薦信，裡面談了許多知交的私話，然後才提到王有齡，說是「總角之交，誼如昆季」，特為囑他指捐分發浙江，以便請黃宗漢培植造就，照這封信的懇切結實來說，就差何桂清當面拱手拜託了。

等看過封好，王有齡便跟何桂清要人。以他的意思，很想請楊承福做個幫手；這一點何桂清無法滿足他的希望，因為楊承福是他最得力的人，許多公事、關係只有他清楚首尾，非他人所能替代。

「這樣吧，」楊承福建議，「叫高升跟了王老爺去，也很妥當。」

高升也很誠實能幹，他自己也願意跟王有齡，事情就算定局。拜別何桂清，謝了楊承福；由高升照料著，當天就到了京裡。本來想住會館，因為本年壬子恩科，明年癸丑正科，接連兩年會試，落第的、新到的舉人，擠得滿坑滿谷，要找一間空房實在很難。而且王有齡以監生的底子來加捐，跟那些明年四月便可一舉成名的舉人在一起，相形之下，仙凡異途，也自覺難堪。便索性破費些，在西河沿找了家客店住。

天氣極冷，生了爐子還像坐在冰窖裡，高升上街買了皮紙和麵，在爐子打了一盆漿糊；把皮紙裁成兩指寬的紙條，把窗戶板壁上所有的縫隙都糊沒。西北風進不來，爐火才能發生作用，立刻滿室生春，十分舒服。王有齡吃過晚飯，便跟高升商量正事。

「老爺，我有個主意，你看使得使不得？」高升說道，「明天就是臘八，還有十幾天功夫就『封印』了。」

「啊！」一下提醒了王有齡，「一『封印』就是一個月，這十幾天辦不成；在京裡過年空等，那耽誤的功夫就大了。」

「是啊！打那兒來說，都是件划不來的事。所以我在想，不如多花幾個錢，盡這十幾天把事情辦妥，趕年裡就動身回南。」

「年裡就動身？不太急了嗎？」

「我是替老爺打算。京裡如果沒有甚麼熟人，在店裡過年，也不是味兒。再說從大年初一到元宵，到那兒也得大把花錢，真正划不來。與其這個樣，莫如就在路上過年。再有一層，」高升湊近了他說，「老爺最好趕在何大人之前，或者差不多的日子到浙江見黃撫台；何大人的信才管用。」

王有齡恍然大悟，覺得高升的話，實在有見識。黃宗漢此人既有刻薄的名聲，保不定在椿壽那件案子結束以後，過河拆橋，不賣何桂清的帳；如果正是何桂清到浙江查案時，有求於人，情形自然不同。總之，寧早勿遲，無論如何不錯。

「我聽你的話，就這麼辦。不過，你可有路子呢？」

「路子總有的。明天我就去找。」高升極有把握地說：「包管又便宜又好。」

於是王有齡掀然開了箱子，把舊捐的鹽大使「部照」取了出來；接著磨墨伸紙開具「三代」，細陳經歷，把文件都預備妥當，一一交代明白。又取二十兩銀子交給高升，作為應酬花費。

從第二天起，高升開始奔走。起初的消息不大好，不是說時間上沒有把握，就是額外需索的費用太高。這樣過了三四天，不但王有齡心裡焦灼，連高升自己也有些氣餒了。

就在放棄希望，打算著在京過年時，事情突然有了轉機；吏部有個書辦，家裡遭了回祿之災，還燒死了一母一子，年近歲逼，逢此家破人亡的慘事；偏偏這書辦又因案下獄，雪上加霜，瀕臨絕境，必須求援於他的同事們。

幫忙無非「有錢出錢，有力出力」，但出錢的不過十兩、八兩銀子，倒是出力的幫忙得大。年下公事特忙。部裡從司官到書辦，知道各省差官，以及本人來候選捐納，謀幹前程的，都希望提前辦理；在京裡過年，賠貼盤纏，空耗辰光還不說，有些限期的公事，耽誤了還有處分。所以這時是留難需索，擇肥而噬的好機會，現在為了幫同事的忙，他們私下定了章程，出了「公價」，凡是想限期辦妥的公事，除了照平時的行市納規費以外看情況加送若干，多下的錢就歸那遭禍的書辦所得。對外人來說，這比自己去撞木鐘，輾轉託人，重重剝削要便宜得多。

高升從琉璃廠的筆墨莊裡得到了這個消息，又去找熟人打聽，果有其事，匆忙回來說與王有齡。就託那個熟人，代為接洽，說定了價錢；一共四百八十兩銀子，加捐為候補州縣，分發浙江。其中三分之二是「正項」，三分之一是「雜費」，打成兩張銀票，正項自己去繳，雜費託經手人轉交。不過五天功夫，就把簇新的一張「部照」和稱為「實收」的捐納交銀收據都拿到手了。

這件大事倒辦好了，長行回南，卻頗費周章。急景凋年，車船都不大願意做此一筆買賣。王有齡便又跟高升商議，大事已妥，隨時可走，也不爭在這幾天，不如過了「破五」再說。高升原是為主人打算，唯命是從，當時便先訂好了兩輛大車，付了一半車價，約定開年初七、宜於長行的黃道吉日動身。

這時京裡除了軍機處，大小衙門，都已封印。滿街都是匆匆忙忙的行人，有的憂容滿面，四處告幫過年；有的提著燈籠，星夜討債。王有齡卻是心定神閒，每天由高升領著，到各處去閒逛——他在京裡也有些熟人，但一則年節下大家都忙，不便去打攪；二則帶的土儀不多，空手登門拜訪，於禮不合；三則是他自己覺得現在境況不佳，不如不見，等將來得意了，歡然道故，才有人情酬酢之樂。因此，除了極少的一兩家至親，登門一揖以外，其餘同鄉親友那裡，一概不去。

到了大年三十，會館裡的執事邀去過年，吃完年夜飯，廳上拉開桌子，搖攤的搖攤，推牌九的推牌九，王有齡不好此道，早早回到了西河沿客店。高升是他事先放了他假的，不在客店；夥計替他撥旺了爐火，沏了熱茶，枯坐無聊，又弄了酒來喝，無奈「獨醉不成歡」，有心摘一朵野花，點綴佳節，想想自己已是「父母官」的身分，怕讓高升發覺了瞧不起。「八大胡同」倒是近在咫尺，但「清吟小班」是有名的銷金窩——這一年異遇甚多，保不定又逢一段奇緣，那一下，五百年前的風流債還不清，豈不辜負了胡、何二人的盛情厚望？

在滿街爆竹聲中，王有齡一個人悄悄地睡下了；卻是怎麼樣也沒有睡意。通前徹後，細思平生，有悽涼，也有歡欣；有感慨，卻更多希望。他在想，不走何桂清那樣的「正途」，已是輸人一著；但也不能就此認輸，一個人總要能展其所長，雖說書沒有讀得何桂清好，但從小跟在父親身邊，了解民生，熟悉吏治，以及吃苦耐勞，習於交接，卻不是那班埋首窗下，不通世務的書生可比。「世事洞明皆學問」，妄自菲薄，志氣消沉，聰明才智也就灰塞萎縮了。於今逢到大好機會，又正當國家多事，明主求治之際，風塵俗吏的作為，亦未見得會比金馬玉堂的學士遜色！

轉念到此，頓時浮起一片要做一番事業的雄心壯志。但以大器自期，覺得肚子裡的貨色還不夠——不是詞賦文章，而是於國計民生有關的學問。

因此年初一那天逛琉璃廠，別人買吃的、玩的，王有齡像那些好書成癖的名士一樣，只在書鋪裡坐。王有齡此時的氣度服飾，已非昔比；掌櫃的十分巴結，先拜了年，攏上果盤，然後請教姓氏、鄉里、科名。

「敝姓王，福建；秋闈剛剛僥倖。」王有齡的口氣是自表新科舉人；好在「王」是大姓，便冒充了也不怕拆穿。

「喔，喔！王老爺春風滿面，本科一定『聯捷』。預賀，預賀！」

「謝謝。『場中莫論文』，看運氣罷了。」

「王老爺說得好一口官話；想來隨老太爺在外多年？」

「是的。」王有齡心想，再盤問下去要露馬腳了，便即問道：「可有甚麼實用之學的好書？」

「怎麼沒有？」那掌櫃想了想，自己從書架子取了部新書來，「這部書，不知王老爺有沒有？」

一看是賀長齡的《皇朝經世文編》，王有齡久聞其名，欣然答道：「我要一部。」

「這部書實在好。當今講究實學，讀熟了這部書，殿試策論一定出色。」

「有沒有『洋務』上的書？」

「講洋務，有部貴省林大人譯的書，非看不可。」

那是林則徐譯的《西夷四州志》，王有齡也買了。書店掌櫃看出王有齡所要的是些甚麼書；牽連不斷，搬出一大堆來，一時也無暇細看內容，好在價錢多還公道，便來者不拒，捆載而歸。

從這天起，王有齡就在客店裡「閉戶讀書」，把一部《皇朝經世文編》中，談鹽法、河務、漕運的文章，反覆研讀，一個字都不肯輕易放過。他對湖南安化陶文毅公陶澍的政績，原就敬仰已久；此時看了那些奏議、條陳，了解了改革鹽法漕運的經過，越發嚮往。同時也有了一個心得，興利不難，難於除弊！「篳路藍縷，以啟山林」，只要功夫用到了，自能生利；但已生之利，為人侵漁把持，弊端叢生，要去消除，便成了侵害人的「權利」，自會遭遇到極大的反抗阻撓。他看陶澍的整頓鹽務，改革漕運，論辦法也不過實事求是，期於允當，並沒有甚麼了不得的地方；所可貴的是，他除弊的決心與魄力。

這又歸結到一個要點：權力。王有齡在想：俗語說的「大丈夫不可一日無權」，話實在不錯；不過這個道理要從反面來看，有權在手，不能有所作為，庸庸碌碌，隨波逐流，則雖未作惡，其惡與小人相等，因為官場弊端，就是在此輩手中變得根深柢固，積重難返的。

由於有用世之志，不得不留意時局；正好客店裡到了一個湖北來的差官，就住在他間壁，客中寂寞，攜酒消夜，談起兩湖的情形，王有齡才知道洪楊軍攻長沙不下，克寧鄉、益陽，擄掠了幾千艘民船，出臨資口，渡洞庭湖，占領岳州，乘勝東下，十一月陷漢陽，十二月裡省城武昌也淪陷了！巡撫常大淳、學政、藩司、臬司、提督、總兵，還有道員、知府、知縣、同知，幾乎全城文武，無不殉難。說到悲慘之處，那差官把眼淚掉落在酒杯裡。

王有齡也為之慘然停杯。常大淳由浙江巡撫調湖北，還不到一年；他在杭州曾經見過，純粹是個秉性仁柔的書生，只因為在浙江巡撫任內平治過海盜，朝廷當他會用兵，調到湖北去阻遏洪軍，結果與城同亡，說起來死得有點冤枉。

但是，地方官守土有責，而且朝廷已有旨意，派在籍大臣辦理「團練」，以求自保；生逢亂世，那裡管得到文是文，武是武？必須得有「上馬殺賊，下馬草露布」的本事，做官才能出人頭地。有了這層省悟，王有齡又到琉璃廠去買了些《聖武記》之類談征戰方略，練兵籌餉的書，預備利用旅途，好好看他一遍。

依照約定的日子，正月初七一早，由陸路自京師動身，經長辛店一直南下，出京除了由天津走海道以外，水陸兩途在山東邊境的德州交會，運河自京東來，過此偏向西南，經臨清、東昌南下；陸路自京西來，過此偏向東南，由平原、禹城、泰安、臨沂，進入江蘇省境，到清江浦，水陸兩途又交會了。

王有齡陸路走了二十天，在整天顛簸的大車中，依舊手不釋卷；到晚宿店，豆大油燈下還做筆記。就這樣把《經世文編》、《聖武記》、《西夷四州志》都已看完。有時車中默想，自覺內而漕、鹽、兵事；外而夷情洋務，大致都已瞭然於胸。

他在路上早就打算好了。車子講定到王家營子，渡過黃河就是清江浦，由此再雇船沿運河直放杭州；為了印證所學，不妨趁此棄車換船的機會，在清江浦好好住幾天——這個以韓信而名聞天下的古淮陰，是南來水陸要衝的第一大碼頭，江南河道總督專駐此地，河務、漕運，以及淮鹽的運銷，都以此地為樞紐，能夠實地考察一番，真個「勝讀十年書」。

那知來到王家營子，就聽說「長毛」造反，越發猖獗；一到清江浦，立刻就能聞到一種風聲鶴唳的味道，車馬絡繹，負載著亂糟糟的家具雜物；衣冠不整，口音雜出的異鄉人，不計其數，個個臉上有驚惶憂鬱神色，顯而易見的，都是些從南面逃來的難民。

「老爺！」高升悄悄說道，「大事不妙！我看客店怕都客滿了。帶著行李去瞎闖，累贅得很。你老先在茶館坐一坐，看好了行李，我找店，找妥當了再來請老爺過去。」

「好，好！」王有齡抬頭一望，路南就是一家大茶館，便說，「我就在這裡等。」

到了茶館，先把行李堆在一邊，開發了挑伕，要找座頭休息；舉目四顧，亂哄哄一片，只有當門之處一張直擺的長桌子空著。高升便走過去拂拂凳子上的塵土說道：「老爺請這裡坐！」

他是北方人，沒有在南方水路上走過，不懂其中的規矩；王有齡卻略微有些知道，那張桌子叫「馬頭桌子」，要漕幫裡的「龍頭」才有資格坐，所以慌忙拉住高升：「這裡坐不得！」

「噢！」高升一楞。

王有齡此時無法跟他細說，同時茶博士也已趕了來招呼他與人拼桌。高升見安頓好了，也就匆匆自去。王有齡喝著茶，便向同桌的人打聽消息。

消息壞得很！自武昌淪陷，洪楊軍扣了大小船隻一萬多艘，把一路所擄掠來的金銀財貨、軍械糧食，都裝了上去；又裹脅了幾十萬老百姓，沿著長江兩岸，長驅而東，所過州縣，無不大搶特搶。就這樣一直到了廣濟縣的武穴鎮，跟兩江總督陸建瀛碰上了。

湖北不歸兩江總督所管，陸建瀛是以欽差大臣的身分，出省迎敵；綠營暮氣沉沉，早已不能打仗，新招募的兵又沒有多少，那禁得住洪楊軍如山洪暴發般順流直衝，以致節節敗退。

這時洪楊軍的水師，也由九江，過湖口、彭澤，到了安徽省境；守小孤山的江蘇按察使，棄防而逃，這一下省城安慶的門戶洞開。安徽巡撫蔣文慶只有兩千多兵守城，陸建瀛兵敗過境，不肯留守，直回江寧；蔣文慶看看保不住，把庫款、糧食、軍火的一部分，移運廬州，自己堅守危城。其時城裡守卒已經潰散，洪楊軍輕而易舉地破了城，蔣文慶被殺於撫署西轅門。這是十天前的事。

「十天前？」王有齡大驚問道：「那麼現在『長毛』到了甚麼地方了呢？」

「這可就不知道了。」那茶客搖搖頭，愁容滿面地，「蕪湖大概總到了。說不定已到了江寧。」

王有齡大驚失色！洪楊軍用兵能如此神速？他有點將信將疑。但稍為定一定心來想，亦無足奇；這就是他在旅途中讀了許多書的好處，自古以來，長江以上游荊州為重鎮，上游一失，順流東下，下游一定不保，所以歷史上南朝如定都金陵，必遣大將鎮荊襄，保上游；而荊襄有變，金陵就如俎上之肉，此所以桓溫在荊州，東晉君臣，寢食難安，而南唐李氏以上游早失，終於為宋太祖所平。

這一下，他對當前的形勢得失，立刻便有了一個看法，朝中根本無知將略的人，置重兵於湖廣、河南，防洪楊北上；卻忽略了江南的空虛，這是把他們逼向東南財賦之區，實在是極大的失策。

照這情形看，金陵遲早不保。他想到何桂清，一顆心猛然往下一沉；隨即記起，何桂清不在金陵，抹一抹額上的汗，鬆口氣失聲自語：「還好，還好！」

同桌的茶客抬起憂鬱的雙眼望著他，他才發覺自己的失態，便陪著笑說：「我想起一個好朋友，他——，」王有齡忽然問道：「請問，學台衙門，可是在江陰？」

「我倒不大清楚。」那人答道，「江蘇的大官兒最多，真搞不清甚麼衙門在甚麼地方？」

「怎麼搞不清。」鄰桌上有人答話，「不錯，江蘇的大官最多；不過衙門都在好地方。」他屈著手指數道；「從清江浦開始數好了，南河總督駐清江浦，漕運總督駐淮安；兩江總督、駐防將軍、江寧藩司駐江寧；江蘇巡撫、江蘇藩司駐蘇州；學政駐江陰，兩淮鹽政駐揚州。」

果然是在江陰。王有齡心裡在盤算，由運河到了揚州，不妨沿江東去，到江陰看一看何桂清，然後再經無錫蘇州、嘉興回杭州，也還不遲。

剛剛盤算停當，高升氣喘吁吁地尋了來了，他好不容易才覓著一間房，雖丟了定錢在那裡，去遲了保不定又為他人所得，兵荒馬亂，無處講理，所以催著主人快走。

於是王有齡起身付了茶錢，主僕兩人走出店來，攔著一名挑伕，把笨重箱籠挑了一擔；高升揹了鋪蓋捲；其餘帽籠之類的輕便什物，便由王有齡親手拿著，急匆匆趕到客店。是一間極狹窄的小屋，而且靠近廚房，油煙瀰漫，根本不宜作為客房；可是看到街上那些扶老攜幼，徬徨不知何處可以容身的難民，王有齡便覺得這間小屋簡直就是天堂了。

「你呢？」他關切地問高升，「也得找個鋪才好。」

「我就在老爺床前打地鋪。反正雇好了船就走，也不過天把的事。」

「高升！我想繞到江陰去看一看何大人。」王有齡把他的打算說了出來。

「這個——，」高升遲疑地答道：「我勸老爺還是一直回杭州的好，一則要早早稟到；二則多換兩次船，在平常不費事，這幾天可是很大的麻煩。老爺，消息很不好；萬一路斷了，怎麼辦？」

高升的見識著實不低，分發浙江的候補州縣，如果歸路中斷，逗留在江蘇，那是一輩子都補不到缺的，所以王有齡一聽他的話，翻然變計，當夜商量定規，盡快雇船趕回浙江。

第二天早晨一看，難民已到了許多，同時也有了確實消息，蕪湖已經失守；官軍水師大敗，福山鎮總兵陣亡，洪楊軍正分水陸三路，進薄江寧。江南的老百姓，一兩百年未經兵革，恐慌萬狀，因而雇船也不容易；南面戰火瀰漫，船家既怕送入虎口，又怕官府抓差扣船，不管那一樣，反正遇上了就要大倒其楣。

奔走了一天，總算有了結果，有一批浙江的漕船回空，可以附搭便客，論人計價，每人二十兩銀子，這比平時貴了十倍不止，事急無奈，王有齡惟有忍痛點頭。

但也虧得是坐漕船，一路上「討關」、「過壩」可得許多方便。風向也順，船行極快，到了揚州；聽說江寧已經被圍，城外有七八十萬頭裹紅巾的長毛，城裡只有四千滿兵，一千綠營兵，不過明太祖興建的江寧城，堅固有名，一時不易攻下。

如果真的有七、八十萬人，洪楊軍能不能攻下江寧，無關大局。王有齡心裡在想，他們的兵力足夠，分兵兩路，一支往東，逕取蘇常；一支渡江而北，經營中原，這一來江寧成了孤城，不戰自下。由於這個想法，王有齡對大局相當悲觀，中宵不寐，聽著運河的水聲，心潮起伏，不知如何才能挽救江南的劫運？

就這樣憂心忡忡地到了杭州。一上岸第一個想到的不是家，是胡雪巖，但自然沒有行裝未卸，便上茶館裡去尋他的道理。而一到了家，卻又有許多事要料理；當務之急是尋房子搬家。原來的住處過於狹隘，且莫說排場氣派，首先高升就沒有地方住；所以他在家只得坐一坐，喝了杯茶，隨即帶著高升去尋房屋經紀。

買賣房屋的經紀人，杭州叫做「瓦搖頭」，他們有日常聚會的地方，在一家茶館——各行各業都有一家茶館作為買賣聯絡的集中之處，稱為「茶會」。到了茶會上，那些連「瓦」見了他們都「搖頭」的經紀人，一看王有齡的服飾氣派，還帶著底下人，都以為是大主顧來了，紛紛上來兜搭，問他是要買呢，還是「典」？

「我既不買，也不典。想租一宅房子。而且要快，最好今天就能搬進去。」

「這那裡來？」大家都有些失望地笑了。

「我有。」有個人說。

於是王有齡只與此人談交易，問了房子的格局，大小恰如所欲；再問租金，也還不貴，「那就去看一看再說。」王有齡這樣表示，「看定了立刻成約，當日起租。我做事喜歡痛快，疙裡疙瘩的房子我可不要。」

「聽你老人家是福建口音夾杭州口音，想必也吃了好幾年西湖水，難道還不知道『杭鐵頭』說一不二？」

那房子在清河坊，這一帶杭州稱為「上城」，從南宋以來，就是一城精華所在；離佑聖觀巷的撫台衙門和藩司前的藩台衙門都不遠，「上院」方便，先就中王有齡的意。再看房子，五開間的正屋，一共兩進，左右廂房，前面轎廳，後面還有一片竹林，蓋著個小小的亭子；雖不富麗，也不寒酸，正合王有齡現在的身分。

看到他的臉色「瓦搖頭」便說：「王老爺鴻運高照！原住的張老爺調升山西，昨天剛剛動身；這麼好的房子，一天都不會空，說不定明天就租了出去，偏偏王老爺就是今天來看，真正巧極了！」

「是啊，巧得很！」王有齡也覺得事事順遂，十分高興，「你馬上去找房東，此刻就訂約起租。」「老爺！」高升插嘴問道：「那一天搬進來？」

「揀日不如撞日，今天就搬；萬一來不及就是明天。」

這一天是無論如何來不及了，但也有許多事要做，第一步先雇人來打掃房子；第二步要買動用家具——為了不願意露出暴發戶的味道，王有齡特地買了半舊的紅木桌椅；加上原有的一套，從雲南帶來的大理石的茶几、椅子，鋪陳開來，顯得很夠氣派。

真個「有錢好辦事」，搬到新居，不過兩天功夫，諸事妥貼，廚房裡廚子；上房裡丫頭、老媽；門房裡坐著四個轎班，轎廳裡停一頂簇新的藍呢轎子。高升便是他的大管家。

這就該去尋胡雪巖了。王有齡覺得現在身分雖與前不同，但不可炫耀於患難之交，所以這天早晨，穿了件半舊棉袍，也不帶底下人，安步當車，踱到了以前每日必到的那家茶館。自然遇到很多熟人，卻獨獨不見胡雪巖。

「小胡呢？」他問茶博士。

「好久沒有來了。」

「咦！」王有齡心裡有些著急，「怎麼回事？到那裡去了？」

「不曉得。」茶博士搖搖頭，「這個人神出鬼沒，那個也弄不清楚他的事。」

「這樣……，」王有齡要了張包菜葉的紙，借枝筆寫了自己的地址，交給茶博士，鄭重囑咐：「如果遇見小胡，千萬請他到我這裡來。」

走出茶館，想想不放心，怕茶博士把他的話置諸腦後，特為又回進去，取塊兩把重的碎銀子，塞到茶博士手裡。

「咦！咦！為啥？」

「我送你的。你替我尋一尋小胡，尋著了我再謝你。」

那茶博士有些發楞，心想這姓王的，以前一壺茶要沖上十七八回開水，中午兩個燒餅當頓飯，如今隨便出手就是兩把銀子，想來發了財了！可是看看他的服飾又不像怎麼有錢；居然為了尋小胡，不惜整兩銀子送人，其中必有道理。

「這、這——，真不好意思了。」茶博士問道：「不過我要請教你老人家，為啥尋小胡？」

「要好朋友嘛！」王有齡笑笑不說下去了。

作了這番安排，他悵惘的心情略減；相信那茶博士一天到晚與三教九流的人打交道，眼皮寬，人頭熟，只要肯留心訪查，一定可以把小胡尋著。只怕小胡來訪，不易找到地址，所以一回家便叫人去買了一張梅紅箋，大書「閩侯王有齡寓」六字，貼在門上。

這就要預備稟到、投信了。未上藩署以前，他先要到按察使衙門去看一個朋友。按察使通稱臬司，尊稱為臬台，掌管一省的刑名；王有齡的那個朋友就是臬司衙門的「刑名師爺」，姓俞，紹興人——「紹興師爺」遍布十八行省，大小衙門，所以有句「無紹不成衙」的俗語；尤其是州縣官，一放了缺，第一件大事就是延聘「刑名」、「錢穀」兩幕友，請到了好手，才能一帆順風，名利雙收。

王有齡的這個朋友，就是刑名好手，不但一部《大清律》倒背如流，肚子裡還藏著無數的案例。向來刑名案子，有律講律，無律講例；只要有例可援，定讞的文卷，報到刑部都不會被駁。江浙臬台衙門的「俞師爺」，就是連刑部司官都知道其人的，等閒不會駁他經辦的案子，所以歷任臬司都要卑詞厚幣，挽留他「幫忙」。

俞師爺的叔叔曾在福建「遊幕」，與王有齡也是總角之交，但平日不甚往來；這天見他登門相訪，料知「無事不登三寶殿」，便率直問道：「雪軒兄，何事見教？」

「有兩件事想跟老兄來請教。」王有齡說，「你知道的，我本來捐了個鹽大使；去年到京裡走了一趟，過了班，分發本省。」

鹽大使「過班」，自然是州縣班子；俞師爺原來也捐了個八品官兒，好為祖宗三代請「誥封」，這時見王有齡官比自己大了，便慢吞吞地拉長了紹興腔說：「恭喜，恭喜！我要喊你『大人』了。」

「老朋友何苦取笑。」王有齡問道：「我請問，椿藩台那件案子現在怎麼了？」

「你也曉得這件案子！」俞師爺又問一句：「你可知道黃撫台的來頭？」

「略略知道些。他的同年，在朝裡勢力大得很。」

「那就是了。何必再問？」

「不過我聽說京裡派了欽差來查，可有這事？」

「查不查都是一樣。」俞師爺說，「就是查，也是自己人來查。」

聽這口意，王有齡明白他意何所指？自己不願把跟何桂清的關係說破，那就無法深談了。但有一點必須打聽一下：「那麼，那個『自己人』到杭州來過沒有？」

「咦！」俞師爺極注意地看著他，「雪軒兄，你知道得不少啊！」

「那裡。原是特意來請教。」

俞師爺沉吟了一會放低聲音說：「既是老朋友，你來問我，我不能不說；不過這一案關係撫台的前程，話不好亂傳，得罪了撫台犯不著。你問的話如果與你無關，最好不必去管這閒事，是為明哲保身之道。」

聽俞師爺這麼說，王有齡不能沒有一個確實的回答，但要「為賢者諱」，不肯直道他與何桂清的關係，只說，託人求了何桂清的一封「八行」，不知道黃宗漢會不會賣帳？

「原來如此！恭喜，恭喜，一定賣帳。」

「何以見得？」

「老實告訴你！」俞師爺說：「何學台已經來過了。隔省的學政，無緣無故怎麼跑到浙江來？怕引起外頭的猜嫌，於黃撫台的官聲不利，所以行蹤極其隱祕；好在他是奉旨密查，這麼做也不算不對。你想，何學台如此迴護他的老同年，黃撫台對他的『八行』，豈有不賣帳之禮？」

「啊！」王有齡不由得笑了；他一直有些患得患失之心，怕何、黃二人的交情，並不如何桂清自己所說的那麼深厚；現在從旁人口中說出來，可以深信不疑了。

「再告訴你句話：黃撫台奉旨查問，奏覆上去，說椿壽『因庫款不敷，漕務棘手，致肝疾舉發，因而自盡，並無別情。』這『並無別情』四個字，豈是隨便說得的？只要有了『別情』，不問『別情』為何，皆是『欺罔』的大罪，不殺頭也得坐牢；全靠何學台替他隱瞞，你想想看，這是替他擔了多大的干係？」

一聽這話，王有齡倒有些替何桂清擔心，因為幫著隱瞞，便是同犯「欺罔」之罪，一旦事發，也是件不得了的事。

俞師爺再利害，也猜不到他這一樁心事，只是為老朋友高興，拍著他的肩說：「你快上院投信去吧！包你不到十天，藩司就會『掛牌』放缺。到那時候，我好好薦個同鄉給你辦刑名。」

「對了！」王有齡急忙拱手稱謝，「這件事非仰仗老兄不可；刑、錢兩友，都要請老兄替我物色。」

「有、有！都在我身上。快辦正事去吧！」

於是王有齡當天就上藩署稟到，遞上手本，封了四兩銀子的「門包」。候補州縣無其數，除非有大來頭，藩司不會單獨接見；王有齡也知道這個規矩，不過因為照道理必應有此一舉，所以聽得門上從裡面回出來，說聲：「上頭身子不舒服，改日請王老爺來談。」隨即道了勞，轉身而去。

藍呢轎子由藩司前抬到佑聖觀巷撫台衙門，轎班一看照牆下停了好幾頂綠呢大轎，不敢亂闖，遠遠地就停了下來。王有齡下了轎，跟高升交換了一個眼色，一前一後，走入大門；撫台衙門的門上，架子特別大，一看王有齡的「頂戴」，便知是個候補州縣，所以等高升從拜匣裡拿出手本遞過去，連正眼都不看他，喊一聲：「小八子，登門簿！」

那個被呼為「小八子」的，是個眉清目秀的少年，但架子也不小，向高升說道：「把手本拿過來！」

在藩台衙門，手本還往裡遞一遞；在這裡連手本都是白費，好在高升是見過世面的，不慌不忙摸出個門包，遞了給門上——他接在手裡掂了掂，臉色略略好看了些，問一句：「貴上尊姓？」

「敝上姓王！」高升把何桂清的信取出來：「有封信，拜託遞一遞。」

看在門包的分上，那門上似乎萬般無奈地說：「好了，好了，替你去跑一趟。」

他懶洋洋地站起身，順手抓了頂紅纓帽戴在頭上，一直往裡走去。撫台衙門地方甚大，光是中間那條甬道就要走好半天，王有齡便耐心等著。但這一等的時間實在太久了，不但他們主僕忐忑不安，連門房裡的人也都詫異：「怎麼回事，劉二爺進去了這半天還不出來？」

「也許上頭有別的事交代。」

這是個合理的猜測，王有齡聽在耳朵裡，涼了半截，黃宗漢根本就不理何桂清的信，更沒有把自己放在眼裡！否則絕不會把等候謁見的人，輕擱在一邊；管自己去交代別的事。

「劉二爺出來了！」高升悄悄說道。

王有齡抬眼一望，便覺異樣，劉二已迴不似剛進去時，那種一步懶似一步的神情，如今是腳步匆遽，而且雙眼望著自己這面，彷彿有甚麼緊要消息急於來通知似地。

這一下，他也精神一振，且迎著劉二，只見他奔到面前，先請了個安，含笑說道：「王大老爺！請門房裡坐。」

何前倨而後恭？除掉王有齡主僕，門房裡的，還有一直在那裡的閒人，無不投以驚異的神色，有些就慢慢地跟了過來，想打聽一下，這位戴「水晶頂子」的七品官兒，是何來歷？連撫台衙門赫赫有名的劉二爺都對他這樣客氣？

等進了門房，劉二奉他上坐，倒上茶來，親手捧過去，一面問道：「王大老爺公館在那裡？」

「在清河坊。」王有齡說了地址；劉二叫人記了下來。

「是這樣，」他說：「上頭交代，說手本暫時留下；此刻司道都在，請王大老爺進去，只怕沒有功夫細談。今天晚上請王大老爺過來吃個便飯，也不必穿公服。回頭另外送帖子到公館裡去！」

「喔，喔！」王有齡從容答道：「撫台太客氣了！」

「上頭又說，王大老爺是同鄉世交，不便照一般的規矩接見。晚上請早些過來，我在這裡伺候；請貴管家找劉二接帖就是了。」

高升這時正站在門外，聽他這一說，便悄悄走了進去；王有齡看見了喊道：「高升，你來見見劉二爺。」

「劉二爺！」高升請了個安。

劉二回了禮。跟班聽差，客氣些都稱「二爺」，所以劉二不管他行幾，回他一聲：「高二爺！」又說，「都是自己人，有甚麼事只管招呼我，不必客氣！」

「是，是！將來麻煩劉二爺的地方一定很多，請多關照。」

這時王有齡已站起身，劉二便喊：「看！王大老爺的轎子在那裡，快抬過來。」

他的那頂藍呢大轎，一直停在西轅門外；等抬到大門，王有齡才踱著八字步，走了出去，劉二哈著腰亦步亦趨地跟在後面。那些司道的從人轎班，看劉二比伺候「首縣」還要巴結，無不側目而視，竊竊私議。

回家不久，果然送來一份黃宗漢的請帖，王有齡自然準時赴宴。雖然劉二已預先關照，只穿便衣；他卻不敢把撫台的客氣話當真，依舊穿公服，備手本，只不過叫高升帶著衣包備用。

到了撫台衙門下轎，劉二已經等在那裡，隨即把他領到西花廳，說一聲：「王大老爺請坐，等我到上面去回。」

沒有多少時候，聽得靠裡一座通上房的側門外面，有人咳嗽，隨後便進來一個聽差，一手托著銀水煙袋，一手打開棉門簾。王有齡知道黃宗漢出來了，隨即站起，必恭必敬地立在下方。

黃宗漢穿的是便衣，驢臉獅鼻，兩頰凹了下去，那雙眼睛顧盼之間，看到甚麼就是死盯一眼，一望而知是個極難伺候的人物。王有齡不敢怠慢，趨蹌數步，迎面跪了下去，報名請安。

「不敢當，不敢當！」黃宗漢還了個揖；他那聽差便來扶起客人。主人非常客氣，請客人「升匠」；王有齡謙辭不敢，斜著身子在下方一張椅子上坐下。黃宗漢隔一張茶几坐在上首相陪。

「我跟根雲，在同年中感情最好。雪軒兄既是根雲的總角之交，那就跟自己人一樣，何況又是同鄉，不必拘泥俗禮！」

「承蒙大人看得起，實在感激，不過禮不可廢。」王有齡說，「一切要求大人教導！」

「那裡！倒是我要借重長才——。」

從這裡開始，黃宗漢便問他的家世經歷；談了一會，聽差來請示開席，又說陪客已經到了。

「那就請吧！」主人起身肅客，「在席上再談。」

走到裡間，兩位陪客已在等候；都是撫署的「文案」，一個姓朱的管奏摺，一個姓秦的管應酬文字。兩個人都是舉人，會試不利，為黃宗漢邀來幫忙。

這一席自然是王有齡首座，怎麼樣也辭不了的。但論地位，論功名，一個捐班知縣高踞在上，總不免侷促異常。幸好他讀了幾部實用的書在肚子裡；兼以一路來正趕上洪楊軍長驅東下，見聞不同，所以席上談得很熱鬧，把那自慚形穢的感覺掩蓋過去了。

酒到半酣，聽差進來向黃宗漢耳邊低聲說了一句，只聽他大聲答道：「快拿來！」拿來的是一角蓋著紫泥大印的公文，拆開來看完，他順手遞了給「朱師爺」；朱師爺卻是看不到幾行，便皺緊了雙眉。

「江寧失守了。」黃宗漢平靜地對王有齡說：「這是江蘇巡撫來的咨文。」

「果然保不住！」王有齡喟然問道：「兩江總督陸大人呢？」

「殉難了。死得冤枉！」黃宗漢說，「長毛用地雷攻破兩處城牆，進城以後，上元縣劉令，奮勇抵抗，長毛不支，已經退出；不想陸制軍從將軍署回衙門，遇著潰散的長毛，護勇、轎班，棄轎而逃。陸制軍就這麼不明不白死在轎子裡！唉，太冤枉了！」

黃宗漢表面表現得十分鎮靜，甚至可說是近乎冷漠，其實是練就了的一套矯情鎮物的功夫，他的內心也很緊張，尤其是想到常大淳、蔣文慶、陸建瀛等人，洪楊軍一路所經的督撫，紛紛陣亡——地方大吏起居八座，威風權勢，非京官可比，但一遇到戰亂，守土有責，非與城同存亡不可；像陸建瀛，即使不為洪楊軍所殺，能逃出一條命來，也逃不脫革職拿問，喪師失地的罪名，到頭來還是難逃一死，想到這裡，黃宗漢不免驚心。

又說了陣時局，行過兩巡酒，他忽然問王有齡：「雪軒兄，你的見聞較為真切；照你看，江寧一失，以後如何？」

王有齡想了想答道：「賊勢異常猖獗，而江南防務空虛；加以江南百姓百餘年不知兵革，人心浮動，蘇、常一帶，甚為可慮。」

「好在向欣然已經追下來了。自收復武昌以來，八戰八克，已拜欽差大臣之命，或許可以收復江寧。」

這是秦師爺的意見，王有齡不以為然，但撫署的文案，又是初交，不便駁他，只好微笑不答。

「我倒要請教，倘或蘇常不守，轉眼便要侵入本省。雪軒兄，」黃宗漢很注意地看著他，「可能借箸代籌？」

這帶點考問的意思在內，他不敢疏忽，細想一想，從容答道：「洪楊軍已成燎原之勢，朝廷亦以全力對付；無奈向帥雖為名將，尚無用武之地，收復武昌，八戰八克，功勛雖高，亦不無因人成事──。」

「怎麼叫『因人成事』？」黃宗漢打斷他的話問。

原是句含蓄的話，既然一定要追問，只好實說；王有齡向秦師爺歉意地笑一笑：「說實在的，洪楊軍裹脅百姓，全軍東下，向帥在後面攆，不過收復了別人的棄地而已。」

「嗯，嗯！」黃宗漢點點頭，向秦師爺說：「此論亦不算過苛。」然後又轉眼看著王有齡，示意他說下去。

「以愚見，如今當苦撐待援，蘇常能抵擋得一陣，朝廷一定會調遣精兵，諸路合圍，那時候便是個相持的局面；勝負固非一時可決，但局面優勢總是穩住了，因此，本省不可等賊臨邊境，再來出兵；上策莫如出境迎敵！」

黃宗漢凝視著他，突地擊案稱賞：「好一個『出境迎敵』！」

他在想，出境迎敵，戰火便可不致侵入本省，就無所謂「守土之責」；萬一吃了敗仗，在他人境內，總還有個可以卸責的餘地。這還不說，最妙的是，朝廷一再頒示諭旨，不可視他省的戰事與己無關，務宜和衷共濟，協力防剿，所以出省迎敵正符合上面的意思，等一出奏，必蒙優詔褒答。

專管奏摺的朱師爺，也覺得王有齡想出來的這四個字很不壞，大有一番文章可做，也是頻頻點頭。

「辦法是好！」黃宗漢又說，「不過做起來也不容易。練兵籌餉兩事，吃重還在一個餉字！」

「是！」王有齡說：「有土斯有財，有財就有餉，有餉就有兵——。」

「有兵就有土！」朱師爺接著說了這一句，閤座撫掌大笑。

於是又談到籌餉之道，王有齡認為保持餉源，也就是說，守住富庶之區最關緊要。然後又談漕運，他親身經歷過運河的淤淺，感慨著說，時世的推移，只怕已歷數千年的河運，將從此沒落。而且江南戰火已成燎原，運河更難保暢通，所以漕運改為海運，為勢所必然，惟有早著先鞭。

這些議論，他自覺相當平實，黃宗漢和那兩位師爺，居然也傾聽不倦。但他忽生警覺，初次謁見撫台，這樣子放言高論，不管話說得對不對，總會讓人覺得他浮淺狂妄；所以有些失悔，直到終席再不肯多說一句話。

飯後茗聚，黃宗漢才談到他的正事，「好在你剛到省。」他說，「且等見了藩司再說。」

「是！」王有齡低頭答道，「總要求大人栽培。」

「好說，好說！」說著已端起了茶碗。

這是對值堂的聽差暗示，也就是下逐客令，聽差只要一見這個動作，便會拉開嗓子高唱：

「送——客——！」

唱到這一幕，王有齡慌忙起身請安；黃宗漢送了出來，到堂前請留步，主人不肯，直到花廳門口，再三相攔，黃宗漢才哈一哈腰回身而去。

依然是劉二領著出衙門。王有齡心裡七上八下，看不出撫台的態度，好像很賞識，又好像是敷衍；極想跟劉二打聽一下，但要維持官派，不便跟他在路上談這事，打算著明天叫高升來探探消息。

繞出大堂，就看見簇新兩盞「王」字大燈籠，一頂藍呢轎子都停在門洞裡。劉二親手替他打開轎簾，等他倒退著坐進轎子，才低聲說道：「王大老爺請放心，我們大人是這個樣子的，要照應人，從不放在嘴上。他自會有話交代藩台——藩台是旗人，講究禮數，王大老爺不可疏忽！」

「是，是！」王有齡在轎中拱手，感激地說，「多虧你照應，承情之至。」

由於有了劉二的那幾句話，王有齡這夜才能恬然上床——他自己奇怪，閒了這許多年，也不著急；一旦放缺已有九成把握，反倒左右不放心，這是為了甚麼？在枕上一個人琢磨了半天，才悟出其中的道理；他這個官不盡是為自己做，還要有以安慰胡雪巖的期望，所以患得患失之心特甚。

想起胡雪巖便連帶想起一件事，推推枕邊人問道：「太太，今天可有人來過？」

「你是問那位胡少爺嗎？」王太太是個老實的賢德婦人，「我也是盼望了一天；深怕錯過了，叫老媽子一遍一遍到門口去看。沒有！沒有來過。」

「這件事好奇怪——。」

「都要怪你！」王太太說，「受人這樣大的恩惠，竟不問一問人家是甚麼人家，住在那裡？我看天下的糊塗人，數你為第一了。」

「那時也不知道怎麼想來的？」王有齡回憶著當時的情形，「事起突然，總有點兒不信其為真；彷彿做了個好夢，只願這個夢做下去，不願去追根落實，怕那一來連夢都做不成。」

「如果說是做夢，這個夢做得也太稀奇，太好了。」王太太歡喜地感嘆著，「那裡想得到在通州又遇上那位何大人！」

「是啊！多年音問不通；我從前又不大看那些『邸報』和進士題名的『齒錄』，竟不知道何桂清如此得意。」王有齡又說，「想想也是，現成有這麼好一條路子不去走，守在這裡，苦得要命！不好笑嗎？」

「現在總算快苦出頭了！說來說去，都是老太爺當年種下的善因。就是遇到胡少爺，一定也是老太爺積了陰德。」

王有齡深以為然：「公門裡面好修行，做州縣官，刑名錢穀一把抓，容易造孽，可是也容易積德。老太爺是苦讀出身，體恤人情，當年真的做了許多好事。」

「你也要學學老太爺，為兒孫種些福田！」王太太又憂鬱地說：「受恩不可忘報，現在胡少爺蹤影毫無，這件事真急人！」

「唉！」王有齡比她更煩惱，「你不要再說了！說起來我連覺都睡不著。」

王太太知道丈夫明日還要起早上藩台衙門，便不再響。到了五更天，悄悄起身，把丫頭老媽子都喚醒了；等王有齡起身，一切都已安排得妥妥貼貼，於是吃過早飯，穿戴整齊，坐著轎子，欣然「上院」。

上院撲了個空，藩司麟桂為漕米海運的事，到上海去了，起碼得有十天到半個月的功夫，才能回來，王有齡大為掃興，只好用「好事多磨」這句話來自寬自解。

閒著無事，除了每天在家等胡雪巖以外，便是到臬司衙門去訪俞師爺，打聽時局；京裡發來的邸報常有催促各省辦理「團練」的上諭——這是仿照嘉慶年間，平「白蓮教」之亂所用的堅壁清野之法，委派各省在籍的大員，本乎「守望相助」的古義，自辦鄉團練兵，保衛地方，上諭中規定的辦法是，除了在籍大員會同地方官，邀集紳士籌辦以外，並「著在京各部院堂官及翰、詹、科、道，各舉所知，總期通曉事體，居心公正，素繫人望著，責成倡辦，自必經理得宜，輿情允協。」同時又訓勉辦理團練的紳士，說「該紳士等身受厚恩，應如何自固閭里，為敵愾同仇之計；所有勸諭、捐貲、濬濠、築寨各事，總宜各就地方情形，妥為布置。一切經費，不得令官吏經手。如果辦有成效，即由該督撫隨時奏請獎勵。」

「你看見沒有？」俞師爺指著「一切經費，不得令官吏經手。」這句話說，「朝廷對各省地方官，只會刮地皮，不肯實心辦事，痛心之情，溢於言表！」

「辦法是訂得不錯，有了這句話，紳士不怕掣肘，可以放手辦事。但凡事以得人為第一，各地的劣紳也不少，如果有意侵漁把持，地方官問一問，便拿上諭來作個擋箭牌，其流弊亦有不可勝言者！」

俞師爺點點頭說：「浙江不知會派誰？想來戴醇士總有分的。」

「戴醇士是誰？」王有齡問，「是不是那位畫山水出名的戴侍郎？」

「對了！正是他。」

過了幾天，果然邸報載著上諭：「命在籍前任兵部侍郎戴熙，內閣學士朱品芳、朱蘭，湖南巡撫陸費瑔等督辦浙江團練事宜。」陸費瑔不姓陸，是姓陸費；只有浙江嘉興才有這一族。

「氣運在變了！」俞師爺下一次與王有齡見面時，這樣感嘆，「本朝有大征伐，最初是用親貴為『大將軍』，以後是用旗籍大員，亦多是祖上有勳績軍功的世家子弟，現在索性用漢人，而且是文人。此是國事的一大變，不知紙上談兵的效用如何？」

王有齡想想這話果然不錯，辦團練的大臣，除了浙江省以外，外省的，據他所知，湖南是禮部侍郎曾國藩、安徽是內閣學士呂賢基，此外各省莫不是兩榜進士出身，在籍的一二品文臣主持其事。內閣學士許乃釗甚至奉旨幫辦江南軍務；書生不但握兵權，而且要上戰場了。

「雪軒兄！」俞師爺又說，「時逢盛世，固然是修來的福分；時逢亂世，也是有作為的人的良機，像我依人作嫁，遊幕終老，可以說此生已矣，你卻不可錯過這個良機！」

受到這番鼓勵的王有齡，雄心壯志，越發躍然；因而用世之心，格外迫切，朝朝盼望麟桂歸來，謁見奉委之後，好切切實實來做一番事業。

這天晚上吃過飯，剛剛攤開一張自己所畫的地圖，預備在燈下對著讀《聖武記》，忽然高升戴著一頂紅纓帽，進口便請安：「恭喜老爺，藩台的委札下來了！」

「甚麼？」這時王有齡才發覺高升手中有一封公文。

「藩台衙門派專人送來的。」說著他把委札遞了上去。

打開來一看，是委王有齡做「海運局」的「坐辦」。這個衙門，專為漕米改為海運而設；「總辦」由藩司兼領，「坐辦」才是實際的主持人。王有齡未得正印官，不免失望；但總是一樁喜事，便問：「人呢？」

那是指送委札的人，高升答道：「還在外頭。是藩台衙門的書辦。」

「噢！」他跟高升商量，「你看要不要見他？」

「見倒不必了。不過要發賞。」

「那自然，自然。」

王太太是早就想到了，有人來送委札必要發賞；一個紅紙包已包好了多日，這時便親自拿了出來。

高升急忙又替太太請安道喜，夫婦倆互相道賀。等把四兩銀子的紅包拿了出去，家裡的老媽子、廚子、轎班，得到消息，約齊了來磕頭賀喜，王太太又要發賞，每人一兩銀子——這一夜真是皆大歡喜，只有王有齡微覺美中不足。

亂過一陣，他才想起一件要緊事，把高升找了來問道：「藩台是不是回來了？」

「今天下午到的。一到就『上院』，必是撫台交代得很結實，所以連夜把委札送了來。」

「那明天一早要去謝委。」

「是，我已經交代轎班子，謝了委還要拜客，我此刻就在門房裡預備。頂要緊一張拜客的名單，漏一個就得罪人。」

王有齡非常滿意，連連點頭。等高升退了出去，在門房裡開擬名單，預備手本；他也在上房裡動筆墨，把回杭州謁見黃撫台和奉委海運局會辦的經過，詳詳細細寫了一封信，告訴在江陰的何桂清。

信寫完已經十二點，王太太親自伺候丈夫吃了點心，催他歸寢。人在枕上，心卻不靜，一會兒想到要請個人來辦筆墨，一會兒又想到明天謝委，麟藩台會問些甚麼？再又想到接任的日子，是自己挑，還是聽上頭吩咐？等把這些事都想停當，已經鐘打兩下了。

也不過睡了三個鐘頭，便即起身；人逢喜事精神爽，一點都看不出少睡的樣子。到了藩台衙門，遞上手本，麟桂立即請見。

磕頭謝委，寒暄了一陣；麟桂很坦率地說：「你老哥是撫台交下來的人，我將來仰仗的地方甚多；凡事不必客氣，反正有撫台在那裡，政通人和，有些事你就自己作主好了。」

王有齡一聽這話，醋意甚濃，趕緊欠身答道：「不敢！我雖承撫台看得起，實在出於大人的栽培；尊卑有別，也是朝廷體制所關，凡事自然秉命而行。」

「不是，不是！」麟桂不斷搖手，「我不是跟你說甚麼生分的話，也不是推責任，真正是老實話。這位撫台不容易伺候，漕運的事更難辦，我的前任為此把條老命都送掉；所以不瞞你老哥說，兄弟頗有戒心。現在海運一事，千斤重擔你一肩挑了過去，再好都沒有。將來如何辦理，你不妨多探探撫台的口氣；我是垂拱而治，過一過手轉上去，公事只准不駁，豈不是大家都痛快？」

倒真的是老實話！王有齡心想，照這樣子看，是黃宗漢要來管海運，委自己出個面。麟桂只求不生麻煩，辦得好，「保案」裡少不了他的名字，辦不好有撫台在上面頂著，也可無事，這個打算是不錯的。

於是他不多說甚麼，只很恭敬地答道：「我年輕識淺，一切總要求大人教導。」

「教導不敢當。不過海運是從我手裡辦起來的，一切情形，可以先跟你說一說。」

「是！」他把腰挺一挺，身子湊前些，聚精會神地聽著。

「我先請問，你老哥預備那一天接事？」

「要請大人吩咐。」

「總是越快越好！」麟桂喊道：「來啊！」

喚來聽差，叫取皇曆來翻了翻，第三天就是宜於上任的黃道吉日；決定就在這天接事。

「再有一件事要請問，你老哥『夾袋』裡有幾個人？」

王有齡一個「班底」也沒有，如果是放了州縣缺，還要找俞師爺去找人，海運局的情形不知如何？一時無法作答。就在這躊躇之間，忽然想到了一個人，必須替他留個位置。

「只有一個人，姓胡，人極能幹。就不知他肯不肯來？」

「既然如此，海運局裡的舊人，請老哥盡力維持。」

原來如此！麟藩台是怕他一接事，自己有批人要安插，所以預先招呼；王有齡覺得這位藩台倒是老實人，「我聽大人的吩咐。」他又安了個伏筆，「倘或撫台有人交下來，那時再來回稟大人，商量安置的辦法。」

「好，好！」麟桂接著便談到海運，「江浙漕米改為海運，由新近調補的江蘇藩司倪良燿總辦。這位仁兄，你要當心他！」

「噢！」這是要緊地方，王有齡特為加了幾分注意。

「虧得我們撫台聖眷隆，靠山硬，不然真叫他給坑了！」

原來倪良燿才具有限，總辦江浙海運，不甚順利；朝廷嚴旨催促，倪良燿便把責任推到浙江，說浙江的新漕才到了六萬餘石。其實已有三十幾萬石運到上海；黃宗漢據實奏覆，因而有上諭切責倪良燿。

「有這個過節兒在那裡，事情便難辦了。倪良燿隨時會找毛病，你要當心。此其一。」

「是。」王有齡問道：「請示其二。」

「二呢，我們浙江有些地方也很難弄。尤其是湖州府，地方士紳把持，大戶欠糧的極多。今年新漕，奉旨提前啟運，限期上越發緊迫。前任知府，誤漕撤任，我現在在想……。」

麟桂忽然不說下去了。這是甚麼意思呢？王有齡心裡思量：莫非要委署湖州府？這也不對啊！州縣班子尚未署過實缺，何能平白升擢？也許是委署湖州府屬的那一縣。果真如此，就太妙了！湖州府屬七縣，漕米最多的是烏程、歸安、德清三縣；此三縣富庶有名，一補就先補上一等大縣，幹個兩三年，上頭有人照應，升知府就有望了。

「總而言之一句話，外面一個倪良燿，裡面一個湖州府，把這兩處對付得好，事情就容易了。其餘的，等你接了事再說吧！」麟桂說到這裡端茶碗送客。

出了藩台衙門，隨即到撫署謁見。劉二非常親熱地道了喜；接著便說：「上頭正邀了『杭嘉湖』、『寧紹台』兩位道台在談公事，只怕沒有功夫見王大老爺。我先去跑一趟看。」

果然，黃宗漢正邀了兩個「兵備道」在談出省堵敵的公事；無暇接見，但叫劉二傳下話來：接事以後，好好整頓，不必有所瞻顧。又說，等稍為空一空，會來邀他上院，詳談一切。

所謂「不必瞻顧」，自是指麟桂而言。把撫、藩兩上司的話合在一起來看，王有齡才知道自己名為坐辦，實在已挑起了總負浙江漕米海運的全責。

「我跟王大老爺說句私話，」劉二把他拉到一邊，悄悄說道，「上頭有話風出來了：如今軍務吃緊，漕米關係軍食，朝廷極其關切。只要海運辦得不誤限期，這一案中可以特保王某，請朝廷破格擢用。是禍是福，都在王某自己。」

「真正是，撫台如此看得起我，我不知說甚麼好了。得便請你回一聲，就說我絕不負撫台的提拔。」

劉二答應一定把話轉到。接著悄悄遞過來兩張履歷片陪笑道：「一個是我娘舅，一個是我拜把兄弟，請王大老爺栽培。」

「好，好！」王有齡一口答應，看也不看，就把條子收了起來。

由此開始拜客，高升早已預備了一張名單，按照路途近遠，順路而去，駐防將軍、臬司、鹽運使、杭嘉湖道、杭州府都算是上司，須用手本；仁和、錢塘兩縣平行用拜帖，此外是候補的道府、州縣，僅不過到門拜帖，主人照例擋駕，卻跑了一天都跑不完。回到家，特為又派人到臬司衙門把俞師爺請來吃便飯，一面把杯小酌，一面說了這天撫、藩兩司的態度；俞師爺很替他高興，說這個「坐辦」的差使，通常該委候補道，至少也得一名候補知府，以王有齡的身分，派委這個差使，那是逾格的提拔，不該為不得州縣正堂而煩惱。

這一番話說得王有齡餘憾盡釋，便向他討教接事的規矩，又「要個辦筆墨的朋友」，俞師爺推薦了他的一個姓周的表弟，保證勤快可靠。王有齡欣然接納，約定第二天就下「關書」。

「還有件事要向老兄請教。」他把劉二的兩張履歷，拿給俞師爺看：「是撫署劉二的來頭，一個是他娘舅，一個是他拜把兄弟。」

「甚麼娘舅兄弟？」俞師爺笑道，「都是在劉二那裡花了錢的；說至親兄弟，託詞而已！」

「原來如此！」王有齡又長了一分見識，「想來年長的是『娘舅』，年輕的是『兄弟』。你看看如何安插？」

「劉二是頭千年老狐狸，不賣帳固不可，太賣帳也不好——當你老實好欺，得寸進尺，以後有得麻煩。」

俞師爺代他作主，看兩個人都有「未入流」的功名，年輕的精力較好，派了「押運要員」；

年長的坐得住，派在收發上幫忙。處置妥貼，王有齡心誠悅服。

接事受賀，熱鬧了兩三天，才得靜下心來辦事，第一步先看來往文卷。這時他才知道，黃宗漢奏報，已有三十餘萬石漕米運到上海交倪良燿之說，有些不盡不實；實際上大部分的漕米還在運河糧船上，未曾交出，倘或出了意外，責任不輕，得要趕緊催運。

正在躊躇苦思之時，黃宗漢特為派了個「文巡捕」來，說：「有緊要公事，請王大老爺即刻上院。」到了撫台衙門，先叩謝憲恩，黃宗漢坦然坐受；等他起身，隨即遞了一封公事過來，說道：「你先看一看這道上諭。」

王有齡知道，這是軍機處轉達的諭旨，稱為「廷寄」；不過雖久聞其名，卻還是第一次瞻仰，只見所謂「煌煌天語」，不過普通的宣紙白單帖所寫，每頁五行，每行二十字，既無鈐印，亦無簽押，如果不是那個鈐了軍機處印的封套，根本就不能相信這張不起眼的紙，便是聖旨。

一面這樣想，一面雙手捧著看完；他的記性好，只看了一遍，就把內容都記住了。

這道上諭仍舊是在催運漕米，對於倪良燿一再申述所派委員，不甚得力，朝廷頗為不耐，嚴詞切責，最後指令「該藩司即將浙省運到米石，並蘇省起運未完米石，仍遵疊奉諭旨，趕緊催辦；務令剋期放洋。倘再稍有延誤，朕必將倪良燿從重治罪。」

「我另外接得京裡的信，」黃宗漢說，「從揚州失守以後，守將為防長毛東竄，要放閘洩盡淮水，讓賊舟動彈不得；如果到了高郵、寶應，還要決洪澤湖淹長毛，那時汪洋一片，百姓一起淹在裡面，本年新漕也就泡湯了。為此之故，對海運的漕米，催得急如星火。倪良燿再辦不好，一定摘頂戴，我們浙江也得盤算一下。」

王有齡極細心地聽著，等聽到最後一句，隨即完全明白，浙江的漕米實在也沒有運足；萬一倪良燿革職查辦，那時無所顧忌，將實情和盤托出，黃撫台奏報不實，這一下出的紕漏可就大了。

為今之計，除卻盡快運米到上海，由海船承兌足額以外，別無善策；他把這番意思說了出來，黃宗漢的臉上沒有甚麼表示。

沒有表示就是表示，表示不滿！王有齡心想，除非告訴他，五天或者十天，一定運齊，他是不會滿意的。但自己實在沒有這個把握，只能這樣答道：「我連夜派員去催，總之一絲一毫不敢疏忽。」

「也只好這樣了。」黃宗漢淡淡地說了這一句，一端茶碗；自己先站起身來，哈一哈腰，往裡走去。

王有齡大為沮喪。接著數天，第一次見撫台，落得這樣一個局面，不但傷心，而且寒心——黃撫台是這樣對部屬，實在難伺候。

坐在轎子裡，悶悶不樂；前兩天初坐大轎，左顧右盼的那份得意心情，已消失無餘。想著心事自然也不會注意到經過了那些地方？就在這迷惘恍惚之中，驀地裡兜起一個影子，急忙頓足喊道：「停轎，停轎！」

健步如飛的轎班不知怎麼回事，拚命煞住腳，還是衝了好幾步才能停住。挾著「護書」跟在轎旁的高升，立刻也趕到轎前，只見主人已掀開轎簾，探出頭來，睜大了眼回頭向來路上望。

這個突如其來的動作，引起了路人的好奇；紛紛佇足，遙遙注視，高升看看有失體統，便輕喊一聲：「老爺！」

一見高升，王有齡便說：「快，快，有個穿黑布夾袍的，快拉住他。」

穿黑布夾袍的也多得很，是怎麼樣一個人呢？高或矮，胖還是瘦，年紀多大，總要略略說明了，才好去找。

他還在躊躇，王有齡已忍不得了，拚命拍轎槓，要轎班把它放倒，意思是要跨出轎來自己去追——這越發不像樣了，高升連聲喊道：「老爺，老爺，體統要緊，到底是誰？說了我去找。」

「還有誰？胡少爺！」

「啊！」高升拔腳便奔，「胡少爺」是怎麼個人，他聽主人說過不止一遍，腦中早有了極深的印象。

一路追，一路細察行人，倒有個穿黑布袍的，卻是花白鬍鬚的老者；再有一個已近中年，形容猥瑣，看去不像，姑且請問「尊姓」，卻非姓胡。這時高升有些著急，也不免困惑，他相信他主人與胡雪巖雖失之交臂，卻絕不會看錯；然則就此片刻的功夫，會走到那裡去了呢？

第三章

正徘徊瞻顧，不知何以為計時，突然眼前一亮，那個在吃「門板飯」的，一定是了——杭州的飯店，猶有兩宋的遺風，樓上雅座，樓下賣各樣熱食，卸下排門當案板，擺滿了朱漆大盤，盛著現成菜肴；另有長條凳，橫置案前，販夫走卒，雜然並坐，稱為吃「門板飯」。一碗飯盛來，像座塔似地堆得老高，不是吃慣了的，無法下箸，不知從頂上吃起，還是從中腰吃起？所以那些「穿短打」的一見這位「穿大衫兒的」落座，都不免注目，一則是覺得衣冠中人來吃「門板飯」，事所罕見；二則是要看他如何吃法？不會吃，「塔尖」會倒下來，大家在等著看他的笑話。

就在這時，高升已經趕到，側面端詳，十有八九不錯，便冒叫一聲：「胡少爺！」

這一聲叫，那班「穿短打的」都笑了，那有少爺來吃門板飯的？

高升到杭州雖不久，對這些情形已大致明白，自己也覺得「胡少爺」叫得不妥——真的是他，他也不便答應，於是走到他身邊問道：「請問，貴姓可是胡？」

「不錯。怎地？」

「台甫可是上雪下巖？」

正是胡雪巖，他把剛拈起的竹箸放下，問道：「我是胡雪巖。從未見過尊駕——。」

高升看他衣服黯舊，于思滿面，知道這位「胡少爺」落魄了，才去吃門板飯；如果當街相認傳出去是件新聞，對自己老爺的官聲，不大好聽，所以此時不肯說破王有齡的姓名，只說：「敝上姓王，一見就知道。胡少爺不必在這裡吃飯了，我陪了你去看敝上。」

說罷不問青紅皂白，一手摸一把銅錢放在案板上，一手便去攙扶胡雪巖，跨出條凳；接著便招一招手，喚來一頂待雇的小轎。

胡雪巖有些摸不著頭腦，不肯上轎，拉住高升問道：「貴上是哪一位？」

「是……」高升放低了聲音說：「我家老爺的官印，上有下齡。」

「啊！」胡雪巖頓時眼睛發亮：「是他。現在在哪裡？」

「公館在清河坊。胡少爺請上轎。」

等他上了轎，高升說明地址，等小轎一抬走；他又趕了去見王有齡，略略說明經過。王有齡歡喜無量，也上了藍呢大轎，催轎班快走。

一前一後，幾乎同時抬到王家；高升先一步趕到，叫人開了中門，兩頂轎子，一起抬到廳前。彼此下轎相見，都有疑在夢中的感覺；尤其是王有齡，看到胡雪巖窮途末路的神情，鼻子發酸，雙眼發熱。

「雪巖！」

「雪軒！」

兩個人這樣招呼過，卻又沒有話了；彼此都有無數話梗塞在喉頭，還有無數話積壓在心頭，但嘴只有一張，不知先說那一句好？

一旁的高升不能不開口了：「請老爺陪著胡少爺到客廳坐！」

「啊！」王有齡這才省悟，「來，來！雪巖且先坐下歇一歇再說。也不必在外面了，請到後面去，舒服些。」

一引引到後堂，躲在屏風後面張望的王太太，慌忙迴避；胡雪巖瞥見裙幅飄動，也有些躊躇。這下又提醒了王有齡。

「太太！」他高聲喊道，「見見我這位兄弟！」

這樣的交情，比通家之好更進一層，真個如手足一樣；王太太便很大方地走了出來，含著笑，指著胡雪巖，卻望著她丈夫問：「這位就是你日思夜夢的胡少爺了！」

「不敢當這個稱呼！」胡雪巖一躬到地。

王太太還了禮，很感動地說：「胡少爺！真正不知怎麼感激你？雪軒一回杭州，就去看你；撲個空回來，長吁短嘆，不知如何是好？我埋怨雪軒，這麼好的朋友，那有不請教人家府上在那裡的道理？如今好了，是在那裡遇見的？」

「在，在路上。」胡雪巖有些窘。

王有齡的由意外驚喜所引起的激動，這時已稍稍平伏，催著他妻子說：「太太！我們的話，三天三夜說不完，你此刻先別問；我們都還沒有吃飯，看看，有現成的，先端幾個碟子來喝酒。」

「有，有。」王太太笑著答道，「請胡少爺上書房去吧，那裡清靜。」

「對了！」

王有齡又把胡雪巖引到書房；接著王太太便帶著丫頭、老媽子，親來照料。胡雪巖享受著這一份人情溫暖，頓覺這大半年來的飄泊無依之苦，受得也還值得。

「雪軒！」他問，「你幾時回來的？」

「回來還不到一個月。」王有齡對自己心滿意足，但看到胡雪巖卻有些傷心，「雪巖，你怎麼弄成這樣子？」

「說來話長。」胡雪巖欲言又止地，「你呢？我看很得意？」

「那還不是靠你。連番奇遇，甚麼《今古奇觀》上的〈倒運漢巧遇洞庭紅〉，比起我來，都算不了甚麼！」王有齡略停一停，大聲又說，「好了！反正只要找到了你就好辦了。來，來，今天不醉不休。」

另一面方桌上已擺下四個碟子，兩副杯筷；等他們坐下，王太太親自用塊手巾，裹著一把酒壺來替他們斟酒。胡雪巖便慌忙遜謝。

「太太！」王有齡說，「你敬了兄弟的酒，就請到廚房裡去吧，免得兄弟多禮，反而拘束。」

於是王太太向胡雪巖敬過酒，退了出去，留下一個丫頭伺候。

於是一面吃，一面說，王有齡自通州遇見何桂清開始，一直談到奉委海運局坐辦，其間也補敘了他自己的家世。所以這一席話談得酒都涼了。

「恭喜，恭喜！」胡雪巖此時已喝得滿面紅光，那副倒楣相消失得無形無蹤；很得意地笑道，「還是我的眼光不錯，看出你到了脫運交運的當兒，果不其然。」

「交運也者，是遇見了你。雪巖，」王有齡愧歉不安地說，「無怪乎內人說我糊塗，受你的大恩，竟連府上在那裡都不知道。今天，你可得好好兒跟我說一說了。」

「自然要跟你說。」胡雪巖喝口酒，大馬金刀地把雙手撐在桌角，微偏著頭問他：「雪軒，你看我是何等樣人？」

王有齡看他的氣度，再想一想以前茶店裡所得的印象，認為他必是個官宦人家的子弟，但不免有些甘於下流，所以不好好讀書，成天在茶店裡廝混；當然，這「甘於下流」四字，他是不能出口的，便這樣答道：「兄弟，我說句話，你別生氣。我看你像個紈袴。」

「紈袴？」胡雪巖笑了，「你倒不說我是『撩鬼兒』！」這是杭州話，地痞無賴叫「撩鬼兒」。

「那我就猜不到了。請你實說了吧，我心裡急得很！」

「那就告訴你，我在錢莊裡『學生意』——。」

胡雪巖父死家貧，從小就在錢莊裡當學徒；杭州人稱為「學生子」，從掃地倒溺壺開始，由於他絕頂聰明，善於識人，而且能言善道，手面大方，所以三年滿師，立刻便成了那家錢莊一名得力的夥計，起先是「立櫃台」，以後獲得東家和「大夥」的信任，派出去收帳，從來不曾出過紕漏。

前一年夏天跟王有齡攀談，知道他是一名候補鹽大使，打算著想北上「投供」、加捐時，胡雪巖剛有筆款子可收。這筆款子正好五百兩，原是吃了「倒帳」的；在錢莊來說，已經認賠出帳，如果能夠收到，完全是意外收入。

但是，這筆錢在別人收不到；欠債的人有個綠營的營官撐腰，他要不還，錢莊怕麻煩，也不敢惹他。不過此人跟胡雪巖很談得來，不知怎麼發了筆財，讓胡雪巖打聽到了去找他，他表示別人來不行，胡雪巖來另當別論，很慷慨地約期歸清。

胡雪巖一念憐才，決定拉王有齡一把；他想，反正這筆款子在錢莊已經無法收回，如今轉借了給王有齡，將來能還最好，不能還，錢莊也沒有損失。這個想法也不能說沒有道理，悄悄兒做了，人不知，鬼不覺，一時也不會有人去查問這件事。壞就壞在他和盤托出，而且自己寫了一張王有齡出面的借據送到總管店務的「大夥」那裡。

「大夥」受東家的委託，如何能容胡雪巖這種「一廂情願」的想法；念在他平日有功，也不追保，請他捲了鋪蓋。這一下在同行中傳了出去，都說他膽大妄為，現在幸虧是五百兩；如果是五千兩、五萬兩，他也這樣擅作主張，豈不把一爿店都弄「倒灶」了？

為了這個名聲在外，同業間雖知他是一把好手，卻誰也不敢用他。同時又有人懷疑他平日好賭；或許是在賭博上失利，無以為計，飾詞挪用了這筆款子，這個惡名一傳生路就越加困難了。

「謝天謝地，」胡雪巖講到這裡，如釋重負似地說，「你總算回來了！不管那筆款子怎麼樣，以你現在的身分，先可以把我的不白之冤，洗刷乾淨。」

潤溼了雙眼的王有齡，長長嘆了口氣：「唉，如果你我沒有今天的相遇，誰會想得到我冥冥中已經害得你好慘。如今——大恩不言謝，你看我該怎麼辦？」

「這要看你。我如何能說？」

「不，不！」王有齡發覺自己措詞不妥，趕緊搶著說道，「我不是這意思，我是說，你的事就是我的事。怎麼樣把面子十足爭回來，這我有辦法；現在要問你的是，你今後作何打算？是不是想回原來的那家錢莊？」

胡雪巖搖搖頭，說了句杭州的俗語：「『回湯豆腐乾』，沒有味道了。」

「那麼，是想自立門戶？」

這句話說到了他心裡，但就在要開口承認時，忽然轉念，開一家錢莊不是輕而易舉的事，要本錢也要有人照應。王有齡現在剛剛得了個差使，力量還有限；如果自己承認有此念頭，看他做人極講義氣，為了感恩圖報，一定想盡辦法來幫自己；千斤重擔挑不動而非挑不可，那就先要把他自己壓壞。這怎麼可以？

有此警惕，胡雪巖便改口了，「我不想再吃錢莊飯。」他說，「你局裡用的人大概不少，隨便替我尋個吃閒飯的差使好了。」

王有齡欣悅地笑了，學著杭州話說：「閒飯是沒有得把你吃的。」

胡雪巖心裡明白，他會在海運局裡給他安排一個重要職司；到那時候，好好拿些本事來幫一幫他。把他幫發達了，再跟他借幾千兩銀子出來做本錢，那就受之無愧了。

吃得酒醉飯飽，沏上兩碗上好的龍井茶，賡續未盡的談興，王有齡提到黃宗漢的為人，把椿壽一案，當作新聞來講；又提到黃撫台難伺候，然後話鋒一轉，接上今日上院謁見的情形。

「那麼你現在預備怎麼樣呢？」胡雪巖問——意思是問他如何能夠把應運的漕米，盡速運到上海，交兌足額？

「我有甚麼辦法？只有盡力去催。」

「難！」胡雪巖搖著頭說，「你們做官的，那曉得人家的苦楚？一改海運，漕丁都沒飯吃了；所以老實說一句，漕幫巴不得此事不成！你們想從運河運米到上海，你急他不急，慢慢兒拖你過限期，你就知道他的利害了。」

「啊！」王有齡瞿然而起，「照你這一說，是非逾限不可了。那怎麼辦呢？」

「總有辦法好想。」胡雪巖敲敲自己的太陽穴說，「世上沒有沒有辦法的事，只怕不用腦筋。我就有一個辦法，這個辦法包你省事；不過要多花幾兩銀子——保住了撫台的紅頂子，這幾兩銀子也值得。」

王有齡有些不大相信，但不妨聽他講了再說，便點點頭：「看看你是甚麼好辦法？」

「米總是米，到那裡都一樣。缺多少就地補充——我的意思是，在上海買了米，交兌足額，不就沒事了嗎？」

他的話還沒有完，王有齡已經高興得跳了起來：「妙極，妙極！準定這麼辦。」

「不過有一層，風聲千萬不可洩漏。漕米不是少數，風聲一漏出去，米商立刻扳價；差額太大，事情也難辦。」

「是的。」王有齡定定神盤算了一會，問道：「雪巖，有沒有功名？」

「我是一品老百姓。」

「應該去報個捐，那怕是『未入流』，總算也是個官，辦事就方便了。現在我只好下個『關書』——，」王有齡又躊躇著說，「也還不知道能不能聘你當『文案』？」

「慢慢來，慢慢來！」胡雪巖怕他為難，趕緊安慰著他說。

「怎麼能慢呢？我要請你幫我的忙，總得有個名義才好。」王有齡皺著眉說，「頭緒太多，也只好一樣一樣來。雪巖，你府上還有甚麼人？」

「一個娘，一個老婆。」

「那我要去拜見老伯母——。」

「不必，不必！」胡雪巖急忙攔阻，「目前不必。我住的那條巷，轎子都抬不進去的，舍下也沒有個坐處，你現在來不是替我增光，倒是出我的醜。將來再說。」

王有齡知道他說的是老實話，便不再提此事；站起身來說：「你先坐一坐，我就來。」

等他出來時，手裡拿著五十兩一張銀票，只說先拿著用；胡雪巖也不客氣，收了下來，起身告辭，說明天再來。

「今天就不留你了。明天一早，請你到我局裡，我專誠等你！還有一件，你把府上的地址留下來。」

胡雪巖住在元寶街，把詳細地址留了下來；王有齡隨後便吩咐高升，備辦四色精緻禮物，用

「世愚姪」的名帖，到元寶街去替「胡老太太」請安。高升送了禮回來，十分高興，因為胡雪巖雖然境況不佳，出手極其大方，封了四兩銀子的賞號。

「我不肯收，賞得太多了。」高升報告主人，「胡少爺非教我收不可，他說他亦是慷他人之慨。」

「那你就收下好了。」王有齡心裡在想，照胡雪巖的才幹和脾氣，一旦有了機會，發達起來極快；自己的前程，怕與此人的關係極大，倒要好好用一用他。

第二天一早，胡雪巖應約而至，穿得極其華麗；高升早已奉命在等候，一見他來，直接領到「簽押房」，王有齡便問：「那家錢莊在那裡？」

「在『下城』鹽橋。字號叫做『信和』。」

「請你陪我去。你是原經手——那張筆據上是怎麼寫的？請你先告訴我，免得話接不上頭。」

胡雪巖想了一下，徐徐念道：「『立筆據人候補鹽大使王有齡，茲因進京投供正用，憑中胡雪巖向信和錢莊借到庫平足紋五百兩正。言明兩年內歸清，照市行息。口說無憑，特立筆據存照。』」

「那麼，該當多少利息呢？」

「這要看銀根鬆緊，並無一定。」胡雪巖說，「多則一分二，少則七釐，統算打它一分；十個月的功夫，五十兩銀子的利息也就差不多了。」

於是王有齡寫了一張「支公費六百兩」的條諭，叫高升拿到帳房；不一會管帳的司事，親自帶人捧了銀子來，剛從藩庫裡領來的，一百一錠的官寶六錠，出爐以後，還未用過，簇簇光新，令人耀眼。

「走吧！一起到信和去。」

「這樣，我不必去了。」胡雪巖說，「我一去了，那裡的『大夥』，當著我的面，不免難為情。再有一句話，請你捧信和兩句；也不必說穿，我們已見過面。」

王有齡聽他這一說，對胡雪巖又有了深一層的認識，此人居心仁厚，至少手段漂亮，換了另一個人，像這樣可以揚眉吐氣的機會，豈肯輕易放棄？而他居然願意委屈自己，保全別人的面子，好寬的度量！

因為如此，王有齡原來預備穿了公服，鳴鑼喝道去唬信和一下的，這時也改了主意；換上便衣，坐一頂小轎，把六錠銀子，用個布包袱一包，放在轎內；帶著高升，悄悄來到了信和。

轎子一停，高升先去投帖。錢莊對官場的消息最靈通，信和的大夥張胖子，一看名帖，知道是撫台面前的紅人；王有齡三字也似乎聽說過，細想一想，恍然記起，卻急出一身汗！沒奈何且接了進來再說。

等他走到門口，王有齡已經下轎；張胖子當門先請了個安，迎到客堂，忙著招呼，泡茶拿水煙袋，肅客上坐，然後陪笑問道：「王大老爺光降小號，不知有何吩咐？」

王有齡摘下黑晶大眼鏡，從容答道：「寶號有位姓胡的朋友，請出來一見。」

「喔，喔，是說胡雪巖？他不在小號了。王大老爺有事，吩咐我也一樣。」

王有齡停了停說：「還沒有請教貴姓？」

「不敢！敝姓張，都叫我張胖子，我受敝東的委託，信和大小事體都能做三分主。」

「好！」王有齡向高升說道：「把銀子拿了出來！」接著轉臉向張胖子，「去年承寶號放給我的款子，我今天來料理一下。」

「不忙，不忙！王大老爺儘管放著用。」

「那不好！有借有還，再借不難。我也知道寶號資本雄厚，信譽卓著，不在乎這筆放款。不過，在我總是早還早了。不必客氣，請把本利算一算，順便把原筆據取出來。」

張胖子剛才急出一身汗，就因為取不來原筆據——那張筆據，當時當它無用，不知弄到甚麼地方去了。

做錢莊這行生意，交往的都是官員紳士、富商大賈，全靠應酬的手段靈活；張胖子的機變極快，他在想，反正拿不出筆據，便收不回欠款，這件事解鈴還須繫鈴人，要把小胡找到，才有圓滿解決的希望，此時落得放漂亮些。

因此，他先深深一揖，奉上一頂高帽子：「王大老爺真正是第一等的仁德君子！像你老這樣菩薩樣的主客，小號請都請不到，那裡好把財神爺推出門？尊款準定放著，幾時等雪巖來了再說。倒是王大老爺局裡有款子匯劃，小號與上海南市『三大』——大亨、大豫、大豐都有往來，這三家與『沙船幫』極熟，漕米海運的運費，由小號劃到『三大』去付，極其方便，匯水亦絕不敢多要。王大老爺何不讓小號效勞？」

這是他不明內情，海運運費不歸浙江直接付給船商；但也不必跟他說破。王有齡依然要還那五百兩的欠款；張胖子便再三不肯，推來推去，他只好說了一半實話。

「老實稟告王大老爺，這筆款子放出，可以說是萬無一失，所以筆據不筆據，無關緊要，也不知放到那裡去了？改天尋著了再來領。至於利息，根本不在話下；錢莊盤利錢，也要看看人，王大老爺以後照顧小號的地方多的是，這點利息再要算，教敝東家曉得了，一定會怪我。」

話說得夠漂亮，王有齡因為體諒胡雪巖的心意，決定做得比他更漂亮，便叫高升把包袱解開，取了五百五十兩銀子，堆在桌上，然後從容說道：「承情已多，豈好不算利息？當時我也聽那位姓胡的朋友說過，利息多則一分二，少則七釐，看銀根鬆緊而定，現在我們通扯一分，十個月功夫，我送子金五十兩；這裡一共五百五十兩，你請收了，隨便寫個本利還清的筆據給我，原來我所出的那張借據，尋著了便煩你銷毀了它。寶號做生意真是能為客戶打算，佩服之至。我局裡公款甚多；那位姓胡的朋友來了，你請他來談一談，我跟寶號做個長期往來。」

張胖子喜出望外，當時寫了還清的筆據，交與高升收執，一面絕不肯收利息，但王有齡非要給不可；也就只好不斷道謝著收了下來。

等他恭送上轎，王有齡覺得這件事做得十分痛快有趣；暗中匿笑，這張胖子想做海運局的生意，一定馬上派人去找胡雪巖。誰知胡雪巖已經打定主意，不會回他店裡；現在讓他吃個空心湯圓，白歡喜一場，也算是對他叫胡雪巖捲鋪蓋的小小懲罰。

回到局裡，會著胡雪巖說了經過。胡雪巖怕信和派人到家去找，戳穿真相，那時卻之不可，不免麻煩，所以匆匆趕回家去，預作安排。王有齡也換了公服，上院去謁見撫台——還怕他不見，特為告訴劉二，說是為漕米交兌一案，有了極好的辦法，要見撫台面稟一切。

劉二因為他交了去的兩張「條子」，王有齡都已有了適當的安插，自然見他的情；所以到了裡面，格外替他說好話。黃宗漢一聽「有了極好的辦法」，立刻接見，而且臉色也大不相同了。

等把胡雪巖想出來的移花接木之計一說，黃宗漢大為興奮，不過不能當時就作決定，因為茲事體大。

於是黃宗漢派「戈什哈」把藩司和督糧道都請了來，在撫署西花廳祕密商議。為了早日交代公事，大家都贊成王有齡所提出來的辦法，但也不是沒有顧慮。

「漕米悉數運到上海，早已出奏有案。如今忽然在上海買米墊補，倘或叫那位『都老爺』知道了，開上一個玩笑——，」麟桂遲疑了一下說，「那倒真不是開玩笑的事！」

「藩台的話說得是。」督糧道接口附和；然後瞥了王有齡一眼，自語似地說，「能有個人擋一下就好了。」

所謂「擋一下」，就是有人出面去做，上頭裝作不知道；一旦出了事，有個躲閃斡旋的餘地。撫、藩兩憲都明白他的意思，但這個可以來「擋一下」的人在那裡呢？

黃宗漢和麟桂都把眼光飄了過來，王有齡便毫不考慮地說：「我蒙憲台大人栽培，既然承乏海運，責無旁貸，可否交給我去料理？」

在座三上司立刻都表示了嘉許之意，黃宗漢慢吞吞說道：「漕米是天庾正供，且當軍興之際，糧食為兵營之命脈，不能不從權辦理。既然有齡兄勇於任事，你們就在這裡好好談一談吧！」說完，他站起身來，向裡走去。

撫台似乎置身事外了，麟桂因為有椿壽的前車之鑒，凡事以預留卸責的地步為宗旨。倒是督糧道有擔當，很用心地與王有齡商定了處置的細節。

這裡面的關鍵是，要在上海找個大糧商，先墊出一批糙米，交給江蘇藩司倪良燿，然後等浙江的漕米運到上海歸墊。換句話說，是要那糧商先賣出，後買進；當然，買進賣出價錢上有差額，米的成色也不同——漕米的成色極壞，需要貼補差價，另外再加盤運的損耗，這筆額子出在甚麼地方，也得預先商量好。

「事到如今，說不得，只好在今年新漕上打主意，加收若干。目前只有請藩庫墊一墊。」

「藩庫先墊可以。」麟桂答覆督糧道說，「不過你老哥也要替兄弟想一想，這個責任我實在擔不起，總要撫台有公事，我才可以動支。」

「要公事恐怕辦不到，要撫台一句切實的話，應該有的。現在大家同船合命；大人請放心，將來萬一出了甚麼紕漏，我是證人。」

話說到如此，麟桂只得點點頭答應：「也只好這樣了。」

「至於以後的事。」督糧道拱拱手對王有齡說：「一切都要偏勞！」

這句話王有齡卻有些答應不下，因為他對上海的情形不熟，而且江寧一失，人心惶惶，糧商先墊出一批糧食，風險甚大，有沒有人肯承攬此事，一點把握都沒有。

看他遲疑，督糧道便又說：「王兄，你不必怕！我剛才說過，這件事大家休戚相關，倘有為難之處，當然大家想辦法，不會讓你一個人坐蠟。王兄，你新硎初發，已見長才，佩服之至，儘管放手去幹。」

受到這兩句話的鼓勵，王有齡想到了胡雪巖，該佩服的另有人。

談到這裡，事情可以算定局了；約定分頭辦事，麟桂和督糧道另行謁見撫台去談差額的墊撥和將來如何開支？王有齡回去立刻便要設法去覓那肯墊出多少萬石糙米的大糧商。

等一回海運局，第一個就問胡雪巖，說是從他回家以後，就沒有來過，時已近午，想來他要在家吃了飯才來。但一直等到下午三點鐘，還不見蹤影，王有齡有些急了，他有許多事要跟胡雪巖商量；胡雪巖自己也應該知道，何以如此好整以暇？令人不解。

他沒有想到，胡雪巖是叫張胖子纏住了。王有齡的出人意表的舉動，使得信和上上下下，沒有一個不是津津有味地資為話題。胡雪巖在店裡的人緣原就不壞，當初被辭退時，實在因為他做事太荒唐，拆的爛汙也太大，愛莫能助。以後又因為胡雪巖好面子，自覺落魄，不願與故人相見，所以漸漸疏遠。現在重新喚起記憶，都說胡雪巖的眼光，確是利害；手腕魄力也高人一等。如今且不說有海運局這一層關係，可以拉到一個大主顧；就沒有這層關係，照胡雪巖的才幹來說，信和如果想要發達，就應該把他請回來。

這一下，張胖子的主意越堅定了。他原來就有些內疚於心，現在聽大家的「口碑」，更有個人的利害關係在內；因為他們這些話傳到東家耳朵裡，一定會找了自己去問，別的都不說，一張五百兩銀子的借據，竟會弄丟了，這還成甚麼話？東家在紹興還有一家錢莊，檔手缺人，保不定會把自己調了過去，騰出空位子來請胡雪巖做，那時自己的顏面何存？

為此他找了個知道胡雪巖住處的小徒弟帶路，親自出馬；事先也盤算過一遍，胡雪巖四兩銀子一月的薪水，從離開信和之日起照補，十個月一共四十兩銀子，打了一張本票用紅封袋封好；再備了茶葉、火腿兩樣禮物，登門拜訪。

說也湊巧，等他從元寶街這頭走過去，胡雪巖正好從海運局回家，自元寶街那頭走過來，撞個正著：胡雪巖眼尖想避了開去，可是已經來不及了。

「雪巖，雪巖！」張胖子跑得氣喘吁吁地，面紅心跳——這倒好，正可以掩飾他的窘色。

「張先生！」胡雪巖恭恭敬敬的叫一聲，「你老人家一向好？」

「好甚麼？」張胖子埋怨似地說，「從你一走，我好比砍掉一隻右手，事事不順。」

胡雪巖心裡有數，張胖子替人戴高帽子的本事極大，三言兩語，就可以叫人暈暈糊糊，聽他擺布，所以笑笑不答。

「雪巖！」張胖子從上到下把他打量了一遍，「你混得不錯啊！」

「託福！託福！」

胡雪巖只不說請他到家裡坐的話，張胖子便罵小徒弟：「笨蟲！把茶葉、火腿拎進去啊！」

等小徒弟往胡家一走，張胖子也挪動了腳步，一面說道：「第一趟上門來看老伯母，總要意思意思；新茶陳火腿，是我自己的孝敬！」

見此光景，胡雪巖只好請他到家裡去坐。張胖子一定要拜見「老伯母」、「嫂夫人」；平民百姓的內外之防，沒有官府人家那麼嚴，胡雪巖的母親和妻子都出來見了禮，聽張胖子說了許多好聽的話。

等坐定了談入正題。他把王有齡突然來到信和，還清那筆款子的經過，細說了一遍，只把遺失了那張借據這一節，瞞著不提。

講了事實，再談感想，「雪巖！」他問，「你猜猜看，王老爺這一來，我頂頂高興的是啥子？」

「自然是趁此可以拉住一個大主顧。」

這句話說到了張胖子的心裡，但是他不肯承認：「不是。雪巖，並非我此刻賣好，要你見情，說實在的，當初那件事，在東家發脾氣，我身為大夥，實在教我沒法子，只好照店規行事。心裡是這樣在巴望，最好王老爺早早來還了這筆款子；或者讓我發筆甚麼財，替你賠了那五百兩頭。這為甚麼？為來為去為的是你好重回信和。現在閒話少說喏，」他把預先備好的紅封套取了出來，「你十個月的薪水，照補，四十兩本票，收好了。走！」

一面說，一面他用左手把紅封套塞到胡雪巖手裡；右手便來拉著他出門。

「慢來，慢來！張先生，」胡雪巖問道，「怎的一樁事體，我還糊裡糊塗。你說走，走到那裡去？」

「還有那裡？信和。」

胡雪巖是明知故問，聽他說明白了，便使勁搖頭：「張先生，『好馬不吃回頭草』；盛情心領謝謝了。」說著把紅封套退了回去。

張胖子雙手推拒，責備似地說：「雪巖，這就是你的不是了——！」

自此展開冗長的說服工作，他的口才雖好，胡雪巖的心腸也硬，隨便他如何導之以理，動之以情，一個只是不肯鬆口。

磨到日已過午，主人家留客便飯；實在也有逐客的意思。那知張胖子是抱定了破釜沉舟的決心，嬲住胡雪巖，再也不肯走的，「好，多時不見，正要敘敘，我來添菜！」他摸出塊碎銀子，大聲喚那小徒弟：「小鬍鬍，到巷口『皇飯兒』，叫他們送四樣菜來：木榔豆腐，件兒肉，響鈴兒，葷素菜，另外打兩斤『竹葉青』！」

胡雪巖夫婦要攔攔不住，只好由他。等一喝上酒，胡雪巖就不便「悶聲大發財」，聽他一個人去說；少不得要找出許許多多理由來推託。無奈張胖子那張嘴十分利害；就像「封神榜」鬥法似地，胡雪巖每祭一樣法寶，他總有辦法來破——倒是有樣法寶，足可使他無法招架，但胡雪巖不肯說；如果肯說破跟王有齡的關係，現在要到海運局去「做官」了，難道張胖子還能一定叫他回信和去立櫃台，當夥計？

酒添了又添，話越說越多，連胡雪巖的妻子都有些不耐煩了，正在這不得開交的當兒，來了個不速之客。

「咦！」張胖子把眼睛瞪得好大，「高二爺，你怎麼尋到這裡來了？」

奉命來請胡雪巖的高升，機變雖快，卻也一時無從回答；但他聽出張胖子的語氣有異，不知其中有何蹊蹺？不敢貿然道破來意，楞在那裡只拿雙眼看著胡雪巖。

看看是瞞不住了。其實也不必瞞，於是胡雪巖決定把他最後一樣法寶拿出來。不過說來話長，先得把高升這裡料理清楚，才能從容細敘。

「你吃了飯沒有？」胡雪巖先很親切地問，「現成的酒菜，坐下來『擺』一杯！」

「不敢當，謝謝您老！」高升答道：「胡少爺不知甚麼時候得空？」

「我知道了。」他看一看桌上的自鳴鐘說：「我準四點鐘到。」

「那麼，請胡少爺到公館來吃便飯好了。」

把來意交代清楚，高升走了；胡雪巖才歉意地笑道：「實不相瞞，張先生，我已經跟王老爺先見過面了。我不陪他到信和去，其中自有道理，此刻也不必多說。王老爺約我到海運局幫忙，我已經答應了他；故而不好再回『娘家』。張先生你要體諒我的苦衷。」

「啊──！」張胖子咧開嘴拉長了聲調，做出那意想不到而又驚喜莫名的神態，「雪巖，恭喜，恭喜！你真正是『鯉魚跳龍門』了。」

「跳了龍門，還是鯉魚，為人不可忘本；我是學的錢莊生意，同行都是我一家。張先生，以後還要請你多照應。」

「那裡話，那裡話！現在自然要請你照應。」張胖子忽然放低了聲音說，「眼前就要靠你幫忙，我跟王大爺提過，想跟海運局做往來；現在銀根鬆，擺在那裡也可惜，你想個甚麼辦法用它出去！回扣特別克己。」

「好！」胡雪巖很慎重地點頭，「我有數了。」

張胖子總算不虛此行，欣然告辭。胡雪巖也隨即趕到王有齡公館裡；他把張胖子的神態語言形容了一番，兩人拊掌大笑，都覺得是件很痛快的事。

「閒話少說，我有件正事跟你商量。」

王有齡把上院謁見撫台，以及與藩司、糧道會議的結果都告訴了胡雪巖，問他該如何辦法？

「事情是有點麻煩。不過商人圖利，只要划得來，刀頭上的血也要去舐；風險總有人肯揹的，要緊的是一定要有擔保。」

「怎麼樣擔保呢？」

「最好，當然是我們浙江有公事給他們，這一層怕辦不到；那就只有另想別法——法子總有的，我先要請問，要墊的漕米有多少？」

「我查過帳子，一共還缺十四萬五千石。」

「這數目也還不大。」胡雪巖說，「我來託錢莊保付，糧商總可以放心了。」

「好極了。是託信和？」

「請信和轉託上海的錢莊；這一節一定可以辦得到。不過撫台那裡總要有句話；我勸你直接去看黃撫台，省得其中傳話有周折。」

「這個，」王有齡有些不以為然，「既然藩台、糧道去請示，當然有確實回話給我。似乎不必多此一舉。」

「其中另有道理。」胡雪巖放低了聲音說，「作興撫台另有交代——譬如說，甚麼開銷要打在裡頭；他不便自己開口，更不便跟藩台說；全靠你識趣，提他一個頭，他才會有話交下來！」

「啊！」王有齡恍然大悟，不斷點頭。

「還有一層，藩台跟糧道那裡也要去安排好。就算他們自己清廉，手底下的人，個個眼紅，誰不當你這一趟是可以『吃飽』的好差使？沒有好處，一定要出花樣。」

王有齡越發驚奇了，「真正想不到！雪巖，」他說，「你做官這麼內行！」

「做官跟做生意的道理是一樣的。」

聽得這話，王有齡有些啼笑。但仔細想一想，胡雪巖的話雖說得直率，卻是鞭辟入裡的實情；反正這件事一開頭就走的是小路，既然走了小路，就索性把它走通。只要浙江的漕糧交足，不誤朝廷正用，其他都好商量；如果小路走得半途而廢，中間出了亂子，雖有上司在上面頂著，但出面的是自己，首當其衝，必受大害。

這樣一想，他就覺得胡雪巖的話，真個是「金玉良言」。這個人也是自己萬萬少不得的。

「雪巖，我想這樣，我馬上替你報捐，有了『實收』，誰也不能說你不是一個官；那一來，你在我局裡的名義就好看了——起碼是個委員，辦事也方便些。」

「這慢慢來！等你這一趟差使弄好了再說。」

王有齡懂他的意思。自己盤算著這一趟差使，總可以弄個三、五千兩銀子；那時候替胡雪巖捐個官，可以捐大些——胡雪巖大概是這樣在希望，自然要依他。

「也許。」他把話說明了，「我有了錢，首先就替你辦這件事。不過，眼前怎麼樣呢？總要有個名義，你才好替我出面。」

「不必。」胡雪巖說，「我跟你的交情，有張胖子到外面去一說，大家都知道了；替你出面辦甚麼事，人家自然相信。」

「好，好，都隨你！」就從這一刻起，王有齡對他便到了言聽計從的地步。

當天夜裡又把酒細談，各抒抱負；王有齡幼聆庭訓，深知州縣官雖被視作「風塵俗吏」，其實頗可有所展布，而且讀書不成，去而捐官，既然走上了這條路子，也就斷了金馬玉堂的想頭，索性做個功名之士。胡雪巖的想法比他還要實際；一個還脫不了「做官」的念頭，一個則以為「行行出狀元」，而以發財為第一，發了財照樣亦可以做官，不過捐班至多捐一個三品的道員，沒有紅頂子戴而已。

因為氣質相類，思路相近，所以越談越投機；都覺得友朋之樂，勝過一切。當夜談到三更過後，才由高升提著海運局的燈籠，送他回家。

胡雪巖精力過人，睡得雖遲，第二天依舊一早起身；這天要辦的一件大事，就是到信和去看張胖子。他心裡在想，空手上門，面子上不好看；總得有所點綴才好。

胡雪巖又想，送禮也不能送張胖子一個人。他為人素來「四海」；而現在正要展布手面，所以決定要博得個信和上下，皆大歡喜。

這又不是僅僅有錢便可了事。他很細心地考慮到他那些老同事的關係、境遇、愛好；替每人備一份禮，無不投其所好。這費了他一上午的功夫，然後雇一個挑伕，挑著這一擔禮物，跟著他直到鹽橋信和錢莊。

這一下，就把信和上上下下都收服了。大家都有這樣一個感覺，胡雪巖倒楣時，不會找朋友的麻煩；他得意了，一定會照應朋友。

當然，最興奮的是張胖子；昨天他從胡家出來，不回錢莊，先去拜訪東家，自詡「慧眼識英雄」，早已看出胡雪巖不是池中物，因而平時相待極厚。胡雪巖所以當初去而無怨，以及現在仍舊不忘信和，都是為了他的情分。東家聽了他這番「丑表功」，信以為真，著實嘉獎了他幾句：而且也作了指示，海運局這個大主顧，一定要拉住，因為賺錢不賺錢在其次，聲譽信用有關——這就是錢莊票號的資本，信和能夠代理海運局的匯劃，在上海的同行中，就要刮目相看了。

張胖子和胡雪巖都是很利害的腳色，關起門來談生意，都不肯洩漏真意。胡雪巖說：「今天我遇見王老爺，談起跟信和往來的事；他告訴我，現在有兩三家錢莊，都想放款給海運局——也不是放款，是墊撥；因為利息有上落，還沒有談定局，聽說是我的來頭，情形當然不同。張先生，你倒開個『盤口』看！」

張胖子先不答這句話，只問：「是那兩三家？」

胡雪巖笑了：「這，人家怎麼肯說？」

「那麼，你說，利息明的多少，暗的多少？」

「現在不談暗的，只談明的好了。」

「話是這麼說，」張胖子放低了聲音，「你自己呢？加多少帽子？」

胡雪巖大搖其頭：「王老爺託我的事，我怎麼好落他的『後手』？這也不必談。」

「你不要，我們總要意思意思。」張胖子又問，「要墊多少？期限是長是短，你先說了好籌劃。」

「總要二十萬……。」

「二十萬？」張胖子吃驚地說，「信和的底子你知道的；這要到外面去調。」

到同行中去調頭寸，利息就要高了，胡雪巖懂得他的用意，便笑笑說道：「那就不必談下去了。」

「不是這話，不是這話！」張胖子又急忙改口，「你的來頭，信和一定要替你做面子；再多些也要想辦法。這你不管了，你說，期限長短？」

「你們喜歡長，還是喜歡短？」胡雪巖說，「長是長的辦法，短是短的辦法。」如果期限能夠放長，胡雪巖預備移花接木，借信和的本錢，開自己的錢莊。

張胖子自然不肯明白表示，只說：「主隨客便，要你這裡吩咐下來，我們才好去調度。」

這一問胡雪巖無從回答，海運局現在還不需用現銀，只要信和能夠擔保。而他自己呢，雖然靈機一動，想借信和的資本來開錢莊，但這件事到底要跟王有齡從長計議過了，才能動手，眼前也還說不出個所以然來。

他這樣躊躇著，張胖子卻誤會了，以為胡雪巖還是想在利息上「戴帽子」，自己不便開口，所以他作了個暗示：「雪巖，我們先談一句自己弟兄的私話，你現在做了官，排場總要的；有些用度，自己要墊，我開個摺子給你，二千兩的額子以內，隨時支用，你有錢隨時來歸，利息不計。」胡雪巖明白，這是信和先送二千兩銀子。得人錢財，與人消災，收了他這二千兩，信和有甚麼要求，就非得替他辦到不可。不過胡雪巖也不便峻拒，故意吹句牛：「這倒不必。信和是我『娘家』，我有錢不存信和存那裡？過幾天我有筆款子，大概五、六千兩，放在你們這裡，先做個往來。」

「那太好了。你拿來我替你放，包你利息好。」

「這再談吧！」胡雪巖問道：「信和現在跟上海『三大』往來多不多？」

「還好。」

這就是不多之意，胡雪巖心裡有些嘀咕；考慮了一會，覺得不能再兜圈子了，爾虞我詐，大家不說實話，弄到頭來，會出亂子。

於是他換了副神態說：「我也知道你的意思，海運局跟你做了往來，信和這塊牌子就格外響了，我總竭力拉攏；不過眼前海運局要信和幫忙。這個忙幫成功，好處不在少數。」

一聽這話，張胖子越發興奮，連連答應：「一定效勞，一定效勞。」

「話未說之先，我有句話要交代。」胡雪巖神色凜然地，「今天我跟你談的事，是撫台交下來的，洩漏不得半點！倘或洩漏出去，闖出禍來，不要說我，王老爺也救不了你。做官的人不講道理，那時撫台派兵來封信和的門，你不要怪我。」

說得如此嚴重，把笑口常開的張胖子嚇得臉色發青，「唷！」他說，「這不是當玩兒的。等我把門來關起來。」

關上房門，兩人並坐在僻處，胡雪巖把那移花接木之計，約略說了一遍，問張胖子兩點：第一，有沒有熟識的糧商可以介紹；第二，肯不肯承諾保付。

這風險太大了。張胖子一時答應不下，站起來繞室徘徊，心裡不住盤算。胡雪巖見此光景，覺得有動之以利的必要，便把他拉住坐下，低聲又說：「風險你自己去看，除非杭州到上海這一段水路上，出了紕漏，漕船沉掉，漕米無法歸墊，不然不會有風險的。至於你們的好處，這樣，好在日子不多；從承諾保付之日起，海運局就算借了信和的現銀子，照日拆計息，一直到跟糧商交割清楚為止。你看如何？」

這一說，張胖子怦怦心動了，不須調動頭寸，只憑一紙契約，就可以當作放出現款，收取利息，這是不用本錢的生意；加以還可借海運局來長自己的趨勢，豈不大妙？

張胖子利害相權，心思已經活動，做生意原來就要靠眼光，有膽氣，想到胡雪巖當初放那五百兩銀子給王有齡，還不是眼光獨到，甚至連張「飯票子」都賠在裡面，在他個人來說，是揹了風險，但如今來看，這筆生意他是做對了。

由於胡雪巖的現成的例子擺著，張胖子的膽便大了，心思也靈活了；他已決定接受胡雪巖的建議，但不便當時就作決定，還有一件事是非做不可的，到藩台衙門去摸一摸底，看看漕米運到上海的情形，藩台對王有齡是怎樣一種態度？只要這兩層上沒有甚麼疑問，這筆生意就算做定了。

於是他說：「雪巖！我們自己弟兄，還有說不通、相信不過的地方？這就算八成帳了！不過像這樣大的進出，我總要向東家說一聲，準定明天午刻聽回話，你看好不好？」

「這有甚麼不好？不過我也有句話，大家都是替人家辦事，身不由主；我老實說，也不必午刻，索性到後天好了，一過後天，沒有回話，我也就不必再來看你，省得白耽誤功夫。」

這就是說定了一個最後限期。張胖子覺得胡雪巖做事爽快而有擔當，十分欣賞，連連點頭答應。

回到海運局跟王有齡見面，互道各人商談的結果；王有齡十分興奮，說這天上午非常順利，先去看了麟桂，說撫台已有表示，差額由藩庫先墊，今年新漕中如何加派來彌補這筆款子，到時候再定辦法，不與王有齡相干。又去看了撫台，黃宗漢吩咐，只要事情辦得快，多花點錢無所謂。他還拿出兩道上諭來給王有齡看，一道是八旗京兵有十五萬之多，須嚴加訓練，欠餉要設法發清，通諭各省，從速解運漕米銀兩，以供正用；一道是酌減文武大臣「養廉」銀，以充軍餉。可見得朝廷在糧餉上調度困難，如能早日運到，黃宗漢答應特保王有齡升官。

「照這一說，事情就差不多了。」胡雪巖心知張胖子要去打聽情形；既然藩司有此確實表示，信和這方面當然可以放心，不必等張胖子正式回話，便可知事已定局，「該商量商量，好動身到上海去尋『戶頭』了。」

「我想這樣，請你陪了我去——局裡當然要派兩個人，那不過擺擺樣子；事情全靠你來辦。」

胡雪巖想了想答道：「真的要我來辦，得要聽我的辦法。」

「好！」王有齡毫不遲疑地答應，「全聽你的。」

為了辦事方便，王有齡到底下了一通「關書」，聘請胡雪巖當「司事」，在簽押房旁邊一個小房間辦事，作幕後的策劃。首先是從藩庫提了十萬兩銀子過來；等跟信和談好了保付的辦法，把這筆款子存入信和，先劃三萬兩到上海大亨錢莊——這三萬兩銀子，一萬兩作公費使用，二萬兩要替黃宗漢匯到家鄉；當然那是極祕密的。

然後，胡雪巖在局裡挑了兩個委員，一個是麟桂的私人姓周，一個跟糧道有關係姓吳；請王有齡下條子，「派隨赴滬」，同時每人額外先送二百兩銀子的旅費。周、吳二人原來有些敵視胡雪巖，等打聽到這安排出於他的主張，立刻便傾心結交。

胡雪巖又把張胖子也邀在一起，加上庶務、廚子、聽差，上上下下一共十個人，雇了兩隻「無錫快」，隨帶大批準備送人的土產，從杭州城內第一座大橋「萬安橋」下船，解纜出關，沿運河東行。

這時是三月天氣，兩岸平疇，綠油油的桑林，黃橙橙的菜花，深紅淺絳的桃李，織成一幅錦繡平原；王有齡詩興大發，倚舷閒眺，吟哦不絕。但別的人沒有他那麼雅興，周、吳兩委員，加上胡雪巖、張胖子正好湊成一桌麻將。

打牌是張胖子所提議的，胡雪巖欣然附議；張胖子便要派人到頭一條船上去請周、吳二人，一個說：「慢慢！擺好桌子再說。」

胡雪巖早有準備的，打開箱子，取出簇新的一副竹背牙牌，極精緻的一副籌碼，雪白的牙牌，叫船家的女兒阿珠來鋪好桌子，分好籌碼。兩面茶几，擺上果碟，泡上好茶，然後叫船家停一停船，搭上跳板，把周、吳兩委員請了過來。

一看這場面，兩人都是高興得不得了，「有趣，有趣！」周委員笑著說道：「跟我們這位胡大哥在一起，實在有勁道。」

「閒話少說，」吳委員更性急，「快坐下來。怎麼打法？」

於是四個人坐下來扳了位，張胖子提議，一百兩銀子一底的「么半」，二十和底，三百和滿貫。自摸一副「辣子」，三十兩一家，便有九十兩進帳。

「太大了！」周委員說，「自己人小玩玩，打個對折吧！」

「對，對，打對折。」吳委員也說，「我只帶了三十兩銀子，不夠輸的。」

「不要緊，不要緊！有錢莊的人在這裡，兩位怕甚麼？」胡雪巖一面說，一面給張胖子遞了個眼色。

張胖子會意了，從身上摸出一疊銀票來，取了兩張一百兩的放在周、吳二人面前，笑著說道：「我先墊本，贏了我提一成。」

「輸了呢？」吳委員問。

「輸了？」胡雪巖說，「等贏了再還。」

這是有贏無輸的牌，周、吳二人越發高興。心裡痛快，牌風也順了；加以明慧可人的阿珠，一遍遍毛巾把子，一道道點心送了上來，這場牌打得實在舒服。

四圈打完，坐在胡雪巖下家的周委員，一家大贏，吳委員也還不錯；輸的是張胖子和胡雪巖，兩個人的牌品都好，依舊笑嘻嘻地毫不在乎。

等扳了位，吳委員的牌風又上去了；因為這四圈恰好是他坐在胡雪巖下家。再下一家是周委員；吳委員只顧自己做大牌，張子出得鬆，所以周委員也還好，氽出去有限。

八圈打完，船已泊岸，天也快黑了，自然歇手。算一算籌碼，吳委員贏了一底半，周委員贏了一底，張胖子沒有甚麼輸贏，但有他們兩家一成的貼補，也變成了贏家，只有胡雪巖一個人大輸，連頭錢在內，成了「四吃一」。

「擺著，擺著！」周委員很大方地說，「明天再打再算！」

「『賭錢賭個現！』」胡雪巖說了句杭州的諺語，「而況是第一次，來，來兌籌碼，兌籌碼！」

胡雪巖開「枕頭箱」取出銀票，一一照付，零數用現銀子補足；只看他也不怎麼細算，三把兩把一抓，分配停當，各人自己再數一數，絲毫不差。

吳委員大為傾服，翹起大拇指讚道：「雪巖兄，『度支才也』！」

他肚子裡有些墨水，這句引自《新唐書》，唐明皇欣賞楊國忠替他管賭帳管得清楚的褒語，胡雪巖卻聽不懂，但他懂得藏拙，料想是句好語，只報以感謝的一笑，不多說甚麼！

最後算頭錢，那是一副牌、一副牌打的；因為牌風甚大，打了十六、七兩銀子，胡雪巖把籌碼往自己面前一放，喊道；「阿珠！」

阿珠正幫著娘在船梢上做菜，聽得招呼，嬌滴滴答應一聲：「來了！」接著便出現在船門口，她繫一條青竹布圍裙，一面擦著手，一面憨憨地笑著，一根烏油油的長辮子從肩上斜甩了過來，襯著她那張紅白分明的鵝蛋臉，那番風韻，著實撩人。

胡雪巖眼尖，眼角已瞟見周、吳二人盯著阿珠不放的神情；心裡立刻又有了盤算，「來，阿珠，四兩銀子的頭錢。」他說：「交給你娘！」

「謝謝胡老爺！」阿珠福了福。

「你謝錯人了！要謝周老爺、吳老爺。喏！」他拈起一張銀票，招一招；等阿珠走近桌子，他才低聲又說：「頭錢不止四兩。周老爺、吳老爺格外有賞，補足二十兩銀子，是你的私房錢。」

這一說，阿珠的雙眼張得更大了，驚喜地不知所措，張胖子便笑道：「阿珠！周老爺、吳老爺替你辦嫁妝。還不快道謝！」

「張老爺最喜歡說笑話！」阿珠紅雲滿面，旋即垂著眼替周、吳二人請安。

「這倒不能不意思意思了！」吳委員向周委員說。於是每人又賞了十兩。在阿珠，自出娘胎，何曾有過這麼多錢？只看她道謝又道謝，站起身來晃蕩著長辮子，碎步走向船梢；然後便是又喘又笑在說話的聲音，想來是把這樁得意的快事在告訴她娘。

大家都聽得十分有趣，相視微笑。就這時聽得外面在搭跳板，接著是船家招呼：「王大老爺走好！」

王有齡過船來了，大家一齊起身迎接；只見他手裡拿著一張信箋，興匆匆地走了進來，笑著問周、吳二人：「勝敗如何？」

屬官聽上司提起賭錢的事，未免不好意思，周委員紅著臉答道：「託大人的福！」

「好，好！」王有齡指著張胖子說，「想來是張老哥輸了；錢莊大老闆輸幾個不在乎。」

「理當報效，理當報效。」

說笑了一會，阿珠來擺桌子開飯；「無錫快」上的「船菜」是有名的，這天又特別巴結，自然更精緻了。

除此以外，各人都還帶得有「路菜」，桌子上擺不下，另外端兩張茶几來擺。胡雪巖早關照庶務多帶陳年「竹葉青」，此時開了一罈，燙得恰到好處，斟在杯子裡，糟香四溢，連一向不善飲的周委員，都忍不住想來一杯。

這樣的場合，再有活色生香的阿珠侍席，應該是淳于髡所說的「飲可八斗」的境界，無奈有王有齡在座，大家便都拘束了。他談話的對象也只是一個吳委員；這天下午倚舷平眺，做了四首七絕，題名「春望」，十分得意，此時興高采烈地跟吳委員談論，甚麼「這個字不響」；「那個字該用去聲」，大家聽不大懂，也沒有興致去聽，但禮貌上又非裝得很喜歡聽不可的樣子，以至於變成喝悶酒，佳肴醇醪，淡而無味；可餐的秀色，亦平白地糟蹋了，真是耳朵受罪，還連帶了眼睛受屈！

胡雪巖看看不是路數，一番細心安排，都教王有齡的酸氣給沖掉了。好在有約在先，此行凡事得聽他作主；所以他找了個空隙，丟過去一個眼色，意思請他早些回自己的船，好讓大家自由些。

王有齡倒是酒酣耳熱，談得正痛快；所以對胡雪巖的暗示，起初還不能領會，看一看大家的神態，再細一想，方始明白，心頭隨即浮起歉意。

「我的酒差不多了！」他也很機警，「你們慢慢喝。」

於是叫阿珠盛了小半碗飯，王有齡吃完離席。胡雪巖知道他的酒不會夠，特地關照船家，另外備四個碟子，燙一斤酒送到前面船上。

「好了！」周委員挺一挺腰說，「這下可以好好喝兩杯了。」

略略清理了席面，洗盞更酌；人依舊是五個，去了一個王有齡，補上一個庶務，他姓趙，人很能幹，不過，這幾天的功夫，已經讓胡雪巖收服了。

「行個酒令，如何？」吳委員提議。

「我只會豁拳。」張胖子說。

「豁拳我倒會。」周委員接口，「就不會喝酒。」

「不要緊，我找個人來代。」胡雪巖便喊：「阿珠，你替周老爺代酒。」

「嗯——。」阿珠馬上把個嘴噘得老高，上身搖兩搖，就像小女孩似地撒嬌。

「好，好！」胡雪巖也是哄小孩似地哄她，「不代，不代！」

阿珠嫣然一笑，自己覺得不好意思了：「這樣，周老爺吃一杯，我代一杯！」

「如果周老爺吃十杯呢？」趙庶務問。

阿珠想了想，毅然答道：「我也吃十杯。」

大家都鼓掌稱善，周委員便笑著搖手：「不行，不行！你們這是存心灌我酒。」說著便要逃席。

趙庶務和阿珠，一面一個拉住了他；吳委員很威嚴地說：「我是令官，酒令大似軍令，周公亂了我的令，先罰酒一杯！」

「我替他討個饒。」胡雪巖說。

「不行！除非阿珠來求情。」

「呀！吳老爺真正在說笑話了！」阿珠笑道：「這關我甚麼事啊？」

「你不是替他代酒嗎？既然你跟周老爺好，為甚麼不可以替他求情呢？」

這算是那一方的道理？阿珠讓他纏糊塗了，雖知他的話不對，卻無法駁他。不過，說她跟周老爺「好」，她卻不肯承認。

「我伺候各位老爺都是一樣的，要好大家都好——。」

下面那半句話不能再出口，偏偏張胖子促狹，故意要拆穿：「要不好大家都不好，是不是？」

「啊呀呀！不作興這樣子說的。」阿珠有些窘，面泛紅暈。越發嫵媚，「各位老爺都好，只有一位不好。」

「那一個？」

「就是你張老闆！」阿珠說了這一句，自己倒又笑了；接著把腰肢一扭，到船梢上去取熱酒。

取來熱酒，吳委員開始打通關。個個逸興遄飛，加以有阿珠如蛺蝶穿花般，周旋在席間；周、吳二人樂不可支，歡飲大醉。

就這樣天天打牌飲酒，跟阿珠調笑；船走得極慢，但船中的客人還嫌快！第四天才到嘉興，吳委員向胡雪巖暗示，連日在船上，氣悶之至，想到岸上走走。

這是託詞，實在是想多停留一天；胡雪巖自然明白，便跟王有齡說了，在嘉興停一天。

既到嘉興，不能不逛南湖，連王有齡一起，在煙雨樓頭品茗，那天恰好是個陰天，春陰漠漠，柳色迷離，王有齡的詩興又發了。

胖子卻坐不住，「找隻船去划划？」他提議。

「何必？」吳委員反對，「一路來都是坐船，也坐膩了。坐這裡的船，倒不如坐自家的船。」自家的船上有阿珠；南湖的船上也有不少船娘，但未見得勝過阿珠，就算勝得過，片時邂逅，也沒有甚麼主意好打。

「我倒有個主意了。」張胖子失聲說了這一句，發覺王有齡在注意，不便再說；悄悄把胡雪巖一拉，到一旁去密語。

張胖子是想去訪「空門豔跡」——嘉興有些玷辱佛門的花樣，胡雪巖也知道；但王有齡的身分不便去，當時商定，張胖子帶周、吳去結「歡喜緣」，胡雪巖陪著王有齡去閒逛。

於是分道揚鑣，胡雪巖掉了個花槍，陪著王有齡先走；兩頂小轎到了鬧市，下轎瀏覽、信步走進一家書坊。

王有齡想買部詩集子，胡雪巖隨手翻著新到的京報，看見一道上諭，上有黃宗漢的名字，便定睛看了下去。

上面除了黃宗漢奏覆椿壽自盡原因的原摺，說「該司因庫款不敷，漕務棘手，致肝疾舉發，因而自盡，並無別情。」皇帝批的是：「知道了。」胡雪巖知道，黃宗漢的那個麻煩已經沒有了。這是否何桂清的功勞呢？

王有齡買了詩集子，胡雪巖也買了京報；無處可去，正好乘周、吳兩人不在，回到船上去密談。

看完京報上那道上諭，王有齡的心情，可說是一則以喜，一則以懼。喜的是黃宗漢脫然無累，聖眷正隆，今後浙江的公事，好辦得多；懼的是久聞他刻薄奸狡，說不定過河拆橋，不再賣何桂清的帳，那就失去了一座靠山。

「雪公！」胡雪巖對他，新近改了這樣一個公私兩宜的稱呼，「我說你是過慮。黃撫台想做事，要表功，我們照他的意思來做；做得比他自己所想的還要好，那還有甚麼話說？俗語說得好，『師父領進門，修行在各人』，何學台把你領進門就夠了，自己修行不到家，靠山再硬也不中用。你看！」

他指著京報中的一道上諭讓王有齡看，寫的是：諭內閣大學士、軍機大臣會同刑部定擬徐廣縉罪名一摺，已革署湖廣總督徐廣縉，經朕簡派欽差大臣，接辦軍務，沿途行走，已屬遲延；迨賊由湖南下竄，漢陽、武昌相繼失守，猶復株守岳州，一籌莫展，實屬調度失機，徐廣縉著即照裕誠等所擬，按定律為斬監候；秋後處決。「這位徐大帥，皇帝特派的欽差大臣，靠山算得硬了！自己不好還是靠不住，還是要殺頭。」胡雪巖似乎很感慨地說，「一切都是假的，靠自己是真的——人緣也是靠自己；自己是個半吊子，那裡來的朋友？」

這番話聽得王有齡連連點頭，「雪巖，」他說：「不是我恭維你，你可惜少讀兩句書，不然一定比何根雲、黃撫台還要得意。」

「我不是這麼想，做生意的見了官，好像委屈些；其實做生意有做生意的樂趣。做官許多拘束，做生意發達了才快活！」

「喔！」王有齡很感興趣地說：「『盍言爾志！』」

這句話胡雪巖是懂的，「說到我的志向，與眾不同，我喜歡錢多，越多越好！」他圍攏兩手，做了個摟錢的姿勢，「不過我有了錢，不是拿銀票糊牆壁，看看過癮就算數；我有了錢要用出去！世界上頂頂痛快的一件事，就是看到人家窮途末路，幾幾乎一錢逼死英雄漢，剛好遇到我身上有錢，」他做了個揮手斥金的姿態，彷彿真有其事似地說：「『拿去用！夠不夠？』」

王有齡大笑：「聽你說說都痛快！」

「還有一樣，做生意發了財，儘管享用，蓋一座大花園，討十七八個姨太太住在裡面，沒有人好說閒話。做官的發了財，對不起，不好這樣子稱心如意！不說別的，叫人背後指指點點，罵一聲『贓官』；這味道就不好過了。」

「唉！」王有齡被他說動了心，「照此看來，我都想棄官從商了。」

「這也不是這麼說。做官也有做官的樂趣，起碼榮宗耀祖，父母心裡就會高興。像我，有朝一日發了大財，我老娘的日子自然會過得極舒服；不過一定美中不足，在她老人家心裡，十來個丫頭伺候，不如朝廷一道『誥封』來得值錢！」

「這也不是辦不到的事。」王有齡安慰他說，「不過一品夫人的誥封請不到而已。」

捐班可以捐到三品道員，自然也就有誥封。胡雪巖此時還不敢存此奢望，「請個誥封，自然不是太難的事，只是做官要做得名副其實，官派十足，那就不容易了。」他笑笑又說：「不是我誹薄做官的，有些候補老爺，好多年派不上一個差使，窮得來吃盡當光。這樣子的官，不做也罷。」

這話，王有齡頗有感觸，便越覺眼前的機會可貴。「雪巖，」他問，「周、吳二人，怎麼說法？」

甚麼事怎麼說？胡雪巖無法回答；但他的意思是能夠懂的：「雪公，你放心！這兩位全在我手裡，要他長就長，要他短就短，不必放在心上。我現在擔心的是怕尋不著這麼一位肯墊貨的大糧商。」

「是呀！」王有齡也上了心事，「我還怕找到了，他不肯相信。」

「這——，」胡雪巖搖搖頭：「不要緊！只要他有實力，不怕他不聽我們的話。」看到他這樣有信心，再想到他籠絡人的手段，王有齡果然放心了。

等閒談到晚，張胖子帶著周、吳兩人興盡歸來。仔細看去，臉上都浮著詭祕的笑容；胡雪巖當著王有齡不便動問，心裡明白，他們此行，必為平生所未歷。

「喔，喔，我想起件事。」張胖子忽然一本正經地說，「我今天遇到一個朋友，偶然談起；松江有一家大糧行，跟漕幫的關係密切，他們有十幾萬石米想賣。倒不妨打聽一下。」

胡雪巖還未開口，王有齡大為興奮：「這下對了路了！」

「咦，雪公！」胡雪巖奇怪地，「事情不過剛剛一提，也不知內情如何？你何以曉得對了路了！」

「你也有不懂的事！」王有齡得意地笑了，為他講解其中的道理。

他對於漕運已經下過一番功夫，知道松江出米，又當江浙交界，水路極便，所以松江的漕幫是個大幫，也應該是個富幫；但唯其既大且富，便成了一個俎上之肉。松江府知府所以與四川成都府、湖南長沙府，成為府缺中有名的三個肥缺，各有特殊的說法；松江府兼管水路關隘，漕幫過閘討關，不能不賣他的帳是一大原因。

年深月久，飽受剝削，松江漕幫的公款虧空甚鉅，成了「疲幫」。王有齡判斷這家糧行，實際上就是漕幫所開，現在有糧食要賣，來源大成疑問，可能就是從漕米中侵蝕偷漏而來的；米質不會好，但是米價一定便宜，差額便可減少許多。

「那好！」胡雪巖對此還未有過深入的研究，只聽王有齡的話。

於是，張胖子重又上岸，去尋他的朋友；約定在松江與那糧商會面的時間，會面的地方就在船上，這是王有齡處事精細，怕上岸與糧商有所接洽，會引起猜疑。

等張胖子回來，說是已經約好了；第三天到松江，舟泊城內泉野橋下，他那朋友自會約好糧行裡的人來尋。而且他也證實了王有齡的判斷，那家字號「通裕」的糧行，果然是松江漕幫的後台，不但經營米糧買賣，並且兼營票號，只是南方為錢莊的天下；跟北方通聲氣的票號，難與錢莊抗衡——張胖子也知道有這家通裕，素無往來，所以不知道信用如何？

「你們明天再玩一天，」王有齡以一半體恤、一半告誡的語氣說：「一到松江就要辦正事了！」

事實上這天夜裡就已開始辦正事；大家在王有齡的船上吃飯，席間便談起漕運。王有齡在這方面的學問，是從書本上得來的，所以只曉得規制、政令和故事；周委員卻是老手，久當押運委員，在運河上前後走過七八趟，漕運中的弊病，相當了解；他所說的瑣碎細節，雖有些雜亂無章，不如王有齡言之成理，但出於本身經驗，彌覺親切。

他們兩個人的話，到胡雪巖腦子裡一集中，便又不同了；一夜深談，他成了一個既明規制，又懂實務的內行。

「我現在要請教，」他也還有些疑問，「怎麼叫『民折官辦』？」

「所謂『民折官辦』是如此——。」

王有齡為他解釋，漕糧的徵收，有五種花樣，一種叫「正兌」，直接運到京城十三倉交納；一種叫「改兌」，運到通州倉交納，這兩處米倉簡稱為「京倉」、「通倉」。再有一種「白糧」，就是糯米，亦運「京倉」，供給祭祀及搭發王公官員俸米之用；規定由江蘇的蘇州、松江、常州、太倉，以及浙江的嘉興、湖州等五府一州繳納。這三種名目都是徵實物；應徵實物，由於特殊的原因，徵米的改為徵雜糧，徵雜糧的改為徵銀，都出於特旨，就稱「改徵」。

最後一種是「折徵」，以實物的徵額，改徵為銀子，這又有四種花樣，「民折官辦」為其中之一；換句話說，老百姓納糧，照價折算銀子，由官府代辦漕米充「正兌」或「改兌」，就叫「民折官辦」。

「我懂了，再要請教。是怎麼一種情形之下，可以『民折官辦』？」

這細節上就要周委員來解答了，「那也沒有一定。總之，為了官民兩便。譬如說，朝廷有旨意，為了正用，趕催漕米，那就先動庫款，買米運出，再改徵銀子，歸還墊款；也有小戶實在無米可交，情願照市價折銀，官府自然樂於代辦；再有一種就是各地豐歉不同，豐收的地方，大家自然交米，正項以外，另外額定的『漕耗』、『船耗』的耗米，以及浮收的耗外之耗，也都是米，這些米運到歉收的地方，價錢比較便宜，老百姓可以買來交糧，只要帳面上做一道手續好了，也算『民折官辦』。」

「原來如此，那我們就用不著偷偷摸摸做了。」胡雪巖說，「現在軍情緊急，趕催海運，我們動正項購運，有何不可？至於通裕這方面，既然是漕幫應得的耗米，而且准許『民折官辦』，那他賣米也不犯法。就算他們是偷盜來的贓貨，我們只當他是應得的耗米好了！」

「不錯啊！」一向口快的張胖子說，「麻袋上又沒有寫著字：『偷來的』！」

王有齡和周、吳二人都相視以目，微微點頭；顯然的，他們都有些困惑，這麼淺顯的道理，何以自己就沒有想到？

「話是不錯。」王有齡說，「照這樣子做，當然最好，但海運局只管運，『民折官辦』是徵糧那時候的事；藩司、糧道兩衙門，沒有公事給我，我何能越俎代庖？」

到這裡就看出胡雪巖一路來，把周、吳二人伺候得服服貼貼的效驗了；他倆爭著開口，卻又互相推讓，不過看得出來，要說的話是相同的，有一個人說也就夠了。

周委員年紀長些，又是藩台麟桂的私人，所以還是由他答覆：「這不要緊，藩台衙門要補怎麼樣一個公事？歸我去接頭。」

「糧道衙門也一樣，歸我去辦好。」

「那就承情不盡了。」王有齡拱拱手說，「偏勞兩位。」

「分所當為。」周、吳二人異口同聲地。

「慢來，慢來！」張胖子忽然插嘴，「這把如意算盤不見得打得通！」

他說了其中的道理，確不為無見；通裕是想賣米，而自己這方面是想找人墊借，兩下目標不同，未見得能談出結果。

「那也不見得。」胡雪巖說，「做生意不能光賣出，不買進。生意要談，就看你談得如何？」

大家都點頭稱是；連張胖子也這樣，「除非你去談。」他笑道，「別人沒這個本事。」

雖是戲言，也是實話，周委員私下向王有齡獻議，「當官的」出個面，證明確有其事；實際上都委託胡雪巖跟張胖子去談，生意人在一起，比較投機。

這番話恰中下懷，王有齡欣然接納；而胡雪巖也當仁不讓，到松江以後的行止，由他重新作了安排；本來只預備跟通裕那面的人，在舟中一晤，現在卻要大張旗鼓，擺出一番聲勢，才便於談事。

一路順風順水，過嘉善到楓涇，就屬於松江府華亭縣的地界了。第二天進城，船泊在以出「巨口細鱗」的四鰓鱸聞名的秀野橋下。王有齡派庶務上岸，雇來一頂轎子；然後他和高升主僕二人，打扮得一身簇新，另外備了豐厚的土儀，叫人挑著，一起去拜客。

先拜松江府，用手本謁見；再拜華亭縣和婁縣。華亭是首縣，照例要盡地主之誼，隨即便來回拜，面約赴宴，又派了人來照料。接著，知府又送了一桌「海菜席」，胡雪巖作主，厚犒來使；叫把菜仍舊挑回館子裡，如何處理，另有通知。

「雪公！」胡雪巖說：「晚上你和周、吳二公去赴華亭縣的席；知府的這桌菜，我有用處！」

「好，好，隨你。」

話剛說完，張胖子的朋友，帶著通裕的「老闆」尋了來了。看見王有齡自然要請安；他受了胡雪巖的教，故意把官架子擺得十足。

這兩個人是張胖子的朋友姓劉、通裕的「老闆」姓顧，王有齡請教了姓氏，略略敷衍幾句，便站起身來說：「兄弟有個約會，失陪，失陪！」接著又向張胖子，「你們談談。凡事就跟我在場一樣，說定規就定規了。」

等他一走，周、吳兩人聲明，要陪同王有齡赴華亭知縣之約，也起身而去。於是賓主四人，開始深談。

深談的還不是正題，是傍敲側擊地打聽背景；顧老闆坦率承認，通裕是松江漕幫的公產。接著，胡雪巖便打聽漕幫的情形。

他是「空子」，但漕幫中的規矩是懂的。所以要打聽的話，都在要緊關節上；很快地弄清楚，松江漕幫中，行輩最高的是一個姓魏的旗丁，今年已八十將近，瞎了一隻眼，在家納福。現在全幫管事的是他的一個「關山門」徒弟，名叫尤老五。

「道理要緊！」胡雪巖對張胖子說：「我想請劉、顧兩位老大哥領路，去給魏老太爺請安。」

劉、顧二人一聽這話，趕緊謙謝：「不敢當，不敢當！我把胡大哥的話帶到就是。」

「這不好。」胡雪巖說：「兩位老哥不要把我當官面上的人看待。實在說，我雖是『空子』，也常常冒充在幫，有道是『准充不准賴』，不過今天當著真神面前，不好說假話。出門在外，不可自傲自大，就請兩位老哥帶路。再還有一說，等給魏老太爺請了安，我還想請他老人家出來吃一杯；有桌菜，不曉得好不好，不過是松江府送我們東家的，用這桌菜來請他老人家，略表敬意。」

客人聽得這一說，無不動容，覺得這姓胡的是「外場朋友」，大可交得，應該替他引見，欣然樂從，離舟登岸，安步當車，到了魏家。

魏老頭子已經杜門謝客，所以一到他家，顧老闆不敢冒昧，先跟他家的人說明，有浙江來的一個朋友，他願不願見？胡雪巖是早料到這樣的處置，預先備好了全帖，自稱「晚生」，交魏家的人，一起遞了進去。

在客廳裡坐不多久，魏家的人來說，魏老頭請客人到裡面去坐。劉、顧二人臉上頓時大放光彩，「老張，」姓劉的對他說，「我們老太爺很少在裡面見客；說實話，我們也難得進去。今天沾你們兩位貴客的光了！」

一聽這話，胡雪巖便知自己這著棋走對了。跟著到了裡面；只見魏老頭子又乾瘦、又矮小，只是那僅存一目，張眼看人時，精光四射，令人不敢逼視，確有不凡之處。

胡雪巖以後輩之禮謁見；魏老頭子行動不便，就有些倚老賣老似地，口中連稱「不敢當」；身子卻不動。等坐定了，他把胡雪巖好好打量了一下，問道：「胡老哥今天來，必有見教？江湖上講爽氣，你直說好了。」

「我是我們東家叫我來的，他說漕幫的老前輩一定要尊敬。他自己因為穿了一身公服不便來，特地要我來奉請老前輩；借花獻佛，有桌知府送的席，專請老前輩。」

「喔！」魏老頭很注意地問：「叫我吃酒？」

「是！敝東家現在到華亭縣應酬去了。回來還要請老前輩到他船上去玩玩。」

「謝謝，可惜我行動不便。」

「那就這樣。」胡雪巖說，「我叫他們把這一桌席送過來。」

「那更不敢當了。」魏老頭說，「王大老爺有這番意思就夠了。胡老哥，你倒說說看，到底有何見教，只要我辦得到，一定幫忙。」

「自然，到了這裡，有難處不請你老人家幫忙，請哪個，不過，說實在的，敝東家誠心誠意叫我來向老前輩討教，你老人家沒有辦不到的事，不過在我們這面總要自己識相，所以我倒有點不大好開口。」

胡雪巖是故意這樣以退為進。等他剛提到「海運」，魏老頭獨眼大張，炯炯逼人地看著他，而這也在他意料之中；他早就想過了，憑人情來推斷，漕運一走海道，運河上漕幫的生存便大受影響，萬眾生計所關，一定會在明裡暗裡，拚命力爭。現在看到魏老頭的敵視態度，證實了他的判斷不錯。

既然不錯，事情就好辦了。他依舊從從容容把來意說完；魏老頭的態度又變了，眼光雖柔和了些，臉上卻已沒有初見面時，那種表示歡迎的神情，「胡老哥，你曉不曉得，」他慢條斯理地說；「我們漕幫要沒飯吃了？」

「我曉得。」

「既然曉得，一定會體諒我的苦衷。」魏老頭點點頭，「通裕的事，我還不大清楚，不過做生意歸生意，你胡老哥這方面有錢買米，如果通裕不肯賣，這道理講到天下都講不過去，我一定出來說公道話。倘或是墊一墊貨色，做生意的人，將本求利，要敲一敲算盤，此刻我也說不出個所以然來。」

這是拒絕之詞，亦早在胡雪巖的估計之中，「老前輩！」他抗聲答道，「你肯不肯聽我多說幾句？」

「啊呀，胡老哥你這叫甚麼話？承你的情來看我，我起碼要留你三天，好好敘一敘，交你這個朋友；你有指教，我求之不得，怎問我『肯不肯聽你多說幾句』？莫非嫌我驕狂？」

「那是我失言了。」胡雪巖笑道，「敝東家這件事，說起來跟漕幫關係重大。打開天窗說亮話，漕米海運誤期，當官的自然有處分，不過對漕幫更加不利。」

接下來他為魏老頭剖析利害，倘或誤期，不是誤在海運，而是誤在沿運河到海口這段路上；追究責任，浙江的漕幫說不定會有賠累，漕幫的「海底」稱為「通漕」，通同一體，休戚相關，松江的漕幫何忍坐視？

先以幫裡的義氣相責，魏老頭就像被擊中了要害似地，頓時氣餒了。

「再說海運，現在不過試辦，將來究竟全改海運，還是維持舊規，再不然海運、河運並行，都還不曉得。老實說一句，現在漕幫不好幫反對河運、主張海運的人的忙——。」

「這話怎麼說？」魏老頭極注意地問。

「老前輩要曉得，現在想幫漕幫說話的人很多，敝東家就是一個。但是忙要幫得上，倘或漕幫自己不爭氣，那些要改海運的人，越發嘴說得響了；你們看是不是，短短一截路都是困難重重！河幫實在不行了！現在反過來看，河運照樣如期運到，毫不誤限；出海以後，說不定一陣狂風，吹翻了兩條沙船，那時候幫漕幫的人，說話就神氣了！」

魏老頭聽他說完，沒有答覆，只向他左右侍奉的人說：「你們把老五替我去叫來！」

這就表示事情大有轉機了，胡雪巖在這些地方最能把握分寸，知道話不必再多說：只須哄得魏老頭高興就是，因此談過正題，反入寒暄。魏老頭自言，一生到過杭州的次數，已經記不清楚——杭州是運河的起點，城外拱宸橋，跟漕幫有特殊淵源，魏老頭常去杭州是無足為奇的。談起許多杭州掌故，胡雪巖竟瞠然不知所答；反殷殷向他請教，兩個人談得投機。

談興正濃時，尤老五來了，約莫四十歲左右，生得矮小而沉靜，在懂世故的人眼裡，一望而知是個極利害的人物。當時由魏老頭親自為他引見胡雪巖和張胖子；尤老五因為胡、張二人算是他「老頭子」的朋友，所以非常客氣，稱胡雪巖為「胡先生」。

「這位胡老哥是『祖師爺』那裡來的人。」——漕幫中的祕密組織，「清幫」的翁、錢、潘三祖，據說都在杭州拱宸橋成道；所以魏老頭這樣說。

「這就像一家人一樣了。」尤老五說：「胡先生千萬不必客氣。」

胡雪巖未曾答口，魏老頭又說：「胡老哥是外場人物；這個朋友我們一定要交。老五，你要叫『爺叔』；胡老哥好比『門外小爺』一樣。」

尤老五立即改口，很親熱地叫了聲：「爺叔！」

這一下胡雪巖倒真是受寵若驚了！他懂得「門外小爺」這個典故，據說當初「三祖」之中的不知那一位，有個貼身服侍的小僮，極其忠誠可靠，三祖有所密議，都不避他。他雖跟自己人一樣，但畢竟未曾入幫，在「門檻」外頭，所以尊之為「門外小爺」。每逢「開香堂」，亦必有「門外小爺」的一份香火，現在魏老頭以此相擬，是引為密友知交之意；特別是尊為「爺叔」，便與魏老頭平輩，將來至少在松江地段，必為漕幫奉作上客。初涉江湖，有此一番成就，著實不易。

當然，他要極力謙辭。無奈魏老頭在他們幫裡，話出必行；不管他怎麼說，大家都只聽魏老頭的吩咐，口口聲聲喊他「爺叔」。連張胖子那個姓劉的朋友，和通裕的顧老闆也是如此。

「老五！浙江海運局的王大老爺，還送了一桌席；這桌席是我們松江府送的，王大老爺特為轉送了我。難得的榮耀，不可不領情。」魏老頭又說：「『人敬我一尺，我敬人一丈』，你先到船上替我去磕個頭道謝。」

「不必，不必！我說到就是。」胡雪巖口裡這樣客氣，心中卻十分高興，不過這話要先跟王有齡說明白；尤老五去了，便不好亂擺官架子，因而又接上一句：「而且敝東家赴貴縣大老爺的席去了。」

「那我就明天一早去。」

於是胡雪巖請尤老五派人到館子裡，把那一桌海菜席送到魏家。魏老頭已經茹素念佛，不肯入席，由尤老五代表；他跟胡雪巖兩人變得都是半客半主的身分，結果由張胖子坐了首席。一番酬勸，三巡酒過，話入正題，胡雪巖把向魏老頭說過的話，重新又講一遍；尤老五很友好地表示：「一切都好談，一切都好談！」

話是如此，卻並無肯定的答覆；這件事在他「當家人」有許多難處，幫裡的虧空要填補，猶在其次，眼看漕米一改海運，使得江蘇漕幫的處境，異常艱苦，無漕可運，收入大減，幫裡弟兄的生計，要設法維持；還要設法活動，撤銷海運，恢復河運，各處打點託情，那裡不要大把銀子花出去？全靠賣了這十幾萬石的糧米來應付。如今墊了給浙江海運局，雖有些差額可賺，但將來收回的仍舊是米；與自己這方面脫價求現的宗旨，完全不符。

胡雪巖察言觀色，看他表面上照常應付談話，但神思不屬，知道他在盤算；這盤算已經不是信用方面，怕浙江海運局「拆爛汙」，而是別有難處。

做事總要為人設想，他便很誠懇地說：「五哥，既然是一家人，無話不可談；如果你那裡為難，何妨實說，大家商量。你們的難處就是我們的難處，不好只顧自己，不顧人家。」

尤老五心想，怪不得老頭子看重他；說話真個「落門落檻」，於是他用感激的聲音答道：「爺叔！您老人家真是體諒！不過老頭子已經有話交代，爺叔您就不必操心了。今天頭一次見面，還有老闆在這裡，先請寬飲一杯，明天我們遵吩咐照辦就是了。」

這就是魏老頭所說的，「人敬我一尺，我敬人一丈」。胡雪巖在思量，因為自己的話「上路」，他才有這樣漂亮的答覆。如果以為事情成功了，那就只有這一次——這一次自然成功了，尤老五說過的話，一定算數；但自己這方面，既然已知道他有難處，而且說出了口，卻以有此漂亮答覆，便假作癡呆，不談下文，豈非成了「半吊子」？交情當然到此為止，沒有第二回了。

「話不是這麼說！不然於心不安。五哥！」胡雪巖很認真地說：「我再說一句，這件事一定要你們這方面能做才做；有些勉強，我們寧願另想別法。江湖上走走，不能做害好朋友的行當。」

「爺叔這樣子說，我再不講實話，就不是自己人了。」尤老五沉吟了一會說，「難處不是沒有，不過也不是不好商量；說句不怕貴客見笑的話，我們松江一幫，完全是虛好看，從乾隆年間到現在，就是借債度日。不然，不必亟亟乎想賣掉這批貨色；現在快三月底了，轉眼就是青黃不接的五荒六月，米價一定上漲，囤在那裡看漲倒不好？」

「啊，啊，我懂了！」胡雪巖看著張胖子說，「這要靠你們幫忙了。」

他這一句話，連尤老五也懂，是由錢莊放一筆款子給松江漕幫，將來賣掉了米還清。這算盤他也打過；無奈錢莊最勢利，一看漕米改為海運，都去巴結沙船幫；對漕幫放款，便有怕擔風險的口風。尤老五怕失面子，不肯開口，所以才抱定「求人不如求己的宗旨」，不惜犧牲，脫貨求現。至於張胖子，現在完全是替胡雪巖做「下手」，聽他的口風行事；所以這時毫不思索地答道：「理當效勞！只請吩咐！」

一聽這話，尤老五跟顧老闆交換了一個眼色，彷彿頗感意外，有些不大相信似地——胡雪巖明白，這是因為張胖子話說得太容易，太隨便，似乎缺乏誠意的緣故。

於是胡雪巖提醒張胖子，他用杭州鄉談，相當認真地說：「張老闆，說話就是銀子，你不要『玩兒不當正經』！」

張胖子會意了，報以極力辯白的態度：「做生意的人，怎麼敢『玩兒不當正經』？尤五哥這裡如果想用筆款子，數目太大我力量不夠，十萬上下，包在我身上。尤五哥你說！」

「差不多了。」尤老五半認真，半開玩笑地說，「我們是疲幫；你將來當心吃倒帳。」

「笑話！」張胖子說，「我放心得很，第一是松江漕幫的信用、面子；第二是浙江海運局這塊招牌；第三，還有米在那裡，有這三樣擔保難道還不夠？」

尤老五釋然了，人家有人家的盤算，不是信口敷衍，所以異常欣慰地說：「好極了，好極了！這樣一做，面面俱倒。說實在的，倒是爺叔幫我們的忙了；不然，我們脫貨求現，一時還不大容易。」說著，向胡雪巖連連拱手。

胡雪巖也很高興，這件事做得實在順利。當時賓主雙方盡醉極歡。約定第二天上午見了面；隨即同船到上海。通裕如何交米來，張胖子如何調度現銀，放款給松江漕幫，都在上海商量辦理。

等尤老五親自送他們回到秀野橋，一看便有些異樣，原來是個雖不熱鬧，也不太冷落的碼頭，大大小小的船，總有十幾艘擠在一起；這時只有他們兩隻船，船頭正對碼頭石級，上落極其方便，占了最好的位置。

「咦！」張胖子說，「怎的？別的船都走了！莫非這地方有水鬼？」

「沒有，沒有！」尤老五搶著答道，「這地方乾淨得很。我是怕船都擠一起，吵得你們大家晚上睡不著；想辦法叫他們移開了。」

這才看出尤老五在當地運河上的勢力，也見得他們敬客的誠意；胡雪巖和張胖子連連道謝。「今天晚了，王大老爺想來已經安置，我不敢驚擾。明天一早來請安。」說著，他殷殷作別，看客人上了船，方才離去。

阿珠還沒有睡，一面替他們絞手巾、倒茶，一面喜孜孜地告訴他們，說松江漕幫送了許多日用之物，一石上好的白米、四隻雞、十斤肉、柴炭油燭，連草紙都送到。而且還派了人邀她爹和那庶務上岸，洗澡吃飯；剛剛才喝得醉醺醺回來，倒頭睡下。

「松江這個碼頭，我經過十幾回；從來沒有過這樣的事。胡老爺，」阿珠很天真地說，「你一定是『在幫』的，對不對？」

「對，對！」張胖子笑道，「阿珠，你們這趟真交運了！怎麼樣謝謝胡老爺？」

「應該，應該。」阿珠笑道：「我做雙鞋給胡老爺。」

「哪個稀罕？」

「那麼做兩樣菜請胡老爺。」

「越發不中用了。」

張胖子是有意拿阿珠逗笑，這樣不行，那樣也不好；最後她無可奈何地說：「那就只有替胡老爺磕頭了。」

「不錯！」張胖子笑道：「不過也不光是替胡老爺磕，還要給胡老太太、胡太太磕頭。」

「這又為甚麼？」

「傻丫頭！」胡雪巖忍俊不禁，「張老闆拿你尋開心你都不懂。」

阿珠還是不懂，張胖子就說：「咦！這點你都弄不明白，你進了胡家的門，做胡老爺的姨太太，不要給老太太磕頭？」

這一下羞著了阿珠，白眼嗔道：「越胖越壞！」說完掉身就走。

張胖子哈哈大笑：「這一趟出門真有趣！」

「閒話少說。」胡雪巖問道：「你答應了人家放款，有把握沒有？江湖上最講究漂亮，一句話就算定局。你不要弄得『鴨屎臭』！」

「笑話！」張胖子說，「我有五萬銀子在上海；再向『三大』拆五萬，馬上就可以付現。不過，責任是大家的！」

「那還用說？海運局擔保。」

這樣說停當了，各自安置。第二天一早，胡雪巖還在夢中，覺得有人來推身子，睜眼一看是阿珠站在床前。

「王大老爺叫高二爺來請你去。」

「噢！」胡雪巖坐起身子，從枕頭下取出錶來看，不過才七點鐘。

這時她已替他把一件綢夾襖披在身上；身子靠近了，薌澤微聞，胡雪巖一陣心蕩，伸手一把握住了阿珠的手往懷裡拖。

「不要嘛！」阿珠低聲反抗，一面用手指指艙壁。

這不是真的「不要」，無非礙著「隔艙有耳」；胡雪巖不願逼迫太甚，拿起她的手聞了一下，輕聲笑道：「好香！」

阿珠把手一奪，低下頭去笑了。接著把他的衣服都拋到床上，管自己走開；走到艙門口卻又轉過頭來，舉起纖纖一指，在自己臉上刮了兩下，扮個鬼相，才扭腰而去。

胡雪巖心想：上個月城隍山的李鐵口，說自己要交桃花運，看來有些道理。轉念卻又自責，交運脫運的當口，最忌這些花樣。甚麼叫桃花運？只要有了錢，天天交桃花運！這樣一想，立刻便把嬌憨的阿珠置諸腦後，穿好衣服，匆匆漱洗，到前面船上去見王有齡。

王有齡在等他吃早飯，邊吃邊談，細說昨日經過。王有齡聽得出了神，等他講完，搖著頭彷彿不相信似地說：「奇遇何其多也！」

「事情總算順利，不過大意不得。」胡雪巖問道：「昨天總打聽了些消息，時局怎麼樣？」

「有，有！」王有齡說，「得了好些消息。」

消息都是關於洪楊的。洪秀全已經開國稱王，「國號」名為「太平天國」，改江寧為「天京」，洪秀全的「尊號」稱為「天王」。置百官，定朝儀，有十條禁令，也叫「天條」；據說仿自基督教的「十誡」。

「太平天國」的軍隊自然稱作「太平軍」，有一路由「天官丞相」林鳳祥、「地官丞相」李開芳率領，奪鎮江、渡瓜洲、陷維揚，準備北取幽燕。

「唷！」胡雪巖吃驚地說，「太平軍好厲害！」

「太平軍誠然厲害，不過官軍也算站住腳了。」王有齡說，「向欽差已經追到江寧，在城東孝陵衛紮營，預備圍城；另外一位欽差大臣，就是以前的直隸總督琦善，也率領了直隸、陝西、黑龍江的馬步各軍，從河南趕了下來，迎頭痛擊。我看以後的局勢，慢慢可以變好，只看練兵籌餉兩件大事，辦得如何？」

「照這一說，糧價一定會看好？」

「那當然。隨便那一朝、那一代，只要一動刀兵，糧價一定上漲；做糧食生意的，如果囤積得好，能夠不受損失，無不大發其財。」

「這就是了。」胡雪巖欣慰地說，「我們現在這個辦法，倒真的是幫了松江漕幫的忙。」

王有齡點點頭，兩眼望空，若有所思，臉上的表情很奇怪，倒教胡雪巖有些識不透。

「雪公！」他忍不住問，「你想到了甚麼好主意？」

「對了，我有個主意，你看行不行？」王有齡放低了聲音說，「與其教別人賺，不如我們自己賺！好不好跟張胖子商量一下，借出一筆款子來，買了通裕的米先交兌，浙江的那批漕米，我們自己囤著，等價錢好了再賣？」

「主意倒是好主意。不過我們做不得，第一，沒地方囤……。」

「那不要緊！」王有齡搶著說，「我們跟通裕合夥，借他的地方囤米。」

「這更不好了。雪公！」胡雪巖正色說道：「江湖上做事，說一句算一句，答應了松江漕幫的事，不能反悔，不然教人看不起，以後就吃不開了。」

王有齡對胡雪巖十分信服，聽他這一說，立刻捨棄了自己的「好主意」，不斷說道：「對，對！我依你。」

「還有一層，回頭尤老五來了，雪公，請你格外給他一個面子。」

「我知道了。」

不多久，尤老五上船謁見，磕頭請安。王有齡十分客氣，大大地敷衍了一番。接著就解纜開船，出城沿吳淞江東行，第二天上午就到了上海。

第四章

上海縣城築於明朝嘉靖三十二年，原是用以「備倭」的，城周九里，城牆高二丈四尺；大小六個城門，東南西北四門，名為朝宗、跨海、儀鳳、晏海，另外有寶帶、朝陽兩門，俗稱小東門、小南門。他們的船就泊在小東門外。

船剛到就有人在碼頭上招手，立在船頭上的尤老五，也報以手勢；跳板還不曾搭妥，那人已三腳兩步，走上船來，身手矯捷，如履平地，一望便知是過慣了水上生涯的。

「阿祥！」尤老五問他，「都預備好了？」

「都好了。」阿祥答道，「叫北門高陞棧留了屋子，三多堂也關照過了，轎子在碼頭上。」

「好，你到碼頭上去招呼，凡事要周到。」

等阿祥一走，尤老五隨即回到艙中；胡雪巖正在跟張胖子商量，住那家客棧，先幹甚麼，後幹甚麼？兩個人對上海都不太熟，所以商量了半天，尚未停當。

等尤老五一出現，就不必再商量了。他告訴胡雪巖，已預先派了人來招呼，一切都有預備，不勞大家費心；同時聲明，上海縣屬於松江府，他是地主，所以在上海的一切供應，都由他「辦差。」

「這怎麼敢當?」胡雪巖說,「尤其是『辦差』兩個字;五哥,你是在罵人了!」

尤老五笑笑不響,然後問道:「爺叔,你上海熟不熟!」

「不熟。」

「那就快上岸吧,好白相的地方多得很,不必耽誤功夫了。」

於是,連王有齡在一起,都上了岸,碼頭上已經有幾頂藍呢轎子停在那裡——五口通商不過十年的功夫,上海已變得很奢華了,服飾僭越,更不當回事,所以除卻王有齡,大家都生平第一遭坐了藍呢大轎。

轎子進城,折而往北,停下一看,附近都是客棧,大小不同;大的金字招牌上寫的是「仕宦行台」,小的便寫「安寓客商」。高陞棧自然是仕宦行台,尤老五派人包下一座院落,共有五間房,十分寬敞乾淨。這時行李也送到了,等安頓妥貼,尤老五把胡雪巖拉到一邊,悄悄問道:「王大老爺為人是不是很方正?」

這話很難回答,胡雪巖便這樣答道:「五哥,你問這句話,總有道理在內,先說來我聽聽。」

「是這樣,我先替大家接風;飯後逛逛邑廟——錢業公所在邑廟後花園,張老闆要看同行朋友,也很方便。到了晚上,我請大家吃花酒;如果王大老爺不肯去,另作商量。」

原來如此!胡雪巖心想,看樣子王有齡也是個風流人物,不過涉足花叢,有玷官常,這非要問他本人不可。

「時候也還早。」尤老五又說，「或者我們先去吃了飯；等一下在邑廟吃茶的時候再說。」

「對，對！就這樣。」

尤老五替他們接風的地方，是上海城內第一家本幫館子，在小東門內邑廟前花草濱桂圓弄——實在是館驛弄；王有齡先就說過，只要小吃，若是整桌的席，他便辭謝，因此尤老五點了本幫菜，糟鉢頭、禿肺、捲菜之類，味極濃腴，而正當「飢者易為食」之時，所以也不嫌膩了。

飯後去逛邑廟，近在咫尺，便都走著去了。邑廟就是城隍廟——城隍這位尊神起於北齊，原是由秦漢的社神轉化來的，起初只有江南一帶才有；不知是東南人文薈萃之區，那個聰明人，想出來的好法子，賦予城隍以一種明確的身分：祂是陰間的地方官，都城隍等於巡撫，縣城隍便是縣令，一般也有三班六房，在冥冥中可以抓人辦案。因此，老百姓受了冤屈的，就有了一個最後申訴的地方。縣官也承認本地有這麼一位地位完全相等的同僚，而這位陰世的縣官似乎也管著陽世的縣官；是以不能不心存忌憚。有部教人如何做地方官的《福惠全書》，就曾寫明，縣官蒞境，「於上任前一日，或前三日至城隍廟齋宿」，一則是禮貌上的拜訪，先打個招呼：「請多多包涵」；再則是在夢中請教，本地有那些魚肉鄉里的土豪劣紳？或者懸而未結的冤案，內幕如何之類。

城隍不歸朝廷指派，而是老百姓選出來的，就如陽世的選賢與能一般，選城隍是「聰明正直之謂神」；不正直不願為老百姓伸冤，不聰明則不能為老百姓伸冤。上海縣的城隍就是老百姓所選的；他是東南最有名的三位城隍之一——蘇州城隍春申君黃歇，杭州城隍文天祥；上海原是春中君的采邑，他被蘇州人請了去，上海人只好另選一位城隍；此公叫秦裕伯，大名府人氏，元朝末年當到「福建行省郎中」，因為天下大亂，群雄並起，棄官避難到了上海。明太祖朱元璋得了天下，徵辟至朝，授官侍讀學士；外放隴州知州，告老以後，不回大名府回他寄籍的上海；死後屢顯靈跡，保障生民，所以上海人選他來做城隍。

上海的城隍廟跟開封的大相國寺一樣，是個有吃有玩的鬧市，一進頭山門，兩旁都是雜貨鋪；二山門正中是個戲台，台下就是通路，過道兩旁是賣桂花糖粥、酒釀圓子等等的小吃攤。戲台前面是個極大的廣場，西廊是刻字鋪，東廊有家茶店，是上海縣衙門書辦、皂隸的「茶會」，老百姓打官司、託人情都在這裡接頭。

再往北就是城隍廟的大殿了，兩旁石壁拱立四個石皂隸，相傳是海上飄來的；大概是秦裕伯在福建的舊屬，特地浮東海而來，投奔故主。

一進殿門，面對城隍的門楣上懸一把大算盤；兩旁八個大字：「人有千算，天有一算」。這是給燒香出殿的人的「臨別贈言」。正對大算盤，丈許高的神像上面有塊匾，題作「金山神主」，是為上海縣城隍的正式尊號。再進去就是後殿，供奉城隍及城隍夫人；她的寢宮就在西面，寂寂深閨，在她生日那天亦許凡夫俗子一瞻仰。

城隍廟的好玩，是在廟後有座豫園；為上海城內第一名園，原是明朝嘉靖年間，當過四川布政使的潘允端的產業，明末大亂自然廢圮，乾隆中葉，正值全盛，海內富麗無比；本地人為了使「保障海隅」的城隍有個公餘遊憩之地，特地集資向潘氏後裔買下這個廢園，重新修建；歷時二十餘年，花了鉅萬的銀子，方始完工。因為地處廟的西北，所以名為西園；而廟東原有個東園，俗稱「城隍廟後花園」。

東園每年由錢莊同業保養修理，只有逢到城隍及城隍夫人生日，以及初夏的「蕙蘭雅集」才開放。豫園卻是終年洞開，裡面有好幾家茶店，還有極大的一座書廳。

尤老五招待大家在俗稱「桂花廳」的清芬堂喝茶；這天有人在鬥鳥，其中頗多尤老五的「弟兄」，走來殷殷致意，請他「下場去玩」——這就像鬥蟋蟀一樣，可以博采，輸贏甚大；尤老五便把周、吳兩委員和張胖子請了去一起玩，留下胡雪巖好跟王有齡說私話。

「雪公！」他意態閒豫地問道：「今天晚上，逢場作戲，可有興致？」

王有齡只當要他打牌，搖搖頭說：「你們照常玩吧！我對賭錢不內行。」

「不是看竹是看花！」

王有齡懂了，竹是竹牌，花則不用說，當然是「倡條冶葉恣留連，飄蕩輕於花上絮」；便即笑道：「看竹看花的話，雋妙得很！」

兩人交情雖深，結伴作狎邪遊的話，卻還是第一次談到；王有齡年紀長些，又去不了一個「官」字的念頭，所以內心不免有忸怩之感，只好作這樣不著邊際的答覆。胡雪巖熟透人情，自然了解；知道他心思有些活動，但跟周、吳二人一起去吃花酒，怕他未見得願意，就願意也未見得有樂趣。

這樣一想，胡雪巖另有了計較，暫時不響，只談公事；決定這天休息，第二天起，王有齡去拜客，胡雪巖、張胖子會同尤老五去借款。

「還有件要緊事，」王有齡說，「黃撫台要匯到福建的那兩萬銀子，得趕緊替他辦妥。」

「我知道。這件事不在快，要祕密；我自會弄妥當，你不必操心。」說著，便站起身來。

尤老五是耳聽六路、眼觀八方的角色，見胡雪巖一站起身來，便借故離座；兩人會合在一起，低聲密語，作了安排。

這天夜裡，杭州來的人，便分作各不相關的三起去玩，一起是到三多堂；一起是高升一個人，由尤老五派了個小弟兄陪他各處去逛。等人都走光了，只剩下一個王有齡，換了便服，把一副墨晶眼鏡放在手邊，在船上看書坐等。

天剛剛黑，胡雪巖從三多堂溜了出來；尤老五已有人在等候，坐轎到了小東門外碼頭上，把王有齡接了出來。陪伴的人吩咐轎伕：「梅家弄。」

梅家弄地方相當偏僻，但曲徑通幽，別有佳趣。等轎子抬到，領路的人，在一座小小的石庫門上，輕叩銅環，隨即便有人來開門；應接的是一個四十左右的婦人，說得一口極好聽的蘇州話。到了客廳裡燈光亮處，王有齡從墨晶眼鏡裡望出去，才發覺這個婦人，秋娘老去，風韻猶存。再看客廳裡的陳設，布置得楚楚有致，著實不俗，心裡便很舒服。

「三阿姨！」領路的人為「本家」介紹：「王老爺，胡老爺，都是貴客，格外招呼！」

三阿姨喏喏連聲，神色間不僅馴順，而且帶著些畏憚的意味。等領路的人告辭而去，三阿姨才向王有齡和胡雪巖寒暄；一句接一句，照例有個「客套」；這個套子講完，便了解了來客的身分——當然，她知道的是他們的假身分；王老爺和胡老爺都是杭州來的鄉紳。

擺上果盤獻過茶，三阿姨向裡喊道：「大阿囡，來見見王老爺跟胡老爺！」湖色夾紗門簾一掀，閃出來一個麗人；王有齡一見，雙眼便是一亮，隨手把墨晶眼鏡取了下來，盯著風擺柳似地走過來的阿囡，仔細打量，她穿一件雨過天青的綢夾襖，雖然也是高高聳起的元寶領，腰身卻做得極緊，把嬝娜身段都顯了出來；下面沒有穿裙，是一條玄色夾袴；鑲著西洋來的極寬的彩色花邊。臉上薄施脂粉，頭髮卻梳得又黑又亮；髻上插一枝翠鑲金挖耳，此外別無首飾，在這樣的人家，這就算是極素淨的打扮了。

走近了越發看得清楚，是一張介乎「鵝蛋」與「瓜子」之間的長隆臉，生得極好的一雙眼睛，就如西洋來的閃光緞一般，顧盼之間，一黑一亮，配上那副長長的睫毛，別有一種驚心動魄的媚態；而且正當花信年華，就如秋月將滿，春花方盛，令人一見便覺不可錯過。

她一面含著笑，一面照著阿姨的指點，大大方方地招呼了貴客。然後說道：「兩位老爺，請到房間裡坐吧！」

到了裡面，又別有一番風光，看不出是風塵人家，卻像知書識字的大家小姐的閨房；紅木的家具以外，還有一架書；牆上掛著字畫，有戴熙的山水和鄧石如的隸書，都是近時的名家。多寶架上陳設著許多小擺飾；一具形制極其新奇的銅香爐正燒著香，青煙裊裊，似蘭似麝，觸鼻心蕩。

「王老爺請用茶！」她把蓋碗茶捧到王有齡面前；隨手在果盤裡抓了幾顆松仁，兩手搓一搓，褪去了衣，一直就送到王有齡唇邊。

王有齡真想連她的手指一起咬住；但到底不曾，一把捏住了她的手問道：「大阿囡，你叫甚麼名字？」

「小名叫畹香。」

「那兩個字？」

「滋蘭九畹的畹，王者之香的香。」

「好文雅的談吐！」王有齡又問：「畹香，你跟誰讀的書？」

「讀啥個書？讀過書會落到這種地方來？」說著，略帶淒楚地笑了。

王有齡卻不知這是那些「住家」的「小姐」的做作；頓時起了紅粉飄零的憐惜，握著她的手，彷彿有無窮感慨不知從何說起似地。

胡雪巖看看已經入港了，便站起身來喊道：「雪公，我要告辭了。」

「慢慢，慢慢！」王有齡招著手說：「坐一會再說。」

「不必了。」胡雪巖一意想躲開，好讓他們溫存，所以站起來就走，「回頭我再來。」

「畹香！你看胡老爺在生你的氣。」

聽這一說，胡雪巖便站住了腳；畹香上來拉住他說：「胡老爺，可曾聽見王老爺的話？你請坐下來，陪陪我們這位老爺。要走也還早。」

「我們、你們的，好親熱！」胡雪巖打趣她說，「現在你留我，回頭叫我也不走了，在這裡

『借乾鋪』！」

「甚麼『乾鋪』、『溼鋪』，我不懂！」畹香一面說，一面眼瞟著王有齡，卻又立即把視線閃開。

那送秋波的韻味，在王有齡還是初次領略，真有飄飄欲仙之感；「今宵不可無酒！」他用徵詢的眼光看著胡雪巖，意思問他這裡可有「吃花酒」的規矩。

胡雪巖還不曾開口，畹香急忙答道：「已經在預備了。要不要先用些點心？」說著，不等答話，便掀簾出門，大概是到廚房催問去了。

「想不到有這麼個雅緻的地方！」王有齡目送著她的背影，十分滿意地說。

「雪公！」胡雪巖笑道：「我看你今天想回去也不行。」

「怎麼呢？」

「不看見畹香的神氣麼？已經遞了話過來，要留你在這裡住了。」

「那一句話？」

「『要走也還早。』不就是表示你可以不走嗎？」

想一想果然！王有齡倒有些躊躇了。

「我看這樣，還是我早些走。」胡雪巖為他策劃，「好在我從三多堂出來的時候，只說要陪你去看一位多年不見的親戚；回頭我就對他們說，你的親戚留你住下，要明天才回去。」

王有齡大為高興，連連點頭：「就這樣。我是有個表兄在上海，姓梁。」

話剛說完，三阿姨已經帶著「大小姐」端了托盤進來；一面鋪設席面，一面問貴客喝甚麼酒？又謙虛家廚簡陋，沒有好吃的東西款客，應酬得八面玲瓏。

四樣極精緻的冷葷碟子搬上桌，酒也燙來了，卻少了一個最主要的人，胡雪巖便問：「畹香呢？」

「來了！」外面答應著，隨即看見畹香提著一小鍋紅棗百合蓮子湯進門，說是她親手煮的；也不知是真是假，反正吃在王有齡嘴裡，特別香甜。

吃罷點心再喝酒。畹香不斷替他們斟酒布菜，不然就是側過身子去，伸手讓王有齡握著，靜靜地聽胡雪巖說話。看這樣子，他覺得實在不必再坐下去；找個適當的時機，說是還要回三多堂，又約定明天上午親自來接王有齡，然後就走了。

一走出門，心念一動，不回三多堂回到船上；在碼頭上喊了一聲，船家從後艙探頭出來，詫異地問道：「咦！胡老爺一個人？」

「我陪王大老爺去看他表親，多年不見，有一夜好談，今天大概不回來了。」胡雪巖踏上船頭，這樣回答；又說：「其餘的都在三多堂吃酒。我身子不爽，還是回來早早睡覺。」

「胡老爺可曾用過飯？怕各位老爺要消夜，我叫我女人燉了粥在那裡。」

「這不錯！我來碗粥，弄點清淡小菜來。」

船家答應著，回到後梢。胡雪巖一個人走入艙中，只見自己鋪上，枕套被單都已換過；地板桌椅，擦得纖塵不染，桌上一盞洋燈，玻璃罩子也拭得極亮，幾本閒書疊得整整齊齊。等坐定了，隱隱覺得香氣襲人，四下一看，在枕頭旁邊發現一串珠蘭，拿起來仔細玩賞，穿珠蘭的細銅絲上似有油漬；細想一想明白了，必是阿珠頭上的桂花油。

阿珠頭上戴的花，怎麼會在自己枕頭旁邊發現？這是個很有趣的謎？正在獨自玩味；簾鉤一響，阿珠來了。

「我沒有泡蓋碗茶。」她也不加稱呼，沒頭沒腦地說：「你的茶癮大，我索性用茶壺泡了。」

胡雪巖先不答，恣意凝視著，見她雙眼惺忪，右頰上一片紅暈，便問：「你剛從床上起來？」

「嗯！」阿珠一面替他倒茶，一面嬌慵地笑道：「不曉得怎麼的？一天都是倦得要命。」

「這有個名堂，叫做春困。你有沒有做春夢？」

「做夢就是做夢。」阿珠嗔道：「甚麼叫春夢？一個你，一個張胖子，說話總是帶骨頭。不過——。」她不說下去了。

「怎麼樣？」

「總算比甚麼周老爺、吳老爺好些。動手動腳的，真討厭。」

「多承你誇獎。」胡雪巖問道：「這串珠蘭是不是你的？」

「啊！」她把雙眼張得好大，「怎麼會在你手裡？」

「在我枕頭旁邊找到的。我就不懂了，是不是特意送我的？」

「那個要送你？」阿珠彷彿受了冤屈似地分辯，「下半天收拾房間，累了，在你鋪上打了個中覺；大概那時候遺落下來的。」

「虧得我回來看見，不然不得了！」

「怎麼？」她不服氣地問：「這也不是甚麼大不了的事？」

「你倒真不在乎！」胡雪巖笑道：「你想想看，你頭上戴的花，會在我枕頭旁邊發現，別人知道了會怎麼樣想？」

「我不曉得。總歸不會有好話！」

「在我來說是好話。」

「甚麼話？」

「你過來，我告訴你！」等阿珠走過去，他低聲笑道：「別人是這樣想，你一定跟我同床共枕過了。」

「要死，要死！」阿珠羞得滿臉通紅，咬著牙打了他一下。

不知是她的勁用得太大，還是胡雪巖就勢一拉，反正身子一歪，恰好倒在他懷裡。

「看你還打不打人？」胡雪巖攬著她的腰說。

「放手，放手！」阿珠這樣低聲吆喝了兩句；腰也扭了兩下——卻不是怎麼使勁掙扎，胡雪巖便不肯放手，只把她扶了在鋪上並坐。

「今天沒有人，我可不肯放你過門了。」

「你敢！」阿珠瞪著眼；又說：「我爹跟我娘不是人？」

「他們才不來管你的閒事。」話還沒有說完，聽得阿珠的娘在喊：「阿珠，你問一問胡老爺要不要燙酒？」

她慌忙跳起身來，胡雪巖一把沒有拉住，她已跑到艙門口，答應一聲；轉臉問道：「要不要吃酒？」

「你過來！我跟你說。」

「我不來！我又不聾；你在那裡，我聽得見。」

「本來有些頭痛，不想吃；現在好了，自然要吃一杯。」

「哼！」阿珠撇一撇嘴，「本來就是裝病！賊頭賊腦不知道想做甚麼？」說完，她掀簾走了出去，不久便端來了酒菜，安設杯筷。胡雪巖要她陪著一起吃，她不肯，但也不曾離開，倚著艙門，咬著嘴唇，拉過她那條長辮子的辮梢來玩弄著。

胡雪巖一面喝酒，一面看她；看一看，笑一笑，陶然引杯，自得其樂。於是阿珠又忍不住了。

「你笑甚麼？」她問。

「現在還不能告訴你。」

「要到甚麼時候？」

「總有那麼一天！你自己會曉得。」

「哼！」阿珠冷笑，「不知道在打甚麼鬼主意？要說就痛痛快快說！」

胡雪巖把她的話，稍為咀嚼一下，就懂了她的意思；招招手說，「這又不是三言兩語談得完的；你這樣子，也不像談正經話的神氣。反正又沒有外人，難得有個談天的機會，你坐下來聽我說！」

「坐就坐！」她彷彿壯自己的膽似地，又加了一句：「怕甚麼！」等她坐了下來，胡雪巖問道：「你今年十幾？」

「問這個做啥？」

「咦！談天嘛本來就是海闊天空，甚麼話都可以談的；你不肯說，我說，我今年三十一歲。」

阿珠笑了：「我又不曾問你的年紀。」

「說說也不要緊。我猜你今年二十六。」

「甚麼？」她又有些詫異，又有些不大高興，「胡說八道！你從那裡看出我二十六？無緣無故給人加了十歲！難道我真的生得那樣子老相？」

「這樣說你是十六？」胡雪巖點點頭，「那還差不多。」

阿珠恍然大悟，中了他的計，「你們這些做官的，真壞！鬼計多端，時時刻刻都要防備。」

她使勁搖著頭，大有不勝寒心之意：「真難！一不小心，就要上當。」

「不是我壞，是你不老實！」說著，胡雪巖便挾了塊茶油魚乾送到她嘴邊。

「我不要！」阿珠把頭偏了過去，不知是有些不好意思，還是故意不領他的情？

「你嘗嘗看，變味的魚乾也拿來我吃！」他氣鼓鼓地把魚乾往碟子裡一扔。

她又上當了。取他的筷子側過頭來，挾著魚乾剛送到嘴裡，胡雪巖便變了樣子，浮起一臉頑皮而略帶得意的笑容。

阿珠又有些生氣，又覺得別有滋味；故意嘟著嘴撒嬌。於是胡雪巖笑道：「阿珠，我勸你趁早老老實實，聽我的話，不然，我隨便耍個花腔，就教你『缸尖上跑馬，團團轉！』」

這是句無錫諺語，他學得不像，怪聲怪氣地惹得阿珠大笑；笑停了說：「不要現世了！」接著便也說了這一句諺語，字正腔圓，果然是道地的無錫話。

「阿珠！怎麼你平時說話，是湖州口音？」

「我本來就是無錫人嘛！」

「如何變了我們浙江人？」

「『六月裡凍殺一隻老綿羊』，說來話長。」阿珠搖搖頭有些不大愛說似地。

胡雪巖就是要打聽她的身世，怎肯放過？軟語央求了一兩句，她到底說了出來；聲音放得極低，怕她父母聽見——她談的就是她父母的故事。

「我娘是好人家出身——。」

故事應該很長，但在阿珠嘴裡變短了，她娘是書香人家小姐，家住河岸，自己有條船，探親訪友，上墳收租，都坐了自家船去。

管船的姓張，年紀輕就叫他小張；小姐看中了他為人老實，兩下有了私情，懷了阿珠在腹中。這件事鬧出來不得了，兩個人私下商議，不如雙雙遠走高飛。小張為人老實，不願「小姐」帶她家一草一木，弄上個拐帶捲逃的名聲；但還是拿了她家一樣東西，就是那條船。

越過太湖就是吳興，風波涉險，原非得已；只防著她家會沿運河追了下來。事後打聽，他們的路走對了。她從此沒有回過無錫，水上生涯只是吳興到杭州、杭州到上海，算來有十五年了。

講的是私情，又是她爹娘的私情，所以阿珠臉上一陣陣紅，忸怩萬狀；好不容易講完了，長長透口氣，腰也直了，臉也揚了，真正是如釋重負。

「怪不得！」胡雪巖倒是一臉肅穆，「你娘是好出身，你爹是好人，才生下你這麼個討人歡喜的女兒。」

原是句不算甚麼的讚語，阿珠卻把「討人歡喜」這四個字，聽得特別分明；消褪的紅暈，頓時又泛了上來。

「你爹娘就是你一個？」

「原有個弟弟，五歲那年糟蹋了。」

「這一說，你爹娘要靠你養老？」

阿珠不答，臉色不大好看。談起這件事她心裡就煩；她爹娘商量過她的親事，有好幾個主意，其中之一是招贅一個同行，娶她，也「娶」了這條船。

阿珠從小嬌生慣養，而且因為她娘的出身不同，所以她的氣質教養，也與別家船上的閨女有別；加以她爹的這條「無錫快」，設備精緻，招待周到，烹調尤其出名，歷來的主顧，都是仕宦富家，阿珠從小便把眼界抬得高了，不願嫁個赤腳搖櫓的同行，所以等她爹娘一提到此，她總是板起了臉；臉上繃得一絲皺紋找不出，彷彿拿刀都砍不進去似地。

是去年，有天晚上無意間聽得她爹娘在計議：「阿珠十五了，她的生日早，就跟十六一樣。」她爹說：「日子過來快得很，耽誤不得了！」

她娘不響，好半天才嘆口氣說：「唉！高不成，低不就。」

「也由不得她！照她的意思，最好嫁個少年公子，做現成少奶奶。這不是癡心妄想？」

一聽到這裡，阿珠便忍不住淌眼淚，一則氣她爹爹冤枉她，她從未這樣想過；再則氣她爹，把她看得這等不值錢，就做了少奶奶也不是甚麼了不起的事，又不是想做皇后娘娘，如何說是「癡心妄想」？

「若要享福，除非替人做小——。」

「那怎麼可以？」她娘說：「就是阿珠肯，我也不肯。」

「我也不肯。」她爹立刻接口：「看起來還是尋個老老實實的人，苦就苦一點，總是一夫一妻。」

「阿珠吃不來苦！」

「不是阿珠吃不來苦，是你怕她吃苦。」

「也不是這話，總要有指望，有出息。我幫你搖了一輩子的船，現在叫阿珠也是這樣；你想想看，你對不對得起我們母女？」

話說得很重，她爹不作聲；似乎內疚於心，無話可答。

「我在想，最好有那麼個窮讀書人，」她娘的聲音緩和了，「人品好，肯上進；把阿珠嫁了他——。」

「好了，好了！」她爹不耐煩地打斷，「下面我替你說，那個窮讀書人，『三更燈火五更雞』，刻苦用功；後來考中狀元，阿珠做了一品夫人。你真是聽『小書』聽入迷了！」

「也不見得沒有這樣的事！也不要中狀元，阿珠做了秀才娘子就蠻好了。」

「你好他不好！男的發達了，就要嫌阿珠了。『陳世美不認前妻』，『趙五娘吃糠』，你難道不曾聽說過？到那時候，你替阿珠哭都來不及！」

受了丈夫一頓排揎，阿珠的娘只是嘆氣不語。一會兒夫婦倆鼾聲漸起，阿珠卻是一夜都不曾睡著，至今提起自己的終身，心裡便是一個疙瘩。

不管胡雪巖如何機警過人，也猜不透她的心事；見她凝眸不語，便又催問：「咦，怎麼不說話？」

阿珠正一腔幽怨，無處發洩，恰好把氣出在他頭上，惡狠狠地搶白：「沒有甚麼好說的！」

胡雪巖一楞，不知她為甚麼發這麼大的火？但他並未生氣，只覺得有些好笑。

她卻是發過脾氣，馬上就知道自己錯了！不說別的，只說對客人這個樣子，教爹娘發覺了便非挨罵不可。但也不願認錯，拿起酒壺替胡雪巖斟滿；用動作來表示她的歉意。

這下胡雪巖明白了，必是自己這句話觸犯了她的心境，應該安慰安慰她。於是他捏住了她的手；她也感覺得出來，這不是輕薄的撫慰，便讓他去。

「阿珠！」他用低沉的聲音說，「我知道你心裡有委屈。做人就是這樣，『不如意事常八九』，有些委屈連自己父母都不好說，真正叫『有苦難言』。」

一句話不曾完，阿珠的熱淚滾滾而下。她覺得他每一個字都打入自己的心坎；「有苦難言」而居然有個人不必她說就知道她的苦楚，那份又酸又甜的痛快滋味，是她從未經驗過的。就這一下，她覺得自己的一顆心踏實了，有地方安頓了。

胡雪巖一看這情形，不免驚異，也有些不安，不知她到底有甚麼隱痛，竟至如此，一時楞在那裡，無法開口。阿珠卻不曾看見他發傻的神情，從腋下衣鈕上取下一塊手絹在抹眼淚；那梨花帶雨的韻致，著實惹人憐愛，胡雪巖越發動心了。

「阿珠！」他說，「心裡有事，何妨跟我說；說出來也舒服些。」

她的心事怎能說得出口？好半天才答了句：「生來苦命！」

甚麼叫「生來苦命」？胡雪巖心裡在想，阿珠雖是蓬門碧玉，父母一樣把她當作掌上明珠；比起那些大家的庶出子女，處處受人歧視，不知要強多少倍？那麼苦在何處呢？莫非——。

「我知道了。」他想到就說，「大概你爹娘從小把你許了人；那家人家不中你的意？」

「不是，不是！」她急急分辯；靈機一動，就勢有所透露，「你只猜到一半！」

「喔！現在正在談親事？」

阿珠沒有表示，微微把頭低著，顯然是默認了。

「是怎麼樣的一家人家？怎的不中你的意？」

「唉！」她不耐煩地說，「不要去講它了。」

「好！不談這些，談別的。」

他那有力的語氣，就像快刀斬亂麻，把阿珠的心事一下割斷拋開；於是她一顆心都在他身上了。

「你也不要老是問我。」她說，「也談談你自己的情形。」

「從何談起？」胡雪巖笑道：「我也不曉得你喜歡聽那些話？談公事你又不懂——。」

「哪個跟你談公事？」

這就是要談私事。他心裡在想，她不知是打著甚麼主意？且先探明了再作計較。

「這樣好了，你問，我答。」他說，「我一定說老實話。」

阿珠想問他家裡有些甚麼人？娶了親沒有——這實在不用問的，當然娶了親。那麼太太賢惠不賢惠？這又是不用問的，賢惠又如何，不賢惠又如何？反正就自己願意跟他，爹娘也不會答應。

她這時又想到那天張胖子跟她開玩笑的話，說「進了胡家的門，自然要替胡老太太、胡太太磕頭」。這不是明明已經娶了親？就不知道有小孩沒有？

轉念到此，阿珠忽生異想，如果沒有小孩，那就好想辦法了。尤其是有老太太在堂，急於想抱孫子，而媳婦的肚皮不爭氣；老人家便會出面說話，要替兒子再娶一房。「不孝有三，無後為大」，這個理由光明正大，那怕媳婦心裡萬分不願，也只好忍氣吞聲。

至於娶了去，如果不願意同住，不妨另立門戶；「兩頭大」，原有這個規矩。當然，這一來胡雪巖的開銷要增加，但也顧不得他了。

就這一轉念間，阿珠打定了主意，如果胡雪巖願意，就是「兩頭大」；另外租房子，把爹娘搬了一起去住。不願意就拉倒！

於是她的臉色開朗了，定一定心，老一老面皮，裝作閒談似地問道：「胡老爺，你有幾個小寶寶？」

「兩個。」

聽說有兩個，阿珠的心便一冷了，「都是少爺？」她又問。

「甚麼『少爺』？女伢兒！」

「噢！」阿珠笑了，「兩位千金小姐！」

「阿珠！」胡雪巖喝著酒，信口問道：「你問這個幹甚麼？」

「隨便談嘛！你不是說，『談天嘛海闊天空隨便甚麼都可以談的。』」阿珠接著又問：「老太太呢，今年高壽？」

「快六十了。」

她想問：想不想抱孫子？不過這句話問出來未免太露骨，所以躊躇著不開口。

胡雪巖察言觀色，又想起上個月杭州城隍山的李鐵口，說他要交桃花運的話，看來果然是「鐵口」！但是他也有警惕，看阿珠是個癡情的人，除非自己有打算，倘或想偷個嘴，事後丟開，一定辦不到——癡情女子負心漢，纏到後來，兩敗俱傷。不可造次！

為了這個了解，他就越發沉著了。而他越沉著，她越沉不住氣；想了又想，問出一句話來：「兩位小姐幾歲了？」

「一個六歲，一個五歲。」

「胡太太以後沒有喜信？」

「沒有。」胡雪巖搖搖頭，又加了一句：「一直沒有。」

「『先開花，後結子』，老太太總歸有孫子抱的。」

這是句試探的話，胡雪巖聽得懂，自己的態度如何？便要在此刻表明了；只要說一句：「不錯，大家都這麼說，我也相信。」就可以封住阿珠的嘴。但是，他不願意這麼說。

那麼怎麼說呢？正在躊躇，聽得岸上有人聲；聲音似乎熟悉，大概是在三多堂吃花酒的人回來了，兩個人便都側耳靜聽。

果然，聽得那庶務在呼：「喂，船老大！搭跳板。」

「張胖子他們回來了！」阿珠慌忙起身離去。

第一個上船的是張胖子，一看胡雪巖引酒獨斟，陶然自得，大為詫異，「咦！」他問：「你怎麼不到三多堂來？我以為你一直跟王大老爺在一起。」

接著周、吳二人，跟踵而至，都已喝得醉醺醺，說話的舌頭都大了。胡雪巖就把預先想好的一套假話搬出來；瞞過了王有齡的行蹤，然後回答張胖子的話：「我本來要回到三多堂去的。想想明天還有許多事要辦，你們各位盡量敞開來玩，不妨我一個人來仔細籌劃一下；這樣才不耽誤正經！」

「夠朋友！」周委員一面打著酒呃，一面翹起大拇指說：「雪巖兄是好朋友，夠意思！有甚麼為難的地方，我替你出頭。知恩當報，我們來！是不是？老吳！」

說著，他又拍自己的胸脯，又拍吳委員的肩膀。等阿珠送熱茶進來，又拉住她的手，醉言醉語，說些瘋話。阿珠哭笑不得，只不斷瞟著胡雪巖，那眼色又似求援，又似求取諒解，好像在說：不是我輕狂，實在是拿這兩個醉鬼沒有法子！

好不容易把周、吳二人弄到前面那條船上去安置，剩下胡雪巖與張胖子，才得清清靜靜談話。張胖子報告了吃花酒的經過，形容尤老五是如何竭誠招待，而周、吳是如何醜態百出，把站在一旁的阿珠，聽得「格格」地笑個不住。

「你甚麼時候回來的？」張胖子問到胡雪巖身上。

「好久了。」他信口答說。

「好久了？」張胖子轉臉去看阿珠。

阿珠心虛，急忙溜走。這一下張胖子心裡越發有數，看著她的背影，又看著胡雪巖含笑不語的神情，他也詭祕地笑了。

「你笑甚麼？」

「我笑周委員跟吳委員。」張胖子說，「這兩個人一路來都在阿珠身上打主意。誰知道『會偷嘴的貓不叫』！」

「不要瞎說！」胡雪巖指指外面：「當心她聽見。」

「那麼，你說老實話。」張胖子把顆亮光光的頭伸過去，壓低了嗓子問：「偷上手沒有？」

「沒——有！」胡雪巖拉長了聲音，「哪有這回事？」

「那麼你們談了些甚麼呢？」

「隨便談閒天，談過就丟開，那記得這許多？」胡雪巖正一正臉色：「閒話少說，今天你跟尤老五談了正經沒有？」

「對了，我正要告訴你。我已經跟他說好了，明天一起出帖子，請『三大』的檔手吃飯，請你作陪。放款的事，就在席面上談。」

「好的。」胡雪巖又說：「我還有件事，想跟你談。不過……。」

「咦！」張胖子慣會大驚小怪，睜大了眼睛問：「怎麼，不說下去了？」

話到口邊，終又嚥住，是胡雪巖警覺到張胖子嘴快；黃宗漢的那兩萬銀子，如果託他去匯撥，一定會洩漏出去。不如明天找尤老五商量，比較靠得住。

第二天一早，胡雪巖悄悄到梅家弄把王有齡接回船。這位王大老爺春風滿面，步履輕快，大家都道他異鄉遇故，快談竟夕，才有這份輕鬆的情緒，誰也不知道他微服私行，比起三多堂的喧鬧轟飲，另有一番屋小如舟，春深似海的旖旎風光。

這天開始要辦正事了，王有齡把周、吳兩委員請了來，連胡雪巖一起，先作個商量。他原定這一天上午去拜客，胡雪巖主張不必亟亟。

「今天中午，尤老五和張胖子出面，請『三大』的人吃飯，放款的事一談好，通裕的米，隨即可以撥借。」他說：「雪公，索性再等一等，也不會太久，一兩天功夫，等我們自己這裡辦妥了再說。」

「這樣好！」周委員首先表示贊成，「到明後天，王大人去拜這裡的按察使，那就直接談交兌漕米了，差使顯得更漂亮。」

「好！我聽你們的主意。」王有齡欣然同意。

「中午的飯局，不請周、吳兩公了。」胡雪巖說第二件事，「商人總是怕官的，有周、吳兩公在座，怕『三大』的人拘束——。」

「不錯，不錯！」周委員搶著說道，「你無須解釋。」

「不過有件大事要請周、吳兩公費心，『民折官辦』的這道手續，馬上就要辦一辦。公事上我不懂，雪公看怎麼處置？」

「那要奉託兩位了。」王有齡看著他們說：「兩位是熟手，一定錯不了。該我出面的，儘管請吩咐！」

於是周、吳二人相視沉吟，似乎都有些茫然不知如何著手的樣子。

胡雪巖等了一會，看他們很為難，忍不住又說了：「我看這件事，公文上說不清楚，得有一位回杭州去當面稟陳。」

「對！」吳委員撫掌接口，「我也是這麼想。當然，公文還是要的，只不過簡單說一說，『民折官辦』一案，十分順手，特飭某某人回省面稟請示云云。這樣就可以了。」

「那好！兩位之中，那一位辛苦一趟？」

這一問，周、吳二人又遲疑了。甫到繁華之地，不能盡興暢遊，心裡十分不願。而且這一案的內容十分複雜，上面有所垂詢，不能圓滿解釋，差使就算砸了；畏難之念一起，更不敢自告奮勇。

「怎麼？」王有齡有些不悅，「看樣子只好我自己回去一趟了。」

「那沒有這個道理。」周委員很惶恐地說，「我去，我去！」

看周委員有了表示，吳委員倒也不好意思了，「自然是我去。」他說。

兩個人爭是在爭，其實誰也不願意去，王有齡不願硬派，便說：「這樣吧，我們掣籤！」

「不必了！」周委員很堅決地說，「決定我去。吳兄文章好，留在這裡幫大人料理公事。我今天下午就走，盡快回來覆命。」

「也不必這麼急。」胡雪巖作了個詭祕的微笑，「今天晚上我替周老爺餞行。明天動身好了。」

「雪巖兄的話不錯。公事雖然緊要，也不爭在這半天功夫。」吳委員也說，「晚上替周兄餞行，我跟雪巖兄一起做主人。」

王有齡也表示從容些的好，並且頗有嘉勉之詞，暗示將來敘功的「保案」中，一定替周委員格外說好話，作為酬庸。自告奮勇的收穫，可說相當豐富。

為了周委員回杭州，那個庶務卻是大忙而特忙，第一要雇船——照周委員的意思，最好坐原來的那隻「無錫快」，由阿珠一路侍奉著來回；但那隻船名「快」而實不快，只宜於晚開早到，多泊少走，玩賞風景之用；趕路要另雇雙槳奇快的「水上飛」。

第二件更麻煩，也是胡雪巖的建議，杭州撫、藩、臬三大憲，加上糧道，還有各衙門有關係的文案、幕友，都應該有一份禮。「十里夷場」，奇珍異物無數；會選的花費不多而受者愜意；不會的，花了大價錢卻不起眼，變成「俏眉眼做給瞎子看」，因此，備辦這十幾份禮物，不是一件輕鬆的差使。胡雪巖出主意，請尤老五派個人，帶著那庶務和高升，到「夷場」上外國人所開，最大的一家洋行「亨達利」去採辦。

這天人人有事，王有齡和周、吳二人在船上辦文稿，開節略，把此行的經過，如何繁難吃力，而又如何圓滿妥貼，字斟句酌地敘了進去。胡雪巖和張胖子的任務，自然更重要；中午與尤老五請「三大」的檔手，在英租界的「番菜館」赴宴談生意。

結果生意不曾在番菜館談，因為照例要「叫局」，鶯鶯燕燕一大堆，不是談生意的時候。飯罷一起到城隍廟後花園錢業公所品茗，這時張胖子才提到正事。

「三大」之中，大亨錢莊姓孫的檔手資格最老，由他代表發言，首先就表示最近銀根很緊。「局勢不好，有錢的人都要把現銀子捏在手裡；怕放了倒帳——說句實在話，錢莊本來是空的。」

這是照例有的託詞，銀根緊的理由甚多，不妨隨意編造，目的就在抬高利息。張胖子和胡雪巖都懂這個道理，尤老五卻以受過上海錢莊的氣，懷有成見，大為不快。

「我看不是銀根緊，只怕是借的人招牌不硬，」他的話有稜角，態度卻極好，是半帶著開玩笑的語氣說的，「漕幫現在倒楣，要是『沙船幫』的郁老大開口，銀根馬上就鬆了。」

尤老五說的這個人是沙船幫的巨擘，名叫郁馥山；擁有上百艘的沙船，北走關東，南走閩粵，照海洋的方位，稱為「北洋」、「南洋」，郁馥山就以走南北洋起家，是上海縣的首富。

近年因為漕米海運，更是大發利市，新近在小南門造了一所巨宅，崇樓傑閣，參以西法，算是「海天旭日」、「黃浦秋濤」等等「滬城八景」以外的另一景。

沙船幫與漕幫，本來海水不犯河水，但漕運改了新章，便有了極厲害的利害衝突，所以尤老五那句話斤兩很重，姓孫的有些吃不消。

「啊，尤五哥，」姓孫的惶恐地說，「你這話，我們一個字也不敢承認。客戶都是一樣的；論到交情，尤五哥的面子更加不同。好了，今天就請尤五哥吩咐！」

像尤老五這樣在江湖上有地位的，輕易說不得一句重話；剛才話中有牢騷，已不夠漂亮，此刻聽姓孫的這樣回答，更顯得自己那句話帶著要挾威脅的意味，越覺不安，所以急忙抱拳笑道：「言重、言重！全靠各位幫忙。」

張胖子總歸是站在同行這方面的，而且自己也有擔保的責任；心裡在想，姓孫的吃不消尤老五，說到「請吩咐」的話，未免冒失！如果憑一句話草草成局，以後一出麻煩，吃虧的必是錢莊，自己也會連帶受累。

由於這樣的了解，他不希望他們講江湖義氣，願意一板一眼談生意，不過他的話也很圓到，

「大家都是自己人，尤五哥更是好朋友，沒有談不通的事。」他說，「『三大』願意幫忙；尤五哥一定也不會教『三大』吃虧。是不是？」

尤老五當然聽得出他話中的意思，立即接口：「一點不錯！江湖歸江湖，生意歸生意。我看這樣，」他望著胡雪巖說，「小爺叔，這件事讓張老闆跟孫老闆他們去談；應該怎麼樣就怎麼樣，我無不照辦。我們就不必在場了。」

胡雪巖聽他這一說，暗暗佩服，到底是一幫的老大，做事實在漂亮；於是欣然答道：「對，對！我也正有事要跟五哥談。」

說著，兩人相偕起身，向那幾個錢莊朋友點一點頭，到另外一張桌子去吃茶；讓張胖子全權跟「三大」談判。

「小爺叔！」尤老五首先表明：「借款是另外一回事，通裕墊米又是一回事，橋歸橋，路歸路；米，我已經教通裕啟運了，在那裡交兌，你們要不要派人，還要統通由我代辦？請你交代下來，我三天功夫替你們辦好。」

「好極了！五哥跟老太爺這樣放交情，我現在也不必說甚麼！『路遙知馬力，日久見人心』，將來就曉得了。」胡雪巖接著又說，「在那裡交兌，等我問明白了來回報五哥。要不要另外派人，公事上我不大懂，也要回去問一問。如果我好作主，當然拜託五哥，辛苦弟兄們替我辦一辦。」

「好的，就這樣說定了——我關照通裕老顧去伺候；王大老爺有甚麼話，儘管交代他。」

一件有關浙江地方大吏前程的大事，就這樣三言兩語作了了結。胡雪巖還有件要緊事要請尤老五幫忙。

「五哥，我還有個麻煩要靠你想辦法。」他放低了聲音說：「我有兩萬銀子要匯到福建；不能叫人知道，你有甚麼辦法？」

尤老五沉吟了一會問道：「是現銀，還是莊票？」

「自然是莊票。」

「那容易得很。」尤老五很隨便地說：「你自己寫封信，把莊票封在裡面，我找個人替你送到，拿回信回來。你看怎麼樣？」

「那這樣太好了。」胡雪巖又問：「不曉得要幾天功夫？」

「不過五六天功夫。」

胡雪巖大為驚異：「這麼快？」

「我託火輪船上的人去辦。」

從道光十五年起，英國第一艘「渣甸號」開到，東南沿海便有了輪船；不久為了禁鴉片開仗，道光二十一年辛丑七月，英國軍隊攻陷鎮江，直逼江寧，運了大砲安置在鍾山，預備轟城；朝廷大震，決計議和，派出耆英、伊里布和兩江總督牛鑑為「全權大臣」，與英國公使談和，訂立和約十三條，賠軍費，割香港，開廣州、廈門、福州、寧波、上海為通商口岸，稱為「五口通商」，大英公司的輪船，源源而至，從上海到福州經常有班輪，但一路停靠寧波、溫州，來回要半個月的功夫，何以說是只要五六天？胡雪巖越發不解。

「我到英國使館去想辦法，他們有直放的輪船。」「噢！」是一聲簡單的答語；可是胡雪巖心裡卻是思潮起伏，第一覺得外國人的花樣厲害，飄洋過海，不當回事，做生意就是要靠運貨方便，別人用老式船，我用新式船，搶在人家前面運到，自然能賣得好價錢——火輪船他也見過，靠在碼頭上像座倉庫，裝的東西一定不少；倒不妨好好想一想，用輪船來運貨，說不定可以發大財。

其次，他發覺尤老五的路子極廣，連外國使館都能打得通，並且這個人做事爽快，應該傾心結交，將來大有用處。

這樣一想，便放出全副本領來跟尤老五周旋，兩個人談得十分投機。他把與王有齡的關係，作了適當的透露；尤老五覺得此人也夠得上「俠義」二字；而且肯說到這種情形，完全是以自己人相看，因而原來奉師命接待的，這時變成自己願意幫他的忙了。

這面談得忘掉了時間！那面的錢莊朋友，卻已有了成議，由通裕出面來借，「三大」和張胖子一共貸放十萬兩銀子，以三個月為期，到期可以轉一轉；尤老五和胡雪巖做保，卻有一個條件，要王有齡答應，這筆借款沒有還清以前，浙江海運局在上海的公款匯劃，要歸三大承辦，這是一種變相保證的意思。

「用不著跟王大老爺去說。」胡雪巖這樣答覆，「我就可以代為答應。」

「利息呢？」尤老五問。

「利息是這樣，」張胖子回頭看了看那面「三大」的人，低了聲說道：「年息一分一照算。」

「這不算貴。」尤老五說。

人家是漂亮話，胡雪巖要結交尤老五，便接口說道：「也不算便宜！」

張胖子很厲害，他下面還有句話，起先故意不說，這時察言觀色，不說不可，便故意裝作埋怨的神氣：「你們兩位不要性急！我話還沒有完；實在是這個數！」說著伸開食拇兩指揚了揚。

「八釐？」胡雪巖問。

「不錯，八釐。另外三釐是你們兩位做保應得的好處。」

「不要把我算在裡頭。」胡雪巖搶著說道，「我的一份歸五哥。」

「小爺叔，你真夠朋友！不過我更加不可以在這上面『戴帽子』。這樣，」尤老五轉臉問張胖子，「你的一份呢？」

「我？」張胖子笑道，「我是放款的。與我甚麼相干？」

「話不是這麼說。張老闆，我也知道，你名為老闆，實在也是夥計；說句不客氣的話，『皇帝不差餓兵』，我要顧到你的好處。不過這趟是苦差使，——我準定借三個月，利息算九釐；明八暗一，這一分算我們的好處，送了給你。」

「這怎麼好意思？」

「不必客氣了。」胡雪巖完全站在尤老五這面說話，「我們甚麼時候成契？」

「明天吧！」

就這樣說定局，約定了第二天下午仍舊這裡碰面，隨即分手。張胖子跟三大的人還有話談，胡雪巖一個人回去；把經過情形一說，王有齡和周、吳二人，興奮非凡，自然也把胡雪巖讚揚不絕。

避開閒人，胡雪巖又把匯款到福建的事，跟王有齡悄悄說了一遍；他皺著眉笑道：「雪巖，事情這麼順利，我反倒有些擔心了。」

「擔心甚麼？」

「擔心會出甚麼意外。凡事物極必反，樂極生悲。」

「那在於自己。」胡雪巖坦率答道：「我是不大相信這一套的；有甚麼意外，都因為自己這個不夠用的緣故。」說著，他敲敲自己的太陽穴。

「不錯！」王有齡又說，「雪巖，你的腦筋好，想想看，還有甚麼該做而沒有做的事？」

「你要寫兩封信，一封寫給黃撫台，一封寫給何學使。」

「對，我馬上動手。」

當夜胡雪巖跟吳委員在三多堂替周委員餞行，第二趟來，雖算熟客，「長三」的規矩，也還不到「住夜廂」的時候，但尤老五的朋友，情形特殊，周、吳二人當夜就都做了三多堂的入幕之賓。

第二天王有齡才去拜客，先拜地主上海知縣，打聽總辦江浙漕米海運，已由江蘇臬司調為藩司的倪良燿，是否在上海？據說倪良燿一直不曾回蘇州，公館設在天后宮，於是轉道天后宮，用手本謁見。

倪良燿是個老實人，才具卻平常，為了漕米海運雖升了官，卻搞得焦頭爛額；黃宗漢參了他一本，說他辦事糊塗，而且把家眷送到杭州暫住，所以諭旨上責備他說：「當軍務倥傯之際，輒將眷屬遷避鄰省，致令民心惶惑，咎實難解，乃猶以繞道回籍探訪老母為詞，何居心若是巧詐？」為此，他見了王有齡大發牢騷，反把正事擱在一邊。

王有齡從胡雪巖那裡學到了許多圓滑的手法，聽得他的牢騷，不但沒有不豫之色，而且極表同情。提到家眷，他又問住處，拍胸應承，歸他照料。

「你老哥如此關顧，實在感激。」倪良燿說的是真話，感激之情，溢於詞色，「我也聽人說起，你老哥是黃中丞面前，一等一的紅人，除了敝眷要請照拂以外，黃中丞那裡，也要請老哥鼎力疏通。」

「不敢！不敢！」王有齡誠懇地答說，「凡有可以效勞之處，無不如命。」

「唉！」倪良燿安慰之中有感慨，「都像老哥這樣熱心明白，事情就好辦了。」

有了這句話，公事就非常順手了。提到交兌漕米餘額，倪良燿表示完全聽王有齡的意思；他會交代所屬，格外予以方便。接著，他又大嘆苦經；說是明知道黃宗漢所奏，浙江漕米如數兌足這句話不實，他卻不敢據實奏覆，辯一辯真相，講一講道理，原因是惹不起黃宗漢。

「黃中丞這一科——道光十五年乙未，科運如日方中；不說別的，拿江蘇來說，何學使以外，還有許中丞，都是同年。京裡除了彭大軍機，六部幾乎都有人。你老哥替我想想，我到那裡去伸冤講理？」

「大人的勞績，上頭到底也知道的。吃虧就是便宜，大人存心厚道，後福方長。」

倪良燿是老實人，對他這兩句泛泛的慰詞，亦頗感動，不斷拱手說道：「託福，託福！」

主人並無送客之意，這算是抬舉，王有齡不能不知趣，主動告辭，便又陪著倪良燿談了些時局和人物；從他口中，得知何桂清捐輸軍餉，交部優敘獎勵，也常有奏摺，建議軍務部署，硃筆批示，多所獎許，聖眷正隆。這些情形，在王有齡當然是極大的安慰。

辭出天后宮，王有齡在轎子裡回想此行的種種，無一事不是順利得出乎意料之外；因而心裡不免困惑，一個人到底是靠本事，還是靠運氣？照胡雪巖的情形來說，完全是靠本事；想想自己的今天，似乎靠運氣。

這話也不對！他在想，胡雪巖本事通天，如果沒有自己，此刻自是依然潦倒，懷才不遇的人，車載斗量，看來他也要靠運氣。

至於自己呢？如果不是從小習於吏事，以及這一趟從京師南下，好好看了些經世之學的名著，為黃宗漢所賞識，那麼即使有天大的面子，也不過派上個能夠撈幾個錢的差使，黃宗漢絕不會把浙江漕米海運的重任，託付給自己。照此一說，還是要有本事。

有本事還要有機會；機會就是運氣。想到這裡，王有齡的困惑消失了，一個人要發達，也要本事，也要運氣。李廣不侯，是有本事沒有運氣；運氣來了，沒有本事，不過曇花一現，好景不長。

現在是運氣來了，要好好拿本事出來——本事在胡雪巖身上，把胡雪巖收服了，他的本事就變成了自己的本事。這樣深一層去想，王有齡欣然大有領悟，原來一個人最大的本事就是能用人；用人又先要識人，眼光、手腕，兩俱到家，才智之士，樂予為己所用，此人的成就便不得了了。

由於這個了解，王有齡覺得用人的方法要變一變，應該恩威並用；特別是對胡雪巖，在感情以外，更加上權術、籠絡之道，無微不至。

半個月的功夫，一切公事都辦得妥妥貼貼，該要回杭州了。王有齡為了犒勞部屬，特設盛宴；宴罷宣布：「各位這一趟都辛苦了，難得到上海來一趟，好好玩兩天！今天四月初四，我們準定初七開船回杭州。」

說完，從靴頁子裡取出一疊紅封袋，上面標著名字，每人一個，連張胖子都不例外；封袋裡面是一張銀票，數目多寡不等，最多的是周委員那一個，一百兩；最少的是那個庶務的，二十兩。

「這是『杖頭錢』。」他掉了句文：「供各位看花買醉之需。」

說到「看花」那就是「纏頭資」了，周、吳二人已經發覺，阿珠成了胡雪巖的禁臠，不便問津；好在三多堂各有相好，有錢有功夫，樂得去住兩天。

「你也去逛一逛。」王有齡又對高升說，「我要到我親戚那裡去兩天，放你的假吧！」高升也有一個紅包，是二十兩銀子。

託詞到親戚家住，其實是住在梅家弄。這個祕密，始終只有胡雪巖一個人知道；這一天晚上，王有齡約了他在畹香的妝閣小酌，有公事以外的「要緊話」要談。

半個月之中，王有齡來過四趟，跟畹香已經打得火熱，自己的身分也不再瞞她；這天要談的話，就是關於畹香的——把她安排好了，王有齡還要替阿珠安排。

他的心思，胡雪巖猜到一半，是關於畹香的；他心裡已經有了一個主意，但覺得不宜冒失。先要探探畹香的口氣，所以等一端起酒杯就說：「畹香，王大老爺要回去了。」

一聽這話，她的臉色馬上變了，看上去眼圈發紅；也不知她是做作還是真？不過就算做作，也做得極像；離愁別恨，霎時間在臉上堆起，濃得化不開。

「那一天動身？」她問。

「定了初七。」王有齡回答。

「這麼急！」畹香失聲說道。

「今天初四。」胡雪巖屈著手指說：「初五、初六；還有三天的功夫，也很從容了。你有甚麼話，儘管跟王大老爺說。」

「我！」畹香把頭扭了過去，「教我說甚麼？我說了也沒有用——辦不到的！」

「怎麼呢？」胡雪巖逼進一層，「何以曉得辦不到？」

畹香把臉轉了過來，皺著眉、閉著嘴，長長的睫毛不住眨動，是極為躊躇的樣子；幾次欲語又休，終於只是一聲微喟，搖搖頭，把一雙耳環晃蕩個不住。

「有話儘管說呀！」王有齡拉住了她的手說，「只要我辦得到，一定如你的願；就辦不到，我也一定說理由給你聽。不要緊，說出來商量。」

「跟哪個商量？只好跟皇帝老爺商量！」

「皇帝老爺」的稱呼，在王有齡頗有新奇之感；特別是出以吳儂軟語，更覺別有意趣，便即笑道：「有那麼了不起，非要皇帝才能有辦法？」

「自然囉！」畹香似乎覺得自己極有理，「除非皇帝老爺有聖旨，讓你高升到上海來做官——。」

原來千迴百折，不過要表明捨不得與王有齡相離這句話。本主兒此時不曾有所表示，敲邊鼓的開口了。

「畹香！」胡雪巖問道：「你是心裡的話？」

「啊呀，胡老爺。」畹香的神色顯得很鄭重，「是不是要我把心剜出來給你看。」

「我相信，我相信！」王有齡急忙安慰她說。

「我也相信。」胡雪巖笑嘻嘻地接口：「畹香，初七你跟王大老爺一船回杭州，好不好？」

「怎麼不好！只怕王大老爺不肯。」

「千肯萬肯，求之不得！只有三天功夫了，你預備起來！」

這話連王有齡都有些詫異，為何胡雪巖這等冒失，替人硬作主納妾？但以對他了解甚深，暫且不響，靜觀究竟。王有齡尚且如此，畹香自然格外困惑，而且也有些驚惶，怕弄假成真，變得騎虎難下。

「怎麼樣？是我們當面鑼，對面鼓，直接來談；還是由我找三阿姨去談？或者請尤五哥出面？」

這是談「身價」；越發像真了！畹香不斷眨著眼，神態尷尬；但她到底不是初出道的雛兒，正一正臉色，坐了下來，帶些欣慰的口氣答道：「蠻好！我自家的身體，自己來談好了。我先要請問王大老爺是怎麼個意思？」

王有齡怎麼說得出來？當然是胡雪巖代答，「王大老爺怎麼個意思，你還不明白？」他這樣反問；而其實是一句遁詞——他最初就是使的一句詐語，目的是要試探畹香對王有齡究有幾許感情？經此一番折衝，心中已經有數；這時倒是要問一問王有齡了。

「我當然明白。」畹香接著他的話，「不過我不敢說出來。自己想想沒有那麼好的福氣。」

這一下連王有齡也明白了，如果想把她置於側室，恐怕未必如願；他怕談下去會出現窘境，彼此無趣，便即宕開一句：「慢慢再談吧！先吃酒。」

這句話與胡雪巖心思正相符，他也覺得畹香的本心已夠明白，這方面不須再談，所以附和著說：「對啊！吃酒、吃酒。有話回頭你們到枕上去談。」

畹香見此光景，知道自己落了下風。看樣子王有齡亦並無真心；早知如此，落得把話說漂亮些，如今變得人家在暗處，自己在亮處，想趁這三天功夫敲王有齡一個竹槓，只怕辦不到了。

這都是上了胡雪巖的當！畹香委屈在心，化作一臉幽怨，默默無言地，使得王有齡大生憐惜之心。「怎麼？」他輕輕撫著她的肩問：「一下子不高興了？」

這一問，畹香索性哭了，「嗯哼」一聲，用手絹掩著臉，飛快地往後房奔了進去；接著便是很輕的「息率、息率」的聲音傳了出來。

王有齡聽得哭聲，心裡有些難過，自然更多的是感動，要想有所表示，卻讓胡雪巖阻止住了；「不要理她！」他輕聲說道，「她們的眼淚不值錢，一想起傷心事就會哭一場——不見得是此刻受了委屈！」

聽了他的話，王有齡爽然若失，覺得他的持論過苛，只是為了表示對他信服，便點點頭，坐著不動。

「雪公！」胡雪巖問道，「你把你的意思說給我聽；我替你辦。」

「我的意思——，」王有齡沉吟了好半天才說出來：「如果把她弄回家去，怕引起物議。」

他對畹香戀戀之意，已很顯然。胡雪巖覺得他為「官聲」著想，態度是不錯的；不過也不妨進一步點破：「畹香恐怕也未見得肯到杭州去，討回家去這一層，大可不必想它。照我看，雪公以後總常有到上海來的時候，不妨置作外室。春二三月，或者秋天西湖風景好的時候，把她接到杭州去住一陣子；我另外替雪公安排『小房子』。你看如何？」

「好，好，」王有齡深愜所懷，「就拜託你跟她談一談，看要花多少錢？」

「那不過每月貼她些開銷。至於每趟來，另外送她錢，或是替她打首飾、做衣裳，那是你們自己的情分，旁人無法過問。」說到這裡，胡雪巖向裡喊了聲：「畹香！」

晼香慢慢走了出來，重新勻過脂粉，但眼圈依舊是紅的；一副楚楚可憐的樣子，偎坐在王有齡身旁，含顰不語。

「剛才哭甚麼？」王有齡問道：「那個得罪你了？」

「噯！雪公，這話問得多餘。」胡雪巖在一邊接口，「晼香的心事，你還不明白？要跟你到杭州，捨不得三阿姨；不跟你去，心裡又不願。左右為難，自然要傷心。晼香，我的話說對了沒有？」

晼香不答他的話，轉臉對王有齡說：「你看你，枉為我們相好了一場，你還不如胡老爺明白。」

「這是旁觀者清！」王有齡跟她說著話，卻向胡雪巖使了個眼色。

意思是要他把商量好的辦法提出來；胡雪巖微一頷首，表示會意，同時還報以眼色，請他避開。

「我有些頭暈，到你床上去靠一靠。」

等王有齡歪倒在後房晼香床上；胡雪巖便跟晼香展開了談判，問她一個月要多少開銷？

「過日子是省的，一個月最多二三十兩銀子。」

「倘或王大老爺一個月幫你三十兩銀子，你不是就可以關起門來過清靜日子了？」

「那是再好都沒有。不過——。」晼香搖搖頭，不肯再說下去。「說呀！」胡雪巖問道：「是不是有債務？不妨說來聽聽。」

「真的，再沒有比胡老爺更明白的人！」畹香答道：「那個不想從良？實在有許多難處；跟別人說了，只以為獅子大開口，說出來反而傷感情，不如不說。」

聽這語氣，開出口來的數目不會小，如果說有一萬八千的債務，是不是替她還呢？胡雪巖也曾聽聞過，有所謂「淴浴」一說，負債累累的紅倌人，抓住一個冤大頭，枕邊海誓山盟，非他不嫁，於是花鉅萬銀子替她還債贖身，真個量珠聘去；而此紅倌人從了良，早則半載，晚則一年，必定不安於室，想盡花樣，下堂求去，原來一開始就是個騙局。

看畹香還不致如此。但依了她的要求，叫她杜門謝客，怕未見得能言行一致；招蜂引蝶之餘，說起來還是「王某某的外室」，反倒壞了王有齡的名聲。這不是太傻了嗎？

因此，他笑一笑說：「既然你有許多難處，自然不好勉強。不過你要曉得，王大老爺對你，倒確是真情一片。」

「我也知道，人心都是肉做的。何況有尤老五的面子，我也不敢不巴結；只要王大老爺在這裡一天，我一定盡心伺候。」

「到底是見過世面的！說出話來與那些初出道的小姑娘不同。」胡雪巖這樣讚她；「我也算是個『媒人』，說話要替兩方面著想。畹香，我看你跟王大老爺，一年做兩三次短期夫妻好了。」

她大致懂得他的意思，卻故意問一句：「怎麼做法？」

「譬如說，王大老爺到上海來，就住在你這裡；當然，你要脫空身子來陪他。或者，高興了，接你到杭州去燒燒香，逛逛西湖，不又是做了一陣短期夫妻。至於平常的開銷，一個月貼你二十五兩銀子；另外總還有些點綴，多多少少，要看你自己的手腕。」

這個辦法當然可以接受，「就怕一層，萬一王大老爺到上海來，我正好不空。」畹香躊躇著說，「那時候會為難。立了這個門口，來的都是衣食父母，那個也得罪不起。胡老爺，我這是實話，你不要見氣。」

「我就是喜歡聽實話。」胡雪巖說，「萬一前客不讓後客，也有個辦法；那時你以王太太的身分，陪王大老爺住棧房，這面只說回鄉下去了。掉這樣一個槍花行不行？」

怎麼不行？畹香的難題解決，頗為高興，嬌聲笑道：「真正是，胡老爺，你倒像是吃過我們這一行的飯，真會掉槍花！」

「那我替你做『相幫』好不好？」

妓家的規矩，女僕未婚的稱「大姐」，已婚的稱「娘姨」；男僕則叫做「相幫」。聽胡雪巖這一說，畹香才發覺自己大大失言了，那一行的飯都好吃，說吃這一行飯，無異辱人妻女；遇到脾氣不好的客人，尤其是北方人，開到這樣的玩笑，當時就可以翻臉，所以她漲得滿臉通紅，趕緊道歉。

「胡老爺，大人不記小人過；我說錯了話，真正該打。」她握著他的手，拚命推著揉著，不斷地說：「胡老爺，你千萬不能見氣，要如何罰我都可以，只不能生氣。」

聲音太大，把王有齡驚動了，忍不住走出來張望，只見胡雪巖微笑不語，畹香惶恐滿面地在賠罪，越覺詫異。

等到說明經過，彼此一笑而罷。這時畹香的態度又不同了，自覺別具身分，對王胡之間，主客之間，更加明顯；王有齡當然能夠感覺得到，彷彿在自己家裡那樣，絲毫不覺拘束，因而洗杯更酌，酒興越發好了。

「雪巖，我也要問你句話，」他興味盎然地說，「聽說阿珠一顆心都在你身上。到底怎麼回事？」

胡雪巖還未開口，畹香搶著問道：「阿珠是誰？」

「你問他自己。」王有齡指著胡雪巖說。

「船家的一個小姑娘。」他說，「我現在沒有心思搞這些花樣。」

語焉不詳，未能滿足畹香的好奇心，她磨著王有齡細說根由；他也就把聽來的話，加油加醬地說了給她聽。中間有說得太離譜的，胡雪巖才補充一兩句，作為糾正；小小的出入就不去管他了。「這好啊！」畹香十分好事，「胡老爺我來替你做媒，好不好？」

此言一出，不獨胡雪巖，連王有齡亦頗有匪夷所思之感，「你跟人家又不認識，」他說，「這個媒怎麼做法？」

「不認識怕甚麼？」畹香答道，「看樣子，這件好事要阿珠的娘點頭，才會成功；而且阿珠好像也有心事——對你們爺們，她是不肯說的，只有我去，才能弄得清楚。」

王有齡覺得她的話很有理，點點頭問：「雪巖，你看如何？就讓畹香來試一試吧！」

「多謝，多謝！」胡雪巖說，「慢慢再看。」

「我知道了。」畹香故意激他，「『癡心女子負心漢』，胡老爺一定不喜歡她？」

「這你可是冤枉他了。」王有齡笑著說，「胡老爺一有空就躲在船上，與阿珠有說不完的話。」

「既如此還不接回家去？莫非大太太厲害？」

「那可以另外租房子，住在外面。」

「對啊！」畹香逼視著胡雪巖問：「胡老爺，易求無價寶，難得有情人！」

「我也這麼想。」王有齡接著便提高了聲音念道：「『是前生注定事，莫錯過姻緣！』」

兩個人一吹一唱，交替著勸他，他已打定了主意，但有許多話不便當著畹香說，所以只是含笑搖頭。看他既不受勸，畹香也只好廢然而罷。

第五章

船到杭州，王有齡回家歇得一歇，隨即換了官服，去謁見撫台，當面稟報了此行的經過；同時呈上一封——黃宗漢老家的回信：兩萬兩銀子業經妥收。這趟差使，公私兩方面都辦得極其漂亮，黃宗漢異常滿意。

「你辛苦了！我心裡有數。」他說，「我自有打算，幾天以內，就有信息。」

「是！」王有齡不敢多問，辭出撫署，接著又去謁見藩司麟桂。

麟桂對王有齡，因為顧忌著黃宗漢難惹的緣故，本來抱的是敬鬼神而遠之的態度，好也罷，歹也罷，反正天塌下來有長人頂，自己不求有功，但求無過，凡事不生麻煩就夠了。及至看他此行辦得圓通周到，而且頗懂「規矩」，已覺喜出望外；加以有周委員替他吹噓，越發刮目相看。等把手本一遞進去，立即便傳下話來：「請王大老爺換了便衣，在簽押房相見。」

這是接待地位彷彿而交情特深的朋友的方式，王有齡知道，是周委員替自己說了好話的效驗，而收服了周委員，又是胡雪巖的功勞。想到他，再想到麟桂的優禮有加，頓時有了一個主意，要請麟桂來保薦胡雪巖。

在簽押房彼此以便服相見，旗人多禮，麟桂拉著王有齡的手，從旅途順適問到「府上安好」，這樣親熱了一番，才把他讓到西屋去坐。

簽押房是一座小院落，一明兩暗三間平房；正中算是小客廳，東屋簽押辦公；西屋才是麟桂日常坐起之處，掀開門簾，就看見紅木匟床上，擺著一副煙盤，一個長辮子、水蛇腰的丫頭剛點起一盞明晃晃的「太谷燈」。

「請！」麟桂指著匟床上首說。

「大人自己請吧！」王有齡笑道，「我享不來這份福！」

「不會也好。」麟桂不說客套話。「說實在的，這玩意兒益處少，害處多。不過，你不妨陪我躺一躺。」

這倒無妨——能不上癮，躺煙盤是件很有趣的事；而能夠並頭隔著熒熒一火說話，交情也就會不同。所以王有齡欣然應諾，在下首躺了下去。那個俏餞餞的丫頭，馬上走過來捧住他的腳，脫下靴子，拉一張方凳把他的雙足擱好，接著拿床俄國毯子為他圍住下半身。

另有個丫頭已經端來了四個小小的果碟子；兩把極精緻的小茶壺，在煙盤上放好，隨即便坐在小凳子上打煙。製好一筒，把那枝鑲翠的象牙煙槍往王有齡唇邊送了過來。

「請你們老爺抽。我不會。」

麟桂當仁不讓，一口氣把煙抽完，拿起滾燙的茶壺喝了一口，再拈一粒松子糖塞在嘴裡，然後慢慢從鼻孔噴著煙，閉上眼睛，顯得飄飄欲仙似地。

「雪軒兄！」麟桂開始談到正事，「你這一趟，替浙江很掙了面子。公事都像老兄這麼順利，我就舒服了。」

「這也全靠大人的蔭庇。」王有齡說，「總要長官信任，屬下才好放手去幹。」

「也要先放心，才好放手。說老實話，我對你老兄再放心不過，凡事有撫台在那裡抗著，你怎麼說怎麼好。」麟桂又說，「撫台也是很精明的人，將心比心，一定也會照應我。」

說了這一句，他抽第二筒，王有齡把他的話在心裡琢磨了一陣，覺得他後半段話的言外之意，是要自己在伺候撫台以外，也別忘了該有他應得的一份。其實這話是用不著他說的，胡雪巖早就替他想到了。

不過王有齡做官，已學得一個訣竅，不能為外人所知的事，必須要做得密不通風；所以雖然一榻相對，只因為有個打煙的丫頭在，他亦不肯有所表示。

「說得是。」王有齡這樣答道：「做事要遇著兩種長官，最好當然是像大人這樣，仁厚寬大，體恤部屬；不得已而求其次，倒寧願在黃撫台手下，雖然精明，到底好歹是非是極分明的。」

「知道好歹是不錯；說『是非分明』，只怕不見得。」麟桂說了這話，卻又失悔，「雪軒兄，」他故意說反話：「這些話，你得便不妨在撫台面前提一提。」

王有齡也極機警，「這可敬謝不敏了！」他笑著回答，「我從不愛在人背後傳話。無端生出多少是非，於人有損，於己無益，何苦來哉！」

麟桂對他這個表示，印象深刻；心裡便想：此人確是八面玲瓏，可以放心。

由於心理上的戒備已徹底解除，談話無所顧忌，興致也就越發好了；他談到京裡的許多情形，六部的規矩「則例」，讓王有齡長了許多見識。

最後又談到公事，「今年新漕，還要上緊。江浙的賦額獨重，而浙江實在不比江蘇；杭、嘉、湖那裡比得上蘇、松、太？杭、嘉、湖三府又以湖州為主；偏偏湖州的公事最難辦。」麟桂嘆口氣說：「湖州府誤漕撤任，一時竟找不著人去接手。真叫人頭疼！」

椿壽一條命就送在湖州，麟桂對此不能不具戒心；王有齡知道其中的癥結，但談下去怕談到椿壽那一案，諸多未便，所以他只作傾聽的樣子，沒有接口。

「我倒有個主意！」麟桂忽然冒出來這麼一句，卻又沉吟不語；好半天才自問自答地說：「不行！辦不通，沒有這個規矩。」

也不知他說的甚麼？王有齡百思不解，可也不便去問。就這冷場的片刻，麟桂二十四筒鴉片煙抽完，吩咐開飯；丫頭退了出去傳話，眼前別無他人，可以把那樣東西拿出來了。

「我替大人帶了個小玩意來！」王有齡一面說，一面從貼身衣袋裡取出個紙包，隔著煙燈，遞了過去。

打開一看，是個極精緻的皮夾子；皮質極軟，看那花紋就知道是西洋來的，麟桂把玩了外表，要打開看看裡面時，王有齡又開口了。

「回頭再打開吧！」

顯然的，其中別有花樣；麟桂笑一笑說聲：「多謝！」隨即把皮夾子揣在身上。等開飯時，託故走了出去，悄悄啟視，皮夾子裡是一張五千兩的銀票。王有齡做得極祕密，麟桂卻不避他的底下人；走進來肅客入座，第一句就說：「受惠甚多！糧道那裡怎麼樣？」

「也有些點綴。」

「多少？」

「三數。」這是說糧道那裡送了三千兩。

麟桂點點頭，又問：「送去了？」

「還沒有。」王有齡答道，「我自然要先來見了大人，再去拜訪他。」

「今天是來不及了，明天早些去吧！他在這上面看得很重。」

這完全自己人關愛的口吻，王有齡覺得麟桂對自己的態度又進了一層，便以感激的聲音答道：「多謝大人指點。」

「把『大人』兩個字收起來行不行？」麟桂放下酒杯，皺著眉說，「俗不可耐，敗人的酒興。」

王有齡微笑著答說：「恭敬不如從命，我敬稱『麟公』。請乾一杯！」

「好，好！」麟桂欣然引杯；隨即又說：「我剛才的話還沒有完。你可曉得糧道有個癖好？」

「噢。我倒不知道，得要請教麟公。」

「其實這癖好，人人都有，只以此公特甚。」麟桂笑道，「他好的是『男兒膝下』！」

王有齡楞住了，不知道他打的是甚麼啞謎？

「足下才大如海，怎麼這句歇後語就把你難住了？」

原來如此！俗語說：「男兒膝下有黃金」，隱下的是「黃金」二字。旗人掉書袋，有時不倫不類，王有齡倒真的好笑了。

「所以我勸你不必送銀票，兌換了金葉子送去。」麟桂是說笑話的神情，有著忍俊不禁的愉悅，「聽說此公每天臨睡以前，以數金葉子為快；否則忽忽如有所失，一夜不能安枕。」

「這倒是怪癖！」王有齡問道，「如果出遠門怎麼辦呢？也帶著金葉子上路？豈非慢藏誨盜？」

「那就不知道了。」

講過笑話，又談正題，麟桂問起上海官場的情形，王有齡把倪良燿的委屈和牢騷，以及答應照料他的眷屬的話，都告訴了麟桂。

「這件事我不好說甚麼！」麟桂這樣回答：「甚至倪某的眷屬，我也不便去管。你知道，撫台的疑心病很重。」

「是的。」

「所以我勸你，就是照料倪良燿的眷屬，也只好偷偷摸摸，別讓撫台知道。」麟桂放低了聲音又說，「我實在不明白，我們這位黃大人何以如此刻薄？江蘇藩司與浙江巡撫何干？把人折騰得那個樣子！還有件事，更不應該……。」

麟桂說到緊要關頭，忽然住口；這自然是因為這句話關係甚重，礙著王有齡是黃宗漢的紅人，還有些不放心的緣故。

了解到這一點，王有齡便不加追問，舉杯相敬，心裡思索著如何把話題扯了開去？

麟桂倒覺得不好意思了，「跟你說了吧！」他說：「他有件損人利己的事，利己應該，損人就要看一看，傷了自己的同年，未免太不厚道。」

黃宗漢是傷了那一個同年？他們這一科的飛黃騰達，全靠同年能和衷共濟，互相照應；黃宗漢本人，不也靠大軍機彭蘊章和何桂清這兩個同年替他斡旋掩遮；逼死藩司椿壽一案，才得安然無事？因此，王有齡對麟桂所說的話，有些將信將疑。

「前些日子有道關於江浙防務的上諭，」麟桂問，「不知你看到了沒有？」

「沒有。」王有齡說：「我人在上海，好久未見邸抄了。」

「那上諭是這麼說：『浙江巡撫黃宗漢奏陳，撥兵赴江蘇，並防堵浙省情形。』得旨：『甚妥！現今軍務，汝若有見到之處，即行具奏。不必分彼此之見。』」

聽他念完這道上諭，王有齡又驚又喜；派兵出省擊敵，本是他的建議，黃宗漢竟已採納，更想不到竟蒙天語褒獎！也因為如此，他要辯護：「撥兵出省，似乎也沒有甚麼不對。」

「對呀！沒有人說不對。只是你做浙江的官，管浙江的事好了；上諭雖有『不必分彼此之見』的話，我們自己要有分寸，不可越俎代庖。黃撫台卻不問青紅皂白，左一個摺子、右一個摺子，說江蘇的軍務，該如何如何部署。請問，」麟桂湊身向前，「叫你老哥，做了江蘇巡撫，心裡作何感想？」

王有齡這才明白，黃宗漢為了自己的「聖眷」，不為他的同年江蘇巡撫許乃釗留餘地，這實在說不過去。而且他這樣搞法，似乎是企圖調任江蘇；果然如此，更為不智，江蘇誠然是海內膏腴之地，但一打仗就不好了。遇到機會，倒要勸勸他。

麟桂不知他心中另有想法，見他不即開口，當他不以為然，便坦率問道：「雪軒兄，你覺得我的話如何？」

王有齡這才省悟，怕引起誤會，趕緊答道：「大人存心忠厚，所持的自然是正論。只是我人微言輕，不然倒要相機規諫。」

「不必，不必！」麟桂搖著手說：「這是我把你老哥當作好朋友，說的知心話。不必讓第三個人知道。」

「那當然。」王有齡鄭重表示，「大人所說的話，我一句不敢外洩。不過既見於明發上諭，就是我跟撫台說了，他也不會疑心到別人頭上的。」

「那倒隨你。」麟桂又說：「許家雖是杭州巨室，與我並無干涉；我也不過就事論事，說一句公道話而已。」

這個話題就此拋開，酒已差不多了；王有齡請主人「賞飯」，吃完隨即告辭，麟桂知道他行裝甫卸，家裡還有許多事，也不留他；親自送到中門，盡歡而散。

第二天又拜了一天客，凡是稍有交情的，無不有「土儀」餽贈——從上海來，所謂「土儀」實在是洋貨；海禁初開，西洋的東西，在它本國不值錢，一到了中華，便視為奇珍，那怕一方麻紗手帕，受者無不另眼相看。因此，這趟客拜下來，王有齡的人緣又結了不少。

到晚回家，胡雪巖正在客廳裡，逗著王有齡的小兒子說笑；不過一天不見，王有齡便如遇見多年不晤的知交一般，心裡覺得有好些話，亟待傾吐。

「你吃了飯沒有？」他問。

「沒有。」胡雪巖說，「我原意想邀雪公到城隍山上去吃油簑餅；現在天晚了，不行了。」

王有齡對這個提議，深感興趣，「不晚！」他說，「快夏至了，白天正長；而且天也暖和，就晚了也不要緊。怎麼走法？」

「總不能鳴鑼喝道而去吧！」胡雪巖笑著說。

王有齡也自覺好笑，「當然換了便衣去。」他說，「我的意思是連轎子也不必坐，也不必帶人；就安步當車走了去。」

「那也好。戴上一副墨晶眼鏡，遇見熟人也可不必招呼。」

於是王有齡換上一件寶藍緞袍，套一件玄色貢緞背心，竹布襪、雙梁鞋，戴上墨晶大眼鏡，捏了一把摺扇，與胡雪巖兩個人瀟瀟灑灑地，取道大井巷，直上城隍山。

「還是我們第一次見的那地方喝茶吧！」他說，「君子不忘本，今天好好照顧他一下。」這個「他」自是指那個茶座的老闆。

這是他跟胡雪巖第二次來，但處境與心境與第一次有天淵之別；一坐下來，四面眺望，神閒氣靜，一年不到的功夫，自是湖山不改，但他看出去彷彿改過了，「西子」格外綽約，青山格外嫵媚。

「兩位吃酒、吃茶？」老闆看他們的氣派、服飾，不敢怠慢，親自走來招呼。

「茶也要，酒也要。」王有齡學著杭州腔說：「新茶上市了，你說說看，有點兒啥個好茶葉？」

「太貴重的，不敢預備，要去現買。」

「現買就不必了。」王有齡想了好久說：「來壺菊花。」

那茶座老闆看王有齡有些奇怪，先問好茶葉，弄到頭來喝壺菊花；看起來是個說大話、用小錢的角色。

不但他詫異，胡雪巖也是如此，問道：「怎麼喝菊花？」

「我想了半天才想起來，去年就是喝的菊花。」

這話只有胡雪巖心裡明白，回首前塵，不免也有些感慨；不過他一向是只朝前看，不暇後顧的性情，所以旋即拋開往事，管自己點茶：「一雞三吃，醋魚『帶鬢』；有沒有活鯽魚，斤把重的？」

「我到山下去弄一條。是不是做湯？」

「對！奶湯鯽魚——燙兩碗竹葉青，弄四個小碟子，帶幾張油箕餅，先吃起來。」

「好的，馬上就來。」

等把茶泡了來，王有齡端杯在手，望著暗青淡紫的暮靄，追想去年在此地的光景，忽然感情激動了。

「雪巖！」他用非常有勁道的聲音說，「我們兩個人合在一起，何事不可為？真要好好幹一下。」

「我也這麼想。」胡雪巖說，「今天來就想跟你談這件事。」

「你說，你說！」

「我想仍舊要幹老本行。」

「不是回信和吧？」王有齡半開玩笑地：說實在話，他還真怕信和的東家把胡雪巖請了回去。

「我早已說過了，一不做『回湯豆腐』；二要自己立個門戶。」胡雪巖說，「現在因為打仗的關係，銀價常常有上落，只要眼光準，兌進兌出，兩面好賺；機會不可錯過。」

王有齡不響，箸下如雨，只管吃那一碟發芽豆——胡雪巖知道，不是他喜愛此物，而是心裡有所盤算。盤算的當然是資本；其實不必他費心思，資本從那裡來？他早就籌劃好了，不過自己不便先開口而已。

那一個終於開口了：「雪巖！說句老實話，我現在不願意你去開錢莊。目前是要你幫我；幫我也等於幫你自己。你好不好捐個功名，到那裡跟我在一起；撫台已經有話了，最近還有別樣安排，大概總是再派我兼一個差，那時我越加要幫手，你總不能看著我顧此失彼，袖手不問吧？」

「這我早就想到了。開錢莊歸開錢莊，幫你歸幫你，我兩樣都照顧得來，你請放心好了。」

「當然，你的本事我是再清楚不過，不會不放心——。」

看到他口不應心，依舊不以為然的神情，胡雪巖便放低了聲音說：「雪公，你現在剛剛得意；但說句老實話，外面還不大曉得，所以此刻我來開錢莊，才是機會。等到浙江官商兩方面，人人都曉得有個王大老爺，人人都曉得你我的關係，那時我出面開錢莊，外面會怎麼說？」

「無非說我出的本錢！你我的交情，不必瞞人；我出本錢讓你開錢莊，也普通的緊。」

「這話不錯！不過，雪公，『不招人忌是庸才』；可以不招忌而自己做得招忌，那就太傻了。到時候人家會說你動用公款，營商自肥，有人開玩笑，告你一狀，叫我於心何安？」

這話打動了王有齡的心，覺得不可不顧慮；因而有些躊躇了。

「做事要做得不落痕跡。」胡雪巖的聲音越低。「錢莊有一項好處，代理道庫、縣庫，公家的銀子沒有利息，等於白借本錢。雪公，你遲早要放出去的；等你放出去再來現開一家錢莊，代理你那個州縣的公庫，痕跡就太明顯了。所以我要搶在這時候開。這一說，你懂了吧？」

「啊！」王有齡的感想不同了，「我懂了。」

「只怕你還沒有完全懂得其中的奧妙。『隔行如隔山』，我來講給你聽。」

胡雪巖的計畫是，好歹先立起一個門戶來，外面要弄得熱鬧，其實是虛好看，內裡是空的；等王有齡一旦放了州縣，這家錢莊代理它的公庫，解省的公款，源源而來，空的就變成實的了。

「妙！」王有齡大笑，學著杭州話說：「雪巖，你真會變戲法兒！」

「戲法總是假的，偶爾變一兩套可以，變多了就不值錢了；值錢的還是有真東西拿出來。」

「這倒是實實在在的話。」王有齡收斂笑容，正色說道：「我們商量起來，先說要多少資本？」

於是兩個人喝著酒，商議開錢莊的計畫。主要的是籌劃資本的來源，這可要先算「民折官辦」的一盤帳，胡雪巖的記憶過人，心算又快，一筆筆算下來，要虧空一萬四千多兩銀子，都記在信和的帳上。

得了海運局這麼一個好差使，沒有弄到好處，反鬧了一筆虧空，好像說不過去。但王有齡不以為意，這算是下的本錢；以這兩個多月的成績和各方面的關係來說，收穫已多。只是有了虧空，還要籌措錢莊的本錢，他覺得有些為難。

「本錢號稱二十萬，算它實收四分之一，也還要五萬，眼前怕有些吃力！」

「用不著五萬。」胡雪巖說，「至多二萬就行了——眼前先要弄幾千銀子，好把場面撐起來。」

「幾千兩銀子，隨時都有。我馬上撥給你。」

「那就行了。」胡雪巖說，「藩台衙門那裡有幾萬銀子的差額好領，本來要付給通裕的，現在不妨壓一壓。」

「對，對！」王有齡想通了，「通裕已經借了十萬，我們暗底下替他做了保人，這筆款子壓一壓也不是說不過去的事。」

「正就是這話。不過這筆款子要領下來，總要好幾個月的功夫，得要走走路子。」

這是王有齡很明白的，領到公款，那怕是十萬火急的軍餉，一樣也要重重勒掯；尤其是藩司衙門的書辦，格外難惹，「『閻王好見，小鬼難擋！』」他說，「麟藩台那裡，我有把握；就是下面的書辦，還想不出路子。」

「我來！」胡雪巖想說：「你去見閻王，我來擋小鬼。」話到口邊，想起「見閻王」三個字是忌諱，便不敢說俏皮話了，老老實實答道：「你那裡備公事去催；下面我來想辦法，大不了多花些小費就是了。」

這樣說停當，第二天王有齡就從海運局公款中，提了五千兩銀子，交給胡雪巖。錢是有了，但要事情辦得順利，還得有人；胡雪巖心裡在盤算，如果光是開家錢莊，自己下手，一天到晚釘在店裡，一時找不著好幫手也不礙。而現在的情形是，自己要在各方面調度，不能為日常的店面生意絆住身子，這就一定要找個能幹而靠得住的人來做檔手。

信和有兩個過去的同事，倒是可造之材，不過他不願去找他們，因為一則是挖了張胖子手下的「好角色」，同行的義氣、個人的交情都不容出此；再則是自己的底細，那兩個人十分清楚，原是玩笑慣的同事，一下子分成老闆、夥計，自己抹不下這張臉，對方也難生敬畏之心。

想來想去，想出來一個人，也是同行，但沒有甚麼交情；這個人就在清河坊一家錢莊立櫃台做夥計，胡雪巖跟他打過一次交道，覺得他頭腦很清楚，儀表、口才也是庸中佼佼，大可以物色了來。

這件事最好託張胖子。由此又想到一個難題——從在上海回杭州的船上，下決心開錢莊那一刻起，他就在考慮，這件事要不要先跟張胖子談，還是等一切就緒，擇吉開張的時候再告訴他？

其實只要認真去想一想，胡雪巖立刻便會發覺，早告訴他不見得有好處，而遲告訴了必定有壞處，第一、顯得不夠交情，倒像是瞞著他甚麼，會引起他的懷疑，在眼前來說，張胖子替他和王有齡擔著許多風險，誠信不孚，會惹起不痛快。而且招兵買馬開一爿錢莊，也是瞞不住人的，等張胖子發覺了來問，就更加沒意思了。

主意打定，特為到鹽橋信和去看張胖子，相見歡然，在店裡談過一陣閒話，胡雪巖便說：「張先生，我有件要緊事跟你商量。」說著，望了望左右。

「到裡頭來說。」

張胖子把他引入自己的臥室，房間甚小，加上張胖子新從上海洋行裡買回來的一具保險箱，越發顯得狹隘；兩個就坐在床上談話。

「張先生，我決計自己弄個號子。」

「好啊！」張胖子說；聲音中有些做作出來的高興。

胡雪巖明白，張胖子是怕他自設錢莊，影響信和的生意——關於海運局這方面的往來，自然要起變化了。

因此他首先就作解釋：「你放心！『兔子不吃窩邊草』，要有這個心思，我也不會第一個就來告訴你。海運局的往來，照常歸信和；我另打路子。」

「噢！」張胖子問，「你是怎麼打法？」

「這要慢慢看。總而言之一句話，信和的路子，我一定讓開。」

「好的！」張胖子現在跟胡雪巖的情分關係不同了，所以不再說甚麼言不由衷的門面話；很坦率地答道：「你為人我相信得過。你肯讓一步，我見你的情；有甚麼忙好幫，只要我辦得到，一定盡心盡力。你說！」

「當然要請張先生幫忙。第一，開門那天，要捧捧我的場。」

「那還用得著說？開門那天，我約同行來『堆花』，多沒有把握，萬把兩現銀子，是有的。」

「好極！我先謝謝。」胡雪巖說，「第二件，我立定宗旨，信和的好手，絕不來挖。我現在看中一個人，想請張先生從中替我拉一拉。」

「那個？你說說看！」

「清河坊大源，有個小朋友，好像姓劉，人生得蠻『外場』的。我想約他出來談一談。」

「姓劉，蠻『外場』的？」張胖子皺著眉想了一會想起來了，「你的眼光不錯！不過大源的老闆、檔手，我都很熟，所以這件事我不便出面；我尋個人替你把他約出來見面，將來談成了，你不可說破是我替你拉攏的！」

「曉得，曉得。」

張胖子沒有說假話，他幫胡雪巖的忙，確是盡心盡力，當時就託人把姓劉的約好。這天晚上快到二更了，有人到胡家去敲門，胡雪巖提盞「油燈照」去開門，把燈提起來往來人臉上一點，正是那姓劉的。

「胡先生，信和的張先生叫我來看你。」

「不錯，不錯，請裡面坐。」

請進客廳，胡雪巖請教名字；姓劉的名叫劉慶生。他就稱他「慶生兄」。

「慶生兄府上那裡？」

「餘姚。」

「噢，好地方，好地方。」胡雪巖很感興趣地說，「我去過。」

於是談餘姚的風物，由餘姚談到寧波，再談回紹興，海闊天空，滔滔不絕，把劉慶生弄得莫名其妙；好幾次拉回正題，動問有何見教？而胡雪巖總是敷衍一句，又把話扯了開去，倒像是長夜無聊，有意找個人來聽他講「山海經」似地。

劉慶生的困惑越來越深，而且有些懊惱；但他也是極堅忍的性格——胡雪巖與王有齡的一番遇合，當事人都從不跟別人談，但張胖子了解十之五、六，閒談之中，加油加醬地渲染著，所以同行都知道胡雪巖是個神祕莫測的「大好佬」；劉慶生心裡在想：「找我來，必有所為，倒偏要看看你說些甚麼？」就由於這一轉念，他能夠忍耐了。

胡雪巖就是要考驗他的耐性。空話說了一個鐘頭，劉慶生毫無慍色，認為滿意，第一關，實在也是最難的一關，算是過去了。

這才談到劉慶生的本行。胡雪巖是此中好手，藉閒談作考問，出的題目都很難；劉慶生照實回答，大都不錯，第二關又算過去了。

「慶生兄，」他又問，「錢莊這一行，我離開得久了；不曉得現在城裡的同業，一共有多少家？」

「『大同行』八家；『小同行』就多了，一共有三十三家。」

「噢！那三十三家？」

這下才顯出劉慶生的本事，從上城數到下城，以兌換銀子、銅錢為主的三十三家「小同行」的牌號，一口氣報了出來，一個不缺。這份記性，連胡雪巖都自嘆不如。

到此地步，他差不多已決定要用此人了，但是還不肯明說出來，「寶眷在杭州？」他問。

「都在餘姚。」劉慶生答。

「怎麼不接出來呢？」

「還沒有力量接家眷。」

「想來你已經討親了？」

「是的。」劉慶生說，「伢兒都有兩個了。」

「府上還有些甚麼人？」

「爺娘都在堂。還有個兄弟，在蒙館裡讀書。」

「這樣說，連你自己，一家七口，家累也夠重了！」

「是啊！所以不敢搬到杭州來。」劉慶生說，「在家鄉總比較好尋生路。」

「倘或說搬到杭州，一個月要多少開銷？」胡雪巖說，「不是說過苦日子，起碼吃飯嘛一葷一素，穿衣嘛一綢一布；就是老婆嘛，一正一副也不算過分。」

劉慶生笑道：「胡先生在說笑話了。」

「就當笑話講好了。你說說看！」

「照這樣子說，一個月開銷，十兩銀子怕都不夠。」

「這也不算多。」胡雪巖接著便說：「杭州城裡錢莊的大同行，馬上要變九家了。」

「喔！」劉慶生很注意地問：「還有一家要開出來？」

「不錯，馬上要開出來。」

「叫啥字號，開在那裡？」

「字號還沒有定，也不知道開在那裡。」

「這……，這是怎麼回事？」

胡雪巖不答他的話：「慶生兄，」他問：「如果這家錢莊請你去做檔手；大源肯不肯放！」

「甚麼？」劉慶生疑惑自己聽錯了，「胡先生請你再說一遍。」

這一次聽清楚了，卻又有些不大相信；細看胡雪巖的臉色，不像是在開玩笑，才知道自己的運氣來了。

「大源沒有不肯放的道理。我在那裡，感情處得不錯；倘或有這樣的好機會，同事聽了也高興的。」

「那好！我請你。我請你做這家新開錢莊的檔手。」

「是胡先生自己要開錢莊？」劉慶生略有些訝異。

「老闆不是我——也好算是我，總之，一切我都可以作主。慶生兄，你說一個月至少要十兩銀子的開銷，一年就是一百二十兩；這樣，我送你二百兩銀子一年，年底另有花紅。你看如何？」

這還有甚麼話說？但太慷慨了，卻又有些令人不信；胡雪巖看他的神情，猜到他心裡，告個便到裡面取了五十兩一錠的四錠銀子出來，放在他面前。

「這是今年四月到明年三月的，你先關了去。」

「不要，不要！」劉慶生激動不已，吵架似的把銀子往外推，「胡先生，你這樣子待人，說實話，我聽都沒有聽見過。銅錢銀子用得完；大家是一顆心，胡先生你吩咐好了，怎麼說怎麼好！」

他激動，胡雪巖卻冷靜，很懇切的說：「慶生兄，這二百兩頭，你今天一定要帶回去。錢是人的膽，你有這二百兩銀子在手裡，心思可以定了，腦筋也就活了，想個把主意，自然就會高明。」

「不是這話，不是這話——。」

「你不必再客氣了，是你分內應得之財，客氣甚麼？你不肯收，我反倒不便說話了。」

「好，好，這先不談。談正經！」

「對啊，談正經。」胡雪巖說，「你今天回去，最好就把在大源經手的事，料理料理清楚。第一樁要尋店面，房子要講究、漂亮，出腳要方便；地點一定要在上城。尋『瓦搖頭』多看幾處，或買或典，看定了來告訴我。」

「是的。第二樁？」

「第二樁要尋夥計；你看中了就好了。」

「是。第三樁。」

「以後無非裝修門面，買木器之類；都是你辦，我不管。」

劉慶生想了想答道：「我曉得了！胡先生請你明天立個一千兩的摺子，把圖章交給我，隨時好支用。」

「不錯！你替我寫張條子，給信和的張先生，請他墊支一千兩，立個摺子。」

這又是考一考他的文墨；劉慶生倒也應付裕如，把條子寫好，胡雪巖看過不錯，便畫了花押，連同那二百兩現銀，一起讓劉慶生帶了回去。

劉慶生是就在這一夕談中，完全為胡雪巖降服了。他本來一個人住在店裡，這夜為了有許多事要籌劃，特意到客棧去投宿；找了間清靜客房，問櫃上借了副筆硯，討兩張「尺白紙」，一個人在油燈下把自己該做的事，一條一條記下來。等到寫完，雞都叫了。

和衣躺了一會，天亮起身；雖然睡得極少，卻是人逢喜事精神爽，提了銀包，直回大源。同事見他一夜不回來，都道他狎妓去了，紛紛拿他取笑；劉慶生的為人，內方外圓，笑笑不響，動手料理自己經手的帳目，一把算盤打得飛快，到日中都已結算清楚。吃過午飯，說要去收帳，出店去替胡雪巖辦事。

第一件就是尋房子。這要請教「瓦搖頭」；到了「茶會」上尋著熟人，說了自己所要的房子的格局，附帶有個條件，要在「錢莊」附近，替他租一所小小的住屋；劉慶生的打算是要把家眷接了來，住得離錢莊近了，隨時可以到店裡去照應。

約定了聽回話的時間，然後要去尋夥計；人來人往，總要有個起坐聯絡的地方，離開大源他得有個住處——好得手裡有二百兩銀子在，劉慶生決定去借客棧；包了一座小院子，共有三個房間，論月計算。接著到「薦頭行」去挑了個老實勤快的「打雜」，當天就叫他到客棧來上工。

看看天快黑了，大源的檔手孫德慶，已經回家；劉慶生辦了四樣很精緻的水禮，登門拜訪。

「噢！」孫德慶大惑不解，「無緣無故來送禮，這是啥緣故？」

「我有件事，要請孫先生栽培——。」

「我曉得，我曉得！」孫德慶搶著說道：「我已經跟東家說過了，一過了節就要加你工錢。你何必還要破費？慶生，掙錢不容易；這份禮起碼值四兩銀子，你兩個月的工錢，何苦？」

他完全弄錯了！但這番好意，反使得劉慶生難以啟齒；笑一笑答道：「看來我要替孫先生和老闆賠不是了！」

「怎麼？」孫德慶一驚：「你闖了甚麼禍？是不是吃進了倒帳？」

「不是！」他把隨身所帶的帳簿，往孫德慶面前一放：「帳都結清楚了，沒有一筆帳收不到的。孫先生，我要走了。」

「走到那裡去？」

「說出來孫先生一定替我高興，有個朋友要弄個號子，叫我去做檔手。」

「唷！恭喜，恭喜！」孫德慶換了副懷疑的面孔又說：「不過，你倒說說看；是怎麼樣一個朋友？何以事先一點風聲都不露？」

「我也是昨天才撞著這麼個難得的機會。」劉慶生說：「有個人，孫先生總曉得：胡雪巖！」

「是從前信和的那個胡雪巖？他是你的新東家？」

聽到「新東家」三字，可知孫德慶已經答應了；劉慶生寬心大放，笑嘻嘻地答道：「大概是的。」

「這就不對了！東家就是東家，甚麼大概，小概？胡雪巖這個人，我也見過；眉毛一動，就是一計。我看——，」孫德慶終於很率直地說了出來，「有點不大靠得住！」

「靠得住。」劉慶生說，「真的靠不住，我再回來；孫先生像我的長輩一樣，也不會笑我。」

這兩句話很動聽，孫德慶點點頭：「水往低處流，人往高處爬；你一出去就做檔手，也是大源的面子，但願不出笑話。如果真的靠不住，你千萬要當心，早早滑腳，還是回大源來。」

過去也有過虛設錢莊，吸進了存款，一倒了事的騙局；孫德慶「千萬要當心」的警告，就是怕有此一著；將來「東家」逃走，做檔手的要吃官司。這是絕不會有的事，但說這話總是一番好意；劉慶生本來還想表示，等錢莊開出來，跟大源做個「聯號」，現在當然也不必送這個秋波。答應一聲：「我一定聽孫先生的話。」隨後便告辭了。

離了孫家，來到胡家，他把這一天的經過，扼要報告了胡雪巖。聽說他在客棧裡包了一個院子，胡雪巖就知道他做事是放得開手的——原來還怕他拘謹，才具不夠開展；現在連這最後一層顧慮也消除了。

「好的，你儘管去做。該你做主的，儘管做主，不必問我。」

「有件事，一定要胡先生自己做主。」劉慶生問道，「字號不知道定了沒有？定了要請人去寫，好做招牌。」

「對，這倒是要緊的。不過，我也還要去請教高明，明天告訴你。」

第六章

他請教的不是別人，是王有齡。

「題招牌我還是破題兒第一遭。」王有齡笑道，「還不知怎麼題法，有些甚麼講究？」

「第一要響亮，容易上口；第二字眼要與眾不同，省得跟別家攪不清楚。至於要跟錢莊有關，要吉利，那當然用不著說了。」

「好，我來想想看。」

他實在有些茫然，隨便抽了本書，想先選幾個字寫下來，然後再來截搭選配。書架上抽出來的那本書是《華陽國志》，隨手一翻，看了幾行，巧極了，現成有兩個字。

「這兩個字怎麼樣？」王有齡提筆寫了《華陽國志》上的兩句話：「世平道治，民物阜康。」在「阜康」上面打了兩個圈。

「阜康，阜康！」胡雪巖念了兩遍，欣然答道：「好極！既阜且康，就是它。」

說著，他就要起身辭去；王有齡喚住他說：「雪巖，我有個消息告訴你；我要補實缺了。」

「喔！那個州縣？」

「現在還不曉得。撫院的劉二來通知我，黃撫台約我今天晚上見面；他順便透露的消息。照我想，也該補我的缺了。」

就這時只見窗外人影閃過，腳步極其匆遽，胡雪巖眼尖，告訴王有齡說：「是吳委員。」門簾掀處，伸進一張笑臉來；等雙腳跨進，吳委員就勢便請了個安，高聲說道：「替大人道喜──真正大喜！」

「喔，喔，」王有齡楞了一下，旋即會意，吳委員跟藩署接近，必是有了放缺的消息，便站起身來，連連拱手：「多謝，多謝！」

「我剛從藩署來，」他走近兩步說，「確確實實的消息，委大人署理湖州府。」

這一說，連不十分熟悉官場情形的胡雪巖都覺得詫異；候補州縣，「本班」的實缺不曾當過一天，忽然一躍而被委署知府，這不是太離譜了嗎？

王有齡自然更難置信，「這，這似乎不大對吧？」他遲疑地問。

「絕不錯！明天就『掛牌』。」

王有齡沉吟了一會，總覺得事有蹊蹺，便央求吳委員再去打聽究竟；一面又叫高升到劉二那裡去問一問，或者倒有確實消息。

消息來得太突兀，卻也太令人動心；王有齡患得患失之心大起，在海運局簽押房，坐立不寧，胡雪巖便勸他說：「雪公，你沉住了氣！照我想，就不是知府，也一定是個大縣。到晚上見了撫台就知道了。」

「我在想，」王有齡答非所問，「那天藩台說的話，當時我沒有在意；現在看來有點道理。」

「麟藩台怎麼說？」

「他先說湖州知府誤漕撤任，找不著人去接替。後來說是『有個主意』；但馬上又覺得自己的主意不好，自言自語在說，甚麼『辦不通』，『不行』，『沒有這個規矩』。莫非就與剛才這個消息有關？」

「那就對了！」胡雪巖拍著自己的大腿說，「不是藩台保薦，撫台順水推舟；就是撫台交下來，藩台樂得做人情。現在等高升回來，看劉二怎麼說？如果藩台剛上院見過撫台，這消息就有八成靠得住了。」

「說得有理。」王有齡大為欣慰。

「不過，雪公！」胡雪巖說，「湖州大戶極多，公事難辦得很。」

「就是這話囉！所以，雪巖，你還是要幫我；跟我一起到湖州去。」

這句話胡雪巖答應不下，便先宕開一句：「慢慢再商量。雪公，倒是有件事，不可不防！這裡的差使怎麼樣？」

「這裡」自是指海運局；一句話提醒了王有齡，「坐辦」的差使要交卸了，虧空要彌補，經手的公事要交代清楚。後任有後任的辦法，倘或海運局的公款不再存信和，關係一斷，替松江漕幫借款擔保這一層，就會有很大的麻煩，真個不可不防。

「是啊！」王有齡吸著氣說，「這方面關係甚重，得要早早想辦法。我想——跟撫台老實說明白，最好仍舊讓我兼這個差使。就怕他說，人在湖州，省城的公事鞭長莫及，那就煞費周章了。」

「雪公，我倒要問一句，到了魚與熊掌不可兼得的那一步；你怎樣打算？」

「我情願不補實缺，把這裡先顧住。」王有齡說，「我靠朋友幫忙，才有今天，不能留下一個累來害你和張胖子、尤老五！」

「雪公！」胡雪巖深深點頭，一個字，一個字地說道：「有了這個念頭，就不怕沒有朋友。」

經此一番交談，王有齡徹底了解了自己的最後立場，心倒反而定下來了；兩個人接著便根據不同的情況，商量在見黃宗漢時，如何措詞。這樣談了有半個時辰，高升首先回來覆命，如胡雪巖所意料的，這天一早，黃宗漢特為把麟桂找了去，有所密談，可見得吳委員的消息，不是無因而至。不久，吳委員帶回來更詳細的喜信，王有齡是被委署為烏程縣知縣，兼署湖府知府。事到如今，再無可疑；海運局上上下下，也都得到了消息，約齊了來向坐辦賀喜；又商量湊公份辦戲酒，為王有齡開賀。

這太招搖了！王有齡一定不肯，託吳委員向大家道謝疏通，千萬不可有此舉動。擾攘半日，莫衷一是；他也只得暫且丟下不問，準時奉召去看黃宗漢。

「今年的錢糧，一定要想辦法徵足；軍費浩繁，催京餉的部文，接二連三飛到。你看，還有一道上諭。」

王有齡起身從黃宗漢手中上諭來看，只見洋洋千言，盡是有關籌餉和勸諭捐輸的指示，最後一段說：「戶部現因外省撥款，未能如期解到，奏請將俸銀分別暫停一年。朕思王公大臣，俸入素優，即暫停給發，事尚可行；其文職四品以下，武職三品以下各員，仍著戶部將本年春季暫停俸銀，照數補行給領。並著發內庫帑銀五十萬兩，交部庫收存，以備支放俸餉要需。」王公大臣的俸銀，豈肯長此停發？當然要嚴催各省解款。王有齡心有警惕，今年的州縣官，對於徵糧一事，要看得比甚麼都重。

「本省的錢糧，全靠杭、嘉、湖三府；湖州尤其是命脈所在。我跟麟藩台商量，非你去不可。時逢二百年來未有之變局，朝廷一再申諭，但求實效，不惜破格用人。所以保你老兄署湖州府，我想不至於被駁。」

王有齡是早就預備好了的，聽黃宗漢一口氣說下來，語聲暫停之際，趕快起身請安：「大人這樣子栽培，真是叫人感激涕零，惶恐萬分，不知如何報答？」

「要談報答，只要把公事辦妥了就是報答——湖州地方，與眾不同；雪軒兄，你要把全副本事拿出來。」

「是！」王有齡緊接著說，「不過我有下情，還要大人格外體恤。」

「你說。只要於公事有益，無不可通融。」

「就是海運局的公事。」王有齡說，「我接手還不久，這次『民折官辦』一案，其中委屈，無不在大人洞鑑之中，如今首尾未了，倘或後任不明究竟，遇事挑剔，且不說賠累的話，只往來申覆解釋，就極費功夫。大人請想，那時我人在湖州，如何得能全副心思去對付錢糧。這後顧之憂，我斗膽要請大人作主。」

「你要我如何替你作主？」黃宗漢問。

「請大人許我在這一案了結以後再交卸。」

黃宗漢沉吟了，兩眼望空，似乎有所盤算。這一個便也猜他的心思，莫非這個差使已經許了別人，所以為難？

「答應你兼差，原無不可。」黃宗漢慢慢把視線落在他臉上，「只是你兼顧得來嗎？」

這一問在王有齡意料之中，隨即答道：「請大人放心，一定兼顧得來。因為我部下有個人非常得力，這一次『民折官辦』，如果沒有他多方聯絡折衝，不能這麼順利。」

「喔，這個人叫甚麼名字？是甚麼出身？幾時帶來我看看。」

「此人叫胡光墉，年紀甚輕；雖是闤闠中人，實在是個奇才。眼前尚無功名，似乎不便來謁見大人。」

「那也不要緊。現在有許多事要辦，只要是人才，不怕不能出頭。」黃宗漢問，「你說他是闤闠中人，做的甚麼買賣？」

「他——，」王有齡替胡雪巖吹牛，「他是錢業世家，家道殷實，現在自己設了個錢莊。」

「錢莊？好，很好，很好！」

一連說了三個「好」字，語氣奇怪；王有齡倒有些擔心，覺得皮裡陽秋，用意難測，不能不留神。

「提起錢莊，我倒想起一件事來了。」黃宗漢說，「現在京朝大吏，各省督撫，紛紛捐輸軍餉；我亦不能不勉為其難，想湊個一萬銀子出來，略盡棉薄。過幾天託那姓胡的錢莊，替我匯一匯。」

「是！」王有齡答道：「理當效勞，請大人隨時交下來就是了。」

一聽這話，黃宗漢便端茶碗送客；對他兼領海運局的事，並無下文。王有齡心裡不免焦急；不上不下，不知再用甚麼方法，方能討出一句實話來？

因此，他一出撫台衙門，立刻囑咐高升去找胡雪巖。等他剛剛到家，胡雪巖跟著也就來了；王有齡顧不得換衣服，便拉了他到書房裡，關起房門，細說經過。

「現在海運局的事，懸在半空裡。該怎麼打算，竟毫無著手之處，你說急人不急人？」王有齡接著又說，「索性當面告訴我不行，反倒好進一步表明決心；此刻弄得進退維谷了。」

「不要緊，事情好辦得很。」胡雪巖很隨便地說，「再多花幾兩銀子就行了。」

「咦！」王有齡說，「我倒不相信，你何以有此把握？再說，花幾兩銀子是花多少，怎麼個花法？」

「雪公！你真正是聰明一世，懵懂一時。『盤口』已經開出來了，一萬銀子！」

「啊——！」王有齡恍然大悟，「怪不得，怪不得！」

他把當時的情形又回想了一遍，只因為自己不明其中的奧妙，說了句等他「隨時交下來」，黃宗漢一聽他不識竅，立刻就端茶送客，真個翻臉無情，想想也不免寒心。

「閒話少說；這件事辦得要快，『藥到病除』，不宜耽誤！」

「當然，當然。」王有齡想了想說：「明天就託信和匯一萬銀子到部裡去。」

「慢一點，這一萬銀子交給我；我另有用處。」

這話似乎費解，但王有齡看他不說，也就不問——這是他籠絡胡雪巖的方法之一，表示徹底信任；所以點點頭說：「明天上午請你到局裡來取。」

「不！明天雪公一定很忙，我不來打攪，請派個人把銀票給我送來，盡上午把它辦好，中午我們碰頭。」

「慢慢，我想一想。」王有齡猜度明天的情況：「算它一早『掛牌』，立刻就要到藩署謝委；跟著上撫台衙門——。」

「不！」胡雪巖打斷他的話，搖著手說：「雪公，撫台那裡下午去。你從藩署回局裡，有件要緊事辦；把局裡的人找了來，透露點意思給他們，海運局的差使不動。為甚麼呢？是要把人心穩住——拿錢莊來說，如果檔手一調動，夥計們就會到外面去瞎講，或者別人問到，不能不回話；這樣一來，內部許多祕密，就會洩漏出去。我想官場也是一樣；所以只要這樣一說，人心定了，就不會有風言風語，是是非非。雪公，你看可是？」

「怎麼不是？」王有齡笑道，「我的腦筋也算很快，不過總比你慢了一步。就這樣吧。別的話明天中午碰了頭再說。」

到了第二天十點多鐘，海運局的庶務，奉命去打了一張信和的銀票送來。胡雪巖隨即去找劉慶生——他是這樣打算，劉慶生是個可造之材，但是立櫃台的夥計，一下子跳成檔手，同行難免輕視，要想辦法提高他的身分，培養他的資望。現在替黃宗漢去辦理匯款，顯得來頭不小；以一省來說，撫台是天字第一號的主顧，有這樣的大主顧在手裡，同行對劉慶生自然會刮目相看。

等他說明了這番意思，劉慶生高興得不得了；但是他倒不盡是為自己高興。

「真正是意想不到的漂亮！」他收斂笑容說，「胡先生，實不相瞞，有句話，我現在可以說了；大源的孫先生，對你老人家的後台、實力，還有點將信將疑。我心裡懊惱，苦於無法分辯；空口說白話，毫無用處，不如不說，我現在到大源去辦了這筆匯款，他們就曉得你老人家的手面！」

「還有這一層？」胡雪巖笑道，「等招牌掛了出來，看我再耍點手面把他們看看。」

「事不宜遲，我此刻就去辦。等下我把票據送到府上。」

劉慶生的身價已非昔比了，穿上鹽橋大街估衣鋪買來的綢緞袍褂，簇新的鞋襪，雇了一乘小轎，抬到大源。

大源的夥計無不注目，以為來了個大主顧；等轎簾打開，一看是劉慶生，個個訝然，自也不免妒羨。劉慶生略略有些窘態，幸好他天生一張笑臉，所以大家也還不忍去挖苦他。

見了孫德慶，稍稍有一番寒暄；隨即談入正題：「我有筆款子，想託大源匯到京裡；匯到『日昇昌』好了，這家票號跟戶部有往來，比較方便。」

「多少兩？」孫德慶問：「是捐官的銀子？」

「不是。黃撫台報效的軍餉，紋銀一萬兩。」

聽說是黃撫台的款子，孫德慶的表情立刻不同了，「咦！」他驚異而重視，「慶生，你的本事真不小，撫台的線都搭上了。」

「我那裡有這樣的本事？另外有人託我的。」

「那個？」

劉慶生故意笑笑不響，讓他自己去猜——也知道他一定一猜便著；偏要教他自己說出來才夠味。

「莫非胡雪巖？」

「是的。」劉慶生看著他，慢慢地點一點頭，好像在問：這一下子你知道他了吧？

孫德慶有些困惑而豔羨的表情，把銀票拿了出去交櫃上辦理匯劃；隨即又走了進來問道：「你們那家號子，招牌定了沒有？」

「定了。叫『阜康』。」

「阜康！」孫德慶把身子湊了過來，很神祕地問道：「阜康有黃撫台的股子？」

他的想法，出人意外，劉慶生心想，這話關係甚重，說出去變成招搖，不要惹出是非來，所以立即答道：「我不曉得，想來不會，本省的撫台，怎麼可以在本省開錢莊？」

「你當然不會曉得。這個內幕——。」孫德慶詭祕地笑笑，不再說下去；臉上是那種保有獨得之祕的矜持。

劉慶生是真的不知道，阜康有沒有黃撫台的股份在內？所以無法代為辯白，但總覺得心裡有些不安。

等把匯票打好，劉慶生離了大源，坐轎來到胡家；一面交差一面把孫德慶的猜測，據實相告。胡雪巖得意地笑了。

「讓他們去亂猜。市面『哄』得越大，阜康的生意越好做。」

這一說劉慶生才放心，欣然告辭。胡雪巖隨即也到了海運局，只見好幾乘轎子在門口；錢塘縣——杭州府治兩縣：錢塘、仁和；錢塘是首縣。縣裡的差役正在驅散閒人，維持交通；胡雪巖知道賀客正多，便不走大門，從夾弄中的側門進去，悄悄溜到簽押房旁邊他平日起坐的那間小屋裡。

「胡老爺！」伺候簽押房的聽差李成，笑嘻嘻地報告消息：「我們老爺高升了。」

「喔！怎麼樣？」

「補了烏程縣，署理湖州府；仍舊兼局裡的差使。我們老爺官運亨通，做下人的連帶也沾了光。胡老爺，」李成說道：「我有件事想求胡老爺！」

「你說，你說！」

「我有個表叔，筆下很來得。只為吃了一場官司，光景很慘，我想請胡老爺說說，帶了到湖州去。」

「噢！」胡雪巖問道：「你那表叔筆下來得，是怎麼個來得呢？」

「寫封把應酬信，都說好。也會打算盤記帳。」

胡雪巖想了想說：「我倒要先試試他看；你幾時叫他來看我。」

「是！」李成很興奮地說，「不知道胡老爺甚麼時候有空？我叫他來。」

胡雪巖剛要答話，只聽靴聲橐橐，王有齡的影子已在窗外出現；李成急忙迎了出去打簾子，把主人迎了進來。王有齡卻不回簽押房，一直來到胡雪巖的那間小屋，只見他春風滿面，步履安詳，氣派似乎大不相同了。

「恭喜，恭喜！」胡雪巖含笑起身，兜頭一揖。

「彼此，彼此！」王有齡拉住他的手說，「到我那裡去談。」

他把胡雪巖邀到簽押房的套間，並坐在他歇午覺的一張小床上，有著掩抑不住的興奮，「雪巖！」他說，「一直到今天上午見了藩台，我才能相信。一年功夫不到，實在想不到有今日之下局面；福者禍所倚，我心裡反倒有些嘀咕了。」

「雪公，你千萬要沉住氣！今日之果，昨日之因；莫想過去，只看將來。今日之下如何，不要去管它；你只想著今天我做了些甚麼，該做些甚麼就是了。」

王有齡聽他的話，克制著自己，把心靜下來，「第一件事我要跟你商量，」他說，「藩台催我趕快到任，另外有人勸我，趕在五月初一接印，先有一筆現成的節敬好收。你看怎麼樣？」

這一問，把胡雪巖問住了。他細想了想答道：「官場的規矩我不懂，不過人同此心，撿現成要看看，於人無損的現成好撿；不然就是搶人家的好處，要將心比心，自己設身處地，為別人想一想。」

「我躊躇的就是這一層。節敬只有一份，我得了，前任署理的就落空了——。」

「這就絕不能要！」胡雪巖打斷他的話說，「人家署理了好些日子，該當收此一份節敬，不該去搶他——銅錢銀子用得完，得罪一個人要想補救不大容易——。」

「好，你不必說了。」王有齡也打斷了他的話，「我決定端午以後接印。」

「那就對了！雪公，你鴻運當頭，做事千萬要漂亮。」胡雪巖一面說，一面把那張匯票交了給他。

「這是要緊的，我吃了飯就上院。只怕手本遞進去，他沒功夫見！」王有齡很認真地說，「這件事非要從速有個了斷不可！」

「也不一定要見你。『火到豬頭爛』，只要他見了匯票就好了，不妨先寫好一封信擺著，見不著人就遞信。順便把撫台衙門節下該開銷的，早早開銷；那就放心好了，自會有人送消息來。」

「不錯，準定這麼辦。」王有齡略停一下又說：「雪巖，這一補了實缺，起碼又要萬把銀子墊進去；窟窿越扯越大，我有點擔心呢！」

「不要怕，有我！」胡雪巖催他，「事不宜遲，最好趁黃撫台不曾打中覺以前就去一趟。」

王有齡依他的話辦，寫好一封短簡，把匯票封在裡面；又備好節下該開發的賞號，一一用紅封套套好，一大疊揣在靴頁子裡，然後傳轎到撫台衙門。

劉二一見，趕來道喜。王有齡今非昔比，不免要擺一擺架子，但架子擺在臉上，賞封捏在手裡；一個二十兩銀票的紅封套塞了過去，那就架子擺得越足，劉二便越發恭敬。

「王大老爺！」劉二用那種極顯決心的語氣說，「今天是不是要見撫台？要見，我一定讓你老見著！」

「怎麼呢？撫台極忙？」

「是啊！不是極忙，我怎麼說這話？」劉二低聲說道，「京裡來了人，在簽押房裡關上門談了一上午了。將軍也派了『戈什哈』來請，說有軍務要商量；這一去，說不定到晚才能回來。如果王大老爺一定要見，我此刻就上去回，掉個槍花，總要讓你老見著。不過，就見了也談不到多少時候。」

「那麼，撫台去拜將軍之前，可有看封信的功夫？」

「這一定有的。你老把信交給我，我伺候在旁邊，一定讓他拆開來看。」

王有齡便把信交了給他：「那就拜託你了。撫台有甚麼話，勞駕你跑一趟，給我個信。」

「那不用說的，我自然曉得。」

「再託你一件事。」王有齡把靴頁子裡一大把紅封套掏出來交給劉二，「節下的小意思，請你代為送一送。」

這自是劉二樂於效勞的差使，喏喏連聲地把王有齡送上了轎。等回到海運局，只見大門口越發熱鬧，擠滿了陌不相識的人；看見大轎，都站了起來，注目致敬。王有齡端坐轎中，借一副墨鏡遮掩，打量著那些人，一望便知，多數是來覓差使的；心內不免發愁，只怕粥少僧多，應酬不到，難免得罪人。

果然，等他剛在簽押房中坐定，門上立刻遞進一大捧名帖和「八行」來——這就是做官的苦楚了，一個個要應付，看來頭的大小，或者親自接談，或者請周委員等人代見；要想出許多力不從心的客氣話來敷衍。這樣忙到夕陽啣山，方始告一段落；這才想起劉二，何以未見有信息送來？

等到上燈，依然音信杳然，王有齡有些沉不住氣了！他照胡雪巖的話做，這天上午從藩司衙門回來，立即宣布，仍舊兼著海運局坐辦的差使，希望發生「穩定軍心」的作用；倘或事有變卦拆穿了西洋鏡，傳出去為人當笑話講，這個面子可丟不起。

正在這樣嘀咕，胡雪巖來了，問知情形，也覺得事不可解；不過他信心未失，認為雖無好信息，但也沒有壞消息，不必著急。

「就算如此，劉二也該先來告訴我一聲。」

「這是劉二不知道你的用意，倘或他知道你這麼著急，當然會先來說一聲。」胡雪巖想了一下說，「雪公，你不妨先回府。一面讓高升把劉二請了來問一問，看看黃撫台是怎麼個表示？」

「這話有理。就這麼辦！」

高升這一去，又好半天沒有信息。王有齡在家跟胡雪巖兩個人對飲坐等，直等到鐘打九下，才看見高升打著一盞燈籠把劉二照了進來。

人已到了，王有齡便從容了，先問劉二吃過飯沒有？劉二說是早已吃過，接著便說：「高二爺來的那一刻，我正在上頭回公事；交代的事很多，所以耽誤了。你老這封信，撫台早就看過，直到此刻才有話。」「噢！」王有齡見他慢條斯理地十分著急；但急也只能急在心裡，表面上一點不肯擺出來。

「上頭交代：請王大老爺到湖州接了印，一等有了頭緒，趕快回省。這裡的公事也很要緊！」

「這裡」當然是指海運局。王有齡喜心翻倒，與胡雪巖相視而笑，盡在不言。

這下劉二才恍然大悟，心裡懊悔；原來他海運局的差使，直到此刻，才算定局。早知如此，這個消息真是奇貨可居，應當另有一番丑表功的說法。不過此刻也還不晚。

於是他立即蹲下身子來請了個安：「恭喜王大老爺！我曉得你老急著等信息，伺候在我們大人身邊，一步不敢離開，到底把好消息等到了。」

「承情之至。」王有齡懂他的意思，封了十兩銀子一個賞封，把劉二打發走了。

「總算如願以償，各方面都可以交代了。」胡雪巖開玩笑地說：「王大老爺！我要討樁差使，到湖州上任的船，由我替你去雇。」

這自然是要照顧阿珠家的生意，王有齡便也笑道：「別的差使，無有不可；就是這樁不行。」

兩人哈哈大笑，把王太太驚動了，親自出來探問——這是一個因頭，其實她是要來聽聽消息，分享這一份她丈夫大交官運的喜悅——好在彼此已成通家至好，她也不避胡雪巖，坐在一起，向他謝了又謝；然後問道：「胡少爺，你怎麼不捐個官？」

「對了！」王有齡立即接口，「這實在是件要緊大事。雪巖，你有個功名在身上，辦事要方便得多。譬如說海運局，你如果也是個州縣班子，我就可以保你當委員，替我主持一切。事情不就好辦了嗎？」

「話是不錯。不過老實說，我現在頂要緊的一件事，是先要把阜康辦了起來。」說著，向王太太看了一眼。

王有齡會意，有些話他當著王太太不肯說；便託故把他妻子調了開去。

「阜康要早早開張。藩台衙門那幾萬銀子，得要快領下來做本錢；雪公，你明天再去催一催，我這裡已經託了人了。」

「這好辦。」王有齡說，「我現在心裡亂得很，不知道該先辦何事，後辦何事？」

「官場的規矩我不十分在行。大家慢慢商量，盡這一夜功夫，理出個頭緒來。」

一宵細談，該辦的事，孰先孰後，一條一條都寫了下來。胡雪巖是忙著去籌備阜康；王有齡的第一件大事，是要去物色幕友。

幕友的名堂甚多，刑、錢兩席以外，還有管出納的「帳房」、寫信的「書啟」，以及為子弟授書的「教讀」、幫忙考試的「閱卷」、徵收地丁的「徵比」等等。當然最重要的還是「刑名」和「錢穀」；臬司衙門的俞師爺，是早就答應過王有齡，為他好好物色的，所以第二天他專誠去拜訪俞師爺。來意不道自明，「刑名」一席，俞師爺已經替王有齡準備好了，就是他的學生。

俞師爺的這個學生，名叫秦壽門，名為學生，其實年齡與俞師爺相差無幾，當然也不是初出茅廬。大致走上幕賓這條路子，雖說「讀書不成，去而學幕」，好像是末路；但卻是「神仙、老虎、狗」的生涯。名幕的聲光，十分煊赫，此輩不但律例爛熟，文筆暢達，而尤貴乎師承有自，見多識廣；所以學幕的過程，十分重要。

秦壽門跟隨俞師爺多年，由州縣開始，歷經府、道，一直學到臬司衙門，了解地方上整套司法的程序，以及每一級的職權範圍和特性，是謂「能得其全」；比那僅僅於州縣，或是臬司衙門的，自然高明得多。

他在十年前就已出道，館地從來沒有間斷過，前年因為父母雙亡，回到原籍紹興奔喪，接著又生了一場病；最近身體復元來投靠老師；俞師爺正好把他薦給王有齡。當時請了來彼此見面，一談之下，相當投機。王有齡心想，幕友除了自己來得以外，還要講關係、通聲氣，否則本事雖大，事倍功半，現在是俞師爺介紹的人，將來不管甚麼案子，由縣裡申詳到省，俞師爺當然要盡力維持，這就等於出一份「修金」，聘了兩位幕友，豈不划算？

於是即時下了口頭聘約，彼此都很滿意。王有齡對於另一位錢穀師爺，也是如法炮製，請藩署最出名的王師爺介紹；他介紹的是他的一個名叫楊用之的師兄弟，言明在先，人是勤懇老實，本事並不怎麼樣了不起。好在王有齡所重視的是借此拉上王師爺的關係；錢穀一道，他自己也懂得很多，幕友弱一些也不要緊。

回到海運局，王有齡親自動筆準備聘書，用大紅全帖，面寫「關書」二字，裡面寫的是：

「敦聘壽門秦老夫子，在署理烏程縣知縣兼署湖州府知府任內，辦理刑名事件，月奉修金紋銀七十兩，到館起修。三節另奉贄敬紋銀八兩。謹訂。」下面署款「教弟王有齡頓首拜」。不用官印，也不用私章，封入紅封套內，加個籤條，寫的是「秦老夫子惠存」。

楊用之的那份關書，款式也是一樣，不過修金每月只有五十兩，並且寫明「不另致送節敬」，這是因為錢穀師爺，在每地丁錢糧徵收完畢，另有好處的緣故。

等把關書送了去，王有齡隨即又下帖子請客。幕友雖無官職，但地位與他的「東翁」相同；尤其是刑錢兩席，有一定的稱呼，州縣稱「大老爺」，所以秦壽門和楊用之，都該稱為「師大老爺」。

兩位「師大老爺」是分開來請的；因為幕友最講究禮數，他們在衙裡自成天地，長官有事，要移樽就教。初一、十五就像衙參那樣，要恭具衣冠去拜訪問好。歲時佳節，特為設宴奉請；平時請客一定要請幕友坐首座，否則就不必奉邀。現在雖還未到館，已要按規矩辦事；怕秦、楊二人，那個坐首座，那個坐次席，難以安排，所以索性分開來請，兩個都是首座。陪客自然是胡雪巖和周、吳兩委員。

第一天請的是刑名師爺秦壽門，帖子發了出去，這位貴賓專函辭謝，理由是他吃長素，不便叨擾。這也好辦，杭州四大叢林的素齋，無不精緻萬分；雷峰塔下的淨慈寺，方丈心悟是王有齡的同鄉，素有往還，更加方便，於是另外備了個「潔治素齋候光」的請柬送出去。秦壽門覆信，欣然應諾。

到了那天轎子出清波門，由「柳浪聞鶯」下船，先逛西湖，後吃素齋。淨慈的方丈心悟以半主半客的身分作陪，席間問起秦壽門吃長素的原因，他回答得很坦率。

「有老和尚在，不敢打誑語；我是懺悔宿業。」壽門說，「前兩年我在順天府衙門『作客』辦一件案子，誤信人言，以致『失出』，雖無責任，此心耿耿不安。不久，先父先母，雙雙棄世，我辭館回鄉；料理完了喪事，自己又是一場大病，九死一生。病中懺悔，倘能不死，從此長齋念佛；一點誠心，居然蒙菩薩鑒憐，一天好一天，如今是我還願的時候。」

「誠則靈！」心悟不斷點頭，「種瓜得瓜，種豆得豆，因果不可不信。」

「我本想從此封筆，無奈家累甚重，不得不重作馮婦。公門之中，容易作孽；多蒙東翁抬愛，我別無所報，為東翁種些福田。」

「是，是！」王有齡很誠懇地答道，「我所望於老夫子的，也就是如此。」

「公門之中也好修行。」胡雪巖安慰他說，「秦老夫子無心中積的德，一定不少。」

「這自然也有。我們這一行，多少年來師弟相傳的心法：『救生不救死』，就是體上天好生之德——然而說句老實話，也是『樂』在其中。」

這句話很含蓄，但在座的人無不明白，救了「生」才有紅包收入；一味替死者伸冤，除了苦主，誰來見情？

「話又說回來。幹我們這一行，到底積德的多，造孽的少；不比刑官獄吏，造孽容易積德難。」

「這又是為甚麼呢？」胡雪巖很感興味地問。

「此無他，到底自己可以作主！譬如像雪公這樣的東家，自然不許我們造孽；即使所遇非人，我們只要自己把握得定，東家也不能強人所難。獄裡就不同了，真正是暗無天日！」

「怎麼呢？」

「一句話，非錢不行。沒有錢，那地方比豬圈都不如；有錢的，跟自己家裡一樣，不但起居飲食舒服，甚至妻妾可以進去伴宿。」

「我也聽說過。」王有齡問道，「真有這樣的事？」

「當然有！我說個故事為諸公下酒——就出在我們浙江，那是道光年間的事——。」

據說：道光年間有個富家子弟，犯了命案，情節甚重。由縣、府、道，一直到省裡，都維持「斬立決」的罪名；只待刑部公文下來，便要處決。這個富家子弟是三世單傳；所以他家上下打點，只想救出一條命來。無奈情真罪實，遇著的又都是清官，以致錢雖花得不少，毫無作用，只都便宜了中間經手的人。

那富家翁眼睜睜看著要絕後，百萬家財，身後將為五服以外的族人所瓜分，無論如何於心不甘。於是經人指點，備了一份重禮去請教一個以善於出奇計，外號「鬼見愁」的刑名師爺——不得已而求於次，只想他的在獄中的兒子，能夠留下一點骨血，那怕是個女孩子也好；問那刑名師爺，可有辦法：辦法是有，但不能包養兒子，因為這是任何人所無能為力的。但就照「鬼見愁」的辦法，已能令人滿意。他答應可以讓那富家子，多活三個月，在這三個月中，以重金覓得數名宜男的健婦，送到獄中為富家子薦寢。當然，獄中是早已打點好的，出入無阻；每天黎明有人在監獄後門迎接，接著健婦送到家供養。事先已講明白，要在他家住幾個月，若無喜信，送一筆錢放回；有了喜信就一直住下去，直到分娩為止，那時或去或留，另有協議。

這樣過了十幾天，刑部的覆文到了，是「釘封文書」，一望便知是核准了「斬立決」。

「慢來，慢來！」胡雪巖打斷秦壽門的話問道：「不是說可以活三個月？何以前後一個月不到？」

「稍安毋躁，」秦壽門笑道，「當然另有道理；不然何以鬼見了都愁？」他接著又講——。

既稱「斬立決」，等「釘封文書」一到，就得「出紅差」；知縣升堂，傳齊三班六房和劊子手，把犯人從監獄裡提了出來，當堂開拆文書。打開來一看，知縣楞住了；封套上的姓名不錯，裡面的文書，完全不對，姓名不對，案情不對，地方也不對，應該發到貴州的，發到浙江來了。沒有核准斬立決的文書，如何可以殺人？犯人依舊送回監獄；文書退了回去。杭州到京師，再慢也不過二十天，但是要等貴州把那弄錯了的文書送回刑部；「雲貴半爿天」，一來一往就三個月都不止，便宜了貴州的那犯人，平白多活了幾個月。

「這不用說，當然是在部裡做了手腳？」王有齡問。

「是的。」秦壽門答道，「運動了一個刑部主事。這算是疏忽，罰俸三個月，不過幾十兩銀子；但就這樣一舉手之勞的『疏忽』，非一吊銀子不辦。」

「這是好事！為人延嗣，絕大陰功；還有一千兩銀子進帳。」胡雪巖笑道：「何樂不為？」

「其奈壞法何？」秦壽門說，「倘或查封、抄家的文書，也是這麼橫生枝節，國庫的損失，誰來認賠？」

「若有其事，也算疏忽？」

「此事何等大事，不容疏忽也不會疏忽。國法不外乎人情，所以聽訟執法，只從人情上去揣摩，疑竇立見。譬如說某人向來精細，而某事忽然疏忽，此一疏忽又有大出入，其事便可疑了。又譬如『例案』，向來如此辦理，而主管其事的忽然說，這麼辦是冤枉的，駁了下來，甚至已定讞的案子，把它翻案；試問，這一案冤枉，以前同樣的案子就不冤枉？何以不翻？只從這上面去細想一想，其中出了甚麼鬼？不言可知。」

聽這番話，足見得秦壽門是個極明白事理的人，王有齡當然覺得欣慰。但刑名一道對縣官的前程，關係太大——老百姓對父母官的信服與否，首先也就是從刑名上看。只要年成好，地方富庶，錢糧的浮收及各種攤派，稍微過分些，都還能容忍；若是審理官司，有理的一方受屈，無理的一方贏了，即或是無心之失，也會招致老百姓極大的不滿，說起來必是「貪贓枉法」。所以王有齡對秦壽門看得比楊用之重；事先跟胡雪巖說好了的，自己不便頻頻質疑，要他借閒談多發問，藉以考一考秦壽門的本事；此時便又遞了個眼色過去。

於是胡雪巖裝得似懂非懂的樣子，用好奇而仰慕的語氣問道：「都說刑名老夫子一枝筆利害，一個字的出入，就是一家人的禍福；又說『天下文章在幕府』，我問過人，也說不出個所以然。今天遇見秦老夫子，一定可以教一教我了！」

又捧刑名師爺又捧他本人，這頂雙料的高帽子，秦壽門戴得很舒服；而且酒到半酣，談興正好，便矜持地笑道：「『讀書萬卷不讀律，致君堯舜知何術？』所謂『天下文章，出於幕府』，言其實用而已。至於一個字的出入，關乎一家人禍福，這話倒也不假。不過，舞文弄墨，我輩大忌。總之，無事不可生事，有事不可怕事。」

在座的人連連點頭，吳委員肚子裡有些墨水，尤其覺得「舞文弄墨，我輩大忌」八個字，近乎見道之言，因而說道：「我也要請教！」

「先說無事不可生事——。」

秦壽門講了個故事作例證：曾有一省的巡撫與藩司不和，巡撫必欲去之而後快；苦於那藩司既清廉又能幹，找不著他的錯處。後來找到一個機會，文廟丁祭，那藩司正好重傷風，行禮的時候，咳個不停；巡撫抓住他這個錯，跟幕友商量，那幕友順從東家的意思，舞文弄墨大張旗鼓，奏劾那藩司失儀不敬。凡有彈劾，朝廷通常總要查了再說，情節重大則由京裡特派欽差，馳驛查辦；類此事件，往往交「將軍」或者「學政」查報。那一省沒有駐防的將軍，但學政是每一省都有的；這位學政文廟丁祭也在場，知道藩司的失儀，情非得已。就算真的失儀，至多事後教訓一頓，又何至於毛舉細故，專摺參劾？

由於這一份不滿的心情，那學政不但要幫藩司的忙，還要給巡撫吃點苦頭。但是他不便公然指摘巡撫，讓朝廷疑心他有意袒護藩司，所以措詞甚難。

這位學政未曾中舉成進士以前，原學過刑名，想了半天，從巡撫原奏的「親見」二字中，欣然有悟，隨即提筆覆奏，他說他丁祭那天，雖也在場，但無法查覆這一案，因為「臣位列前班，理無後顧」，不知道藩司失儀了沒有？

就這輕描淡寫八個字，軍機大臣一看便知道，是巡撫有意找藩司的麻煩；因為行禮時巡撫也是跪在藩司前面，如何知道後面的藩司失儀？照此說來，是巡撫先失儀往後面看了，才發現藩司失儀。結果兩個人都有處分。

原被告各打五十板，自然是原告失面子；被告雖受罰，心裡是痛快的。

「這真是『世上本無事，庸人自擾之』。」吳委員說，「壞在那巡撫的幕友不能痛切規勸。」

「這話說中了癥結所在。」秦壽門向王有齡看了一眼，「我輩既蒙東家不棄，處事自有必不可搖的宗旨；一時依從，留下後患，自誤誤人，千萬不可。只是忠言往往逆耳，難得有幾位東家沒有脾氣。」

「老夫子請放心！」王有齡急忙表明態度，「我奉託了老夫子，將來刑名方面，自然請老夫子作主。」

「有東翁這句話，我可以放心放手了。今天我借花獻佛，先告個罪；將來要請東翁恕我專擅之罪。」

說著他舉杯相敬，王有齡欣然接受；賓主如魚得水，在座的人亦都覺得很愉快。轟然祝飲，鬧過一陣，重拾中斷的話題。

「現在要談有事不可怕事。」吳委員提高了聲音說道：「索性也請老夫子舉例以明之。」

秦壽門略略沉吟了一下說：「有事不可怕事者，是要沉得住氣，氣穩則心定，心定則神閒，死棋肚裡才會出仙著。大致古今律法，不論如何細密，總有漏洞；事理也是一樣，有時道理不通，大家習焉不察，也就過去了，而看來不可思議之事，細想一想竟是道理極通，無可駁詰。所以只要心定神閒，想得廣、想得透，蹈瑕乘隙，避重就輕，大事化小，小事化無，亦並不難。剛才提到『釘封文書』，我就說個釘封文書的妙事。在座各位，」他看著王有齡問道，「想來東翁一定見過這玩意？」

「見過。」王有齡答道，「原來釘封文書，用意在示機密，亦不光是州縣處決犯人非受領釘封文書不可；訪拿要犯也用釘封文書。久而久之，成為具文；封套上釘個『瓣』，用細麻繩一拴，人人可以拆開來看，最機密變成最不機密，真正是始料所不及！」

「一點都不錯。這件妙事，毛病就出在『人人可以拆開來看』上面。釘封文書按驛站走，每經一縣，都要加蓋大印；公事過手，遇著好事的縣太爺，就拆開來看一看依舊封好。有這麼一位縣太爺，鴉片大癮，每天晚上在簽押房裡，躺在煙鋪上看公事。這天也是拆了一封釘封文書看，迷迷糊糊，把那通文書在煙燈上燒掉了——。」

這一下，那縣太爺才驚醒過來，燒掉了釘封文書，是件不得了的事！急忙移樽就教，到刑名師爺那裡求援。

「封套在不在？」那刑名師爺問。

「封套還在。」

「那不要緊！請東翁交了給我。順便帶大印來。」

縣太爺照辦不誤，等封套取到，那刑名師爺取張白紙摺好，往裡一塞，拴好麻繩，蓋上大印，交了回去。

「交驛遞發下一站！」

「老夫子，」縣太爺遲疑地問道：「這行嗎？下一站發覺了怎麼辦？」

「東家，請你自己去想。」那刑名師爺說，「換了你是下一縣，打開來一看，裡頭是張白紙請問你怎麼辦？」

秦壽門把那個故事講到此處，不須再往下說，在座的人應都明白——顯然的，有人發現了是張白紙，也不敢聲張，更不敢多事退回去；因為倘或如此，便先犯了竊視機密文書的過失，這與那學政的「位列前班、理無後顧」八字，有異曲同工之妙。

「列名雖是『法家』，也要多讀老莊之書，才能有此妙悟。」王有齡感嘆著說，「人不能有所蔽，有所蔽則能見秋毫，不見輿薪。世上明明有許多極淺顯的道理，偏偏有人看不破，這是那裡說起？」

這番議論一發，便把話題引了開去。閒談到夕陽啣山，方始散席，依舊盪槳回城。第二天請錢穀師爺楊用之，在西湖裡的一條畫舫上設席；陪客依舊是胡雪巖和周、吳兩委員。

由於阜康錢莊創設以後，預計是要用湖州府和烏程縣解省的公款，作為資本；這與錢穀師爺有密切的關係，因此胡雪巖對楊用之，特別籠絡。楊用之賦性忠厚老實，是最容易對付的人；以胡雪巖的手腕，把他擺布得服服貼貼，頗有相見恨晚之感。

其實胡雪巖的手腕也很簡單；凡是忠厚老實的人，都喜歡別人向他請教，而他自己亦往往知無不言，言無不盡。胡雪巖會說話，更會聽話；不管那人是如何地語言無味，他能一本正經，兩眼注視，彷彿聽得極感興味似地——同時，他也真的是在聽，緊要關頭補充一兩語，引申一兩義，使得滔滔不絕者，有莫逆於心之快，自然覺得投機而成至交。

楊用之的本事不怎麼好，但以他的性格隨和，所以交遊甚廣；加以遇著胡雪巖，不知不覺地提起了談興，講了許多時人的軼聞，最後談到湖州府的人物，他提起一個人叫錢江，問王有齡認不認識？

「我聽說過他，是湖州府長興縣人；曾跟我們福建的林文忠公，一起遣戍伊犁，由此出名。聽說他是個奇士——想來林文忠公所賞識的人物，總不會錯的。」王有齡問道：「怎麼老夫子忽然提到這個人，莫非有他的新聞？」

「也好說是新聞。不過這條新聞，與各州縣利害關係甚大，還不知道朝廷的主張如何？」

「喔，要請教。」

「這要從一位達官談起，雷以誠其人，東翁總知道？」

「知道。」王有齡說，「此公湖北人，以左副御史會同河道總督巡視黃河口岸。前些日子看邸抄，說他自請討賊，現在募了一萬人，駐軍江北高郵，扼守揚州東南，很打了幾場勝仗。」

「是的。錢江就在他幕府裡。」楊用之說，「有兵無餉，仗是打不下去的。朝廷的宗旨，反正只要你能募兵籌餉，自己去想辦法，無不贊成的。聽說錢江現在為雷軍劃一策，在水陸要衝，設局設卡，凡行商經過，看他所帶貨物，估價抽稅，大致千取其一；稱為『釐捐』，除了行商，當地店鋪亦照此抽稅。收入頗為可觀，聽說各省都有仿照的意思。只是此法病商，朝廷或者不許。」

楊用之所談的新聞，以及認為在創議中的「釐捐」會「病商」的見解，恰好給了王有齡一個機會——聘用刑、錢兩幕友，他跟胡雪巖曾仔細談過；刑名是外行，非倚託秦壽門不可，所以先要考一考他的本事。錢穀則王有齡自己就很精通，但幕友的傳統，向來獨立辦事，不喜東家干涉，平和的還表面上有所敷衍；專斷的根本就置之不理，所以胡雪巖設計，由他自己用感情來籠絡楊用之，而王有齡則要拿點本事給他看看，這樣雙管齊下，讓楊用之懷德畏威，把他收服，才能事事如意。所以王有齡聽了他的話，覺得不妨趁此機會，展示所學。

「『病商』恐未必！」他一開口就是辯駁語氣，「本朝的賦稅制度，異於前代，一遇用兵之時，必須另籌軍費，以我看，開辦『釐捐』，比較起來，還不失為利多害少的好辦法。」

這籠統一句話，是做文章的一個「帽子」，王有齡既有炫耀之意，便得從頭講起。自古以來，國家歲收的主要項目，就是地丁與錢糧，明朝末年不斷「加派」，搞得民不聊生，莊稼人苦得要死，到最後只好棄地而逃，此為流寇猖獗，終以亡明的一大關鍵。

清兵入關，到聖祖平定三藩之亂，始得奠定國基；鑒於前朝之失，頒發「永不加賦」的詔令，此為清朝的一大仁政，亦為異族得以入主中原的一大憑藉。後世諸帝，對聖祖的這個詔諭，信守不墜。此外國家歲收，還有關稅、鹽課兩項；但地丁占歲收總額的三分之二，既有永不加賦的限制，則歲收就有了定額。風調雨順、刀兵不起的太平歲月，固然可以支應；但一遇用兵，額外的軍費負擔，即無著落，倘或水旱年荒，一面要減免丁漕，一面要辦賑濟，收入減少，支出增加，又如何應付？再如刀兵水旱一齊來，火上加油，兩面發燒，更是件不得了的事。

「這有兩個辦法彌補，一靠平時蓄積。」王有齡從容議論：「雖然天子富有四海，國家收入與宮廷收入，還是有區分的；這個制度從漢朝就很完備了，『大司農』掌國家度支；『少府』管天子的私財。私財有餘，國帑不足，國家必亂；宋太祖平服十國，所得金銀珍寶雖輸於內府，但另行封存，稱為『封樁銀』，他的打算是積到相當數目，要把『燕雲十六州』買回來。可惜徽宗不肖，以內府所積，用來起『艮嶽』，才有金兵入寇之事。前明更不必說，戶部窮得要命，宮內蓄積如山，到最後，白白便宜了流寇。本朝就不同了，蓄積於國庫而非內務府——。」

接著王有齡便舉了幾個戶部存銀的數目，康熙四十八年到過五千萬兩，最後剩下八百萬兩；但雍正十三年的極力整頓，到乾隆即位時，庫存到了前所未有的六千萬兩的鉅數；以後乾隆四十六年，到過七千萬兩。但嘉慶以後就不行了，到道光朝更是每況愈下。

「先帝崩逝當時，戶部存銀八百萬兩；這三年來的數目不詳。洪楊軍興以來，用財如流水，想來現在正是開國以來最窮的時候。」

這一番夾敘夾議的談論，不但周、吳等人有茅塞頓開之感，就是楊用之也覺得長了一番見聞。錢穀一道雖是他的專業，卻只了解一隅之地的財政；朝廷大藏，十分隔膜，現在聽王有齡講得頭頭是道，心裡便有這樣一個想法：這位東翁，莫道他是捐班出身，肚子裡著實有些貨色。

他想到了王有齡的出身；王有齡恰好也要談到捐班，「彌補國用不足，再有一個辦法是靠捐納的收入。」他說，「捐官的制度，起於漢朝，即所謂『納貲為郎』。此後歷代都有，但不如本朝的盛行——。」

接著，王有齡便細談清朝捐納制度演變的經過，以及對中樞歲收的關係。捐納實缺雖由康熙為三藩之亂，籌措軍費而起；但至雍正朝即成為「常例」，捐納收入幾為國家歲收的一部分，只是比例不大，平均總在百分之十五左右。

捐例之濫，始於嘉慶朝，它的收入常為歲收的一半，嘉慶七年那一年，更高達歲收總額百分之八十以上。

「捐例一濫，其弊不可勝言。」王有齡泰然說道，「我自己雖是捐班出身，但也實在教我無法看得起捐班的。只要有錢，不管甚麼胸無點墨的人，都可以做官；做官既要先花本錢，那就跟做生意一樣，一補上實缺，先要撈回本息。請問吏治如何澄清得來？」

「這也不可一概而論。」吳委員說，「赴試登進，自是正途，但『場中莫論文』，要靠『一命、二運、三風水』，所以懷才不遇的也多的是。捐例開了方便之門，讓他們有個發揮機會，不致埋沒人才，也是莫大功德之事。」

這是在暗中恭維王有齡，他當然聽得懂，而且也不必客氣，「像兄弟這種情形到底不多。」他說，「縱有一利，奈有百害何？如今為了軍費，越發廣開已濫的捐例，搞得滿街是官，那還成何話說！」

「東翁見得極是。」楊用之倒是真的心誠悅服，所以不自覺其矛盾地改了論調，「本朝的商稅，原就不重，雜賦中的牙帖稅、當稅、牲畜稅以外，買賣的商稅，只有買別地貨物到店發賣的『落地稅』，也就是『坐稅』。至於貨物經過的『過稅』，只有關稅一種，如今酌增釐捐，亦不為過。」

「就是這話囉！」王有齡口中這樣在說；心中卻已想到釐捐是否亦可在浙江開辦？

一場議論，算是有了結果。胡雪巖換了個話題——他很佩服錢江，所以這樣發問：「楊老夫子可識得那位錢先生？」

「你是說錢江？」楊用之答道，「我們不但認識，而且還沾些親。他字秋平，又字東平。祖上曾做過山東巡撫，他老太爺也在山東做過官。此人從小不凡，樣樣聰敏，就是不喜歡做八股文章。」

「那怎麼稱做『奇士』呢？」吳委員笑道，「像這樣的人，必是不中繩墨，別有抱負的。」

「他還有一策，現在各省都已仿行。」楊用之忽然看著胡雪巖說，「雪巖兄大可一辦！」

「請問，辦甚麼？」胡雪巖愕然相問。

「也是錢東平的主意，請旨預領空白捐照，隨捐隨發，人人稱便，所以『生意』好得很。」楊用之笑道，「本省亦已照樣進行。雪巖兄大可捐個前程。」

這話倒把胡雪巖說動了，這幾個月他在官場打了幾個滾，深知「身分」二字的重要；倒不是為了炫耀，而是為了方便，無論拜客還是客人來拜，彼此請教姓氏時，稱呼照規矩來，毫無窒礙。是個「白丁」，便處處有格格不入之感；熟人無所謂，大家可以稱兄道弟，若是陌生的官兒，稱呼上不是委屈了自己，就是得罪了別人，實在是一大苦事。

因此，這天晚上他特地跟王有齡去商量；王有齡自然贊成：「我早就勸你快辦了！我真不知道你甚麼意思？一直拖著。」

「都是為了沒功夫，」胡雪巖說，「這件事麻煩得很；費辰光不說，還有層層挑剔需索，把人的興致都消磨光了。像現在這樣，隨捐隨發，一手交錢，一手取照，自然又當別論。」

「需索還是會有的。講是講『隨捐隨發』，到底也沒有那麼快。不過，部照不必到部裡去領，當然快得多。」

「於此可見，凡事總要動腦筋。說到理財，到處都是財源。」胡雪巖又得到啟示：「一句話，不管是做官的對老百姓，做生意的對主顧，你要人荷包裡的錢，就要把人伺候得舒服，才肯心甘情願掏荷包。」

「這話有道理。」王有齡深深點頭，「我這趟到湖州，也要想辦法把老百姓『伺候』得舒舒服服，好叫他們高高興興來完錢糧。」

「其實老百姓也很好伺候，不打官腔，實事求是，老百姓自會說你是好官。」胡雪巖又談到他自己的事，「雪公，你看我捐個甚麼班子？」

「州縣。」王有齡毫不考慮地答說，「這件事你託楊用之好了。」

胡雪巖受了他的教，第二天特地具個柬帖，把楊用之請了在館子裡小酌；酒過三巡，談起正事，楊用之一諾無辭；而且聲明：「報捐向來在正項以外，另有雜費，經手的人都有好處；我的一份扣除，雜費還可以打個七折。」

「這不好。君子愛財，取之有道；該當你老夫子的，自然當仁不讓。」

「那還叫朋友嗎？」楊用之搖著手說，「你不必管這一層了。我且問你的意思，光是捐個班呢，還是要捐『花樣』？」

捐官的花樣極多，最起碼的是捐個空頭名義，憑一張部照，就算是有了身分，可以光大門楣，炫耀鄉里，如果要想補實缺，另有種種優先次序，補缺省分的花樣；胡雪巖別有奧援，也不想進京到吏部報供候選；捐官不過捐個「胡老爺」的尊稱，依舊開自己的錢莊，那就無須多加花費，另捐花樣了。

於是胡雪巖說；「我只要有張『部照』就可以了。難道真的去做官？」

「你要做官也不難，而且必是一等一的紅員。不過人各有志。你明天就送銀子來，我替你『上兌』，盡快把捐照領下來。」

「拜託，拜託！」

胡雪巖道過謝，就不再提這事了，殷殷勸酒，一面拉攏楊用之，一面向他討教州縣錢穀出入之際，有些甚麼「花樣」？楊用之人雖老實，而且也覺得他極夠朋友，但遇到這些地方，他也不肯多說；好在胡雪巖機警，舉一反三，依舊「偷」到不少「訣竅」。

第二天他從準備開錢莊的五千兩銀子中，提出一筆捐官的錢來，「正項」打成票子，「雜費」

是現銀，一起送到楊用之那裡。楊用之果然不肯受好處，把雜費中他應得的一份退了回來。

這時已是四月底，王有齡要打點上任，忙得不可開交；胡雪巖當然更忙，既要為王有齡參贊，又要忙自己的錢莊。虧得劉慶生十分得力，在運司河下典了一幢極體面的房子，油漆粉刷，自己督工；此外做招牌、買家具、請夥計，裡裡外外，一手包辦，每天起早落夜，累得人又黑又瘦，但人逢喜事精神爽，絲毫不以為苦。

上任的黃道吉日挑定了，選定五月初九。這一下設宴餞行的帖子，紛紛飛到；做事容易做官難，應酬不能不到，王有齡時間不夠，大感苦惱，等看到張胖子也來了一張請帖，就想躲懶了。

「你看，」他對胡雪巖苦笑，「張胖子也來湊熱鬧！算了吧，託你替我去打個招呼，留著他那頓酒，等我上省再叨擾。」

胡雪巖心想，張胖子的情分不同，利害關係，格外密切，王有齡實在不能不給他一個面子；不過排排他的帖子，一天總有兩三處應酬，也實在為難。

想了一下，他有了個主意：「本來我也要意思意思……。」

「自己弟兄，」王有齡搶著說道，「大可免了。」

「雪公，你聽我說完。」胡雪巖又說，「本來我想把我的『檔子』讓給張胖子——張胖子人不錯，應該要賣賣他的帳；現在既抽不出功夫，就這樣辦，讓張胖子那桌酒擺在船上，雪公，你看好不好？」

「我，我還不大懂你的意思。」

「我是說，我和張胖子隨你一起上船。送你一程；在船上吃了張胖子的餞行酒，我們第二天再回來。」

「這倒不錯！雪巖，」王有齡笑道，「其實你也不要回來了，索性一路送到湖州，那又多好呢？」

「雪公，請你體諒我，我等把阜康的事弄舒齊了，馬上趕了來。現在你也還沒有到任，湖州怎麼個情形，兩眼漆黑，我想幫忙也幫不上。再說，海運局這面也是要緊的。」

「對了！」王有齡矍然問道，「你的部照甚麼時候可以拿下來？」

「大概快了。」

「得要催一催楊用之，趕快辦妥──我已經跟麟藩台說過了，等你部照下來，立刻委你為海運局的押運委員；這樣，你才好替我照料一切。」

「這不好！」胡雪巖說，「名義上應該讓周委員代理坐辦。反正他凡事會跟我商量，誤不了事。占了他的面子，暗中生出許多意見，反為不妙。」

想想他的話不錯，王有齡也同意了。不過他又說：「不管怎麼樣，此事總以早辦妥為宜。」

「是的。也不盡是這一樁。等把你送上了任，我這裡另外有個場面；搬個家，略略擺些排場，從頭做起。」

「這也好！」王有齡笑道：「到那時候，你是阜康錢莊的胡大老爺。」

這話雖帶著調侃的意味，其實是說中了胡雪巖的心意；他現在對外不大作活動，就是要等官捐到了，錢莊開張了，場面擺出來了，示人以簇新的面目，出現了不凡的聲勢，做起事來才有得心應手，左右逢源之樂。

出了海運局到信和；張胖子正要出門，看見胡雪巖便即改變了原意；他有許多話要跟他談，卻不容易找得著他，難得見他自己上門，不肯輕易放過這個可以長談的機會。

「雪巖，你是越來越忙，越來越闊了，要尋你說兩句話，比見甚麼大官兒都難。」

「張先生！」胡雪巖聽出他的口風不大對勁，趕緊辯白：「我是窮忙，那裡敢擺架子？有事你叫『學生子』到我家裡通知一聲，我敢不來？」

「言重，言重！」張胖子知道自己的話說得過分了些，也忙著自我轉圜，「自己弟兄，說句把笑話，你不能當真。」

「那裡會當真？不過，今天是無事不登三寶殿……。」

接著，他把張胖子為王有齡餞行，希望改換一個方式的話一說；張胖子欣然表示同意。

「雪巖，」他又說，「聽說你捐了個州縣班子？」

「是的。」胡雪巖不等他再問，把這件事的來龍去脈，源源本本告訴了他。

如果說張胖子對他還有些芥蒂，看他這樣無話不談的態度，心裡也釋然了，「雪巖，」他是真的覺得高興，「將來你得發了，說起來是我們信和出身；我也有面子。」

胡雪巖笑笑不答，站起身說：「剛才看你要出門，我不耽擱你的功夫了，改天再談。」

「喔！」張胖子突然說道：「老張來過了！」

「那個老張？」

「你看你！只記得他女兒，不記得他老子。」

「噢……。」胡雪巖笑了，「是阿珠的爹！」

「對了，也不知道老張怎麼打聽到我這個地方？他說他剛從上海回來，聽說王大老爺放了湖州府，上任要船，無論如何要挑挑他。我說我不清楚這事，要問你。我把你府上的地址告訴他了。」

「我也幫不得他的忙。人家新官上任，自有人替他辦差——像這種小事情我也要插手，那不給人罵死？」

「我不管了。」張胖子笑道：「反正老張會去看你，只要你不怕阿珠『罵死』，你儘管回他好了。」

「要嘛這樣，」胡雪巖靈機一動，「我們不是要送雪公一程；第二天回來不也要船嗎？那就用老張的船。」

「對，對！這樣子在阿珠面上也可以交代。」

張胖子開口阿珠，閉口阿珠，倒勾起了胡雪巖的舊情；想想那輕顰淺笑，一會兒悲，一會兒喜的神態，著實有些回味。因而第二天上午特意不出門，在家裡等阜康開張以後，預備要去兜攬的客戶名單；借此等老張上門，好訂他的船。

誰知老張沒有來，他老婆來了。新用的一個小丫頭阿香來報，說有位「張太太」要見他；驟聽之下，莫名其妙，隨後才想到可能是阿珠的娘，從玻璃窗望出去，果然！

張太太就張太太吧！胡雪巖心想，她也是好人家出身；再則看阿珠的分上，就抬抬她的身分，於是迎出來招呼一聲：「張太太！」

「不敢當，不敢當，胡老師！」說著，她把手上提著的禮物，放在一旁，斂衽為禮；「老早想來給胡太太請安，一直窮忙。胡太太呢！」

女眷應該請到後廳相會，但胡雪巖顧慮他妻子還不明究竟，先要向她說清楚，所以故意把話扯了開去，「在裡頭。」他指著禮物又說，「何必還要帶東西來？太客氣了！」

「自己做的粗東西，不中吃，不過一點心意。」

她一面說，一面把紙包和篾簍打了開來，頓時香味撲鼻——那是她的拿手菜，無錫肉骨頭；再有就是薰青豆、方糕和粽子，那是湖州出名的小吃。

「這倒要叨擾你，都是外面買不到的。你等等！」他很高興地說，「我去叫內人出來。」

胡雪巖到了後廳，把這位「張太太」的真正身分，向妻子說明白——當然不會提到阿珠，只說她也是書香人家的小姐；又說這天的來意是兜生意。但既然登門拜訪，總是客人；要他妻子出去敷衍一下。

於是胡太太跟張太太見了禮。主人看客人覺得很對勁，客人看主人格外仔細；彼此緊瞪著，從頭看到腳，讓旁觀的胡雪巖覺得很刺目。

女眷總有女眷的一套家常，一談就把他擱在一邊了。胡雪巖沒有多少功夫，只好硬打斷她們的話，「張太太！」他說，「你來晚了一步，王大老爺到湖州上任的船早就雇好了。」

聽他們談到正事，胡太太不必再陪客；站起身，說兩句「寬坐」、「在這裡吃便飯」之類的客套話，退了進去。「胡老爺，你好福氣！胡太太賢惠，看來脾氣也好。」阿珠的娘又釘著問：「胡太太脾氣很好，是不是？」

不談正事談這些不相干的話，胡雪巖不免詫異，「還好！」他點點頭說，「張太太，你的船，短程去不去？」

「怎麼不去？到那裡？」

「只到臨平。」胡雪巖將何以有此一行的原因告訴了她。

「那再好都沒有了。請胡老爺跟張老闆說一說，他也不必費事備席；就用我們船上的菜好了。」阿珠的娘說，「魚翅海參，王大老爺一定也吃得膩了；看我想幾個清淡別致的菜，包管貴客讚好，主人的開銷也省。」

「替我們省倒不必，只要菜好就是了。」

「是的。我有數。」

正事已經談妥，照道理阿珠的娘可以滿意告辭，卻是坐著不走，彷彿還有話不便開口似地。

胡雪巖看出因頭，卻不知道她要說的甚麼話？於是便問：「可還有甚麼事？」

問到她，自不能不說；未說之前，先往屏風後面仔細張望了一下，是唯恐有人聽見的樣子。

這一來，胡雪巖就越發要傾身凝神了。

「胡老爺！」她略略放低了聲音說，「我們的船就停在萬安橋，請過去坐坐！」

這一說，胡雪巖恍然大悟，老張來也好，她來也好，不是要兜攬生意，只是為了阿珠要他去見面。去就去，正中心懷；不過現在還不能走，一則要防他妻子生疑心；再則一上午未曾出門，下午有許多事不料理不行。

「好的！」他點點頭，「我下半天來。」

「下半天啥辰光？」

「今朝事情多，總要太陽落山才有功夫。」

「那麼等胡老爺來吃晚飯。」她起身告辭，又低聲叮囑一句：「早點來！」

等她一走，胡雪巖坐在原處發楞。想不到阿珠如此一往情深，念念不忘；看來今天一去，又有許多牽惹——轉念到此，忽生悔意；自己的前程剛剛跨開步子，正要加緊著力，那來多餘的功夫去應付這段情？

悔也無益！已經答應人家，絕不能失信。於是他又想，既然非去不可，就要搞得皆大歡喜。回到自己「書房」裡，打開櫃子，裡面還存著些上海帶回來，預備王有齡送官場中人的「洋貨」。翻了翻，巧得很，有幾樣帶了要送黃撫台小姐的「閨閣清玩」，回到杭州才聽說黃小姐感染時氣，香消玉殞了；要送的東西沒處送，留在胡雪巖這裡，正好轉贈阿珠。

於是他把那些玩意尋塊布包袱好，吃過午飯帶出去，先到海運局，後到阜康新址，只覺得油漆氣味極濃，從外到裡看了一遍，布置得井井有條。後進接待客戶的那座廳，也收拾得富麗堂皇，很夠氣派，但是，看來看去，總覺得有些美中不足。

「慶生！」他說，「好像少了樣把甚麼東西？」

「字畫。」

「對，對，對！字畫，字畫！」胡雪巖很鄭重地說，「字畫這樣東西，最見身分了；弄得不好，就顯原形！你不要弄些『西貝貨』來，教行家笑話。」

「假貨是不會的，不過名氣小一點。」

「名氣小也不行，配不上『阜康』這塊招牌。你倒說說看，是那些人的字畫？」

於是劉慶生把他所覓來的字畫，說了給胡雪巖聽——他亦不見得內行，但書家畫師名氣的大小是知道的；覺得其中只有一幅杭州本地人，在籍正奉旨辦團練的戴侍郎戴熙的山水，和王夢樓的四條字，配得上阜康的招牌。

不過他也知道，要覓好字畫，要錢或許還要面子；劉慶生不能把開錢莊當作開古玩鋪，專門在這上面用功夫，所以他反用嘉慰的語氣，說道：「好，好！也差不多了。我那裡還有點路子，再去覓幾樣來。你事情太多，這個客廳的陳設我來幫你的忙。」

劉慶生當然也懂得他的意思，不過他的話聽來很入耳，所以並無不快之感，只說：「好的！客廳的陳設，我聽胡先生的招呼就是了。」

話談得差不多了，看看時候也差不多了，胡雪巖離了阜康，逕到萬安橋來赴約——這座橋在東城，與運河起點，北新關的拱宸橋一樣，高大無比；是城內第一個水路碼頭，胡雪巖進橋弄下了轎，只見人煙稠密，桅杆如林，一眼望去，不知那條是張家的船？躊躇了一會，緩步踏上石級，預備登高到橋頂去瞭望。剛走到一半，聽見有人在後面高聲喊道：「胡老爺、胡老爺！」回身一看，是老張氣喘吁吁趕了上來。

「你的船呢？」胡雪巖問。

「船不在這裡。」老張答道，「阿珠說這裡太鬧，叫夥計把船撐到城河裡去了。叫我在碼頭上等胡老爺！」

第七章

這是胡雪巖第一次聽見老張談到他女兒，「叫」這個如何，「叫」那個如何，口氣倒像是傭人聽小姐的吩咐，不免有些詫異；但也明瞭了阿珠在他家，真正是顆掌上明珠，她父母是無話不聽的。

「胡老爺，」老張又說，「我備了隻小划子，划了你去。這裡也實在太鬧了，連我都厭煩；城河裡清靜得多。」

於是下橋上船，向南穿過萬安橋，折而往東，出了水關，就是極寬的護城河，一面城牆，一面菜畦，空闊無人；端午將近的黃梅天，蒸悶不堪，所以一到了這地方，胡雪巖頓覺精神一爽，脫口讚了句：「阿珠倒真會挑地方！」

「喏！」老張指著胡雪巖身後說：「我們的船停在那裡。」

船泊在一株柳樹下面；那株楊柳極大，而且斜出臨水：茂密的柳綠，覆蓋了大半條船，不仔細看，還真不大容易發現。

胡雪巖未到那條船上，已覺心曠神怡；把一腦子的海運局、錢莊之類的念頭，忘了個乾淨。

倒轉身來，一直望著柳下的船。

那面船上也有人在望，自然是阿珠。越行越近，看得越清楚，她穿一件漿洗得極挺括的月白竹布衫，外面套一件玄色軟緞的背心，一根漆黑的長辮子；仍然是她改不掉的習慣，把辮梢撈在手裡捻弄著。

小船划近，船上的夥計幫忙把他扶上大船；只見阿珠回身向後梢喊道：「娘，好難請的貴客請到了！」

阿珠的娘在後梢上做菜，分不開身來招呼，只高聲帶笑地說：「阿珠，你說話要摸摸良心，胡老爺一請就到，還說『好難請』！」

「也不知道哪個沒有良心？」阿珠斜睨著胡雪巖，「人家的船是長途；我們的船就該是短程。」

阿珠的娘深怕她女兒得罪了「貴客」，隨即用呵斥的聲音說道：「說話沒輕沒重，越說越不好了。」接著，放下鍋鏟，探身出來，一面在圍裙上擦著雙手，一面向胡雪巖含笑招呼：「胡老爺，你怎麼這時候才來？阿珠一遍一遍在船頭上望──。」

這句話羞著了阿珠，原是白裡泛紅的一張臉，越發燒得如滿天晚霞，搶著打斷她的話說：「哪個一遍一遍在船頭上望？瞎說八道！」話一說完，只見長辮子一甩，扭身沿著船舷，往後艙就走。

水上女兒走慣了的，看似風擺楊柳般搖搖欲墜，其實安然無事，但胡雪巖大為擔心，慌忙喊道：「阿珠，阿珠，你當心！不要掉到河裡！」

阿珠沒有理他，不過聽他那發急亂叫的聲音，心裡覺得很舒服；不由得就把腳步放慢了，一步一步很規矩地走著。

「胡老爺，你看！」阿珠的娘彷彿萬般無奈地，「瘋瘋癲癲，拿她真沒法子。」

「你也少嚕囌了！」老張這樣埋怨他老婆，轉臉又說，「胡老爺，你請艙裡坐。」

進艙就發現，這條船油漆一新，收拾得比以前更加整齊，便點點頭說：「船修理過了？」

「老早就要修了，一直湊不出一筆整數；多虧胡老爺上次照顧。」

「以後機會還有。」胡雪巖說，「王大老爺放了湖州府，在杭州還有差使，常來常往，總有用得著你船的時候。」

「那要請胡老爺替我們留意。」

「本來，這種事不該我管。不過，你的船另當別論，我來想個辦法。」胡雪巖沉吟著，想把老張的這條無錫快，當作海運局或者湖州府長期租用的「官船」，讓他按月有一筆固定的收入。

沉吟未定，阿珠又出現了，打來一盆水；這下提醒了老張，站起身說：「胡老爺先寬寬衣，洗洗臉，吃碗茶。那天到臨平，要吃些甚麼菜？等下叫阿珠的娘來跟胡老爺商量。」

等老頭一走，胡雪巖就輕鬆了，起身笑道：「阿珠，你的脾氣好厲害！」

「還要說人家！你自己不想想，一上了岸，把人家拋到九霄雲外。平常不來還不要去說它；王大老爺到湖州上任，明明現成有船，你故意不用。你說說看，有沒有這個道理？」

她一面說一面替胡雪巖解鈕扣卸去馬褂、長衫；依偎在身邊，又是那種無限幽怨的聲音，胡雪巖自然是「別有一般滋味在心頭」。

等她低頭去解他腋下的那顆鈕扣，他不由得就伸手去摸她的如退光黑漆般的頭髮；阿珠把頭再往下低，避開了他的手，同時抗議：「不要動手動腳，把我頭髮都弄毛了！」

「你的頭髮是自己梳的？」

「自然囉！我自己梳，我娘替我打辮子。我們這種人，難道還有丫頭、老媽子來伺候的福氣？」

「也不見得沒有。」胡雪巖說，「丫頭、老媽子又何足為奇？」

這話一說完，阿珠立刻抬起眼來，雙目流轉，在他的臉上繞了一下，馬上又低下頭去，撈起他的長衫下襬，解掉最後一個扣子，卸去外衣；然後絞一把手巾送到他手裡。

他發現她眼中有期待的神色；不用說，那是希望他對她剛才所說的那句話，有個進一步的解釋。但是他已悔出言輕率，便裝作不解，很快地扯到別的事。

這件事，足以讓阿珠立刻忘掉他剛才的那句話——他解開他帶來的那個包袱，裡面是一個小小的箱子，仿照保險箱的做法，用鐵皮所製，漆成墨綠色，也裝有暗鎖。

「這是甚麼箱子？」

「『杜十娘怒沉百寶箱』的百寶箱。」

他把暗鎖打開，箱內卻只有「四寶」，一瓶香水，一個八音盒，一把日本女人插在頭上當裝飾的象牙細篦，一支景泰藍嵌珠的女錶。

阿珠驚多於喜，看看這樣，摸摸那樣，好半天說不出話。胡雪巖先把牙篦插在她頭髮上，接著把那支錶用鑰匙上足了弦，以自己的金錶校準了時刻，替阿珠掛在鈕扣上；再把八音盒子開足了發條，讓它叮叮噹噹響著，最後拿起那瓶香水，阿珠忽然失聲喊道：「不要，不要！」

胡雪巖愕然：「不要甚麼？」

「傻瓜！」阿珠嫣然一笑，「不要打開來！」

這時老張和那船夥計，為從未聽過的叮叮噹噹的聲音所招引，都在船艙外探望，要弄明白是甚麼東西在響？阿珠卻不容他們看個究竟，一手八音盒，一手香水，頭插牙篦，衣襟上晃蕩著那支錶，急忙忙走向後梢，到她娘那裡「獻寶」去了。

於是只聽得她們母女倆讚嘆說笑的聲音；最後是做娘的在告誡：「好好去放好。有人的地方少拿出來——胡家的阿毛手腳不乾淨，當心她順手牽羊。」

「怕甚麼！我鎖在『百寶箱』裡！」

「甚麼『百寶箱』？」

「喏，」大概是阿珠在比畫，「這麼長，這麼寬，是鐵的，還有暗鎖，怎麼開法只有我一個人曉得，偷不走的。」

「原來是首飾箱！」阿珠的娘說：「傻丫頭，人家不會連箱子一起偷？」

「啊！」阿珠醒悟了。接著便又重新出現在中艙，高興之外，似乎還有些憂慮的神色。

為了知道她的憂慮想安慰她，胡雪巖招招手說：「阿珠，你過來我有話說。」

「你說好了！」她這樣回答；一面打開那隻百寶箱，除了頭上的那把篦以外，其餘「三寶」都收入箱內，卻把個開了蓋的箱子捧在手裡，凝視不休。

「你到底想不想聽我的話。」

「好，好！我聽。」阿珠急忙答應，鎖好箱子，走到胡雪巖對面坐下，右手支頤，偏著頭等他開口。

這又是一個極動人的姿態，胡雪巖也偏著頭緊盯著她看；阿珠大概心思還在百寶箱裡，以致視而不見。

她不作聲，他也不開口；好久，她方省悟，張皇而抱歉地問道：「你，你剛才說甚麼？」

「咦！」胡雪巖故意裝作十分詫異地，「我說了半天，你一句都沒有聽進去？」

阿珠為他一詐，歉意越發濃了，陪著笑說：「對不起！我想起一樁要緊事情。」

「甚麼要緊事？」

原是託詞，讓他釘緊了一問，得要想幾句話來圓自己的謊；偏偏腦筋越緊越笨，越笨越急，漲紅了臉，好半天說不出一句話來。

「好了，好了！」胡雪巖大為不忍，「不便說就不說。」

「是啊，這樁事情不便說。」阿珠如釋重負似地笑道：「現在，你有甚麼話，請你儘管說，我一定留心聽。」

「我勸你，不要把你娘的話太當真！」他放低了聲音說，「身外之物要看得開些——。」

他講了一套「身外之物」的道理，人以役物，不可為物所役；心愛之物固然要當心被竊，但為了怕被竊，不敢拿出來用，甚至時時憂慮，處處分心，這就是為物所役，倒不如無此一物。

「所以，」他說，「你的腦筋一定要轉過來。丟掉就丟掉，沒有甚麼了不得！不然，我送你這幾樣東西，倒變成害了你了。」

他把這番道理說得很透澈，無奈阿珠大不以為然，「你倒說得大方，『丟掉就丟掉』！你不心疼我心疼。」她忽有怨懟，「你這個人就是這樣，說丟掉就丟掉，一點情分都沒有。對人對東西都一樣！」

「你說『對人對東西都一樣』，這個『人』是那個？」

「你還問得出口？」阿珠冷笑，「可見得你心裡早沒有那個『人』了？」

「虧你怎麼想出來的？」胡雪巖有些懊惱，「我們在講那幾樣東西，你無緣無故會扯到人上面！我勸你不必太看重身外之物，正是為了看重你；你連這點道理都想不明白？再說，我那麼忙法，你娘來一叫我就來，還要怎麼樣呢？至於王大老爺上任要雇船，你也得替我想想，照我在王大老爺面前的身分，好不好去管這種小事情？」

「我曉得，都歸庶務老爺管，不過你提一聲也不要緊啊！」

「這不就是插手去管嗎？你總曉得，這都有回扣的，我一管，庶務就不敢拿回扣了。別人不知道用你家的船，另有道理，只說我想要回扣。我怎麼能揹這種名聲？」

阿珠聽了這一番話，很快地看了他一眼，把眼皮垂下去，長長的睫毛閃動著，好久不作聲。

那是石火電光般的一瞥，但包含著自悔、致歉、佩服、感激，以及求取諒解的許多意思在內，好像在說：你不說明白，我那裡知道？多因為我的見識不如你，想不到其中有這麼多道理。我只當你有意不用我家的船，是特意要避開我，其實你是愛莫能助——一請就來，你也不是有意避我；看來是我錯怪了人！也難為你，一直逼到最後你才說破！我不對，你也不對；你應該曉得我心裡著急，何不一來先就解釋這件事？倘或你早說明白，我怎會說那許多教人刺心的話，也許你倒不在乎，但是你可知道我說這些話心裡是如何懊悔？

女兒家的曲曲心事，胡雪巖再機警也難猜透，不過她有愧歉之意，卻是看得出來的；他的性情是最不願意做殺風景的事，所以自己先就一下撇開，搖著手說：「好了，好了，話說過就算數了。不要去東想西想。喂，我問你。」

最後一句聲音大了些，彷彿突如其來似地，阿珠微吃一驚，抬起頭來張大了雙眼看著他。

「你娘今天弄了些甚麼菜給我吃？」

「我還不曉得。」

「咦！」胡雪巖說，「這就怪了，你怎麼會不曉得。莫非——？」

他本來想取笑她，說是「莫非一遍一遍在船頭上望？」話到口旁，警覺到這個玩笑開不得，所以縮住了口。

話是沒有說出口，臉上那詭祕的笑容卻依然在，阿珠也是極精靈的人，頓時就逼著問：「莫非甚麼？」

「莫非，」胡雪巖隨口答道：「你在生我的氣，所以懶得去問？」

「你說這話沒有良心！」她說，但也並不見得生氣；卻轉身走了出去。

很快地，她又走了回來，手裡多了一個托盤，裡面一隻蓋碗；揭開碗蓋來看，是冰糖煮的新鮮蓮子、湖菱和芡實，正是最時新、最珍貴的點心。另外有兩隻小碟子，一黃一紅，黃的是桂花醬，紅的是玫瑰滷，不但香味濃郁，而且鮮豔奪目。

「一天就替你弄這一碗點心，你還說我懶得管你，是不是沒有良心？」

胡雪巖看碗中的蓮子等物，剝得極其乾淨，粒粒完整，這才知道她花的功夫驚人；心裡倒覺得老大不過意。

「吃啊！」阿珠說，「兩樣滷子隨你自己調；我看玫瑰滷子好。」

「我實在捨不得吃，留著聞聞看看。」

「咄！」阿珠笑了，「跟伢兒一樣。」說著用小銀匙挑了一匙玫瑰滷調在碗裡，然後往他面前一推，「冷了不好吃了。」

「你自己呢？」

「我啊！我自己才懶得弄呢。倒是我爹叨你的光，難得吃這麼一碗細巧點心。」

「真正是細巧點心！皇帝在宮裡，也不過如此。對不！」胡雪巖又說，「宮裡雖然四時八節，有各地進貢的時鮮貨，到底路遠迢迢，那裡一上市就有得吃？」

阿珠聽了他的話，十分高興，「這樣說起來，你的福氣比皇帝還要好？」她拿手指刮著臉羞他：「說大話不要本錢，世界上再沒有比你臉皮厚的人！」說完，自己倒又笑了；接著扭身往後，到後梢去幫忙開飯。

胡雪巖倒不是說大話，真的自覺有南面王不易之樂，一個人坐在爽氣撲人的船窗邊，吃著那碗點心，眼望著平疇綠野，心境是說不出的那種開闊輕鬆。

當然，阿珠彷彿仍舊在他眼前，只要想到便看得見，聽得到，一顰一笑，無不可人。他開始認真考慮他與她之間的將來了。

想不多久，思路便被打斷，阿珠來開飯了，抹桌子，擺碗筷，一面告訴他說：「四菜一湯，兩個碟子，夠你吃的了。今天有黃花魚，有蒓菜。」

話沒有說完，阿珠的娘已端了菜來，蜜炙火方，新鮮荷葉粉蒸肉，滷香瓜蒸黃花魚，炸響鈴，另外兩個下酒的冷碟，蝦米拌黃瓜，滷時件。然後自己替胡雪巖斟了杯「竹葉青」，嘴裡說著客氣話。

「多謝，多謝！」胡雪巖指著桌面說：「這麼許多菜，我無論如何吃不下。大家一起來！」

「從沒有這個規矩！」阿珠的娘也知道他的弦外之意，所以接著又自己把話拉回來，「不過一個人吃悶酒也無趣，讓阿珠敬胡老爺一杯。」

阿珠是巴不得她娘有這一句，立刻掉轉身子，去拿了一小酒杯，同時把她的那雙銀筷子也捏了在手裡。

「胡老爺，到底哪天要用船？」

「五月初七一早動身。」他說，「來去總得兩天。」
「寧願打寬些。」阿珠在旁接口，「兩天不夠的。」
「也對。」胡雪巖說，「這樣，加一倍算四天好了。」
「菜呢？」
「隨你配，隨你配！」胡雪巖是準備好了，從小褂口袋裡取出一張銀票，遞了過去，「你先收了，不夠我再補。」
阿珠的娘是識得字的，看那銀票是二十兩，連忙答道：「有得多！那裡用得著這許多？」
「端午要到了。多了你自己買點東西吃，節禮我就『折乾』了。」
阿珠的娘想了想說：「好，多的銀子就算存在我這裡。好在胡老爺以後總還有坐我們船的時候。」說完，她就退了出去。
胡雪巖顧不得說話！一半也是有意如此，不喝酒先吃菜；而實在也是真正的享用，連著吃了好幾筷魚，才抬頭笑道：「阿珠，我有個辦法——最好有這樣一位丈母娘，那我的口福就好了！」
表面上是笑話，暗地裡是試探，遇著情分還不夠的女孩子，這就是唐突，會惹得對方生氣，非挨罵不可。但在阿珠聽來，又不以為是試探，竟是他吐露真意，作了承諾；頓時臉也紅了，心也跳了，忸怩萬分，恨不得就從窗口，「撲通」一聲跳到河裡去泅水，躲開他那雙眼睛。
幸好，胡雪巖只說話時看了她一眼，說完依舊埋頭大嚼。不過眼前的羞窘雖無人得見，心裡的波瀾卻連自己都覺得難以應付，霍地一下站起來就跑。

這不暇考慮的一個動作，等做出來了，心裡卻又不安，怕他誤會她生了氣；所以順口說了句：「我去看看，湯好了沒有？」

原是句託詞。一臉的紅暈，她也羞於見娘；回到自己的鋪上，撫著胸、摸著臉，只是對自己說：把心定下來！

心一定又想起她爹娘那天晚上的話；老夫婦沒有防到隔艙有耳，說來一無顧忌，「女大不中留，我看阿珠茶不思，飯不想；好像有點——。」她爹沒有再說下去。

「有點甚麼？」

「好像害相思病。」

「死鬼！」她娘罵他，「自己女兒，說得這樣難聽！」

「我是實話。你說，我是不是老實話？」

她娘不響，好半天才問：「你看，那位胡老爺人怎麼樣？」

「這個人將來一定要發達的。——」

「我不是說他發達不發達。」她娘搶著又說，「我是說，你看他有沒有良心？」

「你怕他對阿珠沒有良心？我看，這倒不會。不過，你說的，不肯阿珠給人家做小。何以現在又問這話？」

「我不肯又怎麼樣？阿珠喜歡他，有甚麼辦法？」

「怎麼樣呢？我只看她茶不思，飯不想，從來沒有在我面前提過胡老爺。」

「在你面前當然不會。」阿珠的娘說，「在我面前，不曉得提過多少回了；無緣無故就會扯到姓胡的頭上；這一趟到上海的客人，不是很刮皮嗎？阿珠背後說起來，總是『人家胡老爺不像他』，『人家胡老爺才是好客人』，你聽聽！」

「那麼，你現在到底是怎麼個意思呢？」

「我也想穿了，只要小倆口感情好，做大做小也就不管它了！不過，」她娘換了種敬重丈夫的語氣：「這總要做老子的作主。」

「也由不得我作主。我老早說過，照我的意思，最好挑個老實的，一夫一妻，苦就苦一點。只是你不肯，她不願。那就你們娘兒倆自己去商量好了。」

「女兒不是我一個人的，你不要推出不管。」阿珠的娘說，「你也去打聽打聽，到底胡老爺住在那裡？信和的張老闆一定曉得，你去問他！」

「問到了做甚麼？你要去看他？」

「一則看他，二則看他太太，如果是隻雌老虎，那就叫阿珠死了這條心吧！」

這是十天前的話，果然尋著了「胡老爺」，而且一請就來。就不知道她娘看見了胡太太沒有，為人如何？阿珠心裡這樣在轉著念頭。

唉！她自己對自己不滿，這樣容易明白的事，何以好久都猜不透？只要到了胡家，自然見著了胡太太，如果胡太太真個是隻「雌老虎」，從娘那裡先就死了心，絕不肯承攬這筆短途的生意，更不會待他這樣子的殷勤親熱。照此看來，娘不但見著了胡太太，而且看得胡太太十分賢惠，有氣量，將來女兒嫁過去，有把握不會吃虧受氣，所以今天完全是像「毛腳女婿」上門一般待他。這不是明擺著的事，為何自己思前想後一直想不通？

這下倒是想通了，但剛有些定下來的心，卻越發亂了。

「阿珠啊！」她聽得她娘在喊，「來把湯端了去！」

這一叫使得阿珠大窘，自己摸一摸臉，簡直燙手，料想臉色一定紅得像岸上的榴花一樣；但不答應也不行，便高聲先答一句：「來了！」

「快來呀！湯要冷了。」

萬般無奈，只好這樣答道：「娘，你自己端一端，我手上不空。」

「你在做啥？」

甚麼也不做，只像一碗熱湯一樣，擺在那裡，等自己的臉冷下來。她又用涼水洗了一把臉，脫去軟緞背心，剛解衣鈕，聽得一聲門響，嚇一大跳，趕緊雙手抱胸，掩住衣襟。

「走進來也不說一聲！」她埋怨她娘，「嚇得我魂靈都出竅了。」

「你也是，這時候擦甚麼身？」她娘催她：「快！你也來幫著招呼，招呼。」

這一下妙極，「手上不空」的原因也有了，臉上的顏色也遮掩了。阿珠大為得意，把手巾一丟，扣好衣鈕，拿下襬抹一抹平，重新走到了前艙。

胡雪巖已經在吃飯了，一碗剛剛吃完，她伸手去接飯碗，他搖搖頭說：「吃得太飽了！」

「那麼你多吃點湯——這碗三絲蒓菜湯，是我娘的拿手菜。」

「沒有一樣不拿手。請王大老爺那天，大致就照這個樣子，再添兩盤炒菜，弄隻汽鍋雞。」

「甚麼叫汽鍋雞？」阿珠笑道：「江西人補碗，『嘰咕嘰！』」

胡雪巖忍不住笑了，笑停了說：「原來你也有不曉得的菜！汽鍋雞是雲南菜；王大老爺是福建人，生長在雲南，所以喜歡雲南口味。汽鍋雞我也是在他家頭一回吃；做法我也學會了，等下我再傳授給你娘。」

「不要，不要，你教我好了。」阿珠往後看了看，「不要給我娘曉得。」

「咦！這為啥？」

「我娘總說我笨手笨腳，沒有一樣菜燒得入味的。我現在也要學一樣她不會的；只怕見都沒有見過，那就盡由得我說了。」

「好，我教你！」胡雪巖把汽鍋雞的做法傳授了她。

「這並不難嘛！」

「本來就不難；只是那隻鍋不容易找，我送你們一個。」胡雪巖又說：「我倒要嚐一嚐你這個徒弟的手藝，看比我另外的一個徒弟是好是壞？」

「另外一個徒弟是那個？」

胡雪巖笑笑不響。阿珠也猜到了是誰，心裡頓起一種異樣的感覺；好像有些不舒服，但又不能不關心。

她又想，不問下去倒顯得自己有甚麼忌諱似地，十分不妥。於是問道：「是胡太太？」

「當然是她。」

「胡太太的這樣菜，一定做得道地？」

「也不見得。」胡雪巖說，「她不大會做菜；也不大喜歡下廚房。」

「那麼喜歡甚麼呢？」

胡雪巖有些猜到，她是在打聽他太太的性情；因而想到她娘那天也可能借送食物為名，特意來觀望風色。如果自己的猜想不錯，只怕今天就要有個了斷。

這是個難題，在自己這方面來說，對於阿珠的態度，根本還未到可以作最後決定的時候，那就得想個甚麼好辦法來搪塞，既要達到自己的目的，又要不傷阿珠的感情。

「咦！怎麼了，忽然變啞巴了？」阿珠見他久久不語，這樣催問。

「我忽然想起一樁要緊事。」胡雪巖順口掩飾著，「剛才談到甚麼地方了？」

阿珠倒又不關心他太太的愛好了，咬著嘴唇，微垂著眼，死瞪住他看。

「我要說你了，」胡雪巖笑道，「莫非你也變了啞巴？」

「我也忽然想起一樁事——我要看你剛才說的話是真、是假？」

「你以為我說有要緊事是騙你？」

「不是甚麼騙我，你在打主意要走了！」

「你的心思真多。不過，」胡雪巖望著窗外，「天快黑了，這地方上岸不便，而且看樣子要下雨。我說句實話，你不說我倒記不起，你一說正好提醒我，我該走了。」

阿珠心裡十分生氣，明明早就想走了，還要說便宜話，於是轉身向外，故意拉長了聲音喊船夥計：「阿西，搭跳板，送客！」

「還早呢！」她娘馬上應聲，「胡老爺再坐一歇。」

「不要留他！天黑了，要下雨了，路上不好走；等下滑一跤，都怪你！」

明明負氣，偏是嚦嚦鶯聲，入耳只覺好聽有趣；胡雪巖無論如何忍不下心來說要走，笑笑答道：「我不走，是阿珠在趕我。」

「阿珠又沒規矩了。胡老爺，你不要理她！等我收拾桌子泡茶來你吃。」

等收拾了桌子，重新泡上一碗上品龍井新茶來，天氣果然變了，船篷上滴滴答答響起了雨聲。

「黃梅天，說晴就晴，一下功夫，天又好了。」

阿珠的娘說這話的用意，胡雪巖當然知道，是唯恐他要走，或者雖不走而記罣著天黑雨滑，道路泥濘，不能安心坐下來。他向來不肯讓人有這種懸揣不安的感覺，心想既來之則安之，真的要走，那怕三更半夜，天上下冰雹，總也得想出辦法來脫身；那就不如放大方些。

於是他說：「隨它下好了。反正不好走就不好走，你們船上我又不是沒有住過。」

這一說，她們母女倆臉上的神色，立刻就都不同了。「是啊！」阿珠的娘說，「明天一早走也一樣。」

「不過我今天晚上實在有件要緊事。也罷，」他慨然說道，「我寫封信，請你們那位夥計，替我送一送。」

「好的！」阿珠的娘要吩咐她女兒去取筆硯；誰知阿珠的心思來得快，早就在動手了。打開櫃子取出一個紅木盤，文房四寶，一應俱全。原是為客人預備的，只是久已不用，硯墨塵封，阿珠抹一抹乾淨，隨手伸出春蔥樣的一隻指頭，在自己的茶碗裡蘸了幾滴水珠，注入硯中，替他磨墨。

她磨墨，他在腹中打草稿，此是胡雪巖的一短，幾句話想了好半天，把張信紙在桌上抹了又抹，取枝筆在硯台中舐了又舐，才算想停當。

信是寫給劉慶生的，請他去通知自己家裡，只說：今夜因為王有齡有要緊公事，要徹夜會商，不能回家。——其實這麼兩句話，叫船夥計阿四到自己家去送個口信，倒反簡便：只是胡雪巖怕阿四去了，會洩漏自己的行蹤，所以特意轉這樣一道手。

辦了這件事，胡雪巖就輕鬆了，但阿珠看在眼前，卻又不免猜疑，胡雪巖怕是個怕老婆的人？轉念又想，這正是胡雪巖的好處，換了那些浪蕩子弟，自己在外面花天酒地，把太太丟在家，獨守空房，那怕提心吊膽，一夜坐等，也不會放在他心上。

「好了！」他喝著茶說，「有事，你就談吧！」

明明有終身大事要談，說破了，阿珠反倒不願，「你這個人！」她說，「一定要有事談，才留你在這裡麼？」

「就是閒談，總也要有件事。」胡雪巖問道，「阿珠，你在湖州住過幾年？」

「那怎麼說得出？來來去去，算不清楚了。」

「湖州地方你總很熟是不是？」

「當然不會陌生。不過也不是頂熟。」阿珠又說，「你問它做甚麼？」

「王大老爺放了湖州府，我總要打聽打聽那裡的情形。」

「我倒問你。」阿珠忽然很注意地，「你是不是也要到湖州去做官？」

這話讓胡雪巖很難回答，想了一會答道：「湖州我是要常去的。不過，至多是半官半商。」

「怎麼叫『半官半商』？又做官又做生意？」阿珠心中靈光一閃，就像黑夜裡在荒野中迷路，忽然一道閃電，恰好讓她辨清了方向，不由得精神大振，急急問道：「你要到湖州做啥生意？是不是開錢莊？」

「不是開錢莊。」胡雪巖答說：「我想做絲生意。」

「這就一定要到湖州去！」阿珠很高興，也很驕傲地說：「我們湖州的絲，天下第一！」

「是啊！因為天下第一，所以外國人也要來買。」

阿珠說的「天下」，是照多少年來傳統的定義，四海之內，就是天下；胡雪巖到過上海，曉得了西洋的情形，才知道天外有天，人外有人，所以他口中的天下，跟阿珠所想的不同。

「原來你買了絲要去『銷洋莊』！」阿珠說道，「銷洋莊的絲，一直都是廣幫客人的生意。」

「別人好做，我也好做。」胡雪巖笑道：「阿珠，看樣子，你倒不外行。」

「當然囉，」她揚著臉，把腰一挺，以致一個豐滿的胸部鼓了起來，顯得很神氣地，「你想想，我是甚麼地方人？」

「那好！你把你們湖州出絲的情形倒講給我聽聽看。」

阿珠知道，這不是閒談，胡雪巖既然要做這行生意，當然要先打聽得越清楚越好；她怕自己說得不夠明白，甚至說錯，因而把她娘也去搬請了來，一起來細談。

「這個——。」阿珠的娘說，「我們無錫鄉下也養蠶的，不過出的多是『肥絲』；不比湖州多是『細絲』——。」

「怎麼叫『肥絲』？」胡雪巖打斷她的話問。

「絲分三種：上等繭子繅成細絲，上、中繭繅成肥絲，下等繭子繅成的就是粗絲。粗絲不能上織機；織綢一定得用肥絲和細絲，細絲為經。肥絲為緯。」

這一說，胡雪巖立刻就懂了細絲質地高於肥絲的道理；因為杭州有「織造衙門」，下城一帶，「機坊」林立，他也聽人說過，一定要堅韌光亮的好絲，才能做「經」絲。

「在湖州，女孩子十一二歲就懂養蠶，養蠶實在辛苦；三、四月裡稱為『蠶月』，真正是六親不認，門口貼張紅紙就是『擋箭牌』，那怕鄰舍都不往來。」

「聽說還有許多禁忌，是不是？」

「禁忌來得個多。」阿珠的娘說，「夫婦不能同房，也不能說甚麼風言風語，因為『蠶寶寶』最要乾淨——。」

接下來，她細談了養蠶的過程，由初生到成繭，經過「三眠」，大概要二十八天到四十天的功夫；餵蠶有定時，深更半夜，都得起身飼食，耽誤不到一刻。育蠶又最重溫度，門窗緊閉，密不通風，如果天氣驟變，覺得冷了，必須生火；常有些養蠶人家，不知不覺間倦極而眠，以致失火成災。

育蠶當然要桑葉，空有桑樹，固然無用；蠶多桑少，也是麻煩，有時不得不把辛苦養成一半的蠶棄置。這是養蠶人家最痛苦的事。

這一談，把胡雪巖記憶中的關於蠶絲的知識勾了出來，便即問道：「最好的絲，是不是叫『緝里絲』？」

「大家都這麼說。」阿珠的娘答道，「那地方離南潯七里路——。」

「原來是『七里絲』，不是『緝里絲』。」胡雪巖欣然領悟，「真是凡事要請教內行。」

「七」與「緝」字異而音同，所以阿珠聽得莫名其妙，在旁邊笑他：「甚麼『七里絲』不是『七里絲』？姓胡的，不姓胡！這叫甚麼怪話？」

胡雪巖笑笑不答——這時沒有心思來跟她鬥嘴開玩笑，他腦中有七八個念頭在轉；自己靜一靜，略略理出了一個頭緒，才重拾中斷的話題。

「養蠶我是明白了。怎麼樣繅絲；絲做出來，怎麼賣出去，我還不大懂。」

於是阿珠的娘，把土法繅絲的方法講給他聽；用一口大鍋，燒滾了水，倒一升繭下去，用根木棍子攪著。鍋上架兩部小絲車，下面裝一根竹管，等把絲頭攪了出來，通過竹管，繞小車一匝；再引入地上的大絲車。抽盡了絲，蠶蛹自然出現。如果絲斷了再攪，攪出絲頭來，抽光了為止。

「繅絲也辛苦。」阿珠的娘說，「繭子不趕緊繅出絲來，裡頭的蛹咬破了頭，繭子就沒有用了。所以繅絲一定是一家大小動手，沒日沒夜趕完為止。胡老爺你想想看，站在滾燙的小鍋旁邊，不停手的攪，不停手的抽絲，加以蠶蛹燙死了的那股氣味，真正是受罪。倘或遇著繭子潮軟，抽絲不容易，那就越發苦了。還有攪了半天，抽不出頭的，那叫『水繭』，只好撈出來丟掉，白費心血。」

「苦雖苦，總也有開心的時候。」

「當然囉，一直是苦的事情，天下沒有人去做的。到繅成絲，『絲客人』一到鎮上，那就是開心的時候到了——絲價年年在漲，新絲賣來的錢，著實可以派點用場。」

這觸及到胡雪巖最需要了解的地方了。

「絲客人」這個名稱，他是懂的，帶了大批現銀到產地買絲的，稱為「絲客人」；開絲行代為搜購新絲，從中取利的稱為「絲主人」。每到三、四月間，錢莊放款給絲客人是一項主要的業務；他在想，與其放款給絲客人去買絲，賺取拆息，何不自己做絲客人？

「我也想做做絲客人。不知道其中有甚麼訣竅？」

「這我就不曉得了。」阿珠的娘說，「照我想，第一，總要懂得絲的好壞。第二，要曉得絲的行情，絲價每年有上落，不過收新絲總是便宜的。」

「絲價的上落，是怎麼來的呢？出得少，價錢就高，或者收的人多，價錢也會高。是不是這樣子？」

「我想做生意總是這樣。不過，」阿珠的娘又說，「絲價高低，我聽人說，一大半是『做』出來的，都在幾個大戶手裡。」

聽得這話，胡雪巖精神一振，知道絲價高低，決於大戶的操縱——這個把戲他最在行。

阿珠的娘這時越談越起勁了，而且所談的也正是胡雪巖想知道的，繭與絲的買賣。

「如果人手不夠，或者別樣緣故，賣繭子的也有。」她說，「收繭子的有繭行，要官府裡領了『牙帖』才好開。同行有『繭業公所』，新繭上市，同行公議，那一天開秤，那一天為止。價錢也是議好的，不准自己抬價。不過鄉下人賣繭子常要吃虧，除非萬不得已，都是賣絲。」

「為甚麼要吃虧？」

「這一點你都不懂？」阿珠插嘴，「繭行殺你的價，你只好賣；不賣擺在那裡，裡頭的蛹咬破了頭，一文不值！」

「對，對！我也攪糊塗了。」胡雪巖又問：「那麼繭子行買了繭子，怎麼出手呢？」

「這有兩種，一種是賣給繅絲廠；一種是自己繅了絲賣。」

「喔，我懂了。你倒再說說絲行看，也要向部裡領牙帖，也有同業公所？」

「當然囉。絲行的花樣比繭行多得多，各做各的生意，大的才叫絲行，小的叫『用戶』，當地買，當地用；中間轉手批發的叫『划莊』。還有『廣行』、『洋莊』，專門做洋鬼子的生意——那是越發要大本錢了，上萬『兩』的絲擺在手裡，等價錢好了賣給洋鬼子，你想想看，要麼多少本錢？洋鬼子也壞得很，你抬他的價，他不說你貴，表面跟你笑嘻嘻，暗底下另外去尋路子，自有吃本太重，急於想脫手求現的，肯殺價賣給他。你還在那裡老等，人家已經塌進便宜貨，裝上輪船運到西洋去了——。」

「慢來，慢來！」胡雪巖大聲打斷，「等我想一想。」

她們母女倆都不曉得他要想甚麼？只見他皺緊眉頭，偏著頭，雙眼望著空中，是極用心的樣子——他在想賺洋鬼子的錢！做生意就怕心不齊；跟洋鬼子做生意，也要像繭行收繭一樣，就是這個價錢，願意就願意，不願意就拉倒。那一來洋鬼子非服貼不可。不過人心不同，各如其面；但也難怪，本錢不足，周轉不靈，只好脫貨求現，除非……。

他豁然貫通了！除非能把所有的「洋莊」都抓在手裡。當然，天下的飯，一個人是吃不完的；只有聯絡同行，要他們跟著自己走。

這也不難！他在想，洋莊絲價賣得好，那個不樂意？至於想脫貨求現的，有兩個辦法，第一，你要賣給洋鬼子，不如賣給我；第二，你如果不肯賣給我，也不要賣給洋鬼子，要用多少款子，拿貨色來抵押，包他將來能賺得比現在多。這樣，此人如果還一定要賣貨色給洋鬼子，那必定是暗底下受人家的好處，有意自貶身價，成了吃裡扒外的半吊子，可以鼓動同行，跟他斷絕往來，看他還狠到那裡去？

「對啊，對啊！」他想到得意之處，自己拍著手掌笑，彷彿痰迷心竅似地，把阿珠逗得笑彎了腰。

阿珠的娘，到底不同，有幾分猜到，便即笑著問道：「胡老爺是想做絲生意？」

「我要做『絲客人』。」

「果不其然！」阿珠的娘得意的笑了，「胡老爺要做絲生意。」

阿珠當然更是喜心翻倒，不僅是為了這一來常有跟胡雪巖聚會的機會；而且也因為自己的心願，居然很快地就達成，所以有著近乎意外的那種驚喜。

「不過，乾娘——。」胡雪巖這樣叫阿珠的娘。

那是杭州人習用的一種稱呼，還是南宋的遺風；義母叫乾娘，姑母也叫乾娘，凡是對年紀比自己大的婦人而自願執後輩之禮的，都可以這樣稱呼。因此這一叫，叫得阿珠的娘，受寵若驚。

「不敢當，不敢當！」她連連遜謝，近乎惶恐了，「胡老爺千萬不要這樣叫！」

她在謙虛，阿珠卻在旁邊急壞了！這一聲「乾娘」，在她聽來就如胡雪巖跟她開那個玩笑，說要叫娘為「丈母娘」是差不多的意思，所以表面沒有甚麼，心一直在跳。她想：人家要來親近，你偏偏不受，這算甚麼意思呢？

因此，胡雪巖還沒有開口，她先發了話：「人家抬舉你，你不要不識抬舉！」

知女莫若母，胡雪巖的「乾娘」，立即有所意會；她自己也覺得大可不必如此堅辭不受。不過也不便把話拉回來，最好含含糊糊過去，等你再叫時不作聲，那一下「乾娘」就做定了。

於是她笑著罵阿珠：「你看你，倒過來教訓我起來了！」

她們母女倆的語氣眼風，一五一十都看在胡雪巖眼裡，此時忙著要談正經，沒有功夫理這回事，「乾娘！」他說，「我做『絲客人』，你做『絲主人』好不好？」

「胡老爺在說笑話了。」做「絲主人」就是開絲行，阿珠的娘說，「我又不開絲行，那裡有絲賣給你？」

「不要緊！我來幫你開。」

「開甚麼？」阿珠又插嘴，「開絲行？」

「對！」答得非常爽脆。

阿珠的娘看看他，又看看女兒；這樣子不像說笑話。但如果不是笑話，卻更讓她困惑，「胡老爺，」她很謹慎地問：「你自己為甚麼不來開？」

「這話問得對了！」胡雪巖連連點頭，「為甚麼我自己不來開呢？第一，我不是湖州人，做生意，老實說，總有點欺生的；第二，王大老爺在湖州府，我來做『客人』不要緊，來做『主人』，人家就要說閒話了。明明跟王大老爺無關，說起來某某絲行有知府撐腰，遭人的忌，生意就難做了。」

這一說阿珠的娘才明白。一想到自己會有個現成的「老闆娘」做，笑得眼睛瞇成兩條縫，「原來胡大老爺要我出出面。不過，」她的心又一冷，「我女人家，怎麼出面？」

「那不要緊，請你們老張來出面領帖；暗底下，是你老闆娘一把抓，那不也一樣嗎？」

「啊唷！老闆娘！」阿珠甩著辮子大笑，「又是乾娘，又是老闆娘，以後我要好好巴結你了！」

那笑聲有些輕狂，以至於把她爹招引了來，探頭一望，正好讓胡雪巖發覺，隨即招著手說：「來，來，老張！正有事要跟你談。」

老張是個老實人，見了胡雪巖相當拘謹，斜簽著身子坐在椅子上，彷彿下屬對上司似地，靜聽吩咐。胡雪巖看這樣子，覺得不宜於鄭重的態度來談正經，就叫阿珠說明因由。

「胡老爺要挑你做老闆！」阿珠用這樣一句話開頭，口氣像是局外人；接著把胡雪巖的意思，仔仔細細地說了一遍。

老張也是做夢都沒有想到，聽了妻子的話，為打聽胡雪巖的住址到信和去了一趟，撞出這麼一件喜事來，不過，他也多少有些疑惑，覺得事太突兀，未見得如阿珠所說的那麼好。

因此，他說話就有保留了，「多謝胡老爺，」他慢吞吞地，「事情倒是件好事，我也有一兩個絲行裡的朋友，只怕我做不好。」

「那個生來就會的？老張，你聽我說，做生意第一要齊心，第二要人緣——我想你人緣不壞的，只要聽我話；別的我不敢說，無論如何我教你日子比在船上過得舒服。」胡雪巖接著又說：「一個人總要想想後半世，弄隻船飄來飄去，不是個了局！」

就這一句話，立刻打動了老張的心；他妻子和女兒當然更覺得動聽，「胡老爺這句話，真正實在！」他妻子說，「轉眼五十歲的人，吃辛苦也吃不起了；趁現在早早作個打算。我們好歹幫胡老爺把絲行開起來，葉落歸根總算也有個一定的地方。」

「不是你們幫我開絲行！是我幫你們開絲行。」

胡雪巖很鄭重地，「既然你們有絲行裡的朋友，那再好不過。老張，我倒先要問你，開絲行要多少本錢？」

「那要看絲行大小。一個門面，一副生財，兩三百兩銀子現款，替客戶代代手，也是絲行；自己買了絲囤在那裡，專等客戶上門，也是絲行。」

「照這樣說，有一千兩銀子可以開了？」

「一千兩銀子本錢，也不算小同行了。」

「那好！」胡雪巖把視線掃過他們夫妻父女，最後落在老張臉上，「我不說送，我借一千兩銀子給你！你開絲行，我託你買絲。一千兩銀子不要利息，等你賺了錢就還我。你看好不好？」

「那怎麼不好？」老張答道：「不過，胡老爺，做生意有賺有蝕，萬一本錢蝕光了怎麼辦？」

「真正是！」他妻子大為不滿，「生意還沒有做，先說不識頭的話。」

「不！乾娘，」胡雪巖卻很欣賞老張的態度，「做生意就是要這個樣子。顧前不顧後，一門心思想賺，那種生意做不好的。這樣，老張，我勸你這條船不要賣，租了給人家；萬一絲行『倒灶』，你還可以靠船租過日子。」

老張怔怔地不作聲，他有些心不在焉，奇怪「胡老爺」怎麼一下子叫他妻子為「乾娘」？

「爹！」阿珠推著他說：「人家在跟你說話？你在想啥心事？」

「喔，喔！」老張定定神，才把胡雪巖的話記起來，「胡老爺，」他說：「今年總來不及了！」

「怎麼呢？」

「開絲行要領牙帖，聽說要京裡發下來；一來一往，最快也要三個月功夫，那時候收絲的辰光早過了。」

「收絲也有季節的麼？」

「自然囉！」阿珠的娘笑了，「胡老爺，你連這點都不明白？」

「隔行如隔山。我從來沒有經手過這行生意。不過，」胡雪巖說，「我倒想起來了，錢莊放款給做絲生意的，總在四、五月裡。」

「是啊，新絲四、五月裡上市，都想早早脫手，第一，鄉下五荒六月，青黃不接的當口，都等銅鈿用；第二，雪白的絲，擺在家裡黃了，價錢就要打折扣。也有的想擺一擺，等價錢好了再賣；也不過多等個把月。絲行生意多是一年做一季。」

胡雪巖聽得這話躊躇了，因為他有一套算盤，王有齡一到湖州，公款解省，當然由他阜康代理「府庫」來收支：他的打算是，在湖州收到的現銀，就地買絲，運到杭州脫手變現，解交「藩庫」，這是無本錢的生意；變戲法不可讓外人窺見底蘊，所以他願意幫老張開絲行。現在聽說老張的絲行一時開不成功，買絲運杭州的算盤就打不通了。

「有這樣一個辦法，」他問老張：「我們跟人家頂一張，或者租一張牙帖來做。你看行不行？」

「這個辦法，聽倒也聽人說過。就不知道要花多少錢？說不定頂一年就要三、五百兩銀子！」

「三、五百兩就三、五百兩。」胡雪巖說，「小錢不去，大錢不來！老張，你明天就到湖州去辦這件事！」

想到就做，何至於如此性急？而且一切都還茫無頭緒，到了湖州又如何著手？所以老張和他妻兒，都不知如何作答。

「胡老爺，」還是阿珠的娘有主意，「我看這樣，王大老爺上任，你索性送了去；一船搖到湖州就地辦事，你在那裡，凡事可以作主，事情就妥當了。」

「妥當是妥當，卻有兩層難處，第一、大家都知道王大老爺跟我，與眾不同，我要避嫌，不便送他上任；第二、我有家錢莊，馬上要開出來，實在分不開身。」

「喔，胡老爺還有家錢莊？」

「是的。」胡雪巖說，「錢莊是我出面，背後有大股東。」

這一來，阿珠的娘，越發把胡雪巖看得不同了；她看了她丈夫一眼，轉臉問胡雪巖：「那麼送到臨平——。」

「那還是照舊。」胡雪巖搶著說，「明天我打一張一千兩的銀票，請老張帶到湖州去，一面弄牙帖，一面看房子，先把門面擺開來。我總在月半左右到湖州來收絲。我想，這船上，老張不在也不要緊吧？」

「那要甚麼緊？」阿珠的娘說，「人手不夠，臨時雇個短工好了。」

談到這裡，便有「不由分說」之勢了，老張搖了幾十年的船，一下子棄舟登陸，要拿著上千兩銀子，單槍匹馬回湖州開絲行，自有些膽怯；但禁不住他妻兒和胡雪巖的鼓勵推動，終於也有了信心，打算著一到湖州，先尋幾個絲行朋友商量。好在自己在江湖上走了幾十年，縱非人情險巇，一望而知，人品好歹總識得的；只要這一層上把握得住，就不會吃虧。

就這樣興高采烈地談到深夜，阿珠的娘又去弄了消夜來，讓胡雪巖吃過；阿珠親手替他鋪好了床，道聲「安置」，各自歸寢——她心裡有好些話要跟他說，但總覺得半夜三更，孤男寡女在一起，是件「大逆不道」的事，所以萬般無奈地回到了她自己的鋪上。

這一夜船上五個人，除了夥計阿四，其餘的都有心事在想；所想的也都是開絲行的事，而且也都把阿珠連在一起想，只是各人的想法不同。

最高興的是阿珠的娘，一下子消除了她心裡的兩個「疙瘩」，第一個疙瘩是老張快五十歲了，《天雨花》、《再生緣》那些唱本兒上說起來，做官的「年將半百」，便要「告老還鄉」，買田買地做「老員外」享清福，而他還在搖船！現在總算葉落歸根，可以有個養老送死的「家」了。

第二個疙瘩是為了阿珠。把她嫁給胡雪巖，千肯萬肯，就怕「做小」受氣；雖說胡太太看樣子賢慧，但「老爺」到底只有一個，這面恩恩愛愛，那面就悽悽涼涼，日久天長，一定會有氣淘。現在把阿珠放在湖州，又不受「大的」氣，自己又照顧得到，那還有比這再好的安排？她一想到此，心滿意足。

阿珠是比她娘想得更加美。她覺得嫁到胡家，淘氣還在其次；「做小」這兩個字，總是委屈——難得他情深意重，想出一條「兩頭大」的路子來！眼前雖未明言，照他的體貼，一定是這麼個打算；他現在是先要抬舉她爹的身分，做了老闆，才好做他的丈人。將來明媒正娶，自己一樣鳳冠霞帔，坐了花轎來「拜堂」；人家叫起來是「胡太太」，誰也不曉得自己只是「湖州的胡太太」！

她那裡一廂情願，另一面胡雪巖也在自度得計。幫老張開絲行，當然也有安置阿珠的意思在內──他也相信看相算命，不過只相信一半，一半天意，一半人事，而人定可以勝天。脫運交運的當口，走不得桃花運，這話固然不錯，卻要看桃花運是如何走法？如果把阿珠弄回家去，倘或大小不和，三日兩頭吵得天翻地覆，自己那裡還有心思來做生意？像現在這樣，等於自己在湖州開了個絲行，阿珠和她父母會盡力照應；自己到了湖州，當然住在絲行裡──阿珠也不算大，也不算小，是個外室；將來看情形再說，果然絲行做得發達了，阿珠就是胡家有功之人，那時把她接回家去，自己妻子也就不好說甚麼了。

他這個念頭，看起來面面俱到，事事可行，真正是一把「如意算盤」，但是，他再也想不到，老張的心思卻變了。

他雖是搖船出身，也不識多少字，倒是個有骨氣的人。阿珠願意嫁胡雪巖，自己肯委屈「做小」；他妻子又極力贊成，既然母女倆一條心，他也不反對。照他的想法，將來阿珠到了胡家，不管是大小住在一起，還是另立門戶，總歸是在杭州；自己做自己的生意，眼不見為淨，旁人也不會說甚麼閒話。

此刻不同了。開絲行，做老闆，固然是一步登天，求之不得。但旁人不免要問：「搖船的老張，怎麼會一下子做了老闆？」這話談下去就很難聽了！總不能逢人去分辯：「阿珠給胡某人做小，完全是感情；阿珠自己喜歡他。開絲行是胡某人自己為了做生意方便，就沒有這樁親事，他依然要開，依然要叫我出面做現成老闆！」這話就算自己能夠說，別人也未見得相信。所以他這時打定主意，開絲行與阿珠嫁胡雪巖，這兩件事絕不可夾雜在一起。

「喂！」躺在鋪上的老張，推推他妻子，低聲問道：「阿珠的事，你們談過了？」

「沒有。」

「那『他』怎麼叫你『乾娘』？」

「這是人家客氣，抬舉我們。」

「抬舉是不錯。不過『冷粥冷飯好吃，冷言冷語難聽』。」

「甚麼冷言冷語？」他妻子很詫異地問，「哪個在嚼舌頭？」

「也沒有人在嚼舌頭。是我心裡在想——。」

「好了，好了！」她不耐煩地打斷他的話說，「你不要得福不知！該想想正經，到了湖州，尋那幾個朋友；房子看在甚麼地方？」

老張對他妻子，七分敬愛三分怕；聽她這語氣，如果自己把心裡的想法說出來，當夜就會有一場大吵，因而隱忍未言。

一宵無話，第二天一早胡雪巖起身，阿珠服侍他漱口洗臉；由於急著要上岸辦事，連點心都顧不得吃，就起身去了。臨走留下話，中午約在鹽橋一家叫「純號」的酒店見面；又說，如果阿珠和她娘有興致，也一道來逛逛。

母女倆的興致自然極好。鹽橋大街多的是布店和估衣店；阿珠跟她娘商量：「爹要做老闆了，總不能再穿『短打』，先到估衣店去買件長衫，再自己剪布來做。」

「好啊！」她娘欣然同意，「我們早點去！」

她們母女倆高高興興在收拾頭面，預備出門；老張一個人坐在船頭上悶悶不樂，心裡在想，中午一見了面，胡雪巖當然會把銀子交過來，只要一接上手，以後再有甚麼話說，就顯得不夠味道了。要說，說在前面；或者今天先不接銀子，等商量停當了再說。

他要跟他妻子商量，無奈有阿珠在，不便開口；心裡躊躇無計，而一妻一女倒已經頭光面滑，穿上「出客」的衣服，預備動身了。

「該走了吧！」阿珠的娘催促老張。

「爹！」阿珠又嫌她爹土氣，「你把藍布小衫換一換，好不好，壽頭壽腦的，真把人的台都坍光了！」

由於寵女兒的緣故，老張一向把她這些沒規沒矩的話，當作耳邊風；但話雖不理，該有行動，而他望著她們母女，怔怔地好像靈魂出竅了似地，好半天不開口。

「呀！」他妻子不勝訝異地，「怎的？」

老張搖搖頭，接著說了句：「你們娘兒倆去好了。我不去了。」

「咦！為啥？」

老張想了想說：「我要幫阿四把船搖回萬安橋去。」

這是不成理由的理由，阿珠和她娘的臉上，頓時像眼前的天氣一樣，陰晴不定了。

「你在想甚麼古裡古怪的心思？」阿珠娘臉板得一絲笑容都沒有，眼圈都有些紅了，「生來是吃苦的命！好日子還沒有過一天，就要『作』了！」

「作」是杭州話，通常只用來罵橫也不是，豎也不是，不討人喜歡的孩子；用來責備老張，便有「自作孽、不可活」的意思，話重而怨深，他不能不作個比較明白的表示了。

「你不要一門心思只想自己！」他說，「人家白花花一千兩銀子，不是小數目；把它蝕光了怎麼辦？」

「你啊，『樹葉兒掉下來怕打開頭』，生意還沒有做，開口閉口蝕本！照你這樣子說，一輩子搖船好了；搖到七老八十，一口氣不來，棺材都用不著買，往河裡一推，餵魚拉倒！」

爹娘吵架，遇到緊要關頭，阿珠總是站在她爹這面，這時便埋怨著說：「娘！何苦說這些話？爹不肯去，讓他不去好了。」

「對！」阿珠的娘真的生氣了，「枉為他是一家之主。我們敬他，他不受敬，隨他去，我們走！」

聽得這負氣的話，阿珠又覺得不安；想了想只好這樣說：「怎麼走？路好遠在那裡。」路不但好遠，而且郊野小徑，泥濘不堪，就能走進城，一雙腳上的鞋襪亦已不成樣子；不過，這也難不倒她娘，高聲喊道：「阿四、阿四！」

「阿四到萬安橋去了。」老張說。

虧得他接了這句口，局面才不致僵持；他妻子氣消了些，聲音卻依舊很大；「我們今天把話說說清楚，你到底是怎麼個意思？」

「等下再說。」老張這樣回答，一面看了阿珠一眼。

這一下她們母女倆都懂了他的意思，阿珠有些羞，有些惱，更有些焦憂；看爹這神氣，事情怕要變卦。

「阿珠！你到後面去看看，燉在爐子上的蹄筋，怕要加水了。」

借這個因由把她支使了開去，夫妻倆湊在一起談私話；老張第一句話就問：「人家姓胡的，對阿珠到底是怎麼個主意？你倒說說看！」

「何用我說？你還看不出來？」

「我怎麼看不出？不過昨天看得出，今天看不出了。」

「這叫甚麼話？」

「我問你，」老張想了想說：「他到底是要做絲生意，是要我們阿珠，還是兩樣都要？」

「自然兩樣都要。」

「他要兩樣，我只好做一樣，他要我們阿珠，開絲行請他去請教別人；要我替他做夥計來出面，娶阿珠的事就免談。」

「這為啥？」他妻子張大了眼問，「你倒說個道理我聽聽看。」

他的道理就是不願意讓人笑他，靠裙帶上拖出一個老闆來做，「一句話，」他很認真地說，「我貧雖貧，還不肯擔個賣女兒的名聲！」

人人要臉，樹樹要皮！他妻子在想，也不能說他的話沒有道理。但事難兩全，只好勸他委屈些。

「你脾氣也不要這麼倔，各人自掃門前雪，沒有那家來管我們的閒事。」

「沒有？」老張使勁搖著頭，「你女人家，難得到茶坊酒肆，聽不到。我外頭要跑跑的，叫人家背後指指點點，我還好過日子？好了，好了，」他越想越不妥，大聲說道：「我主意打定了。你如果一定不肯依我，我也有我的辦法。」

「甚麼辦法？」她不安地問。

「絲行你去開，算老闆也好，算老闆娘也好，我不管。我還是去做我的老本行，做一天吃一天；有生意到了湖州，我來看你們娘兒兩個。」

聽他這番異想天開的話，居然說得像煞有介事，她失笑了，便故意這樣問：「那麼，你算是來做客人？」

「是啊！做客人。」

「照這樣說，你是沒良心把我休掉了？」

雖是半帶玩笑，這「沒良心」三個字，在老張聽來就是劈臉一個耳光，頓時覺得臉上火辣辣地，極力分辯著：「怎麼說我沒良心？你不好冤枉我！」

「我沒有冤枉你！如果你有良心，就算為我受委屈，好不好呢？」

他不作聲了。她看得出，自己真的要這麼做，也可以做得到；但是他嘴上不說，心裡不願，到底是夫婦的情分，何苦如此？想想還是要把他說得心甘情願，這件事才算「落胃」。

於是她想著想著，跟她女兒想到一條路上去了，「這樣行不行呢？」她說，「你無非怕人家背後說閒話，如果人家在湖州照樣請過客，見過禮，算是他在湖州的一房家小，這總沒有話說了吧？」

見他妻子讓步，他自然也要讓步，點點頭：「照這樣子還差不多。」

「那好了，我來想法子。蘿蔔吃一截剝一截，眼前的要緊事先做。你換換衣裳，我們也好走了。」

老張換好一套出客穿的短衣，黑鞋白襪紮腳袴，上身一件直貢呢的夾襖；正好阿四划了一隻小船，買菜回來，留他看船，老張自己把他妻兒划到鹽橋上岸，從河下走上熙熙攘攘的鹽橋大街。水上生涯的人家，難得到這條肩摩轂接的大街上來，阿珠頗有目迷五色之感；顧上不顧下，高一腳，低一腳地不小心踩著了一塊活動的青石板，泥漿迸濺，弄髒了新上身的一條雪青百褶裙，於是失聲而喊，頓時引得路人側目而視。

「唷、唷，走路要當心！」有個二十來歲的油頭光棍，彷彿好意來扶她，趁勢在她膀子捏了一把。

阿珠漲紅了臉，使勁把膀子一甩，用力過猛，一甩上去，正好打了他一個反手耳光，其聲清脆無比。

「唷，好凶，」有人吃驚；也有人發笑。

這一下使得被誤打了的人，面子上越發下不來，一手捂著臉，跳腳大罵。阿珠和她娘嚇得面色發白；老張一看闖了禍，趕緊上前陪笑道歉：「對不起，對不起，無心的！」

杭州人以摑臉為奇恥大辱，特別是讓婦女打了，認為是「晦氣」；而那個油頭光棍又是杭州人所謂「撩鬼兒」的小流氓，事態便越發嚴重了，立刻便有五六個同黨圍了上來。其中一個一面口沫橫飛地辱罵，一面劈胸一把將老張的衣服抓住，伸出拳來就要打。

「打不得，打不得！有話好講。」阿珠的娘大喊。

「講你娘的——！」

一拳伸了過來，老張接住；下面一腿又到，老張又避開——他打過幾個月的拳，也練過「仙人擔」、拋過「石鎖」，兩條膀子上有一兩百斤力氣，這五六個人還應付得了，不過一則是自己的理屈；再則為人忠厚，不願打架，所以只是躲避告饒。

拉拉扯扯，身上已經著了兩下；還是趁火打劫的，挨挨蹭蹭來輕薄阿珠，就在這她眼淚都快要掉下來的當兒，來了個救星。

「三和尚！啥事體？」

叫得出名字就好辦了，那人手上的勁，立刻就鬆；阿珠的娘如逢大赦，趕緊搶上來說：「張老闆，張老闆，請你來說一句！本來沒事——。」

「沒事？」被打的那人也要搶著來做原告，指著阿珠說：「張老闆，請你老人家評評理看，我看她要摜倒，好意扶她一把；那曉得她撩起一個嘴巴！端午腳邊，晦氣不晦氣？」

張胖子肚裡雪亮，自然是調戲人家，有取打之道；而心裡卻有些好笑，故意問道：「阿珠，你怎麼出手就打人？」

一聽他叫得出阿珠的名字，原是熟人，抓住老張的那個人，不自覺地就把手鬆開了。又羞又窘，臉色像塊紅布樣的阿珠，這才算放了心，得理不讓人，挺起了胸說：「我也不是存心打他；是他自己不好。」

「好了，好了！」她娘趕緊攔她，「你也少說一句。」

「看我面子！是我姪女兒。」張老闆對被打的那人說，「等下我請你們吃老酒。」

一場看來不可開交的糾紛，就此片言而決。老張夫婦向張胖子謝了又謝；阿珠心裡卻是連自己都辨不出的滋味，彷彿覺得掃興，又彷彿覺得安慰，站在旁邊不開口。

「這裡不是說話之處。」張胖子說，「你們不是約了在『純號』碰頭？喏，那裡就是。」

純號這家酒店，出名的是紹燒；雙開間面門，一半為一座曲尺形的櫃台所隔斷，櫃台很高，上面放著許多直徑一尺多的大瓷盤，盛著各種下酒菜，從最起碼的發芽豆到時鮮海貨，有十來樣之多。這時已有好些人在吃「櫃台酒」，菜市上的小販，鹽橋河下的腳伕，早市已畢，到這裡來尋些樂趣，一碗紹燒、一碟小菜，倚櫃而立，吃完走路；其中不少是老張的熟人，看到他穿得整整齊齊，帶著妻子女兒在一起，不免有一番問詢。等他應付完了，張胖子和兩個「堂客」，已經在裡面落座了。

裡面是雅座，八仙桌子只坐了兩面，阿珠和她母親合坐一張條凳；老張來了，又占一面，留著上首的座位給胡雪巖。

「真碰得巧！」張胖子說，「我也是雪巖約我在這裡──他一早到我店裡來過了，現在回局裡有事，等一下就來；我們一面吃、一面等。」

於是呼酒叫菜，喝著談著。「堂客」上酒店是不大有的事，阿珠又長得惹眼，所以裡裡外外都不免要探頭張望一番，她又侷促又有些得意，但心裡只盼望著胡雪巖。

胡雪巖終於來了。等他一入座，張胖子便談阿珠誤打了「撩鬼兒」的趣事；因為排解了這場糾紛，他顯得很得意地。

「阿珠！」胡雪巖聽完了笑道：「我們還不知道你這麼利害。」

聽他的口氣，當她是「雌老虎」；阿珠便紅著臉分辯：「他是有心的，大街上動手動腳像啥樣子？我一急一甩，打到他臉上。甚麼利害不利害？利害也不會讓人欺侮了！」

胡雪巖笑笑不響。張胖子聽她對胡雪巖說話的態度，心裡明白；兩個人已到了不須客氣，無話不談的地步，不妨開個玩笑。

「老張，」他把視線落在阿珠和她娘臉上，「甚麼時候請我吃喜酒？」

老張無從置答，阿珠羞得低下了頭；她娘卻正要拜託張胖子，隨即笑孜孜地答道：「這要看張老闆了！」

「咦！關我甚麼事？」

阿珠的娘話到口邊，又改了一句：「張老闆府上在那裡？我做兩樣菜請張老闆、張太太嚐嚐。」

在座的人只有胡雪巖懂她的意思，是要託張胖子出來做媒；心想透過熟人來談這件事也好，便提醒張胖子：「只怕有事情託你！」

「喔！喔！」張胖子會意了，「我住在『石塔兒頭』到底，碰鼻頭轉彎，『塞然弄堂』，坐北朝南倒數第二家。」

這個地址一口氣說下來，彷彿說繞口令似地，阿珠忍不住「噗哧」一聲笑了出來。

張胖子又逗著阿珠說了些笑話，適可而止，然後把話風一轉。看著胡雪巖說：「我們談正經吧！」

一聽他用「我們」二字，便知湖州的絲生意，張胖子也有份。胡雪巖已經跟他談妥當了，目前先由信和在湖州的聯號恆利錢莊放款買絲；除了照市拆息以外，答應將來在盈餘中提兩成作為張胖子個人的好處。他願意出這樣優厚的條件，一則是為了融通資金方便；其次是他自己怕照顧不到，希望張胖子能替他分勞，再有一層就是交情了，信和錢莊雖然做著了海運局的生意，但張胖子自己沒有甚麼利益，胡雪巖借這個機會「挑」他賺幾文。

「老張！我今天有兩件事交代你，第一，一千兩銀子在這裡，你收好。」說著，胡雪巖取出一個手巾包來，打開來看，裡面是五百兩一張，兩張銀票，「張老闆那裡出的票子，在湖州恆利照兌。」

「恆利在城隍廟前。」張胖子說，「老張，你在那裡立個摺子好了，隨用隨提，方便得很。」

「是的。」老張很吃力地回答。

「第二件，張老闆薦了個朋友替你做幫手——。」

「噢！」老張很高興地搶著說，「那就好了！我就怕一個人『沒腳蟹』似地，擺布不開。」

「不過，老張，有一層你一定要弄清楚。」胡雪巖看一看張胖子，很鄭重地說：「絲行是你開，主意要你自己拿，薦來的人給你做夥計，凡事他聽你，不是你聽他。這話我今天要當著張老闆交代清楚。」

「不錯，不錯。」張胖子接口說道：「那個小夥子姓李，是我的晚輩親戚，人是滿能幹的，絲行生意也懂，不過年輕貪玩，要託你多管管他。」

老張把他們兩個人的話體會了一遍，點點頭說：「生意歸生意，朋友歸朋友，我曉得了。」

「對啊！」胡雪巖很欣慰地說，「老張，你說得出這一句話，生意一定會做得好。儘管放手去做！還有一句話，你一到湖州，馬上就要尋個內行，眼光要好，人要靠得住；薪水不妨多送——一分價錢一分貨，用人也是一樣的。」

老張受了鼓舞，大有領會，不斷點頭，「那麼，這位姓李的朋友，我們甚麼時候見見面？」他問。

「吃完了到我店裡去。」張胖子答道，「我派人把他去叫了來見你。」

因為有許多正經事要辦，這一頓酒草草終場。出了純號，分成兩撥，張胖子帶著老張到信和；阿珠和她娘到估衣鋪去替老張辦「行頭」。剩下胡雪巖一個，阿珠總以為他一定也到信和，誰知他願意跟她們做一路。

這是求之不得的事，阿珠心裡十分高興；不過在大街上不肯跟他走在一起，攙扶著她娘故意遠遠地落在後面。胡雪巖卻是有心要討阿珠的好，走到一家大布莊門口，站住了腳等她們。

「這裡我很熟，包定不會吃虧。要剪些甚麼料子，盡量挑；難得上街一趟，用不著委屈自己。」

越是他這麼說，她們母女倆越不肯讓他破費，略略點綴了一下，便算了事。胡雪巖要替她們多剪，口口聲聲：「乾娘這塊料子好」；「這塊顏色阿珠可以穿」，但那母女倆無論如何不要——為了不肯直說「捨不得你多花錢」這句話，阿珠便故意挑剔那些衣料，不是顏色不好，就是花樣過時，不然就是「門面」太狹，下水會縮之類的「欲加之罪」，昧著良心胡說，把布店裡的夥計，氣得半天不開口。

布店隔壁就是估衣店，要替老張買衣服，胡雪巖當仁不讓了，「這要我來作主！」他說，「現在做生意不像從前了，打扮得越老實越好；上海的『十里夷場』你們見過的，那一行走出來不是穿得挺挺刮刮？佛要金裝，人要衣裝，你看我把老張打扮起來，包他像個大老闆。」

聽他說得頭頭是道，阿珠抿著嘴笑了，推一推她娘小聲說道：「你也要打扮打扮，不然不像個老闆娘！」

真的要做老闆娘了！阿珠的娘心裡在想——昨天還只是一句話，到底不知如何？這現在可是踏踏實實再無可疑；別樣不說，那一千兩銀子總是真的。

這樣一想，就想得遠了，只是想著怎樣做老闆娘和做老闆娘的滋味，忘掉了自己身在何處？等她驚醒過來，胡雪巖已經替老張挑了一大堆衣服，長袍短套，棉夾俱備；胡雪巖還要替老張買件「紫羔」的皮袍子，阿珠的娘不肯，說是：「將來掙了錢做新的！」才算罷手。

結了帳，一共二十多兩銀子。胡雪巖掏出一大把銀票，揀了一張三十兩的，交了過去；找來的零頭，他從阿珠手裡取了手巾包過來，把它包在裡面。

「這算啥？」她故意這樣問。

「對面就是『戴春林』分號，」胡雪巖說：「胭脂花粉我不會買，要你自己去挑。」

阿珠果然去挑了許多，而且很捨得花錢，盡揀好的買；除了「鵝蛋粉」之類的本地貨以外，還買了上海來的「水粉」、「花露水」、「洋肥皂」。要用這些東西打扮出來，博得胡雪巖讚一聲「好」！

在老張動身到湖州的第二天，阿珠的娘弄了幾樣極精緻的菜，起個大早，雇了頂小轎到石塔兒頭去看張胖子。

見了張太太，少不得有陣寒暄；很快地便由她所送的那四樣菜上，轉入正題——張太太在表示過意不去，張胖子卻笑了，「『十三隻半雞』，著實還有得吃！」他說。

據說做媒的男女兩家跑，從「問名」開始到「六禮」將成，媒人至少要走十三趟；主人家每一趟都要殺雞款待，到「好日子」那天還有一隻雞好吃。不過新娘子要上轎，不能從容大嚼，至多只能吃半隻，合起來便是十三隻半——這是貧嘴的話，久而久之便成了做媒的意思。

張太太一聽這話，便極感興趣地問他丈夫：「我們這位阿嫂是男家還是女家？」

「女家。」

「喔，恭喜，恭喜！」張太太向客人笑著道賀，然後又問她丈夫：「那麼男家呢？」

「你倒猜猜看！」張胖子道，「你也很熟的。」

於是張太太從信和錢莊幾個得力而未曾成家的夥計猜起，猜到至親好友的少年郎君；說了七、八個人，張胖子便搖了七、八次頭。

「好了，好了！你猜到明天天亮都猜不著的。」他將他妻子往裡面推，「閒話少說，你好到廚房裡去了；今天有好菜，我在家早早吃了中飯，再到店裡，等下我再跟你說。」一面推著，一面向他妻子使了個眼色，意思是關照她一進去便不必再出來了。

這就是張胖子老練圓滑之處，因為第一，胡雪巖跟阿珠的這頭姻緣，究還不知結果如何？也不知胡雪巖是不是要瞞著家裡？此時需要保守祕密——他妻子最近常到胡家去作客，萬一不小心漏了口風，影響到他跟胡雪巖的交情；而胡雪巖現在是他最好、最要緊的一個朋友，絕不能失掉的。

其次他是為阿珠的娘設想。女兒給人作妾，談起來不是甚麼光彩之事；怕她有初見面的人在座，難於啟齒。這一層意思，阿珠的娘自然了解；越覺得張胖子細心老到，自己是找對了人。

「張老闆，」她說，「我的來意，你已經曉得了。這頭親事，能不能成功，全要靠你張老闆費心。」

「那何消說得？」張胖子很誠懇地答道，「雪巖是我的好朋友；就是你們兩家不託我，我也要討這杯喜酒來吃。」

「噢！」阿珠的娘異常關切地問，「胡老爺也託過你了，他怎麼說？」

「他沒有託我。我說『兩家』的意思是，隨便你們男女兩家那一家。不都一樣的嗎？」

「不一樣，不一樣。」阿珠的娘搖著頭說，「胡老爺是你的好朋友，不錯！不過今天我來求張老闆，你張老闆答應了，就是我們女家的大媒，總要幫我們阿珠說話才對。你想是不是呢？」

張胖子笑了，「阿嫂！我服你。」他說，「到底是書香人家出身，說出話來，一下子就扎在道理上。好，好，你說，我總盡心就是了。」

「多謝大媒老爺！」她想了想說，「我也不怕你笑話，說句老實話，我們阿珠一片心都在胡老爺身上，完全是感情，絕不是貪圖富貴。」

「這我知道。」

「大家愛親結親，財禮、嫁妝都不必去談它。胡老爺看樣子也喜歡我們阿珠；想來總也不肯委屈她的。」

張胖子心裡有些嘀咕了，既非貪圖將來的富貴，又不是貪圖眼前的財禮，那麼所謂「不肯委屈」阿珠，要怎麼樣辦呢？

「我實話直說。這名分上頭——，要請張老闆你給阿珠爭一爭。」

這怎麼爭法？張胖子心想，總不能叫胡雪巖再娶！「莫非，」他忽然想到了，「莫非『兩頭大』？」

阿珠的娘反問一句：「張老闆，你看這個辦法行得通、行不通？」

張胖子不願作肯定的答覆，笑一笑說：「如果換了是我，自然行得通。」

這表示在胡雪巖就不大可能。原因何在？阿珠的娘當然要打聽。張胖子卻又說不上來，他只是怕好事不諧，預留後步；其實他也不了解胡雪巖的家庭，不知道這樁好事，會有些甚麼障礙？不過，他向她保證，一定盡力去做這頭媒，不論如何，最短期間內，必有確實的答覆。同時他也勸她要耐心，事緩則圓，心太急反倒生出意外的障礙；他說像阿珠這樣的人才，好比奇貨可居，最好要讓胡雪巖萬般難捨，自己先開口來求婚，那樣事情就好辦了。

阿珠的娘先有些失望，聽到最後幾句話，覺得很有道理。心裡在想，阿珠也不可太遷就胡雪巖——這些事上面，真像做生意一樣，太遷就顧客，反顯得自己的「貨色」不靈光似地，因而深深受教，但依舊重重拜託，能夠早日談成，早了一件心事，總是好的。

於是張胖子一到店裡，立刻打發一個小徒弟到胡家去說，請胡雪巖這天晚上到信和來吃飯，有要緊事要談，不論遲早，務必勞駕。

快到天黑，張胖子備了酒菜專誠等候。直到八點鐘左右，胡雪巖才到，見面連聲道歉，說王有齡那裡有許多公事。

「不是我的事情，是你的；這件事要一面吃酒一面談，才有味道。」

張胖子肅客入座，關照他店裡的人，不喊不要進來，然後把杯說媒，將阿珠的娘這天早晨的來意，源源本本告訴了胡雪巖。

「事情當然要辦的，不過我沒有想到她這麼心急。」

「我也這麼勸她。」張胖子說到這裡，忽然露出極詭祕的笑容，湊近了低聲問道：「雪巖，我倒要問你句話，到底你把阿珠弄上手了沒有？」

「乾乾淨淨，甚麼也沒有。」

「那她娘為甚麼這麼急？」張胖子是替他寬慰的神氣，「我還當生米已成熟飯，非逼你吃了下去不可呢！」

「要吃也吃得下。不過現在這個當口，我還不想吃——實在也是沒有功夫去吃，生意剛剛起頭，全副精神去對付還不夠，那裡有閒心思來享豔福？」

張胖子心裡明白，胡雪巖逢場作戲，尋些樂趣則可，要讓他立一個門戶，添上一個累，尚非其時，彼此休戚相關，他當然贊成胡雪巖把精力放在生意上面；所以這時候忘掉女家的重託，反倒站在胡雪巖這面了。

「那麼，你說，你是怎麼個意思？我來幫你應付。」

胡雪巖有些躊躇了；阿珠的一顰一笑，此時都映現在腦子裡，實在不忍心讓她失望。

「照我看，只有一個字：拖！」張胖子為他設謀。

「拖下去不是個了局！」胡雪巖不以為然，「話要把它說清楚。」

「怎麼說法？」

胡雪巖又躊躇了：「這話說出來，怕有人會傷心。」

那當然是指阿珠，「你先說來聽聽，是怎麼句話？」張胖子說，「我是站在旁邊的，事情看得比較清楚。」

「我在想，生意歸生意，感情歸感情，兩件事不能混在一起。」

「對啊！」張胖子鼓掌稱善，「你的腦筋真清楚。不過我倒要問你，你在湖州開絲行，既然不是為了安頓阿珠，又何必找到老張？他又不是內行。」

「他雖不是內行，但是老實、勤懇，這就夠了。」胡雪巖問：「難道你我生來就會在『銅錢眼裡翻跟斗』的？」

「這話也不錯。只是現在已經有感情夾在裡面，事情就麻煩了。」

「麻煩雖麻煩，有感情到底也是好的。有了感情，老張夫婦才會全心全意去做生意。」

「話又兜回來了。」張胖子笑道，「我們在商量的，就是怎麼才能夠不把感情搞壞，可又不教感情分你的心？」

「正就是這話，所以不宜拖。拖在那裡，老張夫婦心思不定，生意那裡還做得好？而且拖到後來，因情生恨，一定搞得彼此翻臉，那又何苦？」

張胖子心想，翻來覆去都是胡雪巖一個人的話，自己腦筋也算清楚，嘴也不笨，就是說不過他；倒不如聽他自己拿定了主意，該怎麼辦怎麼辦，自己只聽他的好了。

「張先生，」胡雪巖看他悶聲不響，只管端杯挾菜，便即問道：「你是不是覺得這個媒不做成功，在阿珠的娘面上，不好交代？」

「這倒也不是。」張胖子答道：「能夠做成功了，總是件高興的事。」

「做是一定做得成功的，不過媒人吃十三隻半雞，沒有一趟頭就說成功的。」胡雪巖笑道：「阿珠的娘拿手菜好得很，你一趟說成功，以後就沒有好東西吃了。」

張胖子也笑了，覺得胡雪巖的話，也頗有些滋味好辨，「那麼，我這樣子去說，你看行不行？」他說，「我告訴阿珠的娘，既然是『兩頭大』，不能馬馬虎虎，先把八字合一合，看看有沒有甚麼沖剋？然後再跟老太太說明白，元配太太那裡也要打個招呼。這兩關過去，再排日子——這一來就是年把過去了，還是我說的話，一個『拖』字。」

「這一拖跟你所說的『拖』不同。你的拖是沒有一句準話，心思不定，我的拖是照規矩一定要拖：就算將來不成功，譬如八字犯沖之類，那是命該如此，大家沒話好說。」

張胖子想一想果然，「雪巖！」他舉杯相敬，「隨便你做啥，總是先想到退步。這一點我最佩服你，也是人家放心，願意跟你打夥的道理。」

胡雪巖笑笑不答，只這樣問道：「你甚麼時候去回報女家？」

「我看她明天來不來？不來也不要緊，好在後天總見得著面。」

後天就是王有齡榮行上任的日子，胡雪巖和張胖子要坐張家的船送到臨平；阿珠的娘得預備一桌好菜，一點空都抽不出來，所以她心裡雖急著想聽回音，卻跟張胖子的打算一樣，只能等到他們上船的那天再說。

那天王有齡在運司河下船，胡雪巖和張胖子在萬安橋下船，約在拱宸橋的北新關前相會。兩人一到船上，只見阿珠打扮得豔光照人，笑嘻嘻地把他們迎入艙中；胡雪巖和張胖子都注意到她的臉色，毫無忸怩不自然的神態，心裡便都有數，她還不知道她娘在提親——胡雪巖即時對張胖子使了個眼色，示意他不必說破。

「胡老爺、張老闆！」阿珠的娘出來打招呼，「你們請寬坐，我不陪你們。」

打招呼是表面文章，實際上是來觀望氣色；不過胡、張兩人都是很深沉的人，自然不會在臉上讓她看出甚麼來。張胖子只是這樣回答：「你儘管去忙，回頭等你閒一閒再談。」

有了這句話，阿珠的娘便回到船梢去忙著整治筵席，船也解纜往北而去。張胖子乘胡雪巖跟阿珠談笑得起勁的那一刻，託辭要去看看準備了些甚麼菜，一溜溜到船梢上。

「阿嫂，恭喜你！」張胖子輕聲說著，拱拱手道賀。

就這一句話，把阿珠的娘高興得眉花眼笑，除卻連聲「多謝」以外，竟不知道說甚麼好？

「一切照你的意思。」張胖子緊接著說，「不過這不比討偏房，要規規矩矩，按部就班來做——你們肯馬虎，我媒人也不肯。阿嫂，這話是不是？」

「是啊，一點不錯。張老闆，請你吩咐。」

「那麼我先討個時辰八字；阿珠今年十幾？」

「道光十八年戊戌生的，今年十六。」

「那是屬狗；雪巖屬羊——羊同狗倒可以打夥，不犯沖的。」張胖子又問，「阿珠幾月裡生日？」

犯沖不犯沖這句話提醒了她。媒人討了八字去，自然要去請教算命的，拿胡雪巖的八字合在一起來排一排；倘或有何沖剋，胡雪巖自己或許不在乎，但他堂上還有老親，不能不顧忌。最好預先能夠把胡雪巖的八字打聽清楚，自己先請人看一看；如果有甚麼合不攏的地方，可以把阿珠生日的月分、日子、時辰改一改，教乾坤兩造合得攏。

這樣打定了主意，她便不肯先透露了，「張老闆，準定這樣辦！」她說，「等我回到杭州，請人寫好了送到府上去。」

「好，好，就這樣。」

就這樣三言兩語，張胖子對女家的重託，算是圓滿地交了差；走回中艙，避開阿珠的視線，向胡雪巖笑一笑，表示事情辦得很順利。

於是到了北新關前，等候王有齡的官船一到，討關過閘；把王有齡和秦壽門、楊用之一起請到張家的船上，一面在水波不興的運河中，緩緩行去；一面由阿珠伺候著，開懷暢飲。

因為有秦、楊兩師爺在座，既不能一無顧忌，暢抒肺腑，也不便放浪形骸，大談風月，所以終席只是娓娓清談。

這席酒從拱宸橋吃到臨平，也就是從中午吃到晚上。宴罷又移到王有齡船上去品茗閒話；到了起更時分，秦、楊二人告辭回自己的船，張胖子跟著也走了，只有胡雪巖為王有齡留了下來話別。

雖只有幾個月的相聚，而且也只是一水可航，兩天可達的睽隔，但王有齡的離愁無限，除了感情以外，他還有著近乎孤立無倚的恐懼，因為這些日子來，倚胡雪巖如左右手，已養成「一日不可無此君」的習慣了。

不過他也知道，要胡雪巖捨卻自己的事業，到他衙門中去當遇事可以隨時商議的客卿，不但辦不到；就算辦到了，又置秦、楊二人於何地？因此，這條心他是死了，退而求其次，惟有希望常見見面。

於是他問：「雪巖，你甚麼時候到湖州來？」

「不會太遠。」他算了算日子，等阜康開了張，立刻就要到湖州去看老張這方面的情形，「快則半個月，遲則月底。」他說。

「我倒想起來了。」王有齡說，「前兩天忙得不可開交，沒有功夫問你。你要在湖州開絲行，是怎麼回事？」

「這件事，我本來想到了湖州再跟你談。此刻不妨就說給你聽。」

他把前後經過，細細講了一遍，包括阿珠的親事在內。事情相當複雜，王有齡一時還抓不著頭緒，只是深感興味地說：「你搞的花樣真熱鬧。」

「雪公，熱鬧都從你身上來的。」胡雪巖放低了聲音說：「絲行當然有你一份。」

「這不必，怕外面知道了，名聲不好聽。反正你我之間，無事不可商量，這些話現在都不必去談他。倒是楊用之那裡，你得想辦法下些功夫。不然，他有他的主張，在公款的調度上，不無麻煩。」

「我早已想到了。不過，我仍舊要用雪公你的名義來辦。」

「怎麼辦？」王有齡問。

「秦、楊兩家的眷屬，住在那裡，我都打聽清楚了。我會派人照應，到時候該送東西送東西，該送錢送錢；他們家裡自會寫信到湖州，秦、楊兩位知道了，當然會見你的情。那時候一切都好辦了。」

「對，對！」王有齡欣然嘉許，「這樣最好！我也不必先說破，等他們來跟我道謝時，我自會把交情賣到你身上。」

胡雪巖笑著說了句杭州的俗語：「『花花轎兒人抬人！』」

「那麼，」王有齡突然露出頑皮的笑容，「你甚麼時候讓阿珠坐花轎？」

「現在還談不到。走到那裡算那裡。」

「你太太知道這件事不？」

胡雪巖搖搖頭：「最好不要讓她知道。」

「這一點我不贊成。」王有齡說，「你是絕頂聰明的人，總該曉得這兩句話：『糟糠之妻不下堂，貧賤之交不可忘。』如今雖非停妻再娶，也得跟你太太商量一下才好。」

胡雪巖默然，覺得王有齡的話，有點打官腔的味道。

第八章

阜康錢莊開張了。門面裝修得很像樣；櫃台裡四個夥計，一律簇新的洋藍布長衫，笑臉迎人；劉慶生是穿綢長衫紗馬褂，紅光滿面，精神抖擻地在親自招呼顧客。來道賀的同行和官商兩界的客人，由胡雪巖親自接待。信和的張胖子和大源的孫德慶都到了；大家都曉得胡雪巖在撫台那裡也能說得上話，難免有甚麼事要託他；加以他的人緣極好，所以同行十分捧場，「堆花」的存款好幾萬，剛出爐耀眼生光的「馬蹄銀」、「圓絲」隨意堆放在櫃台裡面，把過路的人看得眼睛發直。

中午擺酒款客，吃到下午三點多鐘，方始散席。胡雪巖一個人靜下來在盤算，頭一天的情形不錯；不過總得紮住幾個大戶頭，生意才會有開展。第一步先要做名氣，名氣一響，生意才會熱鬧。

忽然間，靈光閃現，他把劉慶生找了來說：「你替我開張單子。」

他隨身有個小本子，上面記著只有他自己認識的符號，裡面有往來的帳目，交往的人名，還有那位大官兒和他老太太、太太、姨太太、少爺、小姐的生日；這時翻開來看了看，報出一連串戶名，「福記」、「湘記」、「和記」、「慎德堂」等等。

劉慶生寫好了問道：「是不是要立存摺？」

「對了。」胡雪巖問道：「一共多少個？」

劉慶生用筆桿點了一遍：「一共十二個。」

「每個摺子存銀二十兩。一共二百四十兩，在我的帳上掛一筆。」

等劉慶生辦好手續，把十二個存摺送了來，胡雪巖才把其中的奧妙告訴他，那些摺子的戶名，都是撫台和藩台的眷屬，立了戶頭，墊付存款，把摺子送了過去，當然就會往來。

「太太、小姐們的私房錢，也許有限，算不了甚麼生意。」胡雪巖說，「可是一傳出去，別人對阜康的手面，就另眼相看了。」

「原來如此！」劉慶生心領神會地點著頭，「這些個摺子，怎麼樣送進去？」

「問得好！」胡雪巖說，「你明天拿我一張片子去看撫台衙門的門上劉二爺，這個『福記』的摺子是送他的，其餘的託他代為轉送。那劉二，你不妨好好應酬他一番，中午去最好，他比較清閒；順便可以約他出來吃個館子，向他討教討教官場中的情形。我們這行生意，全靠熟悉官場，消息靈通。」

劉慶生一疊連聲答應著。胡雪巖讓他出面去看劉二，正是信任的表示，所以劉慶生相當高興。

第二天中午，劉慶生依照胡雪巖的囑咐，專誠去看劉二，因為同姓的關係，他管劉二叫「二叔」；這個親切的稱呼，贏得了劉二的好感，加以看胡雪巖的面子，所以接待得很客氣。

能言善道的劉慶生，說過了一套恭維仰慕的話，談到正事，把「福記」那個摺子取了出來，雙手奉上；劉二打開來一看，已經記著存銀二十兩，很詫異地問道：「這是怎麼說？」

「想二叔照顧阜康，特為先付一筆利息。」

劉二笑了，「你們那位東家，想出來的花樣，真正獨一無二。」他又躊躇著說，「這一來，我倒不能不跟阜康往來了。來，來，正好有人還了我一筆款子，就存在你們那裡。」

於是劉二掀開手邊的拜盒，取出兩張銀票交到劉慶生手裡——入眼便覺有異，不同於一般票號、錢莊所的銀票，仔細一看，果不其然。

那是皮紙所製的票鈔，寫的是滿漢合璧的「戶部官票」四字，中間標明：「庫平足色銀一百兩」；下面又有幾行字：「戶部奏行官票，凡願將官票兌換銀錢者，與銀一律。並準按部定章程，搭交官項，偽造者依律治罪。」

劉慶生竟不知道有此官票，因而笑道：「市面上還沒有見過，今天我算開了眼界。」

「京裡也是剛剛才通行。」劉二答道：「聽說藩署已經派人到京裡去領了，不久就會在市面上流通。」

這還不曾流通的銀票，一張是一百兩，一張是八十兩；劉慶生便在摺子上記明收下。接著把其餘幾個摺子取出了來，要求劉二代遞。

「這好辦，都交給我好了。」劉二問道：「你說，還有甚麼吩咐？」

「不敢當，二叔！就是這件事。」

「那我就不留你了，自己人說老實話，上頭還有公事要回，改天再敘吧！」

劉慶生出了撫台衙門，先不回阜康，順路到大源去看孫德慶，把那兩張「戶部官票」取了出來供大家賞鑑，同時想打聽打聽這件事的來龍去脈。

「隱隱約約聽見過，要發官票。也沒有甚麼動靜，官票居然就發了出來了，上頭做事情好快！」

「軍餉緊急，不快不行。」另有個大源的股東說：「我看浙江也快通行了。」

「這種票鈔也不曉得發多少？說是說『願將官票兌換銀錢者，與銀一律』，如果票子太多，現銀不足，那就——。」孫德慶搖搖頭不再說下去。

劉慶生懂他的意思，心生警惕；回到店裡，看胡雪巖還在，便將去看劉二的經過，說了一遍，最後又提到「戶部官票」。

胡雪巖仔細看了看說：「生意越來越難做，不過越是難做，越是機會。慶生，這官票上頭，將來會有好多花樣，你要仔細去想一想。」

「我看，將來官票一定不值錢。」

胡雪巖認為他的話太武斷了些，信用要靠大家維持，如果官票不是濫發，章程又定得完善，市面使用，並無不便，則加上錢莊、票號的支持，官票應該可以維持一個穩定的價值。否則，流弊不堪設想；他要劉慶生去「仔細想」的，就是研究官票信用不佳時，可能會發生的各種毛病，以及如何避免，甚至如何利用這些毛病來賺錢。

「你要記住一句話，」他說：「世上隨便甚麼事，都有兩面，這一面占了便宜，那一面就要吃虧。做生意更是如此；買賣雙方，一進一出，天生是敵對的，有時候買進占便宜，有時候賣出占便宜，會做生意的人，就是要兩面占它的便宜，漲到差不多了，賣出；跌到差不多了，買進，這就是兩面占便宜。」

劉慶生也是很聰明的人，只是經驗差些，所以聽了胡雪巖的指點，心領神會，自覺獲益不淺。但如何才知道漲跌呢？當然要靠自己的眼光了；而這眼光又是那裡來的呢？

他把他的疑問提出來請教，胡雪巖的神色很欣慰，「你這話問得好。」他說，「做生意怎麼樣的精明，十三檔算盤，盤進盤出，絲毫不漏，這算不得甚麼！頂要緊的是眼光，生意做得越大，眼光越要放得遠，做小生意的，譬如說，今年天氣熱得早，看樣子這個夏天會很長，早早多進些蒲扇擺在那裡，這也是眼光。做大生意的眼光，一定要看大局，你的眼光看得到一省，就能做一省的生意；看得到天下，就能做天下的生意；看得到外國，就能做外國的生意。」

這番話在劉慶生真是聞所未聞，所以在衷心欽佩之外，不免也有些困惑，「那麼，胡先生，我要請教你，」他說，「你現在是怎麼樣個看法呢？」

「我是看到天下！」胡雪巖說話一向輕鬆自如，這時卻是臉色凝重，彷彿肩上有一副重擔在挑著，「『長毛』不成大事，一定要完蛋。不過這不是三兩年的事，仗有得好打；我做生意的宗旨，就是要幫官軍打勝仗。」

「胡先生，」劉慶生微皺著眉，語音囁嚅：「你的話我還不大懂。」

「那我就說明白些。」胡雪巖答道，「只要能幫官軍打勝仗的生意，我都做，那怕虧本也做。你要曉得這不是虧本，是放資本下去，只要官軍打了勝仗，時世一太平，甚麼生意不好做？到那時候，你是出過力的，公家自會報答你，做生意處處方便。你想想看，這還有個不發達的？」

這一說，劉慶生隨即想到王有齡。胡雪巖就是有眼光，在王有齡身上「放資本下去」，才有今天；於是欣然意會：「我懂了，我懂了！」

因為有此了解，他對「戶部官票」的想法就不同了，原來是料定它會貶值，最好少碰它；這時認為官票一發出來，首先要幫它站穩，真如胡雪巖所說的「信用要靠大家來維持」；自己既能夠作阜康的主，便在這一刻就下了決心，要盡力支持官票。

過了兩天，錢業公所發「知單」召集同業開會，要商量的就是官票如何發行？實際上也就是如何派銷。除了「戶部官票」以外，還有錢票；公所值年的執事，取來了幾張樣本，彼此傳觀，錢票的形式跟銀票差不多，平頭橫列四個字：「大清寶鈔」；中間直行寫明「準足制錢若干文」；兩邊八個字：「天下通寶，平準出入」，下方記載：「此鈔即代制錢行用，並準按成交納地丁錢糧，一切稅課捐項，京外各庫，一概收解。」

「現在上頭交下來，二十萬兩銀票，十萬千錢票。規定制錢兩千抵銀一兩；十萬千就等於五萬兩銀子，一共是二十五萬兩。」值年的執事停了一下說：「大小同行，如何派銷，請大家公議。」

「部裡發下來的票子，市面上不能不用。不過這要靠大家相信官票才好。顧客如果要現銀，錢莊不能非給他票子不可。我看這樣，」張胖子說道：「公所向藩庫領了銀票和錢票來，按照大小同行，平均分派，盡量去用；或者半個月，或者十天結一次帳，用掉多少，繳多少現款進去。錢莊不要好處，完全白當差。」

雖無好處，也不揹風險，所以張胖子的辦法，立刻獲得了同業的贊許，紛紛附和。

「這辦不到。」值年的執事大搖其頭，「上頭要十足繳價，情商了好半天，才答應先繳六成；其餘四成分兩個月繳清。」

這話一說，彼此面面相覷。大家都知道，那值年的執事，素來熱心維護同業的利益，能夠爭到有利條件，他一定會出死力去爭；他爭不到，別人更無辦法。現在就只有商量如何分派了。

談到這一層，又有兩派意見，大同行主張照規模大小，平均分派；小同行則要求由大同行先認，認夠了就不必再分派給小同行。

你一言、他一語，相持不下。劉慶生以後輩新進，不敢率先發言；等那些同業中有面子的人，都講過了還未談出一個結果，他覺得該自己當仁不讓了。

「我倒有個看法，說出來請同行老前輩指教，」他說，「繳價六成，領票十足，等於公家無息貸款四成，這把算盤也還打得過。再說，官票剛剛發出來，好壞雖還不曉得；不過我們總要往好的地方去想，不能往壞的地方去想。因為官票固然人人要用，但利害關係最密切的是我們錢莊，官票信用不好，第一個倒楣的是錢莊；所以錢莊要幫官票做信用。」

「唷！」張胖子心直口快，驚異地接口，「看不出小劉倒還有這番大道理說出來！」

「道理說得對啊！」值年的執事，大為讚賞，望著劉慶生點點頭說，「你這位小老弟，請說下去。」

受了這番鼓勵，劉慶生越發神采飛揚了：「阜康新開，資格還淺，不過關乎同行的義氣，絕不敢退縮。是分派也好、是認也好，阜康都無不可。」

「如果是認，阜康願意認多少？」值年的執事，看出劉慶生的態度，有意要拿他做個榜樣，便故意這樣問。

劉慶生立即作了一個盤算，大同行本來八家，現在加上阜康是九家；小同行仍舊是三十三家。如果照大同行一份，小同行半份的比例來派銷那二十五萬銀子的票鈔，每一份正差不多是一萬兩銀子。

他的心算極快，而且當機立斷，所以指顧之間，已有了肯定的答覆：「阜康願意認銷兩萬。」

「好了！」值年的執事很欣慰地說，「頭難、頭難，有人開了頭就不難了。如果大同行都像阜康一樣，就去掉十八萬；剩下七萬，小同行分分，事情不就成功了。」

「好嘛！」孫德慶捧劉慶生的場，「大源也認兩萬。」

捧場的還有張胖子。不過他的捧法跟孫德慶不同；特意用烘雲托月的手法來抬高阜康的地位：「信和認一萬五。」他大聲喊著。

於是有人認一萬五、有人認一萬；小同行也兩千、三千地紛紛認銷，總結下來，二十五萬的額子還不夠分派，反要阜康和大源勻些出來。

那值年的執事姓秦，自己開著一家小錢莊，年高德劭，在同業中頗受尊敬；由於劉慶生的見義勇為，使得他能圓滿交差，心裡頗為見情。而劉慶生也確是做得很漂亮，同業都相當佩服。因此，阜康這塊招牌，在官廳、在同行，立刻就很響亮了。

這些情形很快地傳到了胡雪巖耳朵裡，深感欣慰，「慶生！」他用很坦率的語氣說，「我老實跟你說，阜康新開，情形還不知道怎麼樣？所以我不敢離開，照現在的樣子，我可以放心到湖州去了。」

「我也說實話，胡先生，不是你那天開導我，眼光要放得遠，我對認銷官票，還真不敢放手去做！」

一切都安排好了，自然是坐張家的船，行李都已經發到了船上，只待胡雪巖一下船就走；來了個意外的消息：麟桂調任了！

消息是海運局的周委員特地來告訴他的，「麟藩台的兄弟在當『小軍機』，特地專人送信，調署江寧藩司；上諭也快到了。不過，」周委員神色嚴重而詭祕地，「有件事，無論如何要請老兄幫忙！」

只要幫得上忙，胡雪巖無不盡力，當時便用很懇切的語氣答道：「你儘管說！」

「麟藩台私人有兩萬多銀子的虧空──這本來算不了甚麼，不過，黃撫台的為人，你是曉得的，落不得一點把柄在他手裡，所以藩台的意思，想託你替他借一筆錢，先墊補了虧空再說。江寧的缺，比浙江好得多，等他一到了任，總在半年以內，一定可以還清。雪巖兄，」周委員的聲音越發低了。「這完全是因為麟藩台曉得你有肝膽，做事妥當隱密，才肯說這話。一切都『盡在不言中』了！」

「請問，這筆款子甚麼時候要用？」

「總在十天以內。」

「好的，一句話。」

答應得太爽快，反使得周委員將信將疑，愣了一會才問出一句話：「那麼，利息呢？」

胡雪巖想了一下，伸出一個指頭。

「一分？」

「怎麼敢要一分？重利盤剝是犯王法的。」胡雪巖笑道：「多要了，於心不安；少要了，怕麟大人以為我別有所求，所以只要一釐。」

「一釐不是要你貼利息了嗎？」

「那也不盡然。兵荒馬亂的時候，盡有富家大戶願意把銀子存在錢莊裡，不要利息，只要保本的。」

「那是另一回事。」周委員很激動地說，「雪巖兄，像你這樣夠朋友的，說實話，我是第一次遇見。彼此以心換心，你也不必客氣，麟藩台的印把子，此刻還在手上，可以放兩個起身砲；有甚麼可以幫你忙的，惠而不費，你不必客氣，儘管直說。」

說到這樣的話，胡雪巖還要假撇清高就變得做作而見外了。於是他沉吟了一會答道：「眼前倒還想不起，不過將來麟大人到了新任，江寧那方面跟浙江有公款往來，請麟大人格外照顧，指定交阜康匯兌，讓我的生意可以做開來，那就感激不盡了。」

「這是小事，我都可以拍胸脯答應你。」

等周委員一走，胡雪巖立刻把劉慶生找了來，告知其事，要湊兩萬五千銀子給麟藩台送了去。

「銀子是有。不過期限太長怕不行。」劉慶生說，「銷官票的一萬二千，已經打了票子出去；存款還有限，湊不出兩萬五。除非動用同業的『堆花』，不過最多只能用一個月。」

「有一個月的期限，還怕甚麼？蘿蔔吃一節剝一節；『上忙』還未了，湖州的錢糧地丁還在徵，十天半個月就有現款到。慶生，」胡雪巖說，「我們的生意一定要做得活絡，移東補西不穿繃，就是本事。你要曉得，所謂：『調度』，調就是調動，度就是預算；預算甚麼時候有款子進來，預先拿它調動一下，這樣做生意，就比人家走在前面了。」

劉慶生也懂得這個道理，不過自己不是老闆，魄力方面當然差些；現在聽胡雪巖這麼說，他的膽也大了，「既然如此，我們樂得做漂亮些。」他說，「早早把銀子送了去。」

「這話不錯。你去跑一趟——以後凡是像這樣的情形，都是你出面；你把空白票子和書柬圖章帶了去，問周委員怎麼開法？票子多帶幾張。」

「好的。」劉慶生又問：「借據呢？」

「隨他怎麼寫法。那怕就麟藩台寫個收條也可以。」

這樣的做法，完全不合錢莊的規矩，揹的風險甚大。不過劉慶生早就看出這位老闆與眾不同，所以並不多說。當時帶著書柬圖章和好幾張空白票子去看周委員。胡雪巖也收拾收拾隨身日用的什物，預備等劉慶生一回來，問清楚了經過情形，隨即上船到湖州。

這一等等了許久，直到天黑，才看見他回店，臉上是那種打牌一吃三，大贏特贏的得意之色。一看他的神態，胡雪巖便已猜到，或有甚麼意外的好消息；而他此行的圓滿，自更不待言。為了訓練他的沉著，胡雪巖便用提醒他的語氣說：「慶生！有話慢慢說！」

劉慶生也很機警，發覺他的語氣和態度是一面鏡子，照見自己不免有些飛揚浮躁，所以慚愧地笑了一下，坐下來把個手巾包放下，抹一抹汗，才從容開口。

「我見著了麟藩台，十分客氣。事情已經辦妥了，由麟藩台的大少爺，出的借據，周委員的中保。」說著他把借據遞了給胡雪巖。「我不必看！」胡雪巖擺一擺手說，「麟藩台可有甚麼話？」

「他說很見阜康的情。又說，有兩件事已經交代周委員了——這兩件事，實在是意外之喜。」說著，劉慶生的神色又興奮了。這也難怪他，實在是可以令人鼓舞的好消息。據周委員告訴劉慶生，錢業公所承銷官票，已稟覆到藩台衙門，其中對阜康踴躍認銷，特加表揚。麟藩台因為公事圓滿，相當高興；又因為阜康的關係不同，決定報部，奏請褒獎。劉慶生認為這在同業中是很有面子的事。

「這是你的功勞。」胡雪巖說，「將來褒獎又不止面子好看，生意上亦大有關係；因為這一來，連部裡都曉得阜康的招牌，京裡的票號，對我們就會另眼相看，以後有大宗公款匯劃，就吃得開了。」

這又是深一層的看法，劉慶生記了在心裡；接著又說第二件事。

「這件事對我們眼前的生意，大有幫助。」劉慶生忽然扯開話題問道：「胡先生，我先要請教你，甚麼叫『協餉』？」

這個名稱剛行了不久，胡雪巖聽王有齡和楊用之談過，可以為劉慶生作很詳細的解釋：「戶部的歲入有限，一年應該收四千萬，實際上收不到三千萬；軍餉不過維持正常額數，現在一打長毛，招兵募勇，平空加了十幾萬兵，這筆軍費那裡來？照明朝的辦法，凡遇到這種情形，都是在錢糧上按畝『加派』；大清朝是『永不加賦』的，那就只有不打仗、市面比較平定的省分多出些力，想辦法幫助軍餉，就稱為『協餉』。協餉不解部，直接解到各大營糧台。」

「這就對了。」劉慶生說：「浙江解『江南大營』的協餉，麟藩台已經吩咐，盡量交阜康來匯。」

「那太好了！」這一下連胡雪巖都不由得喜形於色，「我正在籌劃，怎麼樣把生意做到上海和江蘇去？現在天從人願，妙極、妙極！」

「不過胡先生，這一來，湖州你一時不能去了；這方面我還沒有做過，要請你自己出馬。」

「好的。等我來料理——我也要請張胖子幫忙，才能把這件事辦通。」他說，「第一步先要打聽江南大營的糧台是駐紮在蘇州，還是那裡？」

當時站起身來就想到鹽橋信和，轉念一想，這麼件大事，究竟還只是憑劉慶生的一句話，到底款數多少，匯費如何，暗底下還有沒有別的花樣？都還一無所知，此時便無從談起。至少要等跟周委員見了面，把生意敲定了再去求教同行；萬一不成，落個話柄在外面，對阜康的信譽大有影響。

於是他定定心坐了下來，「湖州是一定要晚幾天才能走了。」他說，「事情是件好事，不過要慎重，心急不得。而且像這樣的事，一定會遭同行的忌，所以說話也要小心。」

這是告誡劉慶生，不可得意忘形。對劉慶生來說：恰是一大警惕；從開業以來，事事順利，劉慶生的態度，不知不覺間，總有些趾高氣揚的模樣。這時聽得胡雪巖的提醒，自己平心靜氣想一想，不由得臉上發熱，斂眉低眼，很誠懇地答道：「胡先生說得是。」

看他這樣的神態，胡雪巖非常滿意，「慶生！」他也有些激動，拍著他的肩說：「我們的事業還早得很呢！剛剛才開頭，眼前這點點算不了甚麼。我就愁一天十二個時辰不夠用，有個好幫手，你看我將來搞出甚麼樣一番市面？我的市面要擺到京裡，擺到外國，人家辦不到的我辦得到，才算本事。你好好做，有我一定有你！」

胡雪巖不但覺得一天十二個時辰不夠用，而且幻想著最好分身有術，眼前就有兩處地方都需要他即時親自去一趟，才能鋪排得開。

一處當然是湖州，不但老張開絲行要他實地去看了，作個決定，而且王有齡派專人送了信來，「上忙」徵起的錢糧，到底是交匯，還是使個手法就地運用？因為王有齡奉了委札，要到浙皖交界之處去視察防務，不能久待；要他趕緊到湖州會面。

一處是上海。他已經跟周委員見過面，據說，浙江的協餉，原是解繳現銀，但以江南大營圍金陵，江北大營圍揚州，水陸兩路都怕不安靖，所以最近跟江南大營的糧台商議決定，或者匯解上海，或者匯解蘇州，視需要隨時通知。江南大營的糧台，現在派了委員駐上海，要求由浙江承匯的錢莊，有個負責人跟他去協商細節。這件事劉慶生辦不了，就算辦得了，一個到湖州，一個到上海；杭州本店沒人照料也不行。

籌思了好一會，胡雪巖嘆口氣對劉慶生說：「人手不夠是頂苦惱的事。從今天起，你也要留意，多找好幫手。像現在這樣，好比有飯吃不下，你想可惜不可惜？」

「吃不下怎麼辦？」

「那還有甚麼辦法？只好請人來幫著吃。江南大營的協餉——，」胡雪巖沉吟了一下問道：「大源老孫為人如何？」

劉慶生懂得他的意思，「孫先生人是再規矩扎實都沒有。不過，」他說，「阜康跟信和的關係不同，胡先生，你為何不分給信和來做？」

「你不是想跟大源做聯號嗎？這道理很容易明白，要想市面做得大，自然要把關係拉得廣。」胡雪巖說，「下次如果有別樣要聯手的生意，我們另外再找一家。這樣子下去，同行都跟阜康的利害相關，你想想看，我們的力量，會大到怎麼樣一個地步？」

胡雪巖最善於借助於他人的力量，但他總是在兩利的條件下談合作，所以他人亦樂為所用；

大源的孫德慶就是如此，對於阜康願意與他合做承匯江南大營協餉的生意，十分感激，而讓他出面到上海去接頭，更覺得是胡雪巖給他面子，因而死心塌地支持阜康，自動表示把那一萬二千兩銀子的「堆花」，改為同業長期放款，於是阜康放給麟桂的那筆款子，一半有了著落。

另一半是得到了一筆意想不到的存款，就在胡雪巖動身到湖州的前一天，傍晚時分來了一名軍官，手裡提著一個很沉重的痲袋，指名要看「胡老闆」。

「請坐，請坐！」劉慶生親自招待，奉茶敬煙，「敝東家因為要到湖州，已經上船了。有話跟我說，也是一樣。」

「不！我一定要當面跟胡老闆說。能不能請他回來一趟，或者我到船上去看他。」

既然如此，沒有不讓他去看胡雪巖的道理——事實上胡雪巖也還不曾上船，是劉慶生的託辭，這時候便說：「那麼，我去把敝東家請了來。請問貴姓？」

那人把姓名官銜一起報了出來：「我叫羅尚德，錢塘水師營十營千總。」

「好！羅老爺請坐一坐，我馬上派人去請。」

等把胡雪巖從家裡找了來，動問來意，羅尚德把痲袋解開，只見裡面是一堆銀子，有元寶、有圓絲，還有碎銀子，土花斑斕，彷彿是剛從泥土裡掘出來的。

胡雪巖不解，他是不是要換成整錠的新元寶？那得去請教「爐房」才行。正在這樣疑惑，羅尚德又從貼肉口袋裡取出來一疊銀票，放在胡雪巖面前。

「銀票是八千兩。」他說，「銀子回頭照秤，大概有三千多兩。胡老闆，我要存在你這裡，利息給不給無所謂。」

「噢！」胡雪巖越發奇怪，看不出一個幾兩銀子月餉的綠營軍官，會有上萬銀子的積蓄；他們的錢來得不容易，出息不好少他的，所以這樣答道：「羅老爺，承蒙你看得起小號，我們照市行息。不過先要請問，存款的期限是長是短？」

「就是這期限難說。」羅尚德緊皺著他那雙濃密的眉毛；一隻大手不斷摸著落腮鬍子，彷彿遇到了極大的難題。

「這樣吧，是活期。」胡雪巖談生意，一向派頭很大，「不論甚麼時候，羅老爺要用，就拿摺子來取好了。」

「摺子倒不要了。我相信你！」

事情愈出愈奇，胡雪巖不能不問了；「羅老爺，我要請教，你怎麼能存一萬多銀子，連個存摺都不要？」

「要跟不要都一樣。胡老闆，我曉得你的為人——撫台衙門的劉二爺，是我同鄉，我聽他談過你。不過你不必跟他提起我的存款。」

聽他這幾句話，胡雪巖立即便有兩個感想，一個感想是，羅尚德對素昧平生的他，信任的程度，比相交有年的小同鄉還來得深，一個感想是以羅尚德的身分、態度和這種異乎尋常的行為，這可能不是一筆生意，而是一種麻煩。

他是不怕麻煩的，只覺得羅尚德的對他信任，便是阜康信譽良好的明證；因而對其人其事，都頗感興趣。看看天色不早，原該招待顧客，於是用很親切隨便的語氣說道：「羅老爺，看樣子你也喜歡『擺一碗』，我們一面吃酒一面談，好不好？」

這個提議，正投其所好，「要得！」羅尚德是四川人，很爽快地答應：「我不會假客氣，叨擾你！酒要高粱，菜不在乎，多給我辣子，越辣越好。」

「對路了！」胡雪巖笑道：「我有兩瓶辣油，辣得喉嚨會冒煙，實在進不了，今天遇見識家了。」說著，便喊小徒弟到「皇飯兒」去叫菜；酒是現成有的，黃白俱全，整罎擺在飯廳裡，再有一樣「辣子」，他告訴小徒弟說：「阿毛！你到我家裡跟胡太太說，有人送的兩瓶平望辣油，找出來交給你。」

等小徒弟一走，胡雪巖照規矩行事，把劉慶生請來，先招呼兩名夥計，用天平秤麻袋裡的銀子，當著羅尚德的面點清楚，連銀票兩共一萬一千兩掛零，胡雪巖建議，存個整數，零頭由羅尚德帶回，他同意了。

銀票收拾清楚，酒菜已經送到，拉開桌子，連劉慶生一共三個人小酌，不一會阿毛把兩瓶辣油取了來——這種辣油是吳江附近一個平望鎮的特產，能夠製得把紅辣椒溶化在菜油中，其辣無比，胡雪巖和劉慶生都不敢領教；羅尚德卻是得其所哉，大喊「過癮」不止。

「胡老闆，」羅尚德開始談他自己，「你一定沒有遇到過我這樣的主顧，說實話，我自己也覺得我這樣做法，不免叫人起疑——。」

「不是叫人起疑心。」胡雪巖糾正他的說法，「叫人覺得必有一番道理在內。」

「對了，就是有一番道理在內。」

據羅尚德自己說，他是四川巴縣人，家境相當不壞，但從小不務正業，嫖賭吃著，無所不好，是個十足的敗家子，因而把高堂父母氣得雙雙亡故。

他從小訂過一門親，岳家也是當地鄉紳，看見羅尚德不成材，雖未提出退婚的要求，卻是一直不提婚期。羅尚德對於娶親倒不放在心上，沒有賭本，才是最傷腦筋的事；不時向岳家伸手告貸，最後一次，他那未來的岳父，託媒人來說，羅尚德前後用過岳家一萬五千兩銀子，這筆帳可以不算，如果羅尚德肯把女家的庚帖退還，他另外再送一千兩銀子，不過希望他到外縣去謀生，否則會在家鄉淪為乞丐，替他死去的父母丟臉。

這對羅尚德是個刻骨銘心的刺激，當時就當著媒人的面，撕碎了女家的庚帖，並且發誓，做牛做馬，也要把那一萬五千兩銀子的債務了清。

「『敗子回頭金不換！』」胡雪巖舉杯相敬，「羅老爺，一個人就怕不發憤。」

「是啊！」羅尚德大口喝著酒說：「第二天我就離了重慶府，搭了條便船出川；在船上心想，大話是說出去了，那裡去找這一萬五千兩銀子？到了漢口有人就說，不如去投軍，打了勝仗有賞號，若能圖個出身，當上了官兒，就有空缺好吃。我心想反正是賣命了，這條命要賣得值，投軍最好。正好那時候林大人招兵——。」

林大人是指林則徐。道光二十年五月，英國軍隊，集中澳門，計畫進攻廣州；兩廣總督林則徐大治軍備，在虎門設防，兩岸列砲二百餘門，並有六十艘戰船；同時招募新兵五千，羅尚德就是這樣輾轉投身水師的。

但是在廣東他並沒有打仗，因為林則徐備戰的聲勢甚壯，英軍不敢輕犯，以二十六艘戰艦，改道攻定海，分路內犯，浙江巡撫和提督束手無策。朝命兩江總督伊里布為欽差大臣，赴浙江視師，福建提督余步雲馳援；在廣東的新募水師，亦有一部分調到了浙江。

「我就是這麼到了杭州的。」羅尚德說，「運氣還不壞，十三年功夫，巴結上了一個六品官兒，也積蓄了上萬銀子。胡老闆，我跟你說老實話，這些銀子有來得艱難的，也有來得容易的。」

來得艱難是省吃儉用，一文錢一文錢地累積；來得容易是吃空缺，分賊贓，不然積蓄不來一萬一千兩銀子。

綠營軍官，暮氣沉沉，無不是沒有錢找錢，有了錢花錢；只有羅尚德別具一格，有錢就埋在地下，或者換成銀票藏在身上，不嫖不賭不借給人；有人勸他合夥做販私鹽之類的生意，可以賺大錢，他亦不為所動，因此，在同事之中，他被目為怪物。

「他們說他們的，我打我自己的主意。我在打算，再有三年功夫，一萬五千兩銀子大概可以湊滿了，那時候我就要回川去了。」

「到那一天可就揚眉吐氣了！」胡雪巖頗為感動，心裡在想，有機會可以幫他掙幾文；但轉念又想，此人抱定宗旨不做生意，自己的一番好意，說出口來碰個釘子可犯不上，因而欲言又止。

「不過胡老闆，現在怕不行了。」

「怎麼呢？」

「上頭有命令下來，我們那一營要調到江蘇去打長毛。」羅尚德的神情顯得抑鬱，「不是我說句洩氣的話，綠營兵打土匪都打不了，打長毛怎麼行？這一去實在不太妙，我得打算打算。」

「喔！」胡雪巖很注意地問，「怎麼個打算？」

「還不是這一萬一千多兩銀子？我在這裡無親無眷，撫台衙門的劉二爺，人倒也還不錯，可是我不能託他，他是跟著黃大人走的，萬一黃大人調到偏遠省分，譬如說貴州巡撫，四川總督，或者到京裡去做官，劉二爺自然跟了去。那時候，幾千里路，我怎麼去找他？」

「這也說得是。阜康是開在杭州不會動的，羅老爺隨時可以來提款。」

「一點不錯！」羅尚德很舒暢地喝了一大口酒，「這一下，胡老闆你懂我的意思了。」

「我懂，我懂！」胡雪巖心裡盤算了一會，接下來說：「羅老爺，承蒙你看得起阜康，當我一個朋友，那麼，我也很爽快，你這筆款子準定作為三年定期存款，到時候你來取，本利一共一萬五。你看好不好？」

「這，這怎麼不好？」羅尚德驚喜交集，滿臉的過意不去，「不過，利息太多了。」

「這也無所謂，做生意有賺有蝕，要通扯算帳。你這筆款子與眾不同，有交情在內。你儘管放心去打仗，三年以後回重慶，帶一萬五千兩銀子去還帳——這三年，你總另外還有收入，積下來就是盤纏；如果放在身邊不方便，你儘管匯了來，我替你入帳，照樣算利息給你。」

這番話聽入羅尚德耳中，就好比風雪之夜，巡邏回營，濯足上床，只覺四肢百骸，無不熨貼；想到三年以後，攜金去訪舊時岳家的那一刻，真正是人生得意之秋，越覺陶然。

「胡老闆，怪不得劉二爺提起你來，讚不絕口，跟你結交，實在有點味道。」

「我的宗旨就是如此！」胡雪巖笑道，「俗語道得好：『在家靠父母，出外靠朋友』，我是在家亦靠朋友，所以不能不為朋友著想。好了，事情說定局了；慶生，你去立個摺子來。」

「不必，不必！」羅尚德亂搖著手，「就是一句話，用不著甚麼摺子，放在我身上，弄掉了反倒麻煩。」

「不是這樣說！做生意一定要照規矩來，摺子還是要立；你說放在身上不方便，不妨交給朋友。」

「那我就交給你。」

「也好！」胡雪巖指著劉慶生說，「交給他好了。我這位老弟，也是信義君子，說一句算一句，你放心。」

「好極！那就重重拜託了！」羅尚德站起身來，恭恭敬敬作了個揖；接著告辭而去。

等客人一走，劉慶生再也無法強持，興奮之情，溢於詞色，忙不迭地要談他心中的感覺。

「胡先生，我們的生意，照這樣子做下去，用不著半年，基礎就可以打穩了。」

「慢慢來！」胡雪巖的神色，依然十分沉著，「照我的預料，羅尚德今天回去，會跟他的同事去談這回事；看樣子『兵大爺』的存款還會得來；不管多少，都是主顧，你關照夥計們，千萬要一樣看待，不可厚此薄彼。態度尤其要客氣，這些『兵大爺』，好講話比甚麼人都好講話，難弄起來也比甚麼人都難弄。」

「是，是！我曉得。」於是胡雪巖當夜就上了船——因為天氣太熱，特地跟阿珠的娘商量好，夜裡動身，泊在拱宸橋北新關下；等天一亮就「討關」，趁早風涼盡力趕一程，到日中找個風涼地方停泊，等夜裡再走。這樣子坐船的和搖船的，大家都舒服，所以不但阿珠和她母親樂從，連阿四和另外雇來的一個夥計也都很高興。

櫓聲欸乃中，胡雪巖和阿珠在燈下悄然相對。她早著意修飾過一番，穿一條月白竹布的散腳袴，上身是黑紡綢窄腰單衫，黑白相映，越顯膚色之美。船家女兒多是天足，而且赤腳的時候多；六寸圓膚趿一雙繡花拖鞋——胡雪巖把她從上看到下，一雙眼睛瞪住了她的腳不放。

「你不要看嘛！」她把一雙腳縮了進去。

「我看你的拖鞋。來，把腳伸出來！」

有了這句話，阿珠自覺不是剛才那樣忸怩難受了，重新伸足向前讓他細細賞鑒。

「鞋面是甚麼料子。」他伸手下去，摸一摸鞋面，順便握了握那雙扁平白皙的腳，「替我也做一雙。肯不肯？」

「不肯！」她笑著答了這一句，站起來走了進去，捧出一冊很厚很大的書來。

翻開一看，裡面壓著繡花的花樣和五色絲線。胡雪巖挑了個「五福捧壽」的花樣，指定用白軟緞來繡。

「白緞子不經髒，用藍的好了。」

「不要緊，不會髒的。」

「又來騙人了！」阿珠說：「天天在地上拖，怎麼不會髒？」

「你當我真的要穿？我還捨不得呢！做好了擺在那裡，想你的時候，拿出來看看。」

一句話把阿珠說得滿臉通紅，但心裡是高興的，窘笑著罵了句：「你的臉皮真厚！」

那份嬌媚的神態，著實教胡雪巖動情，真想一把將她摟在懷裡；但窗開兩面，前後通風，怕船梢上搖櫓的阿四看見了不雅，只得強自忍耐著。

阿珠也不開口，把胡雪巖的拖鞋，當作一件正經大事，立刻就翻書找絲線，配顏色，低著頭聚精會神地，忘了旁邊還有人在。

「此刻何必忙著弄這個？」胡雪巖說：「我們談談。」

「你說，我在聽。」

「好了，好了。」胡雪巖把她那本書閤攏，「我講件妙事給你聽。」

他講的就是羅尚德的故事，添枝加葉，繪聲繪影；阿珠把每一個字都聽了進去了。

「那麼，」阿珠提出疑問：「那位小姐怎麼樣？是不是她也嫌貧愛富？或者恨羅尚德不成材，不肯嫁他？」

「這，」胡雪巖一楞，「我倒沒有問他。」

「為啥不問？」

問得無理！胡雪巖有些好笑：「早知道你關心那位小姐，我一定要問他。」

「本來就該問的。他不講，你也不問，好像那位小姐，根本就不是人。」阿珠撇著嘴說：「天下的男人，十個倒有九個沒良心。」

「總還有一個有良心的。」胡雪巖笑道，「我不在那九個之內。」

「也不見得。」

「不見得壞。是不是？」

「厚皮！」她刮著臉羞他。

為此又勾起阿珠的滿腹心事。她娘把託張胖子做媒的事，都瞞著她；她臉皮嫩也不好意思去問，只是那天「純號」小聚，隱隱約約看出她娘有意託張胖子出面來談這場喜事，但到底怎麼了呢？月下燈前，一個人悄悄地不知思量過多少遍，卻始終猜不透其中的消息。

眼前是個機會，但她躊躇無法出口，第一是不知用怎樣的話來試探？第二又怕試探的結果，完全不是那麼一回事——這個打擊受不起，反倒是像現在這樣混沌一團，無論如何還有個指望在那裡！

一個人這樣想得出了神，只見她睫毛亂閃，雙眉低斂，胡雪巖倒有些猜不透她的心事，只覺得一個男人，辛苦終日，到晚來這樣燈下悄然相對，實在也是一種清福。

因此，他也不肯開口說話，靜靜坐著，恣意飽看秀色。這樣也不知過了多少時候，阿珠終於如夢方醒似地，茫然四顧，彷彿不知身在何處？

看到胡雪巖詭祕的笑容，她有些不安，不知道自己有甚麼祕密被他看穿了，因而嗔道：「賊禿嘻嘻地，鬼相！」

「咦！」胡雪巖笑道：「我甚麼地方冒犯你了？我又不曾開口。」

「我就恨你不開口！」

這句話意思很深，胡雪巖想了想問道：「你要我開口說甚麼？」

「我怎麼曉得？嘴生在你身上，有話要你自己說。」

「我要說的話很多，不曉得你喜歡聽那一句？」

這回答很有點味道，阿珠細細咀嚼著，心情漸漸舒坦——話很多，就表示日久天長說不完，那就不必心急，慢慢兒說好了。

「我們談談生意。」胡雪巖問，「你爹帶回來的口信怎麼說？」

「房子尋了兩處，人也有兩個，都要等你去看了，才好定局。」

「房子好壞我不懂——不是房子好壞不懂，地點好壞我不曉得，總要靠近水陸碼頭才方便。

人呢，如果兩個都好就都用。」

「那兩個人一個姓王，一個姓黃，都是蠻能幹的，可惜只能用一個。」

「為啥？」

「他們心裡不和。」阿珠答道，「『一山不能容二虎』這句話，你都不知道？」

「我自然知道。」胡雪巖說：「不會用人才怕二虎相爭；到我手裡，不要說兩隻老虎，再多些我也要叫他服貼。」

阿珠心裡在想，照他的本事，不見得是吹牛，不過口中卻故意要笑他：「說大話不要本錢！」

「不相信你就看著好了。」胡雪巖笑笑又說，「我就怕兩隻雌老虎，那就沒本事弄得她們服貼了。」

阿珠心想，這不用說，兩隻雌老虎一隻是指胡太太，一隻是指自己。她恨不得認真辯白一聲：我才不是雌老虎！最好再問一句：你太太凶不凶？但這些話既不便說，也不宜裝作不懂；她這一陣子已學得了許多人情世故，懂得跟人說話，有明的、暗的各種方法，而有時絕不能開口，有時卻非說不可，現在就是這樣，不能不說話。

這句話要說得半真半偽，似懂非懂才妙，所以她想了想笑道：「你這個人太厲害，也太壞，是得有雌老虎管著你才好。」

「口口聲聲說我壞，到底我壞在甚麼地方？」

「你啊！」阿珠指著他的鼻尖說：「盡在肚子裡用功夫。」

「你說我是『陰世秀才』？」

為人陰險，杭州人斥之為「陰世秀才」；特徵是沉默寡言，喜怒不形於色，這兩點胡雪巖都不像，他是個笑口常開極爽朗的人，說他「陰世秀才」，阿珠也覺得誣人忒甚，所以搖搖頭說：

「這倒不是！」

「那麼我是草包？」

「這更不是。啊！我想到了！」阿珠理直氣壯地，「這就是你最壞的地方，說話總是說得人左也不是，右也不是，不好接口。」

聽得這兩句話，胡雪巖倒是一楞，因為在他還是聞所未聞；細想一想，自己卻是有這樣在詞令上咄咄逼人的毛病，處世不大相宜，倒要好好改一改。

「我說對了沒有？」阿珠又問。

「一個人總有說對的時候。」胡雪巖很誠懇地問，「阿珠，你看我是不是肯認錯改過的人？這句話，你要老實告訴我。」

阿珠點點頭：「你的好處，我不會抹殺你的。」

「我的壞處你儘管說。我一定聽。」

他自然而然地把手伸了過去，阿珠就讓他握著，雙頰漸漸泛起紅暈，加上那雙斜睇著的水汪汪的眼睛，平添了幾分春色。

夜深了，野岸寂寂，只聽見「吱呀，吱呀」和「唰唰，唰唰」搖櫓破水的聲音；阿珠也還聽得見自己的心跳，終於忍不住問了一句：「到湖州，你住在那裡？」

「我想住在王大老爺衙門裡。」

「嗯！」阿珠很平靜地說，「那應該。」

「我在想，」胡雪巖又想到了生意上面，「房子要大，前面開店，後面住家，還要多備客房，最好附帶一個小小花園，客房就在小花園裡。」

「要這樣講究？」

「越講究越好！」胡雪巖說，「你倒想想看，絲的好壞都差不多，價錢同行公議，沒有甚麼上落，絲客人一樣買絲，為甚麼非到你那裡不可？這就另有講究了，要給客人一上船就想到，這趟到了湖州住在張家——張家舒服，住得好，吃得好，當客人自己親人一樣看待，所謂『賓至如歸』。那時候你想想看，生意還跑得了？」

其實，胡雪巖所說的也是很淺的道理，但阿珠休戚相關，格外覺得親切動聽，腦中頓時浮現出許多「賓至如歸」的景象，這些景象在平日也見過——就在她家的船上，並不覺得有甚麼了不起，而此時想來，卻有一種說不出的嚮往之情。

「別的不敢說，絲客人住在我們家，起碼吃得會比別家舒服。」她說；語氣是謙抑的。

「那還用得著說？你娘做的菜，還不把他們吃得下巴都掉了下來——。」

「你也是！」阿珠笑著搶他的話，「甚麼話到了你嘴裡，加油加醬，死的都能說成活的。」

其詞有憾，其實深喜；胡雪巖適可而止，不再說恭維的話了，「阿珠，」他說，「要講究舒服，講究不盡；將來絲行開起來，外場我還可以照應你爹，裡面就全靠你們娘兒倆。而且裡面比外場更要緊！」

「這我懂。」阿珠答道，「不過，我又不能像在船上一樣；那曉得絲客人喜歡甚麼？」

「這就兩樣了。在船上，客人作主，怎麼說怎麼好。住到店裡來的外路客人，要你作主，他不會說話的。」

「他說是不說，心裡曉得好歹。」

「就是這話囉！」胡雪巖深深點頭。

這對阿珠是絕好的鼓勵，因為心領神會，頗有妙悟，「我只當來了一份親眷。」她從容自若地，「該當照應他的照應他。他不要人家照應的，總有他的花樣在內，我們就不去管他。」

「對啊！」胡雪巖輕輕拍著桌子說，「你懂訣竅了！有的人不懂，不是不體諒客人，就是體諒得過了分，管頭管腳都要管到，反害得客人拘束，嚇得下次不敢來了。」

阿珠是很豁達的性情，但不知怎麼，跟胡雪巖說話，心思就特別多，這時便又扯到自家頭上。

「你這一說，我倒明白了。」她說：「一定是我娘太親熱，你怕管頭管腳不自由，所以嚇得不敢來。可是與不是？」

「你啊！」胡雪巖指一指她，不肯再說下去。

明明是有指責的話，不肯說出來；阿珠追問他還是不說，於是半真半假地，又像真的動氣，又像撒嬌，非要胡雪巖說不可。

說也不妨，胡雪巖有意跟她鬧著玩，故意漏這麼一句半句去撩撥她；阿珠不知是計，越逼越近，「問罪」問到他身邊，動手動腳，恰中心意，終於讓他一把抱住，在她臉上「香」了一下。

這下阿珠才發覺自己上了當，真的有些動氣了。背著燈，也背著胡雪巖，垂著頭，久久不語。

先當她是有意如此，他故意不去理她；漸漸發覺不妙，走過去想扳過她的身子來，她很快地一扭，用的勁道甚大。這就顯然不是撒嬌，胡雪巖心中一驚，走到她正面定睛一看，越發吃驚。

「這，這是為啥？」他結結巴巴地問。

阿珠一看胡雪巖那惶恐的神色，反倒覺得於心不忍；同時也頗有安慰，看出自己在他心目中的分量極重，因而破涕為笑，當然，還有些不自然的表情。

已生戒心的胡雪巖，不敢再說笑話去招惹她，依然用極關切的神色問道：「到底為啥？嚇我一大跳。有甚麼不如意，或者我說錯了甚麼話，儘管說啊！」

「沒有事！」她收斂了笑容，揩揩眼淚，恢復了常態。

由於這個小小的波折，胡雪巖變得沉默了。但卻一直窺伺著她的眼波，深怕一個接應不到，又惹她不滿。

「時候不早了。」船艙外有聲音，是阿珠的娘在催促——她沒有進艙，而阿珠卻深怕她有所發覺，趕緊向胡雪巖遞個眼色，意思是不要說出她曾哭過。

「乾娘！」胡雪巖一面向阿珠點頭，一面迎了出去，「進來坐！」

她沒有不進來的道理，坐定了問道：「胡老爺到湖州去過沒有？」

「胡老爺」三個字聽來刺耳，他不暇思索地答道：「乾娘，叫我雪巖好了。」

這句話碰在阿珠心坎上便是一震！就這句話中，名分已定，她像吃了顆定心丸，通體舒泰。笑吟吟地望著她母親，要看她如何回答？

阿珠的娘依然謙虛，「不敢當！」她也是眉花眼笑地，「我還是——。」「還是」如何呢？連她自己都不知道該持何態度？阿珠的警覺特高，不肯放過這個機會，脫口說道：「還是叫雪巖！」話一出口，發覺過於率直，便又補了一句，「『恭敬不如從命！』」

虧她想得出這樣一句成語，雖用得不很恰當，也算一個很有力的理由，阿珠的娘便說：「這話也是，我就放肆了！」

口說「放肆」，依然不直喊出來，阿珠心想一不做，二不休，敲釘轉腳，把事情做牢靠些，「娘！」她說，「那麼你叫一聲看！」

這反像有些作弄人似地，阿珠的娘微感窘迫，白了她一眼說：「要你來瞎起勁！」

這母女倆微妙的神態，胡雪巖看得十分清楚，心裡覺得好笑——自己的話是說得冒失了些，但悔亦無用；事到如今，索性討阿珠一個歡心，於是在臉上堆足了笑容說道：「乾娘，大家同一家人一樣，你早就該叫我的名字了。阿珠，是不是？」

這一下輪到阿珠受窘了，紅著臉說：「我不曉得！你同我娘的事，不要來問我。」

為了替女兒解圍，阿珠的娘終於叫了聲：「雪巖！你說得不錯，大家同一家人一樣；以後全要靠你照應。」

「那自然。」胡雪巖有心要看阿珠的羞態，便又轉臉問了句：「阿珠，我們是不是一家人？」

「我不曉得！」阿珠又羞又喜，也還有些惱；惱他促狹，故意教人下不得台。

因為如此，她便賭氣不肯跟胡雪巖在一起；但他的念頭比她更快，剛一轉身，便被喊住：

「阿珠，不要走！我有話談。」

「我睏了。有話明天再說。」她這樣回答，而腳步卻停在原處。

「我說個笑話，保管你不睏。」

「睡也還早。」她娘也說，「你就再坐一坐。」

這一下阿珠便又回身坐了下來，看胡雪巖卻不像是說笑話的神情；果然，他拍拍她的手背，作了個示意「稍安毋躁」的姿勢，轉臉向他「乾娘」說道：「我剛剛在跟阿珠談，一樣開絲行，為啥絲客人非要跟你們打交道不可？其中有許多道理。」

「是啊！」提到這一層，阿珠的娘大感興趣，眼睛都發亮了，「我要聽聽這些道理看。」

「叫阿珠講給你聽。」

阿珠的興趣也來了，細細講了一遍；胡雪巖又加以補充，把阿珠的娘聽得津津有味，她自然也有許多連胡雪巖都未想到的意見。

「雪巖，不是我說，你實在是能幹！」她停了一下，看一看女兒，終於毅然決然地說了句：「總算是阿珠的命好，將來一定有福享！」

當面鑼、對面鼓地說了出來，把阿珠羞得耳根子都紅了；偏偏胡雪巖又似笑非笑地直盯著她看；不但看，還來摸她的手，這一下把她窘得坐不住了。

「哪個要享他的福！」她霍地站了起來，扭身就走，把條長辮子甩得幾乎飛到胡雪巖臉上。

胡雪巖見她掀簾子走進她住的艙間，便朝阿珠的娘望了一眼，也起身跟了進去。

阿珠坐在床沿上，低垂著頭。胡雪巖偎依著她坐下來。

「你到底要不要享我的福？」胡雪巖摸著她的臉，用低得僅僅只有他自己和阿珠才聽得見的聲音問。

阿珠的臉就伏在他的胸脯上，但是，她聽見的是自己的心跳；而且自己覺察到臉上在發燒，幸好燈大如豆，不畏人見，所以能夠從從容容地說話。

「我自然要！」她說，「你的福我不享，哪個來享。」

「那好。總有福讓你享就是了。」

「我倒要問你了，」她把臉仰起來說，「我娘怎麼跟你說的？」

「甚麼事，怎麼說？」

「你還要問？」

「當然要問。」胡雪巖振振有詞地說，「事情太多，我曉得你指的是那一樁？」

「你頂會『裝羊』！」阿珠恨聲說道，「恨不得咬你一口。」

「我『裝羊』，你吹牛！」胡雪巖笑道，「你敢咬，我就服了你。」

「你真當我不敢？」她比齊了四顆細小平整的門牙，輕輕咬住了他的耳垂，然後一點一點把勁道加上去，終於把胡雪巖咬得喊出聲來才鬆口。

「你服不服？」她問。

「你要說怕不怕？」胡雪巖一把將她抱得緊緊地。

在他看來，「時機」已經成熟，一隻手抱住她的上半身，另一隻手更不規矩。阿珠不辨心裡是何滋味，也不知道如何才是最好的應付？只抓著他那隻「不規矩」的手，似告饒、似呵斥地連聲輕喊：「不要，不要！」

為了阻止她的嚕囌，胡雪巖嘴找著嘴，讓她無法說話，但那隻不規矩的手，毫無進展——阿珠的那條袴帶，後面一半縫在袴腰上，前面兩端打成死結，帶頭塞入袴腰，而那條袴帶勒得極緊，切入肉裡，連根手指都插不進去。

這不是可以用強的事，胡雪巖見機而作，把手縮了回來，恨聲說道：「恨不得有把剪刀！」

見他這樣，她不但把心定了下來，而且頗為得意，吃吃笑道：「早知你不安好心！果然讓我料中了。」

「我就不懂，」胡雪巖說，「勒得這樣子緊，你自己怎麼解開呢？」

「我當然有我的辦法。」

「說說看！」

「我把肚皮一吸，找著帶頭，」她捧著胡雪巖的雙手做手勢：這麼一繞，再這麼一繞，跟著一抽就解開了。」

「我倒不信。」胡雪巖說，「你的腰細，帶子勒得又緊，肚皮那裡還有地方可縮？」

阿珠剛想試給他看，轉念省悟，撇著嘴說：「你一肚皮的鬼計，我才不上你的當！」

胡雪巖騙不了她，也就一笑而罷，「我又要問你，」他說，「這是誰教你的？」

「一個跑馬賣解的姑娘，山東人，長得很漂亮。有一次他們坐我家的船，她跟我一起睡，晚上沒事談閒天，她跟我說，江湖上甚麼壞人都有，全靠自己當心；她穿的袴子就是這樣子，我照樣做了兩條穿。」

「你有沒有跟她學打拳？」

「沒有。」阿珠說，「她倒要教我，我想船上一點點大，也不是學打拳的地方，沒有跟她學。」

「她要教你甚麼拳？」

「叫甚麼『擒拿手』。如果那個男的想在我身上起壞心思，就可以要他的好看。」

「還好，還好！」胡雪巖拍拍胸口說，「虧得沒有跟她學，不然我跟你在一起，就時時刻刻要當心了。」

「你看得我那麼凶？」阿珠半真半假地問。

「你自己說呢？」

阿珠不響，心裡有些不安；她一直有這樣一個感覺，胡雪巖把她看成一個很難惹的人。有了這樣的存心，將來感情會受影響。然而她無法解釋，最好的解釋是順從他的意思。因而心裡又想，反正遲早有那麼一天，又何必爭此一刻？心思一活動，態度便不同了，靠緊了胡雪巖，口中發出「嗯，嗯」的膩聲；而且覺得自己真有些透不過氣來，必得他摟緊了，一顆心才比較有著落。

胡雪巖也是心熱如火，但他的頭腦卻很冷靜，這時有兩種想法，第一是要考一考自己，都說

「英雄難過美人關」，倒要看看自己闖不闖得過這一關？第二是有意要教阿珠受一番頓挫——也不是殺殺她的威風，是要讓她知道自己也是個規規矩矩的君子，甚麼「發乎情、止乎禮」，自己照樣也做得到。

於是他摸著她的臉說：「好燙！」

這就像十分春色盡落入他眼中一樣，阿珠把臉避了開去，但身子卻靠得更緊了。

於是他又摸著她的胸說：「心跳得好厲害！」

阿珠有點不大服貼，她不相信這樣昏燈淡月之夜，男貪女愛之時，他的心會不跳；因而也伸手按在他胸前，針鋒相對地說：「你的心不也在跳？」

「我是碰到你這地方才心跳的。」他輕聲笑著；把手挪動了一下，盈盈一握，滑膩非凡。

「快放手！我怕癢。」語氣中帶著告饒的意味。

再要捉弄她，便幾近殘忍了，他放開了手說：「阿珠，倒碗茶我喝。」

「茶涼了——。」

「就是涼的好。」

阿珠一骨碌下床，背著他捻亮了燈，扭好了那件對襟的綢衫；從茶壺裡倒出一碗涼透了的龍井茶，自己先大大地喝了一口，沁入脾胃，頓覺心地清涼，摸一摸自己發燙的臉，想到剛才與胡雪巖纏在一起的光景，又慚愧，又安慰，但是再不敢轉過臉去看床上的那個人。

「怎麼回事？」胡雪巖催促著。

想了想，她倒好了茶，順手又把那盞「美孚」油燈，捻得豆大一點，然後才轉身把茶捧了給胡雪巖。

他翻身坐了起來，接住茶碗也拉住了手問：「心還跳不跳？」

阿珠很大方，也很有把握地答道：「你再用手試試看！」

「不能再摸了。」胡雪巖笑道，「一摸，你的心不跳，我的心又要跳了。」

「原來你也有不敢的時候。」阿珠用譏嘲的聲音說，「我只當你天不怕，地不怕，甚麼壞事都做得出來！」

「這會兒有得你說嘴了！」胡雪巖又笑；笑停了說：「既然不做壞事，何苦把燈弄得這樣暗？去捻亮了，我們好好兒說說話。」

她怕捻亮了燈，為他看出臉上的窘態，便說：「行得正，坐得正，怕甚麼！」

「還有一正：睡得正！」

「當然囉。」阿珠很驕傲地說，「不到日子，你再也休想。」

「日子？」胡雪巖故意裝作不解，「甚麼日子？」

他裝得很像，倒弄得阿珠迷迷糊糊，不知道他是真的不懂，還是有意「裝羊」。

「你不曉得拉倒！」她有些氣了，「再沒有見過像你這樣難弄的人，一會真，一會假，從不把真心給人看！」

這話說得很重，胡雪巖不能再出以嬉皮笑臉的態度，然而他亦不願接受阿珠的指責，「你自己太傻！」他用反駁的語氣說，「我的真心難道你還看不出來？你要曉得，跟你在一起，為的就是尋快活，難道要像伺候大官兒，或者談生意一樣，一本正經，半句笑話都說不得？那樣子不要說是我，只怕你也會覺得好生無趣。」

阿珠受了一頓排揎，反倒服貼了，咬著嘴唇把胡雪巖的話，一句一句想過去，心裡覺得很舒坦；同時也領悟出一個訣竅，反正胡雪巖喜歡「裝羊」，自己就以其人之道，還治其人，也跟他裝就是了。

「好了，我曉得你的脾氣了。」她又笑道，「反正我也不怕你騙我——我的脾氣你也曉得，好說話就好說話；不好說話，看我的手段，你當心點好了。」

胡雪巖笑笑不答。對付女人和對付顧客一樣，他寧願遇到一個利害而講理的，不願與看來老實無用而有時無可理喻的人打交道。

第九章

一到湖州，胡雪巖就為王有齡接到知府衙門去住。雖只是小別重逢，但以交情太深，彼此都有無法言喻的喜悅；心裡各有好些話，卻還沒有功夫深談，為了禮貌，也為了切身利害關係，胡雪巖先要去拜兩位「師大老爺」。

幕友照例有自己的小天地，秦壽門和楊用之各占一座院落，辦公住家都在一起。王有齡陪著他，先去拜訪秦壽門，歡然道故之餘，向胡雪巖深深致謝；端午節前，他有一份極豐富的節禮，包括兩石白米，一擔時新蔬果，還有十吊錢，送到秦家，秦太太已經從杭州寫信告訴了秦壽門，所以這時對胡雪巖的態度，比以前更不同了。

「我發溼氣戒酒。」秦壽門說，「今天要開戒了，陪雪巖兄痛飲一番。」

「好極了！」王有齡接口問道，「老夫子，你看我們在那裡替雪巖接風？」

以常理來說，第一天自然是他自己做東道主；問到這話，秦壽門便知有深意在內，想了想笑道：「東翁莫說出口，我們各自一猜，看看是不是一條路。」

於是秦壽門取管筆，撕張紙，背轉身去，悄悄寫好；王有齡如法炮製，把紙條伸開來一看，一個寫著「則行」，一個寫著「木易」，兩人哈哈大笑。

「木易」是楊，「用之則行」這句成語，胡雪巖也知道，就不明白到楊用之那裡去喝酒，有何可笑。

「我來告訴你。」王有齡說，「楊老夫子有極得意之事，到湖州不多幾天，已經納了寵。這位如夫人生得宜男之相，而且賢惠能幹，我們今天就擾他去。」

口說「擾他」，其實還是王有齡作東，他叫個伺候簽押房的聽差李成，備一桌翅席，抬一罎好酒，送到楊用之那裡。胡雪巖卻是別有用心，此刻正用得著楊用之的時候，有此結納示惠的機會，不肯放過，找個空隙，把王有齡拉到一邊有話說。

「楊老夫子納寵，該送禮吧？」

「我送過了。」王有齡說，「你可以免啦！」

「禮不可廢。」胡雪巖說，「而且禮不可輕。」

王有齡略想了想，懂了他的用意，點點頭說：「也好，你打算送甚麼？」

「總以實惠為主，我想送一副金鐲子，趁早去辦了來。」

「不必這麼費事，我那裡現成有一副，你拿去用。不過，」王有齡放低了聲音，指指裡面：「可不能讓他知道！」

這是指秦壽門；胡雪巖報以領會的眼色。於是王、胡二人託詞換衣服，暫且告別，與秦壽門約好，準六點鐘在楊用之那裡會面。

而胡雪巖五點鐘就由李成引領著，到了楊用之那裡。人逢喜事精神爽，楊用之那番紅光滿面，春風得意的神情，看來著實令人羨慕。

「啊，老兄！」楊用之拉著他的手，親熱非凡，「不敢說是『一日思君十二時』，一靜下來就會想到你，倒是一點不假。如何，寶號開張，營業鼎盛？」

「託福，託福！」胡雪巖特意很仔細地看了他一眼，「老夫子的氣色好極了！想來賓主都很對勁？」

「那還用說。我與雪公，真正是如魚得水。」

「對，對！如魚得水。」胡雪巖笑道：「聽說老夫子另外還有魚水之歡？」

楊用之哈哈大笑，向裡喊道：「錦雲，錦雲，你出來！」

不用說，錦雲就是他的新寵。門簾啟處，走出來一個面團團如無錫大阿福，年可二十的姑娘，很靦腆的向客人笑了笑。

「錦雲，這位就是我常跟你提起的胡老爺，見一見！」

「啊，胡老爺！」錦雲把雙眼睜得滾圓，將胡雪巖從上看到下，然後斂衽為禮。

「不敢當！」胡雪巖朝上作了個揖，順勢從袖子裡取出一個紅紙包遞了給楊用之，「一點點薄禮，為如夫人添妝！」

「不，不！沒有這個規矩。」楊用之極力推辭。

「若是嫌菲薄，老夫子就不收。再說，這是送如嫂夫人的，與老夫子無關。」

這一說，楊用之不能不收，捏在手裡，才發覺是一副鐲子，卻不知是金是銀；只好再叫錦雲道謝。

「禮太菲薄，老夫子暫且不必打開；也不必說起，免得教人笑話。」

這一說楊用之也有數了，把那個紅紙包拿在手裡，顯得為難而感激地：「惠我甚厚，真正是受之有愧！我就恭敬不如從命了。」說罷，深深一揖，把紅紙包塞入衣袋。

這番揖讓折衝剛剛完畢，王有齡和秦壽門相偕到了。少不得又有一番以錦雲作話題的調侃戲謔；然後開席，胡雪巖首先聲明，他不算是客，仍奉王有齡首座，而王有齡又要遜兩位幕友居上席，謙讓了半天，還是王有齡居首，胡雪巖其次，楊用之坐了主位，同時也叫錦雲入席。

賓主的交情都夠了，不妨脫略形跡，錦雲的脾氣極好，說話總是帶著一團甜笑，而且溫柔殷勤，所以這一席酒，吃得秦壽門醺醺大醉。王有齡心想，這是個機會——由阜康代理府庫的事，他已經跟楊用之提過；此時正好讓他們去深談，因此他起身告辭。

「你們談談吧！」他說，「我有些睏了，先走一步。」

「只怕雪巖兄也睏了。」楊用之的話，出人意外，竟無留客之意；好得下面還有表示：「明天早晨，奉屈雪巖兄來吃點心——湖州的點心，著實講究；來試試小妾的手段。」

「好好！一定來叨擾。」

「東翁有興也請過來。」楊用之又說。

「謝謝！」王有齡當然不肯來，而且也正好有事：「東鄉出了命案，我明天一早就要下鄉驗屍，不來了。」

第二天一早，胡雪巖應邀赴約；錦雲的手段真個不壞，有樣「千張包子」煮線粉，加上平望的辣油，胡雪巖在張家的船上亦未曾吃過，連盡兩器，讚不絕口。吃完了泡上茶來，開始談判。

「東翁關照過了，湖州府庫跟烏程縣庫，都託阜康代理，一句話！」楊用之問道：「老兄在湖州可有聯號，或者是將來要設分號？」

「分號是一定要設的。目前託恆利代收。」

「恆利信用還不錯。」楊用之站起身來說，「請到我書房裡來！」

名為書房，聞不出一絲書卷氣；當窗一張五斗桌，鋪著藍布，除卻筆硯，便是算盤、帳簿；旁邊一具極厚實的木櫃，他打開來取出一隻拜盒，從拜盒取出一張紙遞給胡雪巖。

「我都替老兄預備好了，填上恆利的名字，敲一個保，做個樣子，就叫恆利來收款。」

胡雪巖接過那張紙看，是一張承攬代理公庫的「稟帖」——此事他還是初次經手，不由得問了句：「這樣子遞了進來，就算數了？」

「是啊！衙門裡給你個批，就算數了。」

「那麼，」胡雪巖知道，凡有公事，必有花費，所以很懇切地說：「老夫子，該當多少費用，交到那裡，請吩咐了，我好照辦。」

「說句老實話，別人來，花上千銀子，未見得能如此順利。老兄的事，沒有話好說。不過，我為老兄設想，以後要諸事方便，書辦那裡不可不點綴、點綴。我為你引見一個人，你邀他出去吃個茶；說兩句客氣話，封一個數給他好了。」說著，伸了一個指頭。

這一個指頭當然不是代表一千兩，那麼是十兩呢，還是一百兩呢？想一想是寧可問清楚為妙。

「好的。我封一百二十兩銀子好了。」他這樣旁敲側擊地說；如果是十兩，楊用之當然會糾正他。

「不必，不必！一百兩夠了；統通在裡頭，你另外不必再花冤枉錢。」

於是楊用之派人去找了戶房一個書辦來，五十多歲，衣著相當夠氣派。

書辦的官稱為「書吏」，大小衙門基層的公務，只有書辦才熟悉；這一點就是他們的「本錢」，其中的真實情況，以及關鍵、訣竅，為不傳之祕，所以書辦雖無「世襲」的明文，但無形中父子相傳，有世襲的慣例。

府、縣衙門「三班六房」，六房皆有書辦，而以「刑房」的書辦最神氣；「戶房」的書辦最闊氣。戶房書辦簡稱「戶書」，他之所以闊氣，是因為額徵錢糧地丁，戶部只問總數，不問細節，當地誰有多少田、多少地，坐落何方，等則如何？只有「戶書」才一清二楚。他們所憑藉的就是祖傳的一本祕冊，稱為「魚鱗冊」；沒有這本冊子，天大的本事，也徵不起錢糧。

有了這本冊子，不但公事可以順利，戶書本人也可以大發其財；多少年來錢糧地丁的徵收，是一盤混帳，納了錢糧的，未見得能收到「糧串」，不納糧的卻握有納糧的憑證，反正「上頭」只要徵額夠成數，如何張冠李戴，是不必管也無法管的。

因此，錢穀老夫子必得跟戶書打交道。利害的戶書可以控制錢穀老夫子；同樣地，利害的錢穀老夫子，也可以把戶書治得服服貼貼。一般而論，總是和睦相處，情如家人，楊用之跟這個名叫郁四的戶書就是這樣。

「老四！」楊用之用這個暱稱關照：「這位是王大老爺的，也是我的好朋友，胡老爺！」

書辦的身分本低，郁四見這位胡老爺的來頭不小，要行大禮；但胡雪巖的動作快，剛看他彎膝，便搶上去扶住他說：「郁四哥！幸會，幸會！」

「胡老爺，這個稱呼萬萬不敢當，你叫我郁四好了。」

楊用之也覺得他不必如此謙虛，便說：「你也叫他老四好了。」接著又對郁四說：「老四，你請胡老爺去吃碗茶！他有點小事託你。」

「好的，好的！我請胡老爺吃茶。」

於是他帶胡雪巖上街，就在縣前有家茶館，招牌名叫「碧浪春」；規模極大，三開間的門面，前面散座，後面是花木扶疏，另成院落的雅座。郁四不把他帶到雅座，卻在當簷正中一張豎擺的長桌子上首一坐。

胡雪巖一看便懂了。這張茶桌，名為「馬頭桌子」；只有當地漕幫中的老大，才有資格朝外坐。胡雪巖雖是「空子」，卻懂這個規矩；而且也明白郁四的用意，是要向大家表明，他有這樣一位貴客。

不過，胡雪巖心裡感他的情，卻不宜說破：「開口洋盤閉口相」，說破了反難應付，只是神色間擺出來，以有郁四這樣的朋友為榮。

果然，郁四的威風不小，一坐定，便陸續有人走來，含笑致候，有的叫「四哥」，有的叫「四叔」；極少幾個人叫「老四」，那當然不是「同參」，就是交情夠得上的平輩。

不管叫郁四甚麼，對胡雪巖都非常尊敬；郁四一一為來人引見，其中有幾個人便介紹給胡雪巖——他心裡有數，這都是夠分量的人物，也是自己在湖州打天下，必不可少的朋友。

人來人往，絡繹不絕，還有許多送來點心，擺滿了一桌子。這樣子根本無法談正事，同時郁四覺得為大家介紹這個朋友，到這地步也就夠了。所以招手把茶博士喊了過來問道：「後面有地方沒有?要清靜一點的。」

「我去看了來回報你老人家。」

不多片刻，茶博士說是有了座位。引進去一看，另有個夥計正在移去僻處一張桌上的茶具；顯然的，茶博士是說了好話，要求雅座上的客人騰讓了出來的。這是一件小事，胡雪巖的印象卻極深刻；郁四的「有辦法」，就在這件小事上，表現得清清楚楚。

「胡老爺，你有話請說。」

「郁四哥！」胡雪巖又改回最早的稱呼，「自己人這樣叫法，顯得生分了。你叫我雪巖好了。」

「沒有這個規矩。」郁四又說，「我們先不講這個過節，你說，有甚麼事要吩咐？」

「是這樣——。」胡雪巖說明了來意。

「那麼，你有沒有保呢？」

「我託恆利去找。」

「那不必了。」郁四說道，「你把稟帖給我，其餘的你不必管了。明天我把回批送到你那裡！」

這樣痛快，連胡雪巖都不免意外，拱拱手說：「承情不盡。」他接著又說：「楊師爺原有句話交代，叫我備一個紅包，意思意思。現在我不敢拿出來了；拿出來，倒顯得我是半吊子。」

郁四深深點頭，對胡雪巖立即另眼相看——原來的敬重，是因為他是楊師爺和王大老爺的上賓；現在才發覺胡雪巖是極漂亮的外場人物。

於是他在斟茶時，用茶壺和茶杯擺出一個姿勢，這是在詢問，胡雪巖是不是「門檻裡的」？如果木然不覺，便是「空子」，否則就會照樣用手勢作答，名為「茶碗陣」。

「茶碗陣」胡雪巖也會擺，只是既為「空子」，便無須乎此。但郁四已擺出點子來，再假裝不懂，事後發覺便有「裝佯吃相」之嫌。他在想，漕幫的規矩，原有「准充不准賴」這一條；這個「賴」字，在此時來說，不是身在門檻中不肯承認；是自己原懂漕幫的規矩，雖為空子，而其實等於一條線上的弟兄，這一點關係，要交代清楚。

於是他想了想問道：「郁四哥，我跟你打聽一個人，想來你一定認識。」

「喔，那一位？」

「松江的尤五哥。」

「原來你跟尤老五是朋友？」郁四臉有驚異之色，「你們怎麼稱呼？」

「我跟尤五哥就像跟你郁四哥一樣，一見如故。」這表明他是空子；接著又回答郁四的那一問：「尤五哥客氣，叫我『爺叔』，實在不敢當。因為我跟魏老太爺認識在先，尤五哥敬重他老人家，當我是魏老太爺的朋友，自己把自己矮了一輩，其實跟弟兄一樣。」

這一交代，郁四完全明白；難得「空子」中有這樣「落門落檻」的朋友，真是難得！

「照這樣說，大家都是自己人──不過，你老是王大老爺的貴客，我實在高攀了。」

「那有這話？」胡雪巖答道：「各有各的交情；說句實話，我跟做官的，不大軋得攏淘。」

江湖中人，胸襟有時候很放得開，看胡雪巖這樣表示，郁四便想進一步交一交，改口稱為：

「胡老闆，這趟到湖州來，專為辦這樁公事？」他指著那張稟帖問。

「這是一樁。」胡雪巖想了一下，決計跟他說實話：「再想幫朋友開一家絲行；我自己也想買點絲。」

他一說，郁四便已會意，收了湖州府和烏程縣的公款，就地運用，不失為好算盤，「不過，」郁四問道：「絲的行情，你曉不曉得？」

「正要向郁四哥討教。」

「絲價大跌，買進倒正是時候；不過，要當心脫不得手。」

「喔！」胡雪巖說，「隔行如隔山，郁四哥這兩句話，我還不懂得其中的道理。」

「這容易明白──。」

湖州的生絲有個大主顧，就是「江南三局」──江寧、蘇州、杭州三個織造局；三局規模相仿，各有織機七、八百張，每年向湖州採購的生絲，數量相當可觀。等洪楊戰事一起，庫款支絀、交通不便，三局的產量已在減少；江寧一失，織機少了三分之一；蘇州臨近戰區，織造局在半停頓之中，就算杭局不受影響，通扯計算，官方購絲的數量，也不過以前的半數。

加以江寧到蘇州，以及江北揚州等地，老百姓紛紛逃難，果腹亦不易，如何穿綢著緞？所以生絲滯銷，價格大跌；進了貨不易脫手，新絲泛黃，越發難賣。

「真是！」胡雪巖笑道，「我只會在銅錢眼裡翻跟斗，絲方面的行情，一竅不通，多虧郁四哥指點，不然冒冒失失下手，『溼手捏著乾燥麵』，弄不清楚了。」

「我也不十分內行。不過這方面的朋友倒有幾個可以替你找來談談。」郁四略停一下又說，「他們不敢欺你外行。」

「那真正千金難買。」胡雪巖拱手道謝，「就託郁四哥替我約一約。」

「自己人說話，我曉得你很忙；請你自己說，甚麼時候有空？我替你接風，順便約好了他們來。」

「明天晚上吧！」胡雪巖又說，「我想請郁四哥約兩位懂『洋莊』的朋友。」

郁四心一動，「胡老闆，你的心思好快！」他由衷地說，「我實在佩服。」

「你不要誇獎我，還不知道洋莊動不動？如果動洋莊，絲價跌豈不是一個機會？郁四哥，我們聯手來做。」

「好的！」郁四欣然答道，「我託你的福。」

「那裡？是我靠你幫忙。」

「自己人都不必客套了。」郁四有點興奮，「要做，我們就放開手來做一票。」

在別人，多半會以為郁四的話，不是隨口敷衍，就是故意掉槍花，但胡雪巖不是這麼想，江湖中人講究「牙齒當階沿石」，牙縫中一句話，比有見證的親筆契約還靠得住。郁四的勢力地位，已經表現得很清楚；論他的財力，即使本身並不殷實，至少能夠調度得動，這樣不就可以做大生意了？這個大生意有兩點別人所沒有的長處，自己的頭腦和郁四的關係；兩者配合得法，可以所向無敵。

因此，胡雪巖內心也很興奮。他把如何幫老張開絲行的事，大致說了一遍；但沒有提到其中關鍵所在的阿珠。

而郁四卻是知道老張，並且坐過張家的船的，「原來是老張！」他說，「這個人倒是老實的。他有個女兒，長得很出色。」

既說到這上面，胡雪巖不能再沒有表示，否則就不夠意思了。但這個表示也很難，不便明說，唯有暗示；於是他笑一笑說：「開這個絲行，一半也是為了阿珠。」

「噢——！」真所謂「光棍玲瓏心」，郁四立刻就懂了，「你眼光真不錯！」

「這件事還有點小小的麻煩，將來說不定還要請郁四哥幫忙。這且不談。郁四哥，你看這個絲行，我們是合在一起來做，還是另設號子？」

「也不必合開絲行，也不必另設號子。老張既是你面上的人，便宜不落外方，將來我們聯手做洋莊，就託老張的絲行進貨好了。」

老張的絲行連招牌都還未定，已經有了一筆大生意，不過胡雪巖也很漂亮；「既然如此，將來我叫老張在盈餘當中，另提一筆款子來分。」他說。

「這是小事。」郁四說：「胡老闆，你先照你自己的辦法去做，有甚麼辦不通的地方，儘管來找我。等明天晚上約了人來談過，我們再商量我們合夥的事。」

就這樣素昧平生的一席之談，胡雪巖找到了一個最好的合夥人。離了碧浪春，不遠就是恆利；那裡的檔手趙長生，早就接到了張胖子的信，知道胡雪巖的來頭，接了進去，奉如上賓。

談到本行，胡雪巖可就不如談絲行那樣事事要請教別人，略略問了些營業情況，就已了然，恆利的生意做得規矩，但規模不大，尚欠開展。照自己做生意，銳意進取的宗旨來說，只怕恆利配合不上。

做生意最要緊的是，頭寸調度得靈活。他心裡在想，恆利是腳踏實地的做法，不可能憑自己一句話，或者一張字條，就肯多少多少先付了再說；這樣子萬一呼應不靈，關係甚重。那麼，阜康代理湖州府庫、烏程縣庫，找恆利做匯劃往來的聯號，是不是合適？倒要重新考慮了。

由於有此一念，他便不談正題，而趙長生卻提起來了，「胡老闆，」他說，「信和來信，說是府、縣兩庫，由胡老闆介紹給我們代收代付，承情之至。不知道這件事，其中有甚麼說法，要請教。」

胡雪巖心思極快，這時已打定了一個於己無損，於恆利有益，而在張胖子的交情方面，足以交代得過去的折衷辦法，「是這樣的，」他從容不迫地答道，「本地府、縣兩庫，王大老爺和楊師爺商量結果，委託阜康代理。不過阜康在湖州還沒有設分號，本地的支付，我想讓給寶號來辦。一則是老張的交情，再則是同行的義氣，其中毫無說法。」

所謂「毫無說法」就是不必談甚麼條件，這真是白占便宜的幫忙，趙長生既高興、又感激，不斷拱手說道：「多謝，多謝！」

「長生兄不妨給我個可以透支的數字，我跟裡頭一說，事情就算成功了。改一天，我請客，把楊師爺和戶書郁老四找來，跟長生兄見見面。」

府、縣衙門的師爺，為了怕招搖引起物議，以致妨礙東家的「官聲」，無不以在外應酬為大忌；郁四在湖州的手面，趙長生亦是深有所知的，現在聽胡雪巖是招之即來的語氣，而且對郁四用稔友知交的稱呼，便越發又加了幾分敬重，於是他的態度也不自覺地不同了。

「當然是恆利請客。胡老闆！」他雙手放在膝上，俯身向前，用很清楚的聲音問道：「我先要請問一聲，不曉得府、縣兩庫，有多少收支？」

「這我倒還不大清楚。照平常來說，本地的收支雖不多，不過湖州富庶，又是府、縣兩衙門，我想經常三、五萬銀子的進出總有的。」

「那麼，」趙長生想了想，帶些歉意地說，「恆利資本短，我想備兩萬銀子的額子，另外我給寶號備一萬兩的額子，請胡老闆給我印鑑式樣。」

「好的！」胡雪巖原不想要他那一萬銀子的透支額，但謝絕好意，一定會使趙長生在心裡難過，所以平靜地又說：「至於阜康這方面跟寶號的往來，我們另外訂約；都照長生兄的意思好了。」

「是！是！我聽胡老闆的吩咐。」

「一言為定。」胡雪巖站起來說，「我告辭了。」

趙長生要留他吃午飯，情意甚殷，無奈胡雪巖對恆利的事，臨時有了變化，急於要去安排妥貼，所以堅辭不肯，只說相處的日子正長，不必急在一時。然後訂下第二天上午再見面的後約，離了恆利。

從恆利又回到了碧浪春，儼然常客，立刻便有好些人來招呼；胡雪巖直言問道：「我有要緊事，要看郁四哥，不曉得到那裡去尋找他呢？」

「有地方尋找，有地方尋找。」有個姓錢的招呼一個後生：「小和尚！你把胡先生帶到『水晶阿七』那裡去！」

胡雪巖道過謝，跟著小和尚出店向西；心裡在想，「水晶阿七」不知道是個甚麼人物呢？先得弄清楚了再說。

等他一問，小和尚調皮的笑了，「是個『土貨』！」他說，「郁四叔的老相好，每天在她那裡吃中飯，打中覺。」

原來是個土娼，郁四哥看中的，當然是朵名花，「怎麼叫『水晶阿七』呢？」他又問。

「水晶就是水晶。」小和尚笑道：「莫非胡先生連女人身上的這個花樣都不知道？」

一說破，胡雪巖自己也覺得好笑，便不再多問；只跟著他曲曲折折進了一條長巷，將到底時，小和尚站定了腳說：「胡先生，你自己敲門，我不進去了。」

「為甚麼？」

小和尚略有些臉紅，「郁四叔不准我跟水晶阿七見面。」他說。

「原來如此！」胡雪巖拱拱手說，「勞步，勞步！」等小和尚走遠了，他才敲門；應門的是個小姑娘，等他說了來意，立刻引進。剛剛上樓，就聞得鴉片煙的香味，揭開門簾一看，郁四正在吞雲吐霧；大紅木床的另一面，躺著一個花信年華，極其妖豔的少婦，自然是水晶阿七了。

郁四因為煙槍正在嘴裡，只看著他招手示意；阿七替他捧著煙斗也不能起身，只拋過來一個媚笑。胡雪巖不由得心中一蕩；怪不得郁四不准小和尚上門；他在想，這個媚眼勾魂懾魄，有道行的老和尚都不能不動心，何況「小和尚」？

一口氣把一筒煙抽完，郁四抓起小茶壺喝了口茶，急急起身問道：「你怎麼來的？來，來，躺一躺。」

等他說到這句話，水晶阿七已經盈盈含笑，起身相讓；胡雪巖覺得不必客氣，便也含笑點頭，撩衣上了煙榻。

「阿七！這是胡老闆，貴客！」

「郁四哥，」胡雪巖糾正他說，「你該說是好朋友！」

「對，對。是貴客也是好朋友。」

於是阿七一面行禮，一面招呼；然後端張小凳子坐在床前替郁四裝煙。

「你怎麼來的？」郁四又問。

「先到碧浪春，有個後生領了我來的。」胡雪巖特意不提小和尚的名字。

「想來還不曾吃飯？就在這裡將就一頓。阿七，你去看看，添幾個中吃的菜！」

等阿七去照料開飯，胡雪巖和郁四便隔著煙燈，低聲交談；他直道來意，說要抽回稟帖，重新寫過。

「怎麼寫法？」

「恆利的規模不大，我想分開來做，本地的收支歸恆利；匯到省裡的款子，另外委託別家。」

「你想託那一家？」

「這就是我要跟你商量的了。」胡雪巖問：「郁四哥，你有沒有熟的錢莊？」

「有！」郁四一面打煙，一面不知在想些甚麼？好久，他才問道：「你的意思要我替你找一家？」

「是啊！」

「假使換了別人，我馬上就可以告訴你，那一家靠得住。現在是你託我，話當另說；做錢莊你是本行，無須找我，找到我總有說法。自己人，你儘管實說；看我替你想得對不對？」

聽這番話，郁四已經胸有成竹，為自己打算好了一個辦法，這當然要開誠布公來談；但以牽連著王有齡和楊用之，措詞必須慎重，所以這樣答道：「甚麼事瞞不過你郁四哥。我跟王大老爺有一段特別的交情，楊師爺也相處得不錯；不過公事上要讓他們交代得過去，絕不能教幫忙的朋友受累，這是我在外面混，鐵定不移的一個宗旨。郁四哥，你說是不是？」

當然是囉！胡雪巖說這段話的用意，一則是為王有齡和楊用之「撇清」；再則也是向眼前一見成為知交的朋友表明，他不會做出甚麼半吊子的事來。郁四懂得這意思，所以雖未開口，卻是不斷點頭。

「錢莊代理公庫的好處，無非拿公款來調度；不過這又不比大戶的存款，擺著不動，盡可以放出去吃利息。公款只有短期調動，倘或一時無法運用，那就變成白當差了。」

「嗯，嗯！」郁四說道，「我的想法跟你差不多。請再說下去。」

「我的意思是想在這裡買絲；如果行情俏，一轉手有頂『帽子』好搶。不過現在看起來不行了；而且既然跟你聯手，我的做法要改一改——怎麼改？要請教你。」

「老實說，我也有家錢莊；我是三股東之一，教我兄弟出面。本地府、縣兩庫，我如果想代理，早就代理了，就怕外頭說閒話。所以我這家錢莊，現在也不能跟你做聯號，公款匯劃，我絕不能沾手。我在想，你何不在湖州設阜康分號？」

這原是胡雪巖的希望，但此時腳跟未穩，還談不到；因而躊躇著不知如何作答？

「你是怕人地生疏？」郁四轉過臉來，看著他問。

由這個動作，見得他很認真。胡雪巖心想，錢莊設分號不是一件說開張就開張，像擺個菜攤那麼容易的事；既然郁四也是內行，其間的難處，他當然想過，倒要先聽聽他的再說。

「地是生疏，人倒不然；別的不說，光說有你郁四哥，我還怕甚麼？現在我跟郁四哥還是同行，我要請教，阜康這個分號，應該如何開法？」

「你這個分號與眾不同。只為兩件事，第一件代理公庫，第二件是為了買絲方便，所以樣子雖要擺得夠氣派，人倒用得不必多，你自己有人最好，不然我替你找。這是第一件。」

「第二件呢？」

「第二件當然是本錢。」郁四說，「你這個分號本錢要大，一萬、兩萬說要就要；但不做長期放款，總不能備足了頭寸空等，所以我替你想，你索性不必再從杭州調頭寸過來了，除掉府、縣公款，另外要多少，由我那裡撥。」

這真是太好了！胡雪巖大喜：「承郁四哥幫忙，還有甚麼話說？我照同行的拆息照算。」

「不，你不能照同行拆息。」郁四說，「這一來你就沒好處了。我們另外定一個算法。」

郁四所提的辦法是有伸縮的，也就是提成的辦法，如果阜康放款給客戶，取息一分，郁四的錢莊，就收半分；是八釐，便取四釐。總而言之，兩家對分。換句話說，阜康轉一轉手，便可取得一半的利益。

世上真難得有這樣的好事！但細想一想，阜康也不是不勞而獲；要憑關係手腕，將郁四的款子用出去，否則他的錢再多，大錢不會生小錢，擺在那裡也是「爛頭寸」。

話雖如此，無論如何還算是胡雪巖占便宜，所以他連連道謝，但也放了兩句話下來。

「自己人不必假客氣；光棍眼裡更是揉不得砂子，我老實跟郁四哥說，錢莊這一行，我有十足的把握。我敢說一句，別人的生意一定沒有我做得活。既然郁四哥你挑我，我也一定會替郁四哥掙面子。」

「你這兩句話倒實惠。」郁四慢吞吞答道：「我也跟你說句老實話，我自己的這班老弟兄，『小角色』，做甚麼都行，就是做生意，沒有像你老兄這樣一等一的能幹朋友——就有幾個門檻外頭的朋友，也算是好角色，比起你來，還差一截；再說，也沒有跟你這樣投緣。」

這完全是託以腹心的表示，胡雪巖倒不便再作泛泛的謙遜之詞了，只答了兩個字：「我懂！」

「你當然懂！我這雙眼睛看人也是蠻『毒』的。」

交情到此，已無須客套。這時水晶阿七已領著人來開飯；靠窗紅木桌子上，擺滿了一桌子的菜，賓主二人，相向而坐，水晶阿七打橫相陪；胡雪巖戲稱她為「四嫂」。

「胡老闆吃啥酒？」阿七指著郁四說：「他是個沒火氣的人，六月裡都吃『虎骨木瓜燒』。」

「今天不吃這個了。」過足了癮的郁四，從煙榻上一躍而起，伸腿踢腳，彷彿要下場子練武一般；然後把兩手的骨節，捏得「咯啦、咯啦」地響，聳聳肩，扭扭腰，是非常舒服的樣子。

「說嘛！」阿七催他，「吃啥酒？」

「把那瓶外國酒瓶子裝的藥酒拿來。」

「那一瓶？」阿七略顯遲疑，「頂好的那一瓶？」

「自然是頂好的那一瓶！」郁四狠狠瞪了她一眼。

阿七這才明白，胡雪巖是郁四真正看重的一個好朋友，急忙陪笑：「胡老闆，不是我小氣，我不知道——。」

「好了，好了！」郁四攔著她說，「越描越黑。快拿酒來！」

這瓶酒實在名貴。據郁四自己說，是照大內的祕方，配齊道地藥材，用上等的汾酒泡製而成，光是向御醫買這張方子，就花了一百兩銀子；一劑藥配成功，也得花到二百多兩。已經泡了三年，郁四還捨不得喝，「倒不是銅鈿銀子上的事，」他說：「有幾樣藥材，有錢沒處買。」

「原來說過，要到五十歲生日那天打開來。」阿七笑道，「今天叨胡老闆的光，我也嚐一嚐這瓶寶貝酒，不曉得怎麼好法？」

「怎麼好法？你到了晚上就知道了！」

郁四說了這一句，與胡雪巖相顧而笑——講到風情話，阿七即使視如常事，也不能表現得無動於衷，白了郁四一眼，嗔道：「狗嘴裡長不出象牙！」

說笑過一陣，肅客入廳，嚐那瓶名貴的藥酒；胡雪巖自然說好，郁四便要把方子抄給他。這樣應酬過了，便須重新談入正題，事情很多，一時有無從談起之苦，所以胡雪巖舉杯沉吟著。

郁四當他有何顧忌，便指著阿七說：「她沒有別樣好處，第一是口緊，聽了甚麼話，從來不在外面說一句。第二是真心真肚腸，一眼就看得清清楚楚，所以叫做『水晶』。」說完，斜睨著阿七笑了。

這一笑便大有狎昵之意，阿七似乎真的著惱了，「死鬼！」她低聲罵道：「甚麼水晶不水晶，當著客人胡說八道！」

郁四有些輕骨頭，阿七越罵他越笑；當然，她也是罵過算數，轉臉向胡雪巖和顏悅色地說：「胡老闆，你不要笑話我；老頭子一天不惹我罵兩聲，不得過門。」

「原來要這樣子才有趣。」胡雪巖笑著答道：「要是我做了郁四哥，也要你每天罵兩句才舒服。」

阿七笑了，笑得極甜；加上她那水銀流轉似的秋波，春意盎然。胡雪巖心中一蕩，但立刻就有警覺，江湖道上，最忌這一套，所以趕緊收斂心神，把視線移了開去。

「我們先談錢莊。」郁四迎著他的眼光問道：「我那爿錢莊叫聚成，也在縣前，離恆利不遠。」

「郁四哥，」胡雪巖問道：「你看，我阜康分號，就在聚成掛塊牌子如何？」

「也未嘗不可。不過不是好辦法，第一，外面看起來，兩家是一家；第二，你遲早要自立門戶的，將來分了出去，跑慣的客戶會覺得不便。」

這兩層道理胡雪巖自然都知道，但他實在是缺少幫手，一個人辦不了那麼多事，打算著先「借地安營」，把阜康招牌掛了出來，看絲行生意是否順手，再作道理。現在因為郁四不以為然，只好打消了這個念頭。

「我也曉得，你一定是因為人手不夠。這一點，我可以幫你的忙；不過只能派人替你跑跑腿，檔手還是要你自己去尋。」

「這不一定。」胡雪巖把他用劉慶生的經過，說了一遍，「我喜歡用年紀輕，腦筋靈活的人；錢莊這一行不大懂，倒沒有關係，我可以教他。」

「這樣的人，一時倒還想不出。」郁四轉臉問阿七，「你倒想想看！」

「有是有一個，說出來一定不中聽，還是不說的好。」

「說說也不要緊。」

「年紀輕，腦筋靈活，有一個：小和尚。」

這話一出口，郁四未有表示，胡雪巖先就心中一動，雙眼不自覺地一抬。郁四是何等角色，馬上就發覺了，「怎麼？」他問，「你曉得這個人？」

「剛才就是他陪我來的？」胡雪巖泰然自若的回答。

「咦！」阿七詫異地問：「他為甚麼不進來呢？」

從這一問中，可知郁四不准小和尚到這裡來，阿七並不知道；如果照實回答，西洋鏡拆穿，說不定他們倆便有一場饑荒好打。就算郁四駕馭得住阿七，這樣不准人上門，也不是甚麼漂亮的舉動，所以胡雪巖決定替郁四隱瞞。

「我倒是邀他一起進來的。」胡雪巖說，「他在碧浪春有個朋友等著，特地抽功夫來領我的路；領到了還要趕回去陪朋友。」

這番謊編得點水不漏，連郁四都信以為真，看他臉色便知有如釋重負之感，「小和尚的腦筋倒是好的，」他說，「不過——。」

「甚麼不過！」阿七搶著說道，「把小和尚薦給胡老闆，再好都沒有。人家『四叔，四叔』，叫得你好親熱，有機會來了，你不挑挑小腳色？」

綳在場面上，阿七說的又是冠冕堂皇的話，郁四不便峻拒，只好轉臉對胡雪巖說：「你先看看人再說。如果你合意就用；不然我另外替你找。」

其實胡雪巖對小和尚倒頗為欣賞，他雖不是做檔手的材料，跑跑外場，一定是把好手。不過其中有那麼一段曖昧的心病在內，他不能不慎重考慮，所以點點頭答道：「好的！等我跟他談一談再說。」

「我也想尋你這面一個人談一談。」郁四突然問道：「老張這個人怎麼樣？」

「忠厚老成。」胡雪巖說，「做生意的本事恐怕有限。將來我們聯手來做，郁四哥，你派個人來『抓總』。」

「不好，不好！」郁四使勁搖著頭，「已成之局不必動，將來還是老張『抓總』，下面的『做手』我來尋；我想跟老張談一談，就是想看他是那一路人，好尋個脾氣相配的人給他。現在你一說我曉得了，這件事等過了明天晚上再說。此刻我們先辦你錢莊的事，稟帖我先壓下來，隨時可辦，不必急；第一步你要尋人尋房子。回頭我陪你到『混堂』泡一泡，要找甚麼人方便得很。」

於是停杯吃飯。飯罷到一家名叫「沂園」的浴室去洗澡；郁四每日必到，有固定的坐位——那一排座都給他留著招待朋友。一到坐定，跟在碧浪春一樣，立刻有許多人上來招呼。這一回郁四又不同了，不管來人身分高低，一律替胡雪巖引見，應酬了好一會，才得靜下來。

「小和尚這一刻在那裡？」他就這麼隨便看著人問：「有人曉得沒有？」

「還會在那裡？自然是王家賭場。」有人回答。

胡雪巖明白郁四的意思，是要找小和尚來談，便攔阻他說：「郁四哥，慢一慢！」

「怎麼樣？」

胡雪巖想了一會問道：「不曉得他肯不肯跟我到杭州去？」

「咦！」郁四不解，「你怎麼想的，要把他帶到杭州去？」

「我在杭州，少這麼一個可以替我在外面跑跑的人。」胡雪巖這樣回答。

「他從沒有出過湖州府一步，到省城裡，兩眼漆黑，有啥用處？」

胡雪巖沒有防到，郁四會持反對的態度，而且說的話極在理，所以他一時無法回答，不由得楞了一楞。

這一楞便露了馬腳，郁四的心思也很快；把從阿七提起小和尚以後，胡雪巖所說的話，合在一起想了一下，斷定其中必有不盡不實之處——如果不想交這個朋友，可以置之不問；現在彼此一見，要往深裡結交，就不能聽其自然了。

「小和尚這個人滑得很，」他以忠告的語氣說：「你不可信他的話。」

光棍「一點就透」，胡雪巖知道郁四已經發覺，小和尚曾有甚麼話，他沒有告訴他。有道是「光棍心多」，這一點誤會不解釋清楚，後果會很嚴重。但是解釋也很難措詞——說不定就是一齣《烏龍院》，揭了開來，郁四臉上會掛不住。

再想想不至於，阿七胸無城府，不像閻婆惜；郁四更不會像宋江那麼能忍，而小和尚似乎也不敢，果有其事，便絕不肯坦率自道郁四不准他上阿七的門。不過阿七對小和尚另眼相看，那是毫無可疑的，趁此機會說一說，讓郁四有個警覺，也不算是冒昧之事。

於是他說：「郁四哥，我跟你說實話，小和尚這個人，我倒很中意。不過他說你不准他上門，所以我不能在湖州用他；你我相交的日子長，我不能弄個你討厭的人在跟前。我帶他到杭州就無所謂了。」

這才見得胡雪巖用心之深！特別是當著阿七，不說破他曾有不准小和尚上門的話，郁四認為他為朋友打算，真個無微不至。照此看來，他要帶小和尚到杭州，多半也是為了自己；免得阿七見了這個「油頭小光棍」，心思七上八落。

心感之下，郁四反倒覺得有勸阻他的必要：「不錯，我有點討厭小和尚。不過，討厭歸討厭，管我還是要管。這個人太滑，吃玩嫖賭，無一不精，你把他帶了去要受累。」

「吃玩嫖賭，都不要緊。」胡雪巖說：「我只問郁四哥一句話，小和尚可曾有過吃裡扒外的行為？」

「那他不敢！要做出這種事來，不說三刀六洞，起碼湖州這個碼頭容不得他。」

「既然如此，我還是帶了他去。就怕他自己不肯——人，總是在熟地方好。」

「沒得這話！」郁四搖搖頭：「你真的要他，他不肯也得肯。再說，跟了你這樣的『爺叔輩子』，還有甚麼話說？我剛才的話，完全是為你著想。」

「我知道，我知道。」胡雪巖說，「我不怕他調皮。就算我自己駕馭不了，有你在那裡，他敢不服貼？」

這句話恭維得恰到好處，郁四大為舒服。再想一想，這樣子「調虎離山」，而且出於阿七的推薦，輕輕易易地去了自己心中一個「痞塊」，豈非一件極痛快的事？

「不過，這也不必急。」郁四從從容容地說，「這件事等你回省城以前辦妥就可以了。等閒一閒，我先把小和尚找來，你跟他好好談一談；果真中意了，你不必跟他說甚麼，你把你的意思告訴我，帶到杭州派他啥用場？等我來跟他說好了。」

「好極，好極！」胡雪巖要用小和尚，本就是一半為了郁四，樂得聽他安排：「我就拜託郁四哥了。」

到沂園來「孵混堂」，主要的就是避開阿七談小和尚，既有結果，不必再「孵」；胡雪巖穿衣告辭，急著要跟老張去碰頭。

「你一個人去，陌陌生生，怎麼走法？」郁四把沂園的夥計喊了來說：「你到轎行裡去喊頂轎子，說是我要的。」

很快地，簇新的一頂轎子抬到，三個年輕力壯的轎伕，態度非常謙恭，這自然是郁四吩咐過了的緣故；胡雪巖說了地址，上轎就走。

張家住在城外，就在碼頭旁邊一條小巷子裡，轎子一抬進去就塞住了——這條巷子，實在也難得有轎子經過，所以路人不但側身而讓，並且側目而視；其中一個就是阿珠。

他沒有看見，她卻發現了，「喂，喂！」她望著抬過門的轎子喊：「你們要抬到那裡去？」

轎伕不理她，胡雪巖卻聽出是阿珠的聲音，急忙拍拍扶手板，示意停轎。

「怎麼到這時候才來？」一見面就是埋怨的口氣，顯見得是「一家人」，讓左鄰右舍發覺了，會引起詭異；阿珠自覺失言，立刻紅暈上臉，強笑道：「我們這條巷子裡，難得有坐轎來的貴客！請進來，請進來。」

「你先進去。」胡雪巖心細，看轎子停在門口，妨礙行人會挨罵，所以先關照轎伕，把轎子停在巷口，然後進門。

進門就是客堂。裡面說話，大門外的人都聽得見，自然不便；阿珠把他領到後面——隔著一個小小的天井，東面兩間，看樣子是臥室；西面也是兩間，一間廚房，燉肉的香味四溢，一間堆著什物。

「只有到我房間裡坐了！」阿珠有些躊躇，「實在不大方便。」

不方便是因為她父母都不在家，「到哪裡去了？」胡雪巖問。

「還不是伺候你胡老爺！」阿珠微帶怨懟地答道，「爹到衙門看你去了；娘在河灘上，看有甚麼新鮮魚買一條，好等你來吃。」

「那麼，你呢？你在門口等我？」

「哪個要等你？我在等我娘。」

「閒話少說。」胡雪巖說，「要去通知你爹一聲，不要教他空等了。」

「不用。說好了的，等不到就回來，也快到家了。」

說著，阿珠推開房門，只見屋中剛剛裱糊過，四白落地，十分明亮。一張床，一張梳頭桌，收拾得很潔淨；桌上還有隻花瓶，插著幾朵荷花。

「地方太小了！」阿珠不好意思地說。

「小的好！兩個人一張床，最妙不過。」

「說說就沒有好話了。」她白了他一眼。

「來，來，坐下來再說。」

他拉著她並坐在床沿，剛要開口說話，阿珠像是突然想起了甚麼，跳起身來奔了出去。在客堂裡打了個轉，又回了進來。

「你做甚麼去了？」

「閂門。」她說，「大門不關上，客堂裡的東西叫人偷光了都不曉得。」

這是託詞，胡雪巖心裡明白，她是怕她爹娘突然闖了進來，諸多不便，因而笑笑答道：「現在你可以放心了。」

說完，將她一把抱住，吻她的臉；她嘴裡在說：「不要，不要！」也掙扎了一會，但很快地就馴服了，任他恣意愛撫。

「你的肚兜紮得太緊了。只怕氣都透不過來！」

「要你管？」

「我是為你好。」胡雪巖去解她的鈕扣，「我看看你的肚兜，繡是甚麼花？」

「不可以！」阿珠抓住了他的手，「沒有繡花，有甚麼好看？」

看她峻拒，他便不願勉強，把手移到別處，「你會繡花，何不繡個肚兜？」他慫恿她說。

「懶得動。」

「你好好繡一個。繡好了，我有獎賞。」

「獎賞！」阿珠笑道：「獎甚麼？」

「獎你一條金鍊條。」他用手比著說，「吊肚兜用的。你看好不好？」

這怎麼不好？阿珠一雙俏眼，直勾勾地看著他：「這樣子講究？」

「這算得了甚麼？將來有得你講究。」

「好！一言為定。」阿珠很起勁地說，「我好好繡個紅肚兜。你看，繡甚麼花樣？」

「自然是鴛鴦戲水。」

阿珠一下子臉又紅了，低著頭不作聲。

「怎麼樣？」他催問著，「這個花樣好不好？」

她點點頭，又看了他一眼。脈脈含情，令人心醉；他把她抱得更緊，接著，身子往後一倒，一隻手又去解她的鈕扣。

這一下她沒有作聲，但外面有了聲音，「砰砰」然敲了兩下，接著便喊：「阿珠，阿珠！」

「我娘回來了！」阿珠慌忙起身，諸事不做，先照鏡子；鏡子裡一張面泛桃花的臉，鬢邊也有些亂，她著急地說：「都是你害人！這樣子怎麼走得出去？」

「白天不做虛心事，夜半敲門心不驚！怕甚麼？我去開門，你把心定下來。」

胡雪巖倒真沉得住氣，把長衫抹一抹，泰然自若地走了出去，開開門來，笑嘻嘻地叫了一聲：「乾娘！」

「咦！」阿珠的娘驚喜地問：「甚麼時候來的？」

「剛來不多一息。」

「阿珠呢？」

「在後面。」胡雪巖知道阿珠紅暈未褪，有心救她一救，便問這樣，問那樣，絆住了阿珠的娘，容不得她抽身。

而她記掛著拎在手裡的一條活鱖魚——「桃花流水鱖魚肥」，春天不稀罕，夏天卻難得；而且鱖魚往往出水就死，這卻是一條活的，更為名貴，急於想去「活殺」，偏偏胡雪巖絮絮不休，只好找個空隙，向裡大喊：「阿珠啊！」

阿珠已經心定神閒，把髮鬢梳得整整齊齊的走了出來；她娘便吩咐她去剖魚，剖好了等她來動手，又問胡雪巖喜歡清蒸，還是紅燒呢？

「活鱖魚不容易買到，自然是清蒸。」阿珠替他作了主。

胡雪巖還有許多事要辦，只待見老張一面，交代幾句話就要走；現在看樣子，這頓飯是非吃不可了！這就索性在這裡，跟老張把事情都商量好了再說。

「乾娘！」他說，「吃飯是小事，越簡單越好；等老張回來，我有許多話說。市面要弄得很熱鬧，大家都有得忙，功夫不能白糟蹋！」

阿珠的娘知道他是實話，好在她手下快；等老張從縣衙門回家，飯菜都已齊備，四個人團團坐下，邊吃邊談。

「一家人，我先要說句老實話。」高踞上座的胡雪巖說：「明天一早，第一件事就是搬家！不管甚麼地方，搬了再說，這裡實在太小了。」

老張夫婦，面面相覷；他們的感想一樣，搬家是件大事，要看房子，揀黃道吉日，家具什物雖不多，收拾起來也得兩三天。

胡雪巖一看他們的臉色就知道他們的心思，數著手指說：「第一，房子明天一大早去看，像個樣子就可以，先租下來住了再說，好在自己要買房子，不過一個短局，好歹都無所謂；第二，這些家具將來也用不著，不如送了左鄰右舍，做個人情，另外買新的；第三，揀日不如撞日，說搬就搬，明天一天把它都弄舒齊。」

「明天一天怕來不及。」阿珠的娘躊躇著說。

「那就兩天。」胡雪巖很「慷慨」地放寬了限期，但又重重地叮囑了一句：「後天晚上，我到你們新搬的地方來吃飯。」

「哪有這麼快？」阿珠提出抗議，「你只管你自己說得高興，不想想人家。」

「來得及，來得及！」阿珠的娘不願違拗胡雪巖的意思，但只有一點顧慮，叫阿珠去拿皇曆來看。

剛好，第二天、第三天都是宜於遷居的好日子，那就連最後一點顧慮都消除了，決定吃完晚飯，連夜去找房產經紀覓新居。

「不要怕花錢！」胡雪巖取出一張二百兩的銀票，放在她面前，「先拿這個去用。我在湖州還要開錢莊，另外也還有好些生意要做；只怕事情做不完，不怕沒有錢用。你們照我的話做，沒有錯！」

這句話為他們帶來了滿懷的興奮，但都矜持著，只張大了眼，迷惘地看著這位「嬌客」。

喝了幾杯的胡雪巖，回想這兩天的經歷，也是滿心愉悅，得意非凡，因而談興大發，「說句實話，我也沒有想到，今年交運脫運，會走到這樣一步！」他說，「那個說『福無雙至』？機會來起來，接二連三，推都推不開。我現在最苦的是，人手不足，一個人當兩個人，一天當兩天，都還不夠；實實在在要三頭六臂才好。」

「這就是所謂『能者多勞』！」阿珠的娘到底是大小姐出身，這樣掉了一句文。

「說到『能』，那倒不必假客氣，我自己曉得我的本事；不過光是我一個人有本事也不行，『牡丹雖好，綠葉扶持』。乾娘，你說是不是？」

「是啊！不過你也不是『光桿兒牡丹』，我們大家齊心合力，幫你來做。」

「就是這話。大家幫我來做！再說句實話，幫我就是幫自己。」胡雪巖看著老張說，「縣衙門的戶書郁四，你總曉得？」

「曉得！」老張答道，「碼頭上就憑他一句話。」

「那麼我告訴你，郁四要跟我聯手做絲生意。老張，你想想看，我在湖州，上有王大老爺，下有郁四；要錢有錢，要路子有路子，如果說不好好做一番市面出來，自己都對不起自己了。」

老張老實，越是他這樣說，越覺得不安；生意做得太大，自己才具不勝，所以躊躇著說：「只怕我挑不動這副擔子！」

「這話也是，」阿珠的娘也有些惴惴然，「市面太大，他應付不來。再說，郁四手下有的是人，未見得——。」

「未見得甚麼？」胡雪巖搶過她的話來說，「郁四是怎麼樣的人，你們總也曉得。光棍做事，只要是朋友，只有拉人家一把，沒有踹人家一腳的道理；他也曉得我們的交情不同，怎麼好說不要老張？你們老夫婦倆放心，絲行開起來，你們只要把店裡管好，坐在那裡就有進帳。總而言之一句話，要勤、要快，事情只管多做；做錯了不要緊！有我在錯不到那裡去的。」

老張一面聽，一面點頭，臉上慢慢不同了，是那種有了把握的神氣；等扒完一碗飯，他拿筷子指一指胡雪巖說：「你慢慢吃！我出去一趟。」

「這麼晚了！」阿珠接口問道：「到那裡去？」

「我去看房子。我想起有個地方，前後兩進，好像大了點，不管它，先租下來再說。」

「對啊！」胡雪巖大為高興，「你請，你請！如果回來得快，我還好在這裡等你聽回音。」

等老張一走，阿珠下逐客令了：「我看你也早點吃完飯走吧，一則你忙；二則，你走了，我們好收拾。不然明天怎麼搬？」

「這倒是老實話。」她娘也這麼說。

胡雪巖深感安慰；這一家三個人，就這一頓飯的功夫，腦筋都換過來了。如果手下每個人都是這樣子勤快，何愁生意不發達？

到第二天，大家都忙，老張夫婦忙著搬家；胡雪巖忙著籌劃設立阜康分號，跟楊用之商量了一上午。到了日中，依舊到水晶阿七家去訪郁四。

談完正事，談到小和尚，卻是阿七先提起來的，「胡老闆，」她問，「你想把小和尚帶到杭州去？」

「是啊，還不知道他自己的意思怎麼樣？」

「他自然肯的。」阿七又問，「我倒不懂胡老闆為啥要把他帶到杭州？」

這話在郁四問，不足為奇；出於阿七之口，就得好好想一想，或許她已經疑心是郁四的指使，先得想辦法替他解釋這可能已有的誤會。

「老實跟四嫂說，我看人最有把握。」他從從容容地答道：「小和尚人最活絡，能到大地方去歷練歷練，將來是一把好手。我不但要帶他到杭州，還想帶他到上海。」

「上海十里夷場，他一去，更不得了。」阿七以一種做姊姊的口吻拜託：「胡老闆要好好管一管他。」

「是啊！」胡雪巖趁機說道：「郁四哥勸我，還是把小和尚放在湖州，多幾個『管頭』，好教他不敢調皮。調皮不要緊，只要『上路』，我有辦法管他。」

這一說，阿七釋然，郁四欣然——事實上阿七確有些疑心，讓胡雪巖把小和尚帶到杭州，是郁四的授意；現在才知道自己的疑心是多餘的。

「小和尚是我從小的鄰居。」阿七顯然也想到了，自己對小和尚這麼關心，須有解釋，「他娣娣是我頂頂好的朋友；死了好幾年了。小和尚就當我是他的娣娣，他人最聰明，就是不務正業，好賭，賭輸了總來跟我要。所以，」她憤然作色，「有些喜歡嚼舌頭的，說我跟他怎麼長，怎麼短，真氣人！說句難聽的話，我是——。」

「好了，好了！」郁四真怕她口沒遮攔，自道「身分」，因而趕緊攔住她說：「只要我沒嚼你的舌頭就好了，旁人的閒話，管他呢？」

「你也敢！」阿七戟手指著，放出潑婦的神態，但隨即又笑了，笑得極其嫵媚。

胡雪巖倒是欣賞她這樣爽朗的性情，但郁四的禁臠，唯有收攝心神，視如不見。轉念想到小和尚，既然話已說明，便無須有所顧忌，此刻正在用人之際，應該談定了，馬上拿他來派用場。於是他說：「郁四哥，此刻能不能跟小和尚見個面？」

「怎麼不能？」郁四站起身說：「走！」

兩個人又到了沂園。郁四派人把小和尚去找了來，招呼過後，他問：「四叔尋我有話說？」

郁四先不答他的話，只問：「你的賭戒得掉戒不掉？」

小和尚一楞，笑著說道：「四叔要我戒賭？」

「我是為你好。你這樣子天天爛賭，那一天才得出頭？」郁四又說：「靠賭吃飯沒出息，你曉不曉得？」

小和尚不答，只看看胡雪巖；彷彿已知道郁四的意思了。

於是郁四又問：「你想不想出去闖闖碼頭呢？」

一聽這話，小和尚顯得很注意，而眼中看得出來，是憧憬大地方熱鬧，就像小孩聽說能跟大人去看戲的那種神色。

「胡老闆想帶你到杭州去。」郁四說道，「我已經答應胡老闆了，要問問你自己的意思。」

「四叔已經答應了，我不願意也要辦得到呀！」

「小鬼！」郁四笑著罵道：「我不見你這個空頭人情。你自己說一句，到底願意不願意呢？胡老闆的脾氣，不喜歡人家勉強。」

「願意！」小和尚很清楚的表示，同時向胡雪巖點點頭。

「那好了。你現在就跟胡老闆去辦事——胡老闆的事，就是我的事。」有這句話交代，甚麼都在裡頭了。胡雪巖辭別郁四，找了個清靜酒店，先要了解了解小和尚的一切。

小和尚名叫陳世龍，孑然一身，身無恆業；學過刻字店的生意，因為沒有終日伏案的耐性，所以半途而廢。

「這樣說，你認得字？」

「認得幾個。」小和尚——陳世龍說：「『百家姓』最熟。」

「你說話倒有趣。」胡雪巖答道：「會不會打算盤？」

「會。不過不大精。我在牙行幫過忙。」

「牙行」是最難做的一種生意，就憑手裡一把秤，要把不相識的買賣雙方，撮合成交易，賺取佣金。陳世龍在牙行幫過忙，可知能幹，胡雪巖越發中意了。

「聽說你喜歡賭，是不是？」

「賺兩個外快用。」陳世龍說：「世界上好玩的花樣多得很，不一定要賭。」

「說得對！你這算是想通了。你去過上海沒有？」

「沒有。」

「你去過上海就知道了。光是見見世面就很好玩──世界上的事，沒有一樣不好玩；只看你怎樣想，譬如說，我想跟你交朋友，交到了，心裡很舒服，不就很好玩嗎？」

這話是陳世龍從未聽過的，有些不懂，卻似乎又有些領悟，所以只是看著他發楞。

「世龍，我再問你一句話──。」

看他不說下去了，陳世龍不由得奇怪，剛喊得一聲：「胡老闆──。」胡雪巖打斷了他的話。

「你叫我胡先生。」

這就有點收他做學生的味道在內，陳世龍對他很服貼，便改口說道：「胡先生，你要問我句甚麼話？」

「我這句話，如果問得不對，你不要擺在心上，也不必跟人說起。我問你，阿七到底對你有意思沒有？」

「這我哪裡曉得。」

「你難道看不出來？」

「我看不出來。我只曉得我自己，郁四叔疑心病重，我哪裡會對阿七動甚麼腦筋？」陳世龍停了一下又說：「賭輸了跟她伸伸手是有的。別的沒有。」

胡雪巖用他，別的都不在乎，唯一顧慮的就是他跟阿七的關係，這一點非弄得清清楚楚不可；因而又向下追問：「你動不動歪腦筋是一回事，動不動心又是一回事。你說，你心裡喜歡不喜歡阿七？」陳世龍到底資格還嫩，不免受窘，猶豫了一會答道：「男人總是男人嘛！」

這句話就很明白了。胡雪巖對他的答覆很滿意；因為他說了實話。不過，接下來的卻是告誡。

「你也怨不得你四叔疑心病重。有道是『麻布筋多，光棍心多』，你年輕力壯，跟阿七又是從小就認識的，常來常往，人家自然要說閒話。」胡雪巖停了一下又說：「照我看，你郁四叔少不得阿七；你就做得格外漂亮些。」

「怎麼做法？」

「從此不跟阿七見面。」

「這做得到。我答應胡先生。」陳世龍放出很豁達的神態，揚著臉說，「天下漂亮女人多得是！」

「這話說得好！」胡雪巖心想得要試一試他，從身上取出來五十兩一張銀票，「這點錢，你先拿去用。」

陳世龍遲疑了一下，接過銀票道了謝。

「再有件事，你替我去辦一辦，我在沂園等你回話。」

他說了老張的地方，要陳世龍去看，搬了家沒有？搬在何處？陳世龍答應著走了，胡雪巖也重新回到沂園，把他們談話的情形，略略說了些給郁四聽。

很快地，陳世龍有了回話，說老張正在搬家；也說了新址所在，然後問道：「胡先生，今天還有甚麼事交代我做？」

「沒有了。你去做你自己的事。明天早晨，我在碧浪春吃茶。」

「那麼明天一早，我到碧浪春去碰頭。」

等陳世龍一走，胡雪巖才跟郁四說，給了他五十兩銀子，「你要他戒賭，他自己也跟我說，不一定要賭。」胡雪巖說，「喜歡賭的人，有錢在身上，手就會癢。你倒不妨派人去打聽一下看。」

「不錯！倒要看看這個小鬼，是不是口不應心？」

於是郁四找了個人來，密密叮囑了幾句，去打聽陳世龍的影蹤，約定明天上午回話。

當夜郁四請了兩個南潯鎮上的朋友跟胡雪巖見面。這兩個人都懂洋文，跟外國商人打過交道：談起銷洋莊的絲生意，認為應以慎重為是，因為上海有「小刀會」鬧事，市面不太平靜。

將來夷場上會不會波及，尚不可知，最好看看風色再說。

席間胡雪巖不多開口，只是靜靜聽著。當夜無話，第二天一早到碧浪春，陳世龍已經等在那裡了。胡雪巖心想，他光棍一條，有了五十兩銀子在身上，如果不是送在賭場裡，一定會買兩身好衣服，新鞋新帽，打扮得十分光鮮；而此刻看他，依舊是昨天那一身衣服，心裡便嘀咕：只怕靠不住，口不應心了！

不過他口中不作聲，只叫他到老張新搬的地方去看一看，可曾搬定？

接著郁四也到了，依舊在當門的「馬頭桌子」上一坐，同時把胡雪巖請了來，在左首第一位上坐下；少不得又有一陣忙亂，等清靜下來，才見郁四昨天派去訪查陳世龍行動的那個人，悄悄走了過來。

「小和尚真難得！」他根本不知道胡雪巖給了陳世龍一筆錢，而陳世龍應諾戒賭的情形，所以一開口就這樣說：「居然不出手。」

郁四跟胡雪巖對看了一眼，彼此會意，雖然不曾出手，賭場還是去了。

「他昨天身上的錢很多，不曉得甚麼道理？看了半天，不曾下注，後來就走了。」

「是不是到別家賭場去了？」郁四問。

「沒有。」那人答道，「後來跟幾個小弟兄去聽書。聽完書吃酒，吃到半夜才散；睡在家裡的。」

「好！」郁四點點頭，「辛苦你！你不必跟小和尚說起。」

「曉得了。」

等他一走，胡雪巖便笑道：「我沒有料中。看起來他倒是說話算話。」

「還好。」郁四也表示滿意：「沒有坍我的台。」

「郁四哥，我昨天晚上想了一夜，」胡雪巖說，「銷洋莊的生意，還是可以做——大家怕小刀會鬧事，不敢做，我們偏偏要做，這就與眾不同，變成獨門生意了。」

「嗯！」郁四想了想，不斷頷首，「你的想法，總比別人來得深一層。你再說下去看。」

「凡事就是起頭難，有人領頭，大家就跟著來了。做洋莊的那些人，生意不動，就得吃老本，心裡何嘗不想做？只是膽子小，不敢動。現在我們想個風險不大的辦法出來，讓大家跟著我們走。」胡雪巖問道，「郁四哥，那時候，你想一想，我們在這一行之中，是甚麼地位？」

「對！」郁四拍案激賞，「人家根深柢固多少年，我們只要一上手就是頭兒、腦兒！這種好事情，天下那裡去找？」

「我就是這個意思。『膽大做王！』再說，別人看來危險，照我看，風險不大。第一，夷場上，人家外國人要保護他自己的人，有大兵船停在黃浦江，小刀會也要看看風色——小刀子到底比不得洋槍洋砲。」

「這話也不錯。」郁四看看四周，湊過頭去低聲說道，「我現在還不大清楚上海的情形，不過照我想，小刀會裡，一定有尤老五的弟兄，不妨打聽打聽看。」

「我正就是這個意思。」胡雪巖也低聲答道：「我們也不是跟小刀會走到一條線上，他們造反，我們是安分老百姓；打聽消息，就是要避開他們，省得走到一條線上。」

郁四深深點頭：「他們鬧事，我們不動；他們不動，我們搶空檔把貨色運到上海去。」

「郁四哥，」胡雪巖笑道，「不是我恭維你，你這兩句話，真正是在刀口上。」

「好了！」郁四抬起頭來，從容說道，「回頭我們到阿七那裡細談。」

接著便談到陳世龍。胡雪巖的意思，看他年輕聰明，口齒伶俐，打算讓他去學洋文；因為將來銷洋莊，須直接跟洋人交往，如果沒有一個親信的人做「通事」，請教他人傳譯，也許在語言隔閡之中，為人從中做了手腳，自己還像蒙在鼓裡似地，絲毫不知，這關係太重大了。

「這個主意很好。」郁四說道，「不過學洋文要精通，不是一年半載的事，眼前得先尋一個人。」

「我也是這麼想。這個人，第一、要靠得住；第二、要有本事；第三、脾氣要好。就叫世龍跟他學。不曉得郁四哥有沒有這樣的人呢？」

「當然有。還不止一個。」

「好極了。」胡雪巖很高興的說，「那就請來談談。」

「我託人去約。今天晚上或者明天中午碰頭好了。」

這天晚上，胡雪巖在老張的新居吃飯，座間還有陳世龍。

陳世龍跟老張也認識，平常「老張，老張」叫慣的，但這時不能不改改口，他是極機警的人，兩次到張家，把胡雪巖和老張的關係，看出了一半；等看到了阿珠對胡雪巖，在眉梢眼角，無時不是關切的樣子，更料中了十之八、九。既然自己叫他為「胡先生」，對老張就不能不客氣些，改口叫他「張老闆」，阿珠的娘便成了「張太太」，而阿珠是「張小姐」。

阿珠還是第一次被人叫做「小姐」，心裡有種說不出的喜悅，因而對陳世龍也便另眼相看了。

「世龍！」阿珠的娘——張太太則是看在胡雪巖的份上，而且也希望這個年輕力壯的小夥子，能幫丈夫的忙，所以加意籠絡：「都是一家人，你不必客氣。我這裡就當你自己家裡一樣，你每天來吃飯，有啥衣服換洗，你也拿了來，千萬不要見外。」

「是啊！」胡雪巖也說，「這不是客氣話。」

「我懂，我懂。」陳世龍連連點頭，「我要客氣，做事就不方便了。」

於是一面吃，一面談生意。有陳世龍在座，事情就順利了，因為老張所講的情形，他差不多都知道，可以為胡雪巖作補充；像老張所說的那兩個懂絲行生意的朋友，陳世龍就指出姓黃的那個比姓王的好；後者曾有欺騙東家，侵吞貨款的劣跡，是老張所不知道的。

「世龍！」胡雪巖對在湖州的一切安排，大致都已作了決定，「明天我們就動手，把阜康分號和絲行開起來。到事情差不多了，你要替我跑一趟松江。」

「松江？」陳世龍頗感意外，「我還沒有去過。」

「沒有去過不要緊，去闖一闖。」胡雪巖一件事沒有談定規，又談第二件，「我再問你一句話，你肯不肯學洋文？」

陳世龍更覺意外，「胡先生，」他囁囁著說，「我還弄不懂是怎麼回事？」

「那自然是要你做『絲通事』。」阿珠接口說道。

「連她都懂了！」胡雪巖又對陳世龍說：「將來我不止於絲生意，還有別樣生意也想銷洋莊。你想，沒有一個懂洋文的人，怎麼行？」

陳世龍的腦筋也很快，根據他這一句話，立刻就能為自己的將來，畫出許多景象，不管絲生意還是別樣生意，在上海必是他「坐莊」，凡跟洋人打交道，都是自己一手主持。南潯的那些「絲通事」，他也知道；一個個坐收佣金，附帶做些洋貨生意，無不大發其財。起居飲食的闊綽，自然不在話下，最令人羨慕的是，有許多新奇精巧的洋貨可用。如果自己懂了洋文，當然也有那樣的一天。

轉念到此，他毫不猶豫地答道：「胡先生叫我學洋文，我就學。我一定要把它學好！」

「有志氣！」胡雪巖把大拇指一翹，很高興地說：「學一樣東西就要這樣子，不學拉倒，要學就要精。世龍，你跟我跟長了就知道了，我不喜歡『三腳貓』的人。」

一知半解叫做「三腳貓」，年輕好勝的人，最討厭這句話，所以陳世龍立刻答道：「胡先生放心，我不會做『三腳貓』。」

「我想你也不會。」胡雪巖又說，「我再問你一句話，松江有個尤五，你知道不知道？」

漕幫裡的大亨，陳世龍如何不知道？不過照規矩，在這方面他不能跟「空子」多說——即使「胡先生」這個「空子」比「門檻裡」的還要「落門落檻」也不行；所以他只點點頭作為答覆。

胡雪巖卻不管這些，率直問道：「你跟他的輩份怎麼排？應該叫他爺叔？」

「是的。」

「尤五叫我叫『小爺叔』。」胡雪巖有意在陳世龍面前炫耀一番，好教這個小夥子服貼，「為甚麼呢？因為他老頭子看得起我，尤五敬重他老頭子，所以也敬重我。他本人跟我的交情，也就像你郁四叔跟我的交情一樣。你說松江沒有去過，不要緊，有我的信，你儘管去，沒有人敢拿你當『洋盤』。」

「我曉得，我曉得。」陳世龍一疊連聲地說，顯得異常興奮；他也真沒有想到，胡雪巖這樣一個「空子」，有這麼大的來頭！頓時眼中看出來的「胡先生」，便如丈六金身的四大金剛一般高大了。

「現在我再告訴你，你到了松江，先到一家通裕米行去尋他們的老闆，尋到了他自會帶你去見尤五；你把我的信當面交給他——千萬記住，要當面交給他本人，這封信不能落到外人手裡。」

很顯然的這是封極機密的信，陳世龍深深點著頭問：「要不要等回信？」

「當然要。回信也是緊要的，千萬不能失落。」胡雪巖又說，「或許他不會寫回信，只是帶回來口信；他跟你說甚麼，你都記住——說甚麼你記住甚麼，不要多問！」

「也不要跟旁人說。」陳世龍這樣接了一句。

「對！」胡雪巖放心了，「你懂我的道理了。」

陳世龍這裡倒交代清楚了，但寫這封信卻成了難題；胡雪巖的文墨不甚高明，而這封信又要寫得含蓄，裡面沒有破綻，暗中看得明白，他沒有這一份本事，只好去請教郁四。

郁四是衙門裡的人，對於「一字入公門，九牛拔不轉」這句話，特持警惕；認為這樣的事，不宜在信中明言，萬一中途失落了這封信，會惹出極大的麻煩。

「你我都無所謂，說句老實話，上上下下都是人，總可以洗刷乾淨。」郁四很誠懇的說，「不過，你無論如何也要替王大老爺想想，事情弄到他頭上，就很討厭了！」

這個警告，胡雪巖十分重視，翻然變計，決定讓陳世龍當面跟尤五去談。

「是這樣的，」他第二天悄悄對陳世龍說，「我們的絲要運上海，銷洋莊；只怕小刀會鬧事，碰得不巧，恰巧把貨色陷在裡面。尤五說不定知道小刀會的內情；我就是想請教他一條避凶趨吉的路子。你懂了吧？」

「懂了！」

「那麼，你倒想想看，你該怎麼跟他說？」

陳世龍思索了一會答道：「我想這樣子跟他說：『尤五叔，胡先生和我郁四叔，叫我問候你；請老太爺的安。胡先生有幾船絲想運上來，怕路上不平靜；特地叫我請示你老人家，路上有沒有危險？運不運，只聽你老人家一句話。』」

胡雪巖想了想，點點頭說：「好！就是這樣子說。」

「不過胡先生，你總要給我一封引見的信；不然，人家曉得我是老幾？」

「那當然！不但有信，還有水禮讓你帶去。」

名為「水禮」，所費不貲，因為數量來得多，光是出名的「諸老大」的麻酥糖，就是兩大簍；另外吃的、穿的、用的，凡是湖州的名產，幾乎一樣不漏，裝了一船，直放松江。

「這張單子上是送尤五本人的；這張是送他們老太爺的；這張送通裕的朋友。還有這一張上的，你跟尤五說，請他派人帶你去。」

接過那張單子來看，上面寫著「梅家衖畹香」五字，陳世龍便笑了。

「你不要笑！」胡雪巖說：「不是我的相好！你也不必問是那個的？見了她的面，你只問她一句話，願意不願意到湖州來玩一趟？如果她不願意，那就算了；願意，你原船帶了她來。喏！一百兩銀子，說是我送她的。」

「好！我曉得了。」

第十章

半個月以後，陳世龍原船回湖州，沒有把畹香帶來；但一百兩銀票卻已送了給畹香，因為她也聽說王有齡放了湖州府，願意到湖州來玩一趟，只是要晚些日子。陳世龍急於要回來覆命，無法等她；「安家費」反正要送的，落得漂亮些，就先給了她。

「做得好！這件事不去管它了。尤五怎麼說法？」

「他說他不寫回信了。如果胡先生要運絲到上海；最好在七月底以前。」

「七月底以前？」胡雪巖很認真地追問了一句。

「是的。尤五說得很清楚，七月底以前。他又說，貨色運過嘉興，就是他的地段，他可以保險不出亂子。」

「嗯，嗯！」胡雪巖沉吟著；從兩句簡單的答語中，悟出許多道理。

「胡先生！」陳世龍又說，「小刀會的情形，我倒打聽出來許多。」

「喔！」胡雪巖頗感意外，「你怎麼打聽到的？」他告誡過陳世龍，不許向尤五多問甚麼。真怕他多嘴多舌，向不相干的人去打聽；這語言不謹慎的毛病，必須告誡他痛改。

陳世龍看出他的不滿，急忙答道：「我是在茶店裡聽別的茶客閒談，留心聽來的。」

他聽來的情形是如此：前幾年上海附近，就有一股頭裹紅巾的暴民作亂，當地人稱之為「紅頭造反」，其中的頭腦叫做劉麗川，本來是廣東人，在上海做生意，結交官場，跟洋商亦頗有往來。最近因為洪秀全在金陵「建都」，彼此有了聯絡；劉麗川準備大幹一番。上海的謠言甚多，有的說青浦的土匪頭目周立春，已經為劉麗川所勾結；有的說，嘉定、太倉各地的情勢都不穩，也有的說，夷場裡的洋商都會支持劉麗川。

這些消息，雖說是謠言，對胡雪巖卻極有用處。他現在有個新的顧慮，不知道尤五是不是也跟劉麗川有聯絡？這一點關係極重，他必得跟郁四去商量。

轉述過了陳世龍的話，胡雪巖提出他的看法：「尤五給我們一個期限，說是在七月底以前，可以保險，意思是不是到了八月裡就會出事？」

「當然。到八月裡就不敢保險了。」

「照此說來，小刀會劉麗川要幹些甚麼？尤五是知道的；這樣豈不是他也要『造反』？」胡雪巖初次在郁四面前表現了憂慮的神色：「『造反』兩個字，不是好玩兒的！」

郁四想了好一會答道：「不會！照劉麗川的情形，他恐怕是『洪門』。漕幫跟洪門，大家河水不犯井水。再說，尤五上頭還有老頭子，在松江納福；下面還有漕船弟兄，散在各處，就算尤五自己想這樣做，牽制太多，他也不敢冒失。不過江湖上講究招呼打在先；劉麗川八月裡或許要鬧事，尤五是曉得的，說跟劉麗川在一起幹，照我看，絕不會！」

這番分析，非常老到，胡雪巖心中的疑懼消失了，他很興奮地說：「既然如此，我們的機會不可錯過。郁四哥你想，如果小刀會一鬧事，上海的交通或許會斷；不過夷場絕不會受影響，那時候外路的絲運不到上海，洋商的生意還是要照做，絲價豈不是要大漲？」

「話是不錯。」郁四沉吟著說，「倘或安然無事，我們這一寶押得就落空了。」

「也不能說落空，貨色總在那裡的。」

「你要做我們就做。」郁四很爽朗地說，「今天六月二十，還有四十天功夫，盡來得及！」

「郁四哥！」胡雪巖突然說道：「我又悟出一個道理。」

胡雪巖認為尤五既然是好朋友，當然會替他設想；如果尤五參與了劉麗川的密謀，則起事成敗在未知之數，他的自身難保，當然不肯來管此閒事，甚至很痛快地說一句：「路上不敢保險」作為一種阻止的暗示。現在既然答應在七月底以前可以「保險」，當然是局外人，有絕不會捲入漩渦的把握。

這個看法，郁四完全同意，「換了我也是一樣。」他說，「如果有那麼樣一件『大事』在攬，老實說，朋友的甚麼閒事都顧不得管了。」

「再說，尤五也是懂生意的，如果夷場有麻煩，絲方面洋莊或許會停頓，他也一定會告訴我。照這樣看，我們盡可以放手去做。」

「好嘛！」郁四答道，「頭寸調動歸我負責，別樣事情你來。」

於是又作了一番細節上的研究，決定盡量買絲，趕七月二十運到上海；賺了錢分三份派，胡、郁各一份，另外一份留著應酬該應酬的人，到時候再商量。

離開阿七那裡，胡雪巖回到大經絲行——在陳世龍到上海的半個月之中，他已經把兩爿號子都開了起來，絲行的「部照」是花錢頂來的，未便改名，仍叫「大經」，典了一所很像樣的房子，前面是一座五開間的敞廳作店面；後面一大一小兩個院子，大的那個作絲客人的客房，小的那個胡雪巖住，另外留下兩間，供老張夫婦歇腳。

大經的檔手，照陳世龍的建議，用了那個姓黃的，名黃儀；此人相當能幹，因而老張做了「垂拱而治」的老闆，有事雖在一起商量，胡雪巖卻常聽黃儀的話。

「胡先生，」等聽完了胡雪巖的大量購絲的宣布，黃儀說道：「五荒六月，絲本來是殺價的。所以我們要買絲，不能透露風聲；消息一傳出去，絲價馬上就哄了起來。」

「那麼怎麼辦呢？」

「只有多派人到鄉下，不聲不響地去收。只不過多費點辰光。」

「就是為這點，事情一定要快。」胡雪巖又說，「銷洋莊的貨色，絕不可以搭漿，應該啥樣子就是啥樣子。這一來，我們自己先要花功夫整理過，打包、裝船，一個月的功夫運到上海，日子已經很緊了。」

黃儀有些遲疑，照他的經驗，如果紅紙一貼；只要貨色合格，有多少收多少，那絲價就一定會漲得很厲害，吃虧太大。因此，他提出兩個辦法，第一個辦法，是由胡雪巖跟衙門裡聯絡，設法催收通欠；稅吏到門，不完不可，逼著有絲的人家非得賣去新絲納官課不可。

「不好，不好！」胡雪巖大搖其頭，「這個辦法太毒辣，叫老百姓罵殺！那我在湖州就站不住腳了。而且，王大老爺的官聲也要緊。」

「那就是第二個辦法，」黃儀又說，「現在織造衙門不買絲，同行生意清淡，我們打聽打聽，那個手裡有存貨，把他吃了進來。」

「這倒可以。不過貨色是不是合於銷洋莊，一定要弄清楚。」

於是大經絲行大忙而特忙了，一車一車的絲運進來，一封一封的銀子付出去；另外又雇了好些「湖絲阿姐」來整理貨色，人手不夠，張家母女倆都來幫忙，每天要到三更過後才回家；有時就住在店裡。

胡雪巖每天要到三處地方，縣衙門、阿七家、阜康分號，所以一早出門，總要到晚才能回大經，然後發號施令，忙得跟阿珠說句話的功夫都沒有。

天氣越來越熱，事情越來越多，阿珠卻絲毫不以為苦，唯一使她怏怏在心的是，找不到機會跟胡雪巖在一起。轉眼二十天過去，快到七月初七；她早幾天就下了決心，要在這個天上雙星團圓的佳節，跟胡雪巖好好有番話說。

到了那一天，她做事特別起勁；老早就告訴「飯司務」，晚飯要遲開——原來開過晚飯，還有「夜作」；她已經跟那班「湖絲阿姐」說好了，趕一趕工，做完吃飯，可以早早回家。

吃過晚飯，天剛剛黑淨，收拾一切該回家了；阿珠跟她娘說，家裡太熱，要在店裡「乘風涼」。

這是託詞，她娘知道她的用意，不肯說破；只提醒她說：「一身的汗，不回家洗了澡再來？」洗了澡再走回來，又是一身汗；「我就在這裡洗了！」她說，「叫愛珍陪我在這裡。」愛珍是她家用的一個使女。

等浴罷乘涼，一面望著迢迢銀漢，一面在等胡雪巖；等到十點鐘，愛珍都打盹了，來了個人，是陳世龍；他是五天之前，由胡雪巖派他到杭州去辦事的。

「你甚麼時候到的？」

「剛剛到。」陳世龍說，「我不曉得你在這裡，我把東西帶來了。」

「甚麼東西？」

「吃的、用的都有，衣料、香粉；香榧、沙核桃糖、蔬菜。有胡先生叫我買的，有我自己買的。」

「你自己買的甚麼？」

「一把檀香扇。送你的。」

「你又要去亂花錢！」阿珠埋怨他；「買一把細蒲扇我還用得著，買甚麼檀香扇？」這是違心之論；實際上她正在想要這麼一把扇子。

陳世龍覺得無趣，「那倒是我錯了！」他怔怔地望著她。

阿珠心中歉然，但也不想再解釋這件事，問道：「你吃過飯沒有？」

「飯倒不想吃。最好來碗冰涼的綠豆湯。」

「有紅棗百合湯！」明明可以教愛珍去盛來，阿珠卻親自動手；等他狼吞虎嚥吃完便又問：「要不要了？」

「我再吃，胡先生怕就沒得吃了。」

「不要緊！他也吃不了多少的。」她把自己的一份，省下來給饜陳世龍的口腹。

第二碗紅棗百合湯吃到一半，胡雪巖回來了；陳世龍慌忙站起來招呼。胡雪巖要跟他談話，但顧不得阿珠；一坐下來就問杭州的情形。

「老劉有回信在這裡！」陳世龍把劉慶生的信遞了過去。

信上談到代理湖州府、縣兩公庫的事。胡雪巖在這裡把公款都扯了來買絲了，而應解藩庫的公款，催索甚急。派陳世龍專程到杭州給劉慶生送信，就是要他解決這個難題。劉慶生走了劉二的路子，轉託藩司衙門管庫的書辦，答應緩期到月底，必須解清。

「老劉說，日子過得很快，要請胡先生早點預備。一面他在杭州想辦法，不過有沒有把握，很難說。」

「他在杭州怎麼樣想辦法呢？」

「他沒有跟我說，不過我也有點曉得。」陳世龍說：「第一是到同行那裡去商量，有湖州的匯款，最好劃到阜康來開票子——。」

「啊！」胡雪巖矍然一驚，「這就是他冒失了。杭州開出票子，在這裡要照兌；這個辦法要先告訴我，不然豈不是『打回票』了？」

「老劉現在還在進行，等有了眉目，自然會寫信來的。」陳世龍停了一下又說：「另外，他跟信和在商量，到時候這裡沒有款子去，請信和先墊一筆。」

「那麼你曉不曉得信和張胖子怎麼說法呢？」

「聽說信和自己的頭寸也很緊。」

胡雪巖默然。心裡在盤算著，月底的限期，絕不可能再緩。如果小刀會真的鬧事，「江南大營」一方面少了上海附近的餉源；另一方面又要派兵剿辦，那時候來催浙江的「餉」，一定急如星火。倘或無以應付，藩司報撫台、撫台奏朝廷，追究責任，王有齡的干係甚重。

「月底以前，一定要想辦法解清。」胡雪巖說：「世龍，你替我寫封信。」

信仍舊是寫給劉慶生的，關照他預先在同行之中接頭短期的借款，以八月底為期；能借好多少，立刻寫信來，不足之數在湖州另想辦法。至於由杭州阜康出票，湖州阜康照兌的匯劃，暫時不必進行；等全部款子籌劃妥當了再說。

「胡先生，」陳世龍捏著筆說，「有句話，我好不好問？」

「你問，不要緊。」

「我要請問胡先生，八月底到期的款子，是不是等在上海賣掉了絲來還？」

「不錯。」胡雪巖答道：「如果一時賣不掉，我還有個辦法，在上海先做押款。當然，最好不要走這條路；這條路一走，讓人家看出我們的實力不足，以後再要變把戲就難了。」

陳世龍對這句話，大有領悟，「把戲人人會變，各有巧妙不同」；巧妙就在如何不拆穿把戲上面。

一面想，一面寫信。寫完又談絲生意；現在到了快起運的時候了。胡雪巖的意思，仍舊要陳世龍押運。

陳世龍一諾無辭。接下來便談水運的細節；一直談到貨色到上海進堆棧。然後又研究在上海是不是要設號子？話越來越多，談到深宵，興猶未已。

這一來便冷落了阿珠。她先還能耐心等待，但對胡雪巖那種視如不見的態度，反感越來越濃；幾次想站起身走，無奈那張藤椅像有個鉤子，緊緊鉤住了她的衣服；心裡不斷在想：等一下非好好數落他幾句不可。

到鐘打一點，胡雪巖伸個懶腰說：「有話明天再說吧！我實在睏了。」

「我明天一早就來。」陳世龍說，「杭州買的東西都還在船上。」

「不要緊，不要緊。你也好好歇一歇；明天下午來好了。」說到這裡他才發現阿珠，不由得詫異：「咦！你還在這裡？」

阿珠真想回他一句；你到此刻才知道？可是話到嘴邊，又忍了回去。

「不早了！世龍正好送你回去。」

這一下，她可真的忍不住了。等了半天，等到「送回去」這句話；難道自己在這裡枯守著，就為等陳世龍來送？她恨他一點沒有把她放在心上，因而扭頭就走；跌跌衝衝地，真叫「一怒而去」！

胡雪巖和陳世龍都是一楞，也都是立刻發覺了她的異樣，不約而同地趕了上去。

「阿珠，阿珠！」

「張小姐！」

兩個人都在喊，阿珠把腳停下來了。胡雪巖很機警，只對陳世龍說：「你自己走好了。」

「好！」陳世龍裝得若無其事地跟阿珠道別：「張小姐，明朝會！」

她不能不理，也答一聲：「明朝會！」然後仍舊回到原來那張藤椅上坐下。

「天氣太熱！」胡雪巖跟過去，陪著笑說：「最好弄點清心去火的東西來吃。」

她以為他一定會問：為甚麼發這麼大的脾氣？那一來就好接著他的話發牢騷。不想是這麼一句話，一時倒教人發不出脾氣，只好不理他，作為報復。

「喔，有紅棗百合湯，好極了！」胡雪巖指著陳世龍吃剩下的那隻碗說，「好不好給我也盛一碗來？味道大概不錯。」

有心答他一句：吃完了！又怕這一來，真的變成反目；結果還是去盛了來，送到胡雪巖手裡，但心裡卻越發委屈，眼眶一熱，流了兩滴眼淚。

「這為啥？」胡雪巖不能再裝糊塗，「好端端地哭！如果是那個得罪了你，儘管說；我想也沒有那個敢得罪你。」

話是說得好聽，卻只是口惠；實際上他不知存著甚麼心思？跟他嘔氣無用；還是要跟他好好談一談。

「你曉不曉得，我特為在這裡等你。」她拭乾了眼淚問。

「啊呀！」胡雪巖故意裝得大驚小怪的，敲敲自己的額角，「我實在忙得頭都昏了，居然會沒有想到你在這裡是等我。對不起，對不起！」

說著便拉過她的手來，揉著、搓著；使得阿珠啼笑皆非，弄不清自己的感覺是愛還是恨？最為難的還是一腔幽怨，無從細訴。她一直在想，以他的機警而善於揣摩人情，一定會知道她的心事，然則一直沒有表示，無非故意裝糊塗。但有時也會自我譬解，歸因於他太忙，沒有功夫來想這些。此刻既然要正正經經來談，首先就得弄清楚，他到底真的是忙想不到；還是想過了，有別樣的打算？

就是這一點，也很難有恰當的說法，她一個人偏著頭，只想心事，把胡雪巖的那些不相干的閒話，都當作耳邊風。

「咦！」胡雪巖推推她問道：「你是啞巴，還是聾子？」

「我不啞不聾。只懶得說。要說，也不知道從那裡說起！」

語氣平靜，話風卻頗為嚴重，胡雪巖自然聽得出來——他原有些裝糊塗，最近更有了別樣心思；所以越發小心，只這樣問道：「甚麼事？這樣子為難！」

「難的是我自己說不出口。」

這句話答得很好，雖說含蓄，其實跟說明了一樣；胡雪巖不能裝糊塗了，「喔，原來如此。說實話，你是說不出口，我是忙不過來。」他說，「你當我沒有想過？我想過十七八遍了；我託張胖子跟你娘說的話，絕對算數。不過要有功夫來辦。現在這樣子，你自己看見、聽見的；我沒有想到，這一趟到湖州來，會結交郁四這個朋友，做洋莊，開阜康分號，都是預先不曾打算到的。你剛才聽見的，我杭州的頭寸這麼緊，等著我去料理，都抽不出空來。」

就這一番話，阿珠像吃了一服消痰化氣的湯頭，「你看你，」她不由得有了笑容，「我不過說了一句，你咭咭呱呱一大套。沒有人說得過你。」

「我不說又不好，說了又不好！真正難伺候。好了，好了，我們談點別的。」

所談的自然也不脫大經絲行這個範圍。阿珠最注意的是胡雪巖的行蹤，話風中隱約表示，她也想到上海去玩一趟。胡雪巖說天氣太熱，一動不如一靜；同時老張是一定要去的，她該留在湖州，幫著她娘照料絲行。這是極有道理的話，阿珠不作聲了。

「你看，」他忽然問道：「陳世龍這個人怎麼樣呢？」

是那方面怎麼樣呢？阿珠心裡想替陳世龍說幾句好話，卻不知道該怎麼說？只好籠統的答道：「蠻能幹的！」

「我是說他做人，你看是老實一路呢？還是浮滑一路呢？」

老實就是無用，浮滑就是靠不住。阿珠覺得他的話，根本不能回答，便搖搖頭說：「都不是！」

「不老實，也不浮滑，普普通通。是不是呢？」

「普普通通」也不是句好話，她不願委屈陳世龍，又答了個：「不是！」

「左也不是，右也不是。那麼你說，陳世龍到底是怎麼樣一個人呢？」

一半是無從回答，一半由於他那咄咄逼人的詞色，阿珠有些老羞成怒了，「我不曉得！」她的聲音又快又尖，「陳世龍關我甚麼事？請你少來問我。」

說著，臉都漲紅了，而且看得出來在氣喘；她穿的是薄薄紗衫，映著室內燈光，胸前有波濤起伏之勝，胡雪巖笑嘻嘻的，只直著眼看。

阿珠一個人生了半天的悶氣，等到發覺，才知道自己又吃虧了，一扭身轉了過去，而且拿把蒲扇，遮在胸前，嘴裡還咕噥了一句：「賊禿嘻嘻！」

「好了，好了！都是我不好。天有點涼了，到裡頭來坐。」

這句話提醒了她，夜這麼深了，到底回去不回去？要回去，就得趕緊走，而且要胡雪巖送，一則街上看到了不便，再則也不願開口向他央求。

不走呢，似乎更不好。雖然也在這裡住過，那都是跟娘在一起，不怕旁人說閒話，現在是孤男寡女，情形又不同了。

「真的不理我？」胡雪巖又說，「那我就陪你在這裡坐一夜。不過受了涼，明天生病，是你自己吃苦頭。」

聽得他溫情款款，她的氣也消了，「沒有看到過你這種人，」她說：「滑得像泥鰍一樣！」

這是說他對她的態度，不可捉摸；胡雪巖無可辯解，卻有些著急，明天一早還有許多事等著自己料理，得要早早上床，去尋個好夢；這樣白耗功夫，豈不急人？

想一想，只有這樣暗示：「那麼你坐一下，我先去抹個身。」

抹過身自然該上床了。聽得這話，他急她也急；便不再多作考慮，站起身來說：「我要回去了。」

「回去？」胡雪巖心想，這得找人來送；當然是自己義不容辭，一來一去又費辰光又累，實在不想動，便勸她說；「何必？馬馬虎虎睡一下，天就亮了。」

阿珠猶在遲疑，一眼瞥見在打瞌睡的愛珍，頓感釋然；有愛珍陪著，就不必怕人說閒話。

於是又說了兩句閒話，各自歸寢；卻都不能入夢。胡雪巖心裡在想，阿珠這件事真有點進退兩難；照她的脾氣，最好成天守在一起，說說笑笑，如果嫁個老老實實的小夥子，一夫一妻，必定恩愛。像自己這種性情，將來難免三妻四妾，阿珠一定會吃醋，何苦鬧得雞犬不寧？

於是他又想到陳世龍。看樣子，阿珠並不討厭他；只是她此刻一心要做「胡家的人」，不會想到陳世龍身上。倘或一方面慢慢讓她疏遠；一方面盡量讓陳世龍跟她接近，兩下一湊，這頭姻緣就可以成功了。

這一成功，絕對是好事。阿珠的父母，必定喜歡這個女婿；他們小夫妻也必定心滿意足，飲水思源，都是自己的功勞。別的不說，起碼陳世龍就會死心塌地，幫自己好好做生意。

打定了主意，恬然入夢。第二天一早起身，盤算了一下，這天該辦的大事有兩件，第一件是王有齡要晉省述職，說過要約他一起同行，得去討個回話；第二件是跟郁四去商量，那裡設法調一筆款子，把月底應解藩庫的公款應付過去。

「你來得正好！」王有齡一見他便這樣說：「我正要找你，有兩件事跟你商量；先說一件，要你捐錢。」

這句話沒頭沒腦，聽不明白，但不管是捐甚麼，沒有推辭的道理，所以他很豪爽地答道：「雪公說好了，捐多少？一句話。」

「是這樣，我想給書院裡加些『膏火』銀子，你看如何？」

寒士多靠書院月課得獎的少數銀子，名為夜來讀書的「膏火」所需，實在是用來養家活口的，「這是好事！」胡雪巖也懂這些名堂，「我贊成！捐二百兩夠不夠？」

「你出手倒真闊！」王有齡笑道，「你一共捐二百兩銀子。一百兩書院膏火；另外一百兩捐給育嬰堂，讓他們多置幾畝田。」

「好，就這樣。銀子繳到那裡？」

「這不忙。我談第二件。」王有齡又說，「本縣的團練，已經談妥當了。現在局勢越來越緊，保境安民，耽誤不得，所以我馬上要到省裡去一趟，說停當了，好動手。預備明天就走，你來不來得及？」

「明天就走哪裡來得及？」胡雪巖想了想答道：「最快也得三天以後，我才能動身。」

「那麼，你一到省就來看我。還有件事，解省的公款怎麼樣了？上面問起來，我好有句話交代。」

這是個難題。王有齡不上省，延到月底繳沒有關係，既已上省，藩司會問：怎麼不順便報解？這話在王有齡很難回答；自己要替他設想。

「講是講好了，月底解清。不過雪公不能空手上省。我看這樣，」胡雪巖說：「雪公能不能緩三天，等我一起走？這三天功夫當中，我給雪公湊五萬現款出來。這樣子上省，面子也好看些。」

王有齡想了一下答道：「那也好！」

事情說定了，胡雪巖急於要去湊那五萬現款，隨即去找郁四，說明經過。彼此休戚相關，而且郁四早就拍過胸脯；頭寸調度，歸他負責，所以一口答應，等臨走那天，一定可以湊足。

於是胡雪巖回到大經，把黃儀和老張找來，說三天以後就要動身。問他們貨色能不能都料理好，裝船同走？

「來不及！」黃儀答道：「我今天一早，仔細算過了，總要五天。」

「今天七月初八，加五天就是十三；二十以前趕得到上海。」胡雪巖靈機一動；「我跟王老爺已經約好，不能失信；我們十一先走，你們隨後來，我在杭州等。」接著，他又對老張說：「阿珠想到上海去玩一趟，就讓她去好了。」

「好的！」老張深表同意，「阿珠這一向也辛苦，人都瘦了，讓她到上海去逛一逛。」

「還有件事，」胡雪巖忽然有個靈感，「我們要做好事！」

黃儀和老張都一楞，不知道他何以爆出這麼句話來，好事怎麼做法？為誰做好事？

當然，胡雪巖會有解釋：他是從王有齡那裡得來的啟示，「做生意第一要市面平靜，平靜才會興旺；我們做好事，就是求市面平靜。」他喜歡引用諺語，這時又很恰當地用了一句：「『飢寒起盜心』，吃虧的還是有錢的人；所以做生意賺了錢，要做好事。今年我們要發米票、施棉衣、捨棺材。」

「原來是這些好事！」黃儀答道，「那都是冬天，到年近歲逼才辦，時候還早。」

「現在熱天也有好事好做，秋老虎還厲害得很，施茶、施藥都是很實惠的好事。」胡雪巖最有決斷，而況似此小事，所以這樣囑咐：「老黃，說做就做！今天就辦。」

黃儀深知他的脾氣，做事要又快又好；錢上面很捨得。這就好辦了！當天大經絲行門口便出現了一座木架子，上面兩口可容一擔水的茶缸；竹筒斜削，安上一個柄，當作茶杯，茶水中加上清火敗毒的藥料。另外門上一張簇新的梅紅箋，寫的是：「本行敬送辟瘟丹、諸葛行軍散，請內洽索取。」

這一來大經絲行就熱鬧了，一下午就送掉了兩百多瓶諸葛行軍散，一百多包辟瘟丹，黃儀深以為患，到晚來向胡雪巖訴苦，一則怕難以為繼，二則怕討藥的人太多，影響生意。

「絲也收得差不多了，生意不會受大影響；討藥的人雖多，實在也花不了多少錢。第一天人多是一定的，過兩天就好了，討過的人，不好意思再來討；再說，藥又不是銅鈿，越多越好。不要緊！」

「我倒有個辦法。」陳世龍接口說道，「我們送的藥要定製，分量不必這麼多。包裝紙上要紅字印明白：『大經絲行敬送』。裝諸葛行軍散的小瓷瓶，也要現燒，把大經絲行印上去。」

「這要大動干戈，今年來不及，只好明年再說。」黃儀是不願多找麻煩的語氣。胡雪巖當時雖無表示，事後把陳世龍找了來說：「世龍，你的腦筋很好。說實話，施茶施藥的用意，只有你懂；好事不會白做的，我是借此揚名──不過這話不好說出口，你倒猜到了，實在聰明。」

得了這番勉勵，陳世龍頗為興奮，很誠懇地答道：「我跟胡先生也學了好多東西。」

「慢慢來！你只要跟我跟長了，包你有出息。現在，我再跟你說件事。這趟阿珠到杭州，你多照應照應她；她是伢兒脾氣，喜歡熱鬧，船上沒事，你多陪陪她。」

「我曉得了！」

曉得了？胡雪巖心想，未見得！話還要再點一兩句。

「世龍！」他態度輕鬆地問道：「你倒說說看，我跟阿珠是怎麼回事。」

這叫陳世龍怎麼說？他笑一笑，露出雪白的一嘴牙齒，顯得稚氣可掬地。

「這有甚麼好礙口的？你儘管說。」

陳世龍逼得無法，只好說了：「胡先生不是很喜歡張小姐嗎？外面都說，胡先生在湖州還要立一處公館。」

「對！我在湖州倒想安個家，來來往往，起居飲食都方便。不過，我跟阿珠是乾乾淨淨的。」

這前後兩截話，有些接不上榫頭，陳世龍倒楞住了；「莫非胡先生另有打算？」他問。

「現在也還談不到。等我下趟來再說。」

「那麼，」陳世龍想了想，替阿珠有些憂慮和不平，「張小姐呢？她一片心都在胡先生身上。」

「這我知道。就為這點，我只好慢慢來。好在，」胡雪巖又說：「我跟她規規矩矩，乾乾淨淨，不會有甚麼太大的麻煩。」

照這樣一說，胡雪巖是決定不要阿珠了。這為甚麼？陳世龍深感詫異，「胡先生，有句話，我實在忍不住要問。」他眨著眼說：「張小姐那一點不好？這樣的人才，說句老實話，打了燈籠都找不著的。」

由這兩句話，可見他對阿珠十分傾倒。胡雪巖心想，自己這件事做對了，而且看來一定會有圓滿結局，所以相當高興；但表面上卻不露聲色，反而嘆口氣說：「唉！你不知道我的心。如果阿珠不是十分人才，我倒也馬馬虎虎安個家，不去多傷腦筋了。就因為阿珠是這樣子打著燈籠都難找的人，我想想於心不忍。」

「於心不忍？」似乎越說越玄妙了，陳世龍率直問道：「為甚麼？」

「第一，雖說『兩頭大』，別人看來總是個小。太委屈阿珠。第二，我現在的情形，你看見的，各地方在跑，把她一個人冷冷清清擺在湖州，心裡過意不去。」

「胡先生！」陳世龍失聲說道，「你倒真是好人。」

「這也不見得。閒話少說，世龍，」胡雪巖低聲說道：「我真正拿你當自己小兄弟一樣，無話不談；你人也聰明，我的心思你都明白。剛才我跟你談的這番話，你千萬不必給阿珠和她爹娘說。好在我的意思你也知道了，該當如何應付？你自己總有數！」

陳世龍恍然大悟，喜不可言。原來是這樣子「推位讓國」！怪不得口口聲聲說跟阿珠「規規矩矩，乾乾淨淨」，意思是表示並非把一件溼布衫脫了給別人穿。這番美意，著實可感。不過他既不願明說，自己也不必多事去道謝。反正彼此心照就是了。

但有一點卻必須弄清楚，「胡先生！」他問，「張小姐跟我談起你，我該怎麼說？」

問到這話，就表示他已有所領會，胡雪巖答道：「你不妨有意無意多提這兩點：第一，我太太很凶。第二，我忙，不會專守在一個地方。總而言之，言而總之一句話：你要讓她慢慢把我忘記掉。」

「好的。」陳世龍說：「我心裡有數了。」

因為有此默契，胡雪巖從當天起，就盡量找機會讓陳世龍跟張家接近，凡有傳話、辦事、與老張有關的，都叫他奔走聯絡；同時胡雪巖自己以「王大老爺有公事」這麼一句話作為託辭，搬到知府衙門去住，整天不見人面。

再下一天就是初十，一直到中午，仍舊不見胡雪巖露面，阿珠的娘煩躁了，「世龍，」她說「你胡先生是怎麼回事？明天要動身了，凡事要有個交代，大家總要碰碰頭才好。」

「胡先生實在忙！」陳世龍說，「好在事情都交代清楚了。我們十三開船，有甚麼事，到杭州再問他也不遲。」

話是不錯，但照道理說，至少要替胡雪巖餞個行；這件事她兩天前就在籌劃了，心裡在想，動身之前這頓晚飯，總要在「家裡」吃，所以一直也不曾提。現在看樣子非先說好不可了。

「世龍，我拜託你件事情，請你現在就替我勞步走一趟，跟你胡先生說，今天晚上無論如何要請他回來吃飯。」

陳世龍自然照辦不誤。可是這一去到下午四點鐘才回張家；阿珠和她娘已經懸念不已，嘀嘀咕咕半天了。

「怎麼到這時候才回來？」阿珠大為埋怨。

「我心裡也急呀！」陳世龍平靜地回答：「胡先生在王大老爺簽押房裡談公事；叫我等一等，一等就等了個把時辰，我怕你們等得心急，想先回來說一聲。剛剛拉起腳，胡先生出來了，話還說不到三句，王大老爺叫聽差又來請。胡先生說馬上就出來，叫我千萬不要走；那曉得又是半個時辰。」

「這倒錯怪你了！」阿珠歉意的笑笑。

「胡先生說，來是一定要來的，就不知道啥時候？只怕頂早也要到七點。」

「七點就七點。」阿珠的娘說，「十二點也要等。不過有兩樣菜，耽誤了辰光，就不好吃了。」

「那我到絲行裡去了，還有好多事在那裡。」

「你晚上也要來吃飯。」阿珠的娘還有些不放心，「最好到衙門裡等著你胡先生一起來。」

陳世龍答應著剛剛走出門，只聽阿珠在後面喊道：「等等！我跟你一起去。」

於是兩個人同行從張家走向大經絲行。陳世龍的朋友很多，一路走一路打招呼；有些人就打量阿珠，他總替人很鄭重的介紹：「這位是張小姐！」

這樣介紹了兩三次，阿珠又怪他了：「不要『小姐，小姐』的，那有個大小姐在街上亂跑的呢？」

「那麼叫你啥呢？」

阿珠不響。「小姐」的稱呼，在家裡聽聽倒很過癮，在人面前叫，就不大好意思了。但也不願他叫自己的小名；其實也沒有關係，不過這樣叫慣了，將來改口很困難，而由「張小姐」改稱「胡太太」或者「胡師母」，卻是順理成章的事。

一想到將來的身分，她不由得有些臉上發熱。怕陳世龍發覺，偷眼去覷他；不過他也在窺伺，視線相接，他倒不在乎，她卻慌忙避了開去，臉更加紅了。

心裡慌亂，天氣又熱，迎著西晒的太陽，額上沁出好些汗珠，偏偏走得匆忙，忘了帶手絹；陳世龍只要她手一動，便知道她要甚麼？從袖子裡取出自己的一方杭紡手絹，悄悄塞了過去。

看手絹雪白，彷彿還未用過；阿珠正在需要，便也不客氣了。但一擦到臉上，便聞得一股特異的氣味；是只有男人才有，俗名「腦油臭」的氣味。那股氣味不好聞，但阿珠卻捨不得不聞；聞一聞，心裡就是一陣蕩意，有說不出來的那種難受，也有說不出來的那種好過。

因此她就不肯把它還他，捏在手裡，不時裝著擦汗，送到鼻子上去聞一聞。一直走到大經門口，才把手絹還了他。

大經絲行裡堆滿了打成包的「七里絲」，黃儀和老張正在點數算總帳。陳世龍和阿珠去得正好；堆在後面客房裡的絲，就歸他們幫忙。於是陳世龍點數，阿珠記帳；忙到天黑，還沒有點完，阿珠提醒他說：「你該到衙門裡去了！點不完的，晚上再來點。」

看樣子一時真個點不完了，陳世龍只得歇手；趕到知府衙門，接著胡雪巖一起到了張家。等胡雪巖剛剛寬衣坐定，捧著一杯茶在手，老張手持一張單子，來請他看帳：「確數雖還沒有點完，約數已經有了；大概八百五十包左右，連水腳在內，每包成本，總要合到番洋二百八十塊左右。」他說，「這票貨色，已經二十萬兩銀子的本錢下去了。」

胡雪巖便問陳世龍：「八百五十包，每包二百八十塊番洋，總數該多少？」

「廿三萬八。」陳世龍很快地回答。

胡雪巖等了一下：「不錯！」他又問老張：「可曉得這幾天洋莊的行情，有沒有漲落。」

「沒有甚麼變動。」

「還是三百塊左右。照這樣算，每包可以賺二十，也不過一萬七千五。」

「這也不少了。一筆生意就賺番洋一萬七千多！」

老張老實，易於滿足。胡雪巖覺得跟他無可深談。想了想，只這樣說道：「反正大經的佣金是您賺的。老張，不管怎麼樣，你是大經的老闆；你那條船可以賣掉了。」

老張莫名其妙，不知道他何以要說這話？陳世龍心裡卻明白，這是胡雪巖表示，將來就是不做親戚，他仍舊要幫老張的忙。如果這是他的真心話，為人倒真是厚道了！

「船也不必賣掉，你來來去去也方便些。」

「這也好。」胡雪巖又說，「不過你自己不必再管船上的事了。應該把全副精神對付絲行。可惜，世龍幫不上你的忙！」

「怎麼呢？」老張有些著慌，「沒有世龍幫忙，你再不在湖州，我一個人怕照顧不到。黃先生——說句實話，我吃不住他。」

老張慌張，胡雪巖卻泰然得很；這些事在他根本不算難題，同時他此刻又有了新的念頭，要略為想一想，所以微笑著不作答覆。

老實的老張，只當他不以為然——黃儀有些霸道的地方，是他親身所體驗到的，但說出來是在背後講人壞話，他覺得道義有虧；不說，看胡雪巖的樣子不相信。那怎麼辦呢？只有找個證人出來。

「黃先生為人如何？世龍也知道的。」他眼望著陳世龍說：「請你說給胡先生聽聽。」

「不必！」胡雪巖搖著手說：「我看也看得出來。說句實話，這趟我到湖州來，事事圓滿。就是這位仁兄，我還沒有把他收服。你當然吃不住他，不過有人吃得住他；你請放心好了，反正眼前也沒有甚麼事了，等你從上海回來再說。」

「那時候怎麼樣？」

「那時候——，」他看了看陳世龍說，「我自有極妥當的辦法，包你稱心如意。」

他們在談話，阿珠一面擺飯筷，一面留心在聽。她心裡在想，最妥當的辦法，就是不用黃儀，讓陳世龍來幫忙；但是，她也聽說過，胡雪巖預備讓陳世龍學洋文，將來在上海「坐莊」，專管跟外國人打交道。這也是一項要緊的職司，胡雪巖未見得肯如此安排。那麼除此之外，還有甚麼妥當的安排？

她的這個想法，恰好與胡雪巖相同；但他隻字不提，因為時機未到。這時候，大家一起團團坐下吃飯；胡雪巖上坐，左首老張，右首陳世龍。下方是她們母女倆的位子；阿珠的娘還在廚房裡，阿珠一坐坐在右首，恰好靠近陳世龍。

「來端菜！」因為愛珍臨時被遣上街買東西去了；所以阿珠的娘，高聲在廚房裡喊。

聽這一喊，卻是陳世龍先起身；阿珠便很自然地把他一拉：「你坐在那裡，我去。」

陳世龍還是跟著去了；兩個人同出同進，也不知道他在路上說了甚麼？阿珠只是在笑。胡雪巖一面跟老張喝酒；一面眼角瞟過來，心裡有些好笑。

吃完飯，略坐一坐，胡雪巖又要走了，說還有事要跟郁四商量。阿珠和她娘聽這一說，快快之意，現於顏色；她們都似乎有許多話要跟他談，但細想一想，卻又沒有一句話是緊要而非在此刻說不可的，便只好放他走了。

「杭州見面了。」胡雪巖就這麼一句話告別。

等走到門口，阿珠的娘趕上來喊住他問：「那麼，啥時候再到湖州來？」

「現在哪裡說得定？」

阿珠的娘回身看了一下，阿珠不在旁邊，便又說道：「那件事，您放在心上。今年要辦了它。」

「對，對！」胡雪巖答道：「今年年裡，一定熱熱鬧鬧辦喜事。那時我一定要來。」

如果是做新郎官，當然一定要來，何消說得？阿珠的娘覺得他的話奇怪；卻做夢也沒有想到，胡雪巖已經不是她的「女婿」了。

第十一章

王有齡的船到杭州，仍舊泊在萬安橋。來時風光，與去時又大不相同；去時上任，儀制未備，不過兩號官船，數面旗牌，這一次回省，共有五隻大號官船，隸役侍應，旗幟鮮明。未到碼頭，仁和、錢塘兩縣已派了差役在岸上照應，驅散閒人，靜等泊岸，坐上大轎，逕回公館。

胡雪巖卻不忙回家，一乘小轎直接來到阜康──他事先並無消息，所以這一到，劉慶生頗感意外。胡雪巖原是故意如此，教他猝不及防，才好看出劉慶生一手經理之下的阜康，是怎麼個樣子。

因此，他一面談路上和湖州的情形，一面很自然地把視線掃來掃去，店堂裡的情形，大致都看清楚了，夥計接待顧客，也還客氣：兌換銀錢的生意，也還不少，所以對劉慶生覺得滿意。

「麟藩台的兩萬銀子，已經還了五千──。」劉慶生把這些日子以來的業務情形，作了個簡略的報告。然後請胡雪巖看帳。

「不必看了。」胡雪巖問道：「帳上應該結存的現銀有多少？」

「總帳在這裡。」劉慶生翻看帳簿，說結存的現銀，包括立刻可以兌現的票子，一共七萬五千多銀子。

「三天以內要付出去的有多少？」

「三萬不到。」

「明天呢？」胡雪巖又問。

「明天沒有要付的。」

「那好！」胡雪巖說，「我提七萬銀子，只要用一天好了。」說著拿筆寫了一張提銀七萬兩的條子，遞了過去。

他這是一個試探，要看看劉慶生的帳目與結存是不是相符？如果教他拿庫存出來看，顯得對人不相信，所以玩了這麼一記小小的花樣。

等劉慶生毫不遲疑地開了保險箱，點齊七萬兩的客票送到他手裡；他又說了：「今天用出去，明天就可以收回來。你放心，不會耽誤後天的用途。說不定用不到七萬，我是多備些。」

就這麼片刻的功夫，他已經神不知、鬼不覺地把劉慶生的操守和才幹，考察了一番。回家拜見了老母，正在跟妻子談此行的成就；王有齡派人來請，說有要緊事商量，請他即刻到王家見面。到得王家，已經晚上九點鐘了；王有齡正在書房裡踱方步，一見胡雪巖就皺著眉著：「搞了件意想不到的差使，要到新城去一趟。」

新城又稱新登，是杭州府屬的一縣；在富陽與桐廬之間，那一條富春江以嚴子陵的釣台得名，風光明媚，是騷人墨客歌詠留連的勝區，但新城卻是個小小的山城。湖州府署理知府，跑到那兒去幹甚麼？「莫非奉委審案子？」胡雪巖問。

「案子倒是有件案子，不是去審問。」王有齡答道，「新城有個和尚，聚眾抗糧，黃撫台要我帶兵去剿辦。」

聽得這話，胡雪巖大吃一驚，「這不是當耍的事。」他問，「雪公，你帶過兵沒有？」

「這倒不關緊要，我從前隨老太爺在雲南任上，帶親兵抓過作亂的苗子。不過這情形是不同的，聽說新城的民風強悍得很。」

凡是山城的百姓，總以強悍的居多；新城這地方，尤其與眾不同，那裡在五代錢武肅王的時候，出過一個名人，叫做羅隱，在兩浙和江西、福建的民間，「羅隱秀才」的名氣甚大，據說出語成讖，言必有中，而他本人亦多奇行異事。新城的民風，繼承了他的那股傲岸倔強之氣，所以很不容易對付。

「是啊！」胡雪巖答道：「這很麻煩。和尚聚眾抗糧，可知是個不安分的人。如果帶了兵去，說不定激成民變。雪公，你要慎重。」

「我所怕的正就是這一點。再說一帶兵去，那情形──。」王有齡大搖其頭，「越發糟糕！」

這話胡雪巖懂。綠營兵丁，已到了不可救藥的地步，真正是「兵不如匪」；一帶隊下去，地方老百姓先就遭殃。想到這一點，胡雪巖覺得事有可為。

「雪公！隨便甚麼地方，總有明事理的人。照我看，兵以不動為妙；你不妨單槍匹馬，到新城找著地方上有聲望的紳士，把利害關係說明白。此事自然能夠化解。」

「話是不錯。」王有齡放低了聲音說，「為難的是，大事化小，小事化無還不夠。上頭的意思是，現在各地風聲都很緊，怕刁民學樣搗亂，非要嚴辦禍首不可。」

「不管是嚴是寬。那是第二步的事！」

「對！」王有齡一下領悟了，不管怎麼樣，要眼前先把局勢平服了下來，才能談得到第二步。他想了想，站起身來說，「我要去拜個客，先作一番部署。」

「拜那個？」

「魁參將。他原來駐防嘉興，現在調到省城；黃撫台派他帶兵跟我到新城，我得跟他商量一下。」

「雪公，你預備怎麼跟他說？」

「我把以安撫為先的宗旨告訴他，請他聽我的招呼出隊，不能胡來。」

「叫他不出隊，怕辦不到。」胡雪巖說，「綠營兵一聽見這種差使，都當發財的機會到了。哪裡肯聽你的話？」

「那麼照你說，該怎麼辦呢？」

「總要許他點好處。」胡雪巖說，「現在不是求他出隊，是求他不要出隊。」

「萬一安撫不下來，還是要靠他。」王有齡點點頭，下了個轉語：「不過，你的話確是『一針見血』，我先許了他的好處，那就收發由心，都聽我的指揮了。」

當夜王有齡去拜訪了魁參將，答應為他在黃撫台那裡請餉，將來事情平定以後，「保案」中一定把他列為首功。但希望他聽自己的話——實在是要他聽自己的指揮。魁參將見王有齡很知趣，很爽快地答應照辦。

由於王有齡遭遇了這麼一件意外的差使，把他原來的計畫都打亂了，該辦的事無法分身，只有胡雪巖幫他的忙。首先是藩司衙門的公事要緊，胡雪巖用他從阜康取來的客票，解入藩庫；把湖州帶來，由郁四調來的五萬銀票，連同多下的兩萬，一起還了給劉慶生。此外還有許多王有齡個人的應酬，何處該送禮，何處該送錢；胡雪巖找著劉慶生幫忙，兩個人整整奔走了一天，算是都辦妥了。

「這就該忙我自己的事了。」胡雪巖把經手的事項，一一向王有齡交代過後，這樣對他說：「我赤手空拳做出來的市面，現在都該要有個著落。命脈都在這幾船絲上面，一點大意不得。」

王有齡啞然。他此刻到新城，也等於赤手空拳；至少要有個心腹在身邊，遇到疑難危急的時候，也有個人可以商量。但胡雪巖既已做了這樣的表示，而且也知道這一次的絲生意，對他的關係極大，所以原想留他幫忙的話，這時候就無論如何說不出口了。

他的失望無奈的神色，胡雪巖自然看得出來。心裡在想：這真叫愛莫能助！第一，實在抽不出空；第二，新城地方不熟；第三，帶兵出隊，動刀動槍的事，也真有點「嚇勢勢」，還是不必多事為妙。

因為如此，他就不去打聽這件事了。管自己跟張胖子和劉慶生去碰頭，把他到上海這個把月中，需要料理或者聯絡的事，都作了妥貼的安排。三天功夫過去，絲船到了杭州；陳世龍陪著老張到阜康來報到。

問起路上的情形，陳世龍說一路都很順利；不過聽到許多消息，各地聚眾抗糧的糾紛，層出不窮，謠言極盛，都非好兆。因此，他勸胡雪巖當夜就下船，第二天一早動身，早早趕到松江地界，有尤五「保鏢」就可以放心了。

「世龍兄這話很實在。胡先生早到早好。今天晚上我做個小東，給胡先生送行。」劉慶生又面邀老張和陳世龍說：「也是替你們兩位送行。」

「既如此，你就再多請一位『堂客』。」

「是，是。」劉慶生知道胡雪巖指的是阿珠，「今天夜裡的月亮還很好，我請大家到西湖上去逛逛。」

「一天到晚坐船也坐厭了。」胡雪巖笑道，「還是去逛城隍山的好。」

「就是城隍山！主從客便。」劉慶生問老張：「令嫒在船上？」

「是的，我去接她。」

「何必你自己去？」胡雪巖說，「叫世龍走一趟，先接她到這裡來再說。」

聽得這話，陳世龍連聲答應著，站起來就走。等了有個把時辰，兩乘小轎，抬到門前，阿珠走下轎來，只見她破例著條綢裙子，但盈尺蓮船，露在裙幅外面，走起路來，裙幅擺動得很利害；別人還不曾搖頭，她自己先不好意思地笑了：「這條斷命的裙子，我真正著不慣！」

「那你何必自己跟自己過不去，找罪來受？」胡雪巖這樣笑著問。

「喏！都是他。」

他是指陳世龍。阿珠一面說，一面拿手指著；眼風自然而然地瞟了過去。話中雖帶著埋怨，臉色和聲音卻並無責怪之意；倒像是陳世龍怎麼說，她就該怎麼聽似地。

這微妙的神情，老張看不出來，劉慶生更是如蒙在鼓裡，甚至連阿珠自己都沒有覺察有甚麼異樣，但胡雪巖心裡明白，向陳世龍笑了一下，沒有再說下去。

「我們商量商量，到哪裡去吃飯？」劉慶生還把阿珠當作胡雪巖的心上人，特地徵詢她的意見：「『皇飯兒』好不好？」

最好的一家本地館子，就在城隍山腳下，吃完逛山，正好順路，自然一致同意。於是劉慶生作東，吃了一頓豐盛的晚飯，上城隍山去品茗納涼。

這夜月明如畫，遊客甚多；樹下納涼，胡雪巖跟老張和劉慶生在談近來的市面。阿珠和陳世龍便小聲閒話；杭州的一切，他不如她熟，所以盡是她的話，指點著山下的萬家燈火，為他介紹杭州的風物。

到得二更將近，老張打個哈欠說：「回去吧！明天一早就要動身。」

阿珠有些戀戀不捨，但終於還是站了起來。陳世龍卻是一言不發，搶先下山；胡雪巖心裡奇怪，不知道他去幹甚麼？這個疑團直到下山才打破，原來他是雇轎子去了。

「只得兩頂轎子。」陳世龍說：「胡先生坐一頂。」

還有一頂呢？不用說，當然是阿珠坐。胡雪巖心想，自己想是沾了她的光；其實可以不必，我家甚近，不妨安步當車。阿珠父女回船的路相當遠，不如讓他們坐了去。

「我要託世龍幫我收拾行李，我們先走；轎子你們坐了去。」胡雪巖又對劉慶生拱拱手說：「你也請回去吧！」

「好的。明天一早我來送行。」

於是五個人分做三路。胡雪巖把陳世龍帶到家──胡家大非昔比了；胡太太很能幹，在丈夫到湖州去的一個月中，收拾得門庭煥然，還用了一個老媽子，一個打雜的男工，這時還都在等候「老爺」回家。

「行李都收拾好了。」打雜的男工阿福，向「老爺」交代：「約了兩個挑夫在那裡，行李是不是今天晚上就發下船，還是明天一早挑了去。」

胡雪巖覺得阿福很會辦事，十分滿意；但他還未接口，陳世龍就先說了：「今天晚上下船！回頭我帶了挑伕去，也省得你走一趟。」

這樣說停當，阿福立刻去找挑伕；趁這片刻閒空，胡雪巖問道：「一路上，阿珠怎麼樣？」

這話讓陳世龍很難回答，雖已取得默契，卻不便自道如何向阿珠獻殷勤？想了想答道：「我都照胡先生的話做。」

「好！」胡雪巖說，「你就照這樣子做好了。不過生意上也要當心。」這是警告他，不要陷溺在阿珠的巧笑嬌語之中。

這言外之意，陳世龍當然懂，到底年紀還輕，臉有些紅了；但此刻不能裝糊塗──事實上他也一直在找這樣一個可以表示忠心的機會，所以用極誠懇坦率的聲音答道：「胡先生，你儘管請放心；江湖上我雖少跑，江湖義氣總曉得的，胡先生這樣子待我，我拆爛汙對不起胡先生，將來在外面還要混不要混？」

「對！」胡雪巖頗為嘉許，「你能看到這一點，就見得你腦子清楚。我勸你在生意上巴結，不光是為我，是為你自己。你最多拆我兩次爛汙，第一次我原諒你，第二次對不起，要請你捲鋪蓋了——如果爛汙拆得太過，連我都收不了場，那時候該殺該剮，也是你去。不過你要曉得，也有人連一次爛汙都不准人拆的，只要有這麼一次，你就吃不開了。」

他這番話，等於定了個規約，讓陳世龍清清楚楚地明白了他對待手下的態度。不過陳世龍，絕沒有半點因為可容許拆一次爛汙而有恃無恐的心思；相反地，這時候暗暗下了決心，在生意上非要規規矩矩地做個樣子來給胡雪巖看不可。

「胡先生如果沒有別的吩咐，我就走了。」他又問：「明天一早，要不要來接？」

「不必，不必！我自己會去的。」

等陳世龍一走，胡雪巖也就睡了。臨別前夕，夫婦倆自然有許多話要說：談到半夜，人是倦了，卻不能安心入夢，心緒零亂，一直在想王有齡，擔心他到新城，生命有沒有危險，公事會不會順利？

「怎麼這時候才來？太陽都好高了！」阿珠一見胡雪巖上船，就這樣埋怨地問。

「一夜沒有睡著。」胡雪巖答道：「我在擔心王大老爺。」

「王大老爺怎麼樣？」

「這時候沒有功夫談。開了船再說。」

解纜開船，也得要會功夫；胡雪巖一個人坐在船艙裡喝茶，懶得開口，自從與王有齡重逢以來，他的情緒從沒有像這樣惡劣過。

「到底啥事情？」阿珠問道：「這樣子愁眉不展，害得大家都不開心。」

聽這話胡雪巖感到歉然，心情便越發沉重，「唔！」他突然站起身來，「我今天不走了！王大老爺的公事有麻煩，我走了對不起朋友。阿珠，你叫他們停船。」

等船一停，老張和陳世龍不約而同的搭了跳板，都來到胡雪巖艙裡，查問原因。

這時候他的心情輕鬆了，把王有齡奉令赴新城辦案的經過說了一遍，表示非跟他在一起不可。

「我事情一辦好，就趕了上來，行李也不必卸了。」

「如果事情沒有辦完，趕不到呢？」陳世龍針對這個疑問作了建議：「我們在松江等你；有尤五照應，船上的貨色絕不會少。」

胡雪巖覺得這辦法十分妥貼，欣然同意；隨即單身上岸，雇了乘小轎，直接來到王家。

王有齡家高朋滿座，個個都穿著官服，看樣子都是「州縣班子」——自然是「聽鼓轅門」的候補知縣。胡雪巖自己雖也是捐班的「大老爺」，但從未穿過補褂、戴過大帽，與這班官兒們見面，先得一個個請教了，才好定稱呼，麻煩甚大，所以踏入院子，不進大廳、由廊下繞到廳房一間小客廳去休息等候。

等聽差的捧了茶來，他悄悄問道：「你家老爺在談甚麼？」

「還不是新城的事！聽說那和尚厲害得很，把新城的縣官都殺掉了。為此，我們太太愁得覺都睡不著。」

胡雪巖大吃一驚！這一來，事情越鬧越大，必不能善罷甘休，王有齡真是「溼手捏了燥乾麵」，怕一時料理不清楚了。

於是他側耳靜聽著，不久就弄清楚了，那些候補州縣，奉了撫台的委札，到王有齡這裡來聽候差委；此刻他正召集他們在會議，商量處理的辦法。

你一言，他一語，聚訟紛紜了半天，只聽有個人說道：「現在是抗糧事小，戕官事大，首要各犯，朝廷絕不會放鬆。我看，第一步、要派兵分守要隘；第二步、才談得到是剿、是撫，還是剿撫兼施？」

胡雪巖暗暗點頭，只有這個人說話還有條理；外面的王有齡大概也是這樣的想法，只聽他說：「高明之至。我還要請教鶴翁，你看是剿呢？還是撫呢？」

「先撫後剿。」那個被稱做「鶴翁」的人，答得極其爽脆。

「先撫後剿，先撫後剿，這四個字的宗旨，確切不移。」王有齡很快地說：「我索性再請教鶴翁，能就撫自然不必出隊進剿，所以能撫還是要撫。應該如何著手？想來必有高見。」

「倒是有點看法，說出來請王大人指教——。」

胡雪巖正聽到緊要地方，誰知聽差奉命來請，說是王太太吩咐，請他到裡面去坐。彼此的關係，已超過「通家之好」的程度，內眷不避，胡雪巖便到內廳去見了王太太。

「你看，好端端在湖州，上省一趟，就派了這麼件差使！」王太太愁眉苦臉地說，「省城裡謠言很多，都說新城這件事，跟『長毛』是有勾結的。那地方又在山裡，雪軒一去，萬一陷在裡面，叫天天不應，叫地地不靈，那時候怎麼辦？」

「不要緊，不要緊！」胡雪巖為了安慰她，只好硬起頭皮拍胸脯，「有我在！我來想辦法，包你平安。」

「是啊！」王太太有驚喜之色，「雪軒常說，甚麼事都靠你。你們像弟兄一樣，你總要幫幫你哥哥的忙。」

「那還用說。你先請放寬了心，等他回頭開完了會，我們再來商量。」

於是胡雪巖便大談王有齡在湖州的情形，公事如何順利，地方如何愛戴？盡是些好聽的話，讓王太太好忘掉新城的案子。

談到日中要開飯了，王太太派人到外面去催請；把王有齡催了進來，他一見胡雪巖便問：「你怎麼沒有走？」

「把你一個人丟在這裡，我在船上提心弔膽，雪公，你想想那是甚麼滋味？」

王有齡不知道那是甚麼滋味？但他知道自己的感覺跟胡雪巖做朋友，實在夠味得很！「雪巖，」他眼睛都有些潤溼了，「這才是生死患難之交！說實話，一見你的面，精神就是一振。事情是很棘手，不過你來了，我倒也不怎麼怕了。」

王太太聽他們這一番對答，對胡雪巖的看法越發不同；而且她也跟她丈夫一樣，愁懷一放，這幾天以來，第一次出現了從容的神色。

「有話慢慢談，先吃飯！」她對王有齡說，「一直覺也睡不好，飯也吃不香。今天可以舒舒服服吃餐飯了，你們弟兄倆先吃酒，我做個『紅糟雞』替你們下飯。」

王有齡欣然贊許，對胡雪巖誇耀他太太的手藝：「你嚐嚐內人的手段！跟外面福州館子裡的菜，大不相同。」

於是都變得好整以暇了，王有齡擎著酒杯為胡雪巖細述新城一案的來龍去脈，以及眼前的處理辦法——果然如胡雪巖所想像的，那些奉派聽候王有齡差委的候補州縣中，管用的只有那個「鶴翁」。

「此人名叫嵇鶴齡，真正是個人才！」王有齡說，「足智多謀，能說善道，如果他肯幫我的忙，雖不能高枕無憂，事情已成功了一半。」

「喔！」胡雪巖問，「他的忙怎麼幫法？」

「去安撫！」王有齡說，「新城在省的紳士，我已經碰過頭了，那幾位異口同聲表示，有個得力的人到新城就地辦事，事半而功倍。本來也是，遇到這種情形，一定是『不入虎穴，焉得虎子』！無奈能幹的，膽小不敢去；膽大敢去的，又多是庸材，成事不足，敗事有餘。除非我自己去；我不能去就得找嵇鶴齡這樣的人。」

「我明白了。嵇鶴齡不肯去的原因何在？也是膽小？」

「哪裡？」王有齡說，「此人有謀有勇，沒有把那班擾民，放在眼裡。他只是不肯去。」不肯去的原因是他覺得不合算。王有齡談嵇鶴齡的為人，吃虧在恃才傲物，所以雖有才幹，歷任大僚都不肯或者不敢用他；在浙江候補了七八年，派不上幾回差使，因而牢騷極多。

「他跟人家表示：『三年派不上一趟差，有了差使，好的輪不著，要送命的讓我去。我為何這麼傻？老實說，都為王某某還是個肯辦事，腦筋清楚的，我才說幾句。不然我連口都懶得開口。』」王有齡說：「今天這一會，其實毫無影響，我一直在動腦筋的是，設法說動嵇鶴齡。誰知勞而無功！」

「重賞之下，必有勇夫！雪公，你的條件開得不夠吧？」

「根本談不上！嵇鶴齡窮得你們杭州人說的『嗒嗒滴』；但就是不肯哭窮，不談錢，你拿他有甚麼辦法？」王有齡停了一下又說體諒的話，「想想也難怪，八月半就要到了，要付的帳還沒有著落，轉眼秋風一起，冬天的衣服還在長生庫裡。聽說他最近悼亡，留下一大堆孩子要照應。心境既不好，又分不開身，也實在難怪他不肯幫忙。」

「那就只有我去了。」胡雪巖說。

「你我是一樣的。」王有齡說：「我不能去，當然也不能讓你去。」

「既如此，雪公，你要我做點甚麼？」胡雪巖已有所領會，特意這樣問一句。

「你看，雪巖，怎麼想個辦法，能讓嵇鶴齡欣然應請，到新城去走一趟？」

胡雪巖不即作答，慢慢喝著酒盤算。這個徵兆不好；在王有齡的印象中，任何難題，一跟他提出來，就會有辦法；沒有辦法也有答覆，一兩句話，直抉癥結的根源，商量下去，總能解決。像這樣不開口，看起來真是把他難倒了。

難是有點難，卻還不至於把胡雪巖難倒。他現在所想的還不是事而是人——嵇鶴齡這樣的人，胡雪巖最傾倒，有本事也還要有骨氣。王有齡所說的「恃才傲物」四個字，裡面有好多學問，傲是傲他所看不起的人；如果明明比他高明不肯承認，眼睛長在額角上，目空一切，這樣的人不是「傲」是「狂」，不但不值得佩服，而且要替他擔心，因為狂下去就要瘋了。

嵇鶴齡心裡是丘壑分明的，只聽他說王有齡「還肯辦事，腦筋清楚」，他才肯有所建言，就知道他的為人。這樣的人，只要摸著他的脾氣，很容易對付；話不投機，他睬都不睬你。

「可惜事情太急，沒有辰光了；不然，我跟他個把月交下來，一定可以教他聽我的話。」

「是啊！我是不容你下水磨功夫。難就難這日子上頭。」

「他有沒有甚麼好朋友？」

「怎麼沒有？」王有齡說，「也是個候補知縣，會畫畫，好酒量，此人最佩服嵇鶴齡，但雖無話不談，卻做不得他的主。我就是託他去疏通的。」

「喔，『無話不談』？」胡雪巖很注意地問。

「是的。此人姓裘，裘、酒諧音，所以外號叫『酒糊塗』，其實不糊塗。我介紹他跟你見見面？」

「不忙！」

胡雪巖說了這一句，卻又不開口了；盡自挾著王太太精心烹調的紅糟雞，大塊往嘴裡送。還要騰出功夫來向她討教做法，越發不來理會王有齡。

吃完飯、洗過臉，胡雪巖叼著根象牙「剔牙杖」，手裡捏一把紫砂小茶壺，走來走去踱方步；踱了半天，站住腳說：「要他『欣然』，只怕辦不到！」

等了好久的王有齡，聽得這一說，趕緊接口：「不管了！嵇鶴齡欣然也好，不高興也好，反正只要肯去，就一定會盡心。公事完了，我替他磕個頭道謝都無所謂。」

「好，我來辦！雪公，把你的袍褂借我一套。」

「甚麼借？」王有齡轉身喊道：「太太，你檢一身袍褂；還有，全副的七品服色，檢齊了叫高升送到雪巖那裡去。」

「對了，順便託高升跟我家說一聲，我上海暫時不去了。」

王太太答應著，自去料理。王有齡便問：「你忽然想起要套公服，作何用處？」

「我要唱齣戲。」胡雪巖又說，「閒話不必提，你發個帖子，晚上請『酒糊塗』來喝酒，我有事要問他。」

王有齡依言照辦，立刻發了帖子；同時預備酒筵，因為賓主一共只有三個人，菜備得不多，卻特地覓了一罐十五年陳的「竹葉青」，打算讓「酒糊塗」喝個痛快。

到晚來，客人欣然應約，胡雪巖跟他請教了「台甫」，略略寒暄，隨即入席。姓裘的名叫豐言，名如其人，十分健談；談的自然是嵇鶴齡。

這一頓酒吃完，已經二更過後。王有齡厚犒裘豐言的跟班、轎伕；並且派高升把有了六七分酒意的客人送了回去。然後跟胡雪巖商量如何說服嵇鶴齡？

「雪公，」也有了酒意的胡雪巖笑道，「山人自有道理，你就不必問了。明天我得先部署、部署，後天一早去拜嵇鶴齡，必有好音。我這齣戲得有個好配角，請你關照高升到舍間來，我用他做配角兒。」

「好！好！」王有齡也笑道，「我等著看你這齣戲。」

這三天一早，胡雪巖穿起鸂鶒補子的袍褂，戴上水晶頂子的大帽，坐上轎子；由高升「執帖」，逕自來拜嵇鶴齡。

他住的是租來的房子──式微的巨族，房屋破舊，但格局甚大，裡面住著六、七戶人家；屋主連門房都租了出去，黯舊的粉牆上寫著「陳記蘇廣成衣」六個大字。高升便上去問訊：「陳老闆，請問嵇老爺可是住在這裡？」

「嵇老爺還是紀老爺？」姓陳的裁縫問，嵇跟紀念不清楚，聽來是一個音。

「嵇鶴齡嵇老爺。」

「我不曉得他們的名字。可是喜歡罵人的那位嵇老爺？」

「這我就不曉得了。」高升把一手所持的清香素燭拿給他看，「剛剛死了太太的那位嵇老爺。」

「不錯，就是喜歡罵人的那個。他住在三廳東面那個院子。」

「多謝，多謝！」高升向胡雪巖使個眼色；接著取根帶來的紙煤，在裁縫案板上的燙斗裡點燃了，往裡就走。

胡雪巖穿官服，還是破題兒第一遭，踱不來方楞折角的四方步；加以高升走得又快，他不能不緊緊跟著，所以顧不得官派，撈起下襬，大踏步趕了上去。

穿過大廳，沿著夾弄，走到三廳，東面一座院落，門上釘著麻，一看不錯，高升便開始唱戲了，拉長了調子喊一聲：「胡老爺拜！」

一路高唱，一路往裡直闖，到了靈堂裡，吹旺紙煤，先點蠟燭後燃香。這個突如其來的動作，把嵇家弄得莫名其妙，有個跟班模樣的老者問道：「老哥，貴上是那一位？」

「敝上姓胡，特來拜嵇老爺！拜託你遞一遞帖子。」說著，高升從拜匣裡取出一張「教愚弟胡光墉拜」的名帖遞了過去。

他們在裡頭在打交道，胡雪巖只在院子門口等，過了一會，聽見嵇家的跟班在說：「不敢當，不敢當！敝上說，跟胡老爺素昧平生，不敢請見，連帖子亦不敢領。」

這拒人於千里以外的態度，是胡雪巖早就料到了的。他的步驟是，如果投帖而獲嵇鶴齡延見，自然最好；否則就還有一步棋。

此刻便是走這步棋的時候了，他不慌不忙地往裡走去，直入靈堂，一言不發，從高升手裡接過已點燃的線香，在靈前肅穆地往上一舉，然後親自去上香。

等嵇家的跟班會過意來，連忙喊道：「真不敢當、真不敢當！」

胡雪巖不理他，管自己恭恭敬敬地跪在拜墊上行禮；嵇家的跟班慌了手腳，順手拉過一個在看熱鬧的、胖胖的小姑娘，把她的頭一揿，硬捺著跪下。

「快磕頭回禮！」

這時把嵇家上下都驚動了，等胡雪巖站起身來，只見五、六個孩子，有男有女，小到三、四歲，大到十四、五歲，都圍在四周，用好奇的眼光，注視著這位從未見過的客人。

「大官！」嵇家的跟班，招呼年齡最大的那個男孩，「來給胡老爺磕頭道謝。」

就這時候嵇鶴齡出現了，「是哪位？」他一面掀起門簾，一面問。

「這位想來就是嵇大哥了！」胡雪巖兜頭一揖。

嵇鶴齡還了禮，冷冷地問道：「我與足下素昧平生，何勞弔唁？」

「草草不恭！我是奉王太守的委託，專誠來行個禮。」胡雪巖張開兩臂，看看自己身上，不好意思地笑道：「不瞞嵇大哥說，從捐了官以來，這套袍褂還是第一次穿。只因為初次拜訪，不敢不具公服。」

「言重，言重！不知足下光降，有何見教？」

話是很客氣，卻不肯肅客入座，意思是立談數語便要送客出門。不過他雖崖岸自高，他那跟班卻很懂禮數，端了蓋碗茶來，說一聲：「請坐，用茶！」這一下嵇鶴齡不能不盡主人的道理了。

等一坐下來，胡雪巖便是一頓恭維，兼道王有齡是如何仰慕。他的口才本就來得，這時又是刻意敷衍；俗語道得好：「千穿萬穿，馬屁不穿」，就怕拍得肉麻；因而幾句恰到好處的恭維，胡雪巖就把嵇鶴齡的傲氣減消了一半。

「嵇大哥，還有點東西，王太守託我面交；完全是一點點敬意。」說著，他從靴頁子裡掏出來一個信封，隔著茶几遞了過去。

嵇鶴齡不肯接，「內中何物呢？」他問。

「不是銀票。」胡雪巖爽爽快快的把他心中的疑惑揭破；接下來又加了一句：「幾張無用的廢紙。」

這句話引起了嵇鶴齡的好奇心，撕開封套一看，裡面一疊借據，有向錢莊借的，有裘豐言經手為他代借的，上面或者蓋著「註銷」的戳子，或者寫著「作廢」二字。不是「廢紙」是甚麼呢？

「這、這、這怎麼說呢？」嵇鶴齡的槍法大亂；而尤其令他困惑的是，有人抬進來兩隻皮箱——他認得那是自己的東西，但不應該在這裡，應該在當鋪裡。

於是嵇鶴齡急急喊他那跟在箱子後面的跟班：「張貴！怎麼回事？」

上當鋪的勾當，都歸張貴經手，但是他也不明白是怎麼回事——一齣戲他不過看到前台的演出；後台的花樣他看不見。

線索是裘豐言那裡來的，知道了嵇家常去求救的那家當鋪就好辦了。錢莊與當鋪素有往來，劉慶生就認識那家當鋪的徽州朝奉；一說替嵇老爺贖當，自然萬分歡迎。但贖當要有當票，因而作了一個約定，由劉慶生將本息付訖，「當頭」送到嵇家，憑票收貨，否則原貨取回。

這是萬無一失的安排，當鋪裡自然樂從。

因此，在胡雪巖跟嵇鶴齡打交道時，作為「配角」的高升也在「唱戲」，他把張貴悄悄拉到一邊，先請教了「貴姓」，然後說道：「張老哥，有點東西在門外，請你去看看。」

門外是指定時間送到的兩口皮箱。高升告訴他，本息都已付過，只憑當票就可取回箱子。張貴跟了嵇鶴齡十幾年，知道主人的脾氣。但也因為跟得太久，不但感情上已泯沒了主僕的界限，而且嵇鶴齡的日常家用，都由他調度，等於是個「當家人」；別的都還好辦，六個孩子的嘴非餵不可，所以對這兩箱子衣服，決定自作主張把它領了下來，至多受主人幾句埋怨，實惠總是實惠。

「唉！」被請到一邊，悄悄聽完經過的嵇鶴齡，微頓著足嘆氣：「我從來沒有遇見過這種事。現在怎麼辦呢？」

張貴不作聲，心裡在想；有錢，把贖當的本息歸還人家；沒有錢，那就只好領受人家的好意。不然，難道把東西丟掉？

「好了，好了！」嵇鶴齡橫一橫心，另作處置，揮手說道：「你不用管了。」

「老爺！」張貴交代了一句：「本息一共是二百三十三兩六錢銀子。」

嵇鶴齡點點頭，又去陪客，「仁兄大人，」他略帶點氣憤地說，「這是哪位的主意？高明之至！」

「哪裡，哪裡！」胡雪巖用不安的聲音說，「無非王太守敬仰老兄，略表敬意，你不必介懷！」

「我如何能不介懷？」嵇鶴齡把聲音提得高，「你們做這個圈套，硬叫我領這個情，拒之不可、受之不甘。真正是——。」他總算把話到口邊的「豈有此理」四個字嚥了回去。

他要發脾氣，也在胡雪巖意料之中；笑嘻嘻地站起身來又作揖：「老兄，我領罪！是我出的主意，與王太守無干！說句實話，我倒不是為老兄，是為王太守；他深知老兄的耿介，想有所致意而不敢，為此愁眉不展，我蒙王太守不棄，視為患難之交，不能不替他分憂；因而想了這麼一條唐突大賢的計策。總之，是我荒唐，我跟老兄請罪！」說到這裡又是長揖到地。

嵇鶴齡不知道這番措詞雅馴的話，是經王有齡斟酌過的「戲轍兒」，只覺得他談吐不俗；行事更不俗，像是熟讀《戰國策》的，倒不可小看了這個「銅錢眼裡翻跟斗」的陌生人。

於是他的態度和緩了，還了禮拉著胡雪巖的手說：「來，來，我們好好談一談。」

一看這情形，胡雪巖自覺嵇鶴齡已入掌握；不過此刻有兩種不同的應付辦法，如果只要他就範，替王有齡作一趟新城之行，事畢即了，彼此漠不相關，那很好辦，就地敷衍他一番就行了。倘若想跟他做個朋友，也是為王有齡在官場中找個得力幫手，還須好好下一番功夫。

轉念之間，就有了抉擇，他實在也很欣賞嵇鶴齡這樣的人，所以提了個建議，並且改了稱呼，不稱「老兄」稱「鶴齡兄」。

「我看這樣，」他說，「鶴齡兄，我奉屈小酌，找個清涼的地方『擺一碗』，你看怎麼樣？」

日已將午，對這樣一位來「示惠」的客人，嵇鶴齡原就想到，應該留客便飯；只是中饋乏人，孩子又多，家裡實在不方便，不想胡雪巖有此提議，恰中下懷，因而欣然表示同意。

「這身公服，可以不穿了！」胡雪巖看著身上，故意說道：「等我先回家換了衣服再來。」

「那何必呢？」嵇鶴齡馬上接口，「天氣還熱得很，隨便找件紗衫穿就行了。」接著就叫他的兒子：「大毛，把我掛在門背後的那件長衫拿來。」

於是胡雪巖換了公服，穿上嵇鶴齡的一件實地紗長衫——到了這樣可以「共衣」的程度，交情也就顯得不同了。兩個人都沒有穿馬褂，一襲輕衫，瀟瀟灑灑的出了嵇家的院子。

「鶴齡兄，你請先走一步，我跟他說幾句話。」

他是指高升，胡雪巖先誇獎了他幾句，然後讓他回去，轉告王有齡，事情一定可以成功；請王有齡即刻到嵇家來拜訪。

「胡老爺！」高升低聲問道，「你跟嵇老爺吃酒去了，我們老爺一來，不是撲個空嗎？」

「『孔子拜陽貨』，就是要撲空。」胡雪巖點破其中的奧妙：「你們老爺來拜了，嵇老爺當然要去回拜，這下有事不就可以長談了嗎？」

「是的，胡老爺的腦筋真好！」高升笑著說，「我懂了，我懂了，你請。」

出了大門，兩個人都沒有坐轎子。嵇家住在清波門，離「柳浪聞鶯」不遠，安步當車到了那裡；在一家叫做「別有天」的館子裡落座。胡雪巖好整以暇地跟嵇鶴齡研究要甚麼菜，甚麼酒；那樣子就像多年知好，常常在一起把杯小敘似地。

「雪巖兄，」嵇鶴齡開門見山地問，「王太守真的認為新城那件案子，非我去不可？」

「這倒不大清楚。不過前天我聽他在埋怨黃撫台。」胡雪巖喝口酒，閒閒地又說，「埋怨上頭，派了這麼多委員來，用得著的不多；倒不如只派嵇某人一位，那反倒沒有話說。」

「怎麼叫沒有話說？」

「聽他的口氣，是指你老兄沒有話說。如果委員只有你一位，他有甚麼借重的地方，我想你也不好推辭。現在有這麼多人，偏偏一定說要請你去，這話他似乎不便出口。」

「是啊！」嵇鶴齡說，「我也知道他的難處。」

知道王有齡的難處又如何呢？胡雪巖心裡這樣在問，但不願操之過急，緊釘著問；同時他也真的不急，因為嵇鶴齡的脾氣，他幾乎已完全摸到，只要能說動他，他比甚麼人的心還熱。

果然，嵇鶴齡接著又說：「這件事我當仁不讓。不過，王太守得要能聽我的話。」

胡雪巖也真會做作，「到底怎麼回事？我還不十分清楚，這是公事，我最好少說話。鶴齡兄，王太守跟我關係不同，想來你總也聽說過；我們雖是初交，一見投緣，說句實話，我是高攀，只要你願意交我這個朋友，我們交下去一定是頂好的朋友。為此，」他停了一下，裝出毅然決然的神情：「我也不能不替你著想，交朋友不能『治一經、損一經』，你說是不是？」

「是的。」嵇鶴齡深深點頭，「雪巖兄，不是我恭維你，闤闠中人，像你這樣有春秋戰國策士味道的，還真罕見。」這兩句話，胡雪巖聽不懂，反正只知道是恭維的話，謙遜總不錯的，便拱拱手答道：「不敢，不敢！」

「現在我要請問，你說『不能不替我著想』，是如何想法？」

「你的心太熱，自告奮勇要到新城走一趟；王太守當然也有借重的意思。不過他的想法跟我一樣，總要不生危險才好；如果沒有萬全之計，還是不去的好。倘或王太守談到這件事，你有難處，儘管實說。」他加重語氣又說：「千萬千萬不能冒險。這就是我替你著想的地方。」

「承情之至。」嵇鶴齡很坦然地說：「這種事沒有萬全之計的；全在乎事先策劃周詳，臨事隨機應變。雪巖兄，你放心，我自保的辦法，總是有的。」

「可惜，新城是在山裡，如果是水路碼頭我就可以保你的駕了。」

「怎麼呢？」嵇鶴齡問：「你跟水師營很熟？」

「不是。」胡雪巖想了想，覺得不妨實說，「漕幫中我有人。」

「那好極了！」嵇鶴齡已極其興奮地，「我就想結識幾個漕幫中人，煩你引見。」他接著又加了一句：「並無他意，只是嚮往這些人的行徑，想印證一下〈游俠列傳〉，看看今古有何不同？」

「游俠列傳」是個甚麼玩意？胡雪巖不知道；片刻之間，倒有兩次聽不懂他的話，心裡不免難過，讀的書到底太少了。

不過不懂他能猜，看樣子嵇鶴齡只是想結交這些朋友；江湖上人四海得很，朋友越多越好，介紹他跟郁四和尤五認識，絕不嫌冒昧，所以他一口答應。

「鶴齡兄，」他說，「我是『空子』，就這年把當中，在水路上交了兩個響噹噹的好朋友，一個在湖州、一個在松江。等你公事完了，我也從上海回來了，那時候我們一起到湖州去玩一趟，自然是擾王太守的；我跟你介紹一個姓郁的朋友。照你的性情，你們一定合得來。」

「好極了！」嵇鶴齡欣然引杯，乾了酒又問：「你甚麼時候動身到上海？」

「本來前天就該走了。想想不能把王太守一個人丟在這裡，所以上了船又下船。」

「啊！這我又要浮一大白！」嵇鶴齡自己取壺斟滿，一飲而盡，向胡雪巖照一照杯又說：「現在能夠像你這樣急人之難，古道熱腸的，不多了。」

這句話他聽懂了，機變極快，應聲答道：「至少還有一個，就仁兄大人閣下。」

說著，胡雪巖回敬了一杯，嵇鶴齡欣然接受，放下杯子，有著喜不自勝的神情：「雪巖兄，人生遇合，真正是佛家所說的『因緣』兩字，一點都強求不來。」

「喔，原來『姻緣』兩字，是佛經上來的？」

這一說，嵇鶴齡不免詫異，看他吐屬不凡，何以連「因緣」的出典都會不知道呢？但他輕視的念頭，在心中一閃即沒；朋友投緣了，自會有許多忠恕的想法，他在想，胡雪巖雖是生意中人，沒有讀多少書，但並不俗氣，而且在應酬交往中，學到了一口文雅的談吐，居然在場面上能充得過去，也真個難能可貴了。

他還沒有聽出胡雪巖說的是「姻緣」，不是「因緣」；只接著發揮他的看法：「世俗都道得一個『緣』字，其實有因才有緣；你我的性情，就是一個因，你曉得我吃軟不吃硬，人窮志不窮的脾氣，這樣才會投緣。所以有人說的無緣，其實是無因，彼此志趣不合、性情不投，那裡會做得成朋友？」

胡雪巖這才明白，他說的是因果之「因」，不是婚姻之「姻」，心裡越發不是味道；但也不必掩飾，「鶴齡兄，」他很誠懇的說，「你跟我談書上的道理，我不是你的對手。不過你儘管談，我聽聽總是有益的。」

這一說，益使嵇鶴齡覺得他坦率可愛；不過也因為他這一說，反倒不便再引經據典，談談書上的道理了，「『世事洞明皆學問，人情練達即文章』，雪巖兄，你倒也不必忒自謙。」

嵇鶴齡說，「我勸你閒下來，倒不妨讀幾首詩，看看山、看看水，這倒是涵泳性情，於你極有益處的。」

「你這幾句話是張藥方子，」胡雪巖笑道：「可以醫我的俗氣。」

「對了！」嵇鶴齡擊節稱賞，「你見得到此就不俗。」

這一來，他的談興越發好了；談興一好酒興也一定好，又添了兩斤竹葉青來。酒店主人也很識趣，從吊在湖水中的竹簍裡，撈起一條三斤重的青魚，別出心裁，捨棄從南宋傳下來的「醋溜」成法不用，仿照「老西兒」的吃法，做了碗解酒醒脾的醋椒魚湯，親自捧上桌來，說明是不收錢的「敬菜」；於是嵇鶴齡的飯量也好了，三碗「冬舂米」飯下肚，摩著肚皮說：「從內人下世以來，我還是第一次這麼酒醉飯飽。」

他這一說，倒讓胡雪巖想起一件事，「鶴齡兄，」他問：「尊夫人故世，留下五六個兒女，中饋不可無人，你也該有續絃的打算！」

「唉！」嵇鶴齡嘆口氣，「我何嘗不作此打算？不過，你倒想想，五、六個兒女要照料，又是不知那一年補缺的『災官』，請問，略略過得去的人家，那位小姐肯嫁我？」

「這倒是實話。」胡雪巖說：「等我來替你動動腦筋！」

嵇鶴齡笑笑不答。胡雪巖卻真的在替他「動腦筋」，並且很快地想到了一個主意；但眼前先不說破，談了些別的閒話，看著太陽已落入南北高峰之間，返照湖水，映出萬點金鱗，暑氣也不如日中之烈，柳下披風，醉意一消，真個「夕陽無限好，可惜近黃昏」——一到黃昏，城門快要關了，兩人戀戀不捨地約了明天再見。

胡雪巖直接來到王家，王有齡正好送客出門；一見便拉著他的手笑道：「雪巖，你的本事真大，居然能把這麼個人降服了，我不能不佩服你。我去拜過他了，封了八兩銀子的奠儀，不算太菲吧！」

「這無所謂。」胡雪巖答道，「他已經自告奮勇，明天上午一定會來回拜，你就開門見山跟他談好了。」

「自告奮勇？」王有齡愁懷盡去，大喜說道：「好極，好極！明天晚上我請個客，把魁參將和新城縣的兩個紳士約了來，好好談一談。你早點來！」

第二天下午，胡雪巖依約，在家吃完午飯就到了王家；不久，嵇鶴齡也到了——他在上午已來回拜過王有齡，接受了晚宴的邀請；同時應約早到，好先商量出一個具體辦法，等魁參將和新城縣的紳士來了，當面談妥，立即就可以動手辦事。

「鶴齡兄，」王有齡說，「早晨你來過以後，我一直在盤算，新城縣令已為匪僧慧心戕害，現在是縣丞護印；我想上院保老兄署理新城，有『印把子』在手裡，辦事比較方便。當然，這是權宜之計；新城地瘠民貧，不好一直委屈老兄。將來調補一等大縣；我一定幫忙。」

「多謝雪公栽培！」嵇鶴齡拱拱手說，「不過眼前還是用委員的名義好。何以呢？第一，此去要隨機應變，說不定我要深入虎穴，權且與那班亂民『稱兄道弟，杯酒言歡』。如果是父母官的身分，不能不存朝廷的體統，處處拘束，反而不便；其次，現在既是縣丞護印，身處危城，能夠盡心維持，他總也有所貪圖，如果我一署理，他就落空了，即使不是心懷怨望，事事掣肘，也一定鼓不起勁來幹，於大事無益。」

「是，是！」王有齡欽佩之忱，溢於詞色，「老兄這番剖析，具見卓識。我準定照老兄的吩咐，等這件事完了，老兄補實缺的事，包在我身上。」

「那是以後的事，眼前我要請雪公先跟上頭進言，新城縣丞，倘或著有勞績，請上頭不必另外派人，就讓他升署知縣。」嵇鶴齡說，「重賞之下，必有勇夫這句話，有時候很用得著；如果上頭肯這麼答應，我到了新城，可得許多方便。」

「對！這也是應該的。危城之中，也靠他撐持，理有此酬庸。倘或受罪吃辛苦有分，局勢平定了，別人來坐享其成，這也太不公平了。」

接著，他們兩人便談到「先撫後剿」的細節。胡雪巖看沒有他的事，也插不進話去，便悄悄退了出來，逕到上房來見王太太。

王太太越發親熱，口口聲聲「兄弟，兄弟」的，簡直把他當作娘家人看待了。

胡雪巖深知官場中人的脾氣，只許他們親熱，不許別人越禮，所以仍舊按規矩稱她：「王太太！」他說，「現在你可以不必再為雪公擔心了。嵇鶴齡一則是佩服雪公；再則是跟我一見如故，肯到新城去了。」

「這都是兄弟你的功勞！」王太太很吃力地說：「真正是，我不知道該怎麼謝你？」

「不必謝我！就算我出了力，以我跟雪公的情分來說，也是應該的。倒是人家嵇老爺，打開天窗說亮話，這一趟去，真正要承他的情。」胡雪巖又說，「剛剛雪公要保他署理新城縣，他一定不要，說是這一來事情反倒不好辦。王太太你想，候補候補，就是想補個缺；此刻不貪功名富貴，所為何來？無非交情二字。」

「這是真的。」王太太說：「兄弟我們自己人，你倒替我出個主意看——雖說公事上頭，我不能問，也插不進手去；私人的情分上他幫了你哥哥這麼一個大忙，我總也要盡點心。如果他太太在世，倒也好了；內眷往來，甚麼話都好說，偏偏他太太又故世了！」

這就說到緊要關頭上來了，胡雪巖三兩句話把話題引到此處，正要開門見山轉入正文，不想來了個人，他只好把已到喉嚨口的話，嚥了回去。

「胡老爺請用茶。錢塘縣陳大老爺送的獅子山的『旗槍』還是頭一回打開來吃。胡老爺，你是講究吃茶的，嘗嘗新！」

說話的是王太太的一個心腹丫頭，名叫瑞雲，生得長身玉立，一張長隆臉，下巴寬了些；但照相法上說，這是所謂主貴的「地角方圓」。看瑞雲的氣度，倒確是有點大家閨秀的味道，語言從容，神態嫻靜，沒有些兒輕狂。尤其好的操持家務，井井有條，等於王太太的一條右臂，所以到了花信年華。依然是小姑居處；只為王太太捨不得放她出去。

「多謝，多謝！」胡雪巖笑嘻嘻地問道：「瑞雲，你今年幾歲？」

瑞雲最怕人問她的年紀，提起來有點傷心；但她到底與眾不同，這時大大方方地答道：「我今年廿二。」其實是二十五，瞞掉了三歲。

「廿二歲倒不像。」胡雪巖有意教她開開心，「我當你二十歲不到。」

瑞雲笑了，笑得很大方，也很嫵媚，只是嘴大了些；好在有雪白整齊的一嘴牙，倒也絲毫不顯得難看。

「兄弟！」王太太有些緊張，「你——。」

胡雪巖重重咳嗽了一聲，示意她不要說下去——她要說的一句話他知道；當著瑞雲諸多不便，所以阻止。

瑞雲怎會看不出來？順手取走了王太太的一隻茶杯，毫不著痕跡地躲了開去。這時王太太才低聲問道：「兄弟，你是不是要替瑞雲做媒？」

「有是有這麼個想法，先要看王太太的意思。」胡雪巖老實說道：「我看耽誤不得了！」

王太太臉一紅，「我也不瞞你，」她說，「一則來高不成低不就；二則來，我實在也離不開她。」

「這是從前的話，現在不同了。」

「是的，不同。」

王太太說是這樣說，其實不過禮貌上的附和；究竟如何不同，她自己並不知道。胡雪巖看出這一點，自恃交情深厚，覺得有為她坦率指出的必要，不然，話就談不下去了。

「王太太！一年多以前，雪公還不曾進京，那時府上的境況，我也有點曉得。多虧王太太一手調度，熬過這段苦日子，雪公才能交運脫運；當時自然少不了瑞雲這樣一個得力幫手──。」

「啊！」不等他的話說完，王太太便搶著打斷，是一臉愧歉不安的神情，「兄弟，你說得不錯！真正虧得你提醒！」

今昔的不同，讓胡雪巖提醒了。做主人家的，宦途得意，扶搖直上，做下人的又如何呢？瑞雲幫王家撐過一段苦日子，現在也該有所報答了；再不替她的終身著想，白白耽誤了青春，於心何忍呢？因此，這時候的王太太，不僅是不安，甚至於可說有些著急，最好能立刻找到一個年貌相當，有出息的人，把瑞雲嫁了出去。

「兄弟，你說，你要替我們瑞雲做媒的是那家？甚麼出身？有多大年紀？如果談得攏，我要相相親。」

聽她這關切起勁的語氣，可知祈望甚奢；嵇鶴齡不可能明媒正娶把瑞雲當「填房」，又有六個未成年的兒女，這些情形一說，王太太立刻會搖頭。上手之初就碰個釘子，以後就能夠挽回，也很吃力。所以胡雪巖心裡在想，第一句話說出去，就要她動心，不能駁回。

這就要用點手腕了！反正王太太對瑞雲再關切，也比不上她對丈夫的關切，不妨就從這上面下手。

於是他說：「王太太，這頭親事，跟雪公也大有關係，我說成了，諸事順利；說不成難免有麻煩。」

為他所料的，王太太一聽，神態又是一變；不僅關切，還有警惕，「兄弟，你來說，沒有說不成的道理。」她這樣答道，「你做的事都是不錯的！」

這句話答得很好，使胡雪巖覺得雙肩的責任加重，不能不為瑞雲設想；因而不即回答，在心裡把嵇鶴齡的各方面又考慮了一遍。

經過這短暫的沉默，王太太也有所領悟了，「你說的那個人，是不是嵇老爺？」她率直問說。

「就是他！」胡雪巖也考慮停當了，「王太太，我要說句老實話，瑞雲如果想嫁個做官的，先總只有委屈幾年。」接下去他說：「至於嵇鶴齡這個人，你想也可以想到，人品、才幹都刮刮叫，將來一定會得意。瑞雲嫁了他，一定有的好日子過。」

王太太不響，盤算一會問道：「嵇老爺今年多大？」

「四十剛剛出頭。」胡雪巖說，「人生得後生，看來只有三十多，精神極好。」

「脾氣呢？」

「有才幹的人，總是有脾氣的；不過脾氣不會在家裡發——在家裡像隻老虎，在外頭像隻『煨灶貓』，這種是最沒出息的人。」

「原是！」王太太笑道：「只會在家裡打老婆，算甚麼男子漢？」她緊接著又說，「提起這一層，我倒想起來了，怎麼說先要瑞雲『委屈』兩年，這話我不大懂。」

「我是說，剛進門沒有甚麼名分。過個兩三年，嵇鶴齡自然會把她『扶正』。」

王太太對此要考慮，考慮的不是眼前是將來，「兄弟，」她說，「你這句話倒也實在。不過，將來嵇老爺另外娶了填房，我們瑞雲不是落空了嗎？」

「這可以言明在先的。」胡雪巖拍拍胸說，「不然找我媒人說話。」

「『滿飯好吃，滿話難說』！我樣樣事相信你，只有這上頭，說實話，我比你見得多；做媒吃力不討好的，多得很！不然怎麼會有『春媒醬』這句話？我們兩家的交情，自然不會這樣子；到那時候，就只有教瑞雲委屈了！」

「這要看人說話，嵇鶴齡是個說一不二的人，除非不答應，答應了一定有信用。總而言之一句話，只要瑞雲真的賢慧能幹，嫁過去一定同偕到老。」

「好了，這層不去說他。」王太太又問：「嵇老爺堂上有沒有老親？」

「堂上老親倒沒有，底下有六個小鬼！」此是這樁親事中最大的障礙，胡雪巖特意自己先說破，「不過，王太太，你放心，嵇家的家教極好，六個伢兒都乖得很！」

他一路在說，王太太一路搖頭，「這難了！」她說，「你們男人家那裡曉得操持家務的苦楚？六個伢兒，光是穿鞋子，一年就要做到頭；將來瑞雲自己再有了兒女，豈不是苦上加苦？」

從這裡開始，胡雪巖大費唇舌；他的口才超妙，一向無往不利，只有他這一刻，怎麼樣也不能把王太太說服。他恭維瑞雲能幹，繁難的家務，在她手裡舉重若輕；又說嵇鶴齡不久就會得意，可以多用婢僕分勞。凡此理由都敵不過王太太一句話：「瑞雲苦了多年，我不能再教她去吃苦！」

多說無益，胡雪巖慢慢自己收篷；所以事雖不成，和氣未傷，王太太當然感到萬分歉仄，便留了一個尾巴，說是「慢慢再商量」。

胡雪巖卻等不得了，像這樣的事，要做得爽利，才能教人見情：因此他另闢蹊徑，從王有齡身上著手。不過要讓他硬作主張，王太太也會不高興，說不定會傷他們夫妻的感情，所以胡雪巖想了一個比較緩和的辦法。

「太太！」王有齡用商量的語氣說：「嵇鶴齡這一趟總算是幫了我們全家一個大忙；剛才在席上已經談好了，他後天就動身到新城。不過人家幫了我們的忙，我們也要想想人家的難處。」

「那自然。」王太太問道，「嵇老爺眼前有啥難處，怎麼幫法。」

「他是父代母職。等一離了家，雖有個老家人，也照顧不了。我想教瑞雲去替他管幾天家。」

王太太笑了：「這一定是雪巖想出來的花樣。」

「雪巖絕頂聰明，他想出來的花樣，不會錯的。」

「我不是說他錯。」王太太問：「不過其中到底是甚麼花樣？總也得說出來，我才會明白。」

「是這樣子，雪巖的意思，一則替嵇鶴齡管幾天家，讓他可以無後顧之憂；二則讓瑞雲去看看情形，如果覺得嵇鶴齡為人合得來，他家幾個孩子也聽話，瑞雲認為應付得下，那就再好都沒有。否則就作罷，從此大家不談這件事，一點痕跡不留，豈不甚好？」

「這好，這好！」王太太大為點頭，「這我就沒話說了。」

「不過我倒要勸你。」王有齡又說，「像嵇鶴齡這樣的人，平心而論，是個人才，只要脾氣稍為變得圓通些，以他的儀表才具，不怕不得意。瑞雲嫁了他，眼前或許苦一點，將來一定有福享。再說，彼此結成至好，再連上這門親，你們可以常來常往，不也蠻熱鬧有趣的嗎？」

這句話倒是把王太太說動了。既然是講感情，為瑞雲著想以外，也要為自己想想；不管瑞雲嫁人為妻還是為妾，堂客的往來，總先要看「官客」的交情，地位不同，行輩不符，「老爺」們少有交往，內眷們就不容易軋得攏淘。自己老爺與嵇老爺，以後定會常在一起，真正成了通家之好，那跟瑞雲見面的機會，自然就會多了。

因此，她欣欣然把瑞雲找了來，將這件事的前後經過，和盤托出，首先也就是強調彼此可以常來常往；接著便許了她一份嫁妝，最後問她的意思如何？

當胡雪巖和王有齡跟王太太在談此事時，瑞雲早就在「聽壁腳」了；終身大事，心裡一直在盤算，她覺得這時候自以不表示態度為宜，所以這樣答道：「嵇老爺替老爺去辦公事，他家沒有人，我自然該替他去管幾天家。以後的事誰曉得呢？」

「這話也對！」王太太是想慫恿她好好花些功夫下去，好使得嵇鶴齡傾心，但卻不便明言，因而用了個激將法：「不過，我有點擔心，他家伢兒多，家也難管；將來說起來，『管與不管一樣』，這句話，就不好聽了。」

瑞雲不響，心裡冷笑，怎說「管與不管一樣」呢？明天管個樣子出來看看，你就知道了。

於是第二天一早，瑞雲帶了個衣箱，由高升陪著，一頂小轎，來到嵇家。嵇鶴齡已預先聽胡雪巖來說過，深為領情，對瑞雲自然也另眼相看，稱她「瑞姑娘」，教兒女們叫她「瑞阿姨」。

「瑞姑娘，多多費心，多多拜託！」嵇鶴齡不勝感激地說，「有你來幫忙，我可以放心了。這個家從今天起，就算交了給你了，孩子們不乖，該打該罵，不必客氣。」

「那有這個道理？」瑞雲淺淺地笑著；把他那個大眼睛的小女兒摟在懷裡，眼角掃著那五個大的——正好三男三女，老大是男的，看上去極其忠厚老實；老二是女孩，有十二歲左右，生得很瘦，一雙眼睛卻特別靈活，話也最多，一望而知，不易對付。她心裡在想，要把這個家管好，先得把這個「二小姐」收服。

「瑞姑娘！」嵇鶴齡打斷了她的思路，「我把鑰匙交給你。」

當家的鑰匙，就好比做官的印信；瑞雲當仁不讓，把一串沉甸甸的鑰匙接了過來。接著，嵇鶴齡又喚了張貴和一個名叫小青的小丫頭來，為她引見；交代這一些，他站起身來要出門了。

「嵇老爺，」瑞雲問，「是不是回家吃飯？」

「明天就要動身，今天有好些事要料理；中午趕不回來，晚上有個飯局。」

「那麼，行李要收拾？」

「這要麻煩你了！行李不多帶。」嵇鶴齡說，「每趟出門，我都帶張貴一起走：這一次不必了。要帶些甚麼東西，張貴知道。」

嵇鶴齡到二更天才回家，帶了個客人來；胡雪巖。

一進門便覺得不同，走廊上不似平常那樣黑得不堪辨識；淡月映照，相當明亮，細看時是窗紙重新糊過了。走到裡面，只見收拾得井井有條；亂七八糟，不該擺在客廳裡的東西，都已移了開去，嵇鶴齡頓有耳目清涼之感，不由得就想起太太在世的日子。

「嵇老爺回來了！」瑞雲從裡面迎了出來；接著又招呼了胡雪巖。

「費心，費心！」嵇鶴齡滿面含笑的拱手道謝。

「如何？」胡雪巖很得意的笑道：「我說這位瑞姑娘很能幹吧！」

「豈但能幹？才德俱備。」

這完全是相親的話了，否則短期作客，代理家務，那裡談得到甚麼「才德」？瑞雲懂他們的話；但自覺必須裝得不懂。從從容容地指揮小青倒茶、裝水煙。等主客二人坐定了才說，煮了香粳米粥在那裡，如果覺得餓了，隨時可以開出來吃。

嵇鶴齡未曾開口，胡雪巖先就欣然道好：「正想吃碗粥！」

於是瑞雲轉身出去，跟著就端了托盤進來；四個碟子，一壺嵇鶴齡吃慣了的「玫瑰燒」，一瓦罐熱粥，食物的味道不知如何？餐具卻是異常精潔——嵇鶴齡從太太去世，一切因陋就簡，此刻看見吃頓粥也頗像個樣子，自然覺得高興。

「來，來！」他招呼著客人說：「這才叫『借花獻佛』，如果不是瑞姑娘，我簡直無可待客。」

「嵇老爺！」瑞雲心裡也舒服；但覺得他老是說這麼客氣的話，卻是大可不必，「你說得我都難為情了。既然來到府上，這都是我該做的事；只怕伺候得不周到，嵇老爺你多包涵！」

說著，深深看了他一眼，才低下頭去盛粥。

看他們這神情，胡雪巖知道好事必諧，便忍不住要開玩笑了，「鶴齡兄，」他說，「你們倒真是相敬如賓！」

「原是客人嘛！」嵇鶴齡說：「應當敬重。」

瑞雲不響，她也懂胡雪巖那句話；只覺得怎麼樣說都不好，所以仍舊是裝作不懂，悄悄退了出去。

「鶴齡兄，」目送她的背影消失，胡雪巖換了個座位，由對面而側坐，隔著桌角，低聲說道：「此刻我要跟你談正事了。你看如何？」

這樣逼著問，嵇鶴齡不無受窘之感，笑著推託說：「等我新城回來，再談也不遲。」

「對！本來應該這樣。不過，我等你一走，也要馬上趕到上海去。彼此已成知交，我不瞞你，我的一家一當都在那幾船絲上；實在怕路上會出毛病——這話一時也說不清楚，且不去談它。到了上海，我要看機會脫手，說不定要兩三個月才能回來，那時你早就回到了杭州。你們情投意合，就等我這個媒人；你們急，我也急，倒不如趁現在做好了媒再走。喜酒趕不趕得上，就無所謂了。」

「閣下真是一片熱腸！」嵇鶴齡敬了他一杯酒；借此沉吟，總覺得不宜操之過急，便歉然說道：「可能再讓我看一看？」

「還看甚麼？」胡雪巖不以為然地問他：「第一，你我的眼光，看這麼個人還看不透？第二，如果不是你所說的『才德俱備』，王太太又何至於當她心肝寶貝樣，留到這個歲數還不放？」

「這倒是實話。」

「再跟你說句實話，納寵到底不比正娶，不用想得那麼多。」

「好了！我從命就是了。」嵇鶴齡又敬他酒，表示謝媒。

「慢慢，你從我的命，我的命令還沒有下呢！」胡雪巖說：「我在王太太面前拍了胸脯來的，如果三兩年以後，她沒有甚麼錯處，你就要預備送她一副『誥封』。」

「那自然。我也不會再續娶了；將來把她扶正好了。」

「話是你說的。」胡雪巖特意再釘一句：「你將來會不會做蔡伯喈、陳世美？這要『言明在先』，我好有交代。」

嵇鶴齡笑了，「虧你想得出！」他說，「我又不會中狀元，那裡來的『相府招親』？」

「我想想你也不是那種人！那我這頭媒，就算做成功了。好日子你們自己去挑，王太太當嫁女兒一樣，有份嫁妝。至於你的聘禮——，」胡雪巖說，「有兩個辦法，你挑一個。」

「這也是新鮮話。你說個數目，我來張羅好了，那裡還有甚麼辦法好挑？」

「我做事向來與眾不同。第一，我想以三方面的交情，你的聘禮可以免了。第二，如果你一定要替尊寵做面子，我放筆款子給你。兩個辦法你自己挑。」

「我自然要給她做面子，而且已經很見王太太的情了；聘禮不可免。」嵇鶴齡沉吟了一會說，「借錢容易，還起來就難了。」

「一點都不難。這趟新城的差使辦成功，黃撫台一定放你出去；說不定就是雪公湖州府下面的縣缺。那時候你還怕沒有錢還帳。」

嵇鶴齡通盤考慮了一下，認為這筆錢可以借，便點點頭說：「我向寶號借一千銀子。利息可要照算，不然我不借。」

胡雪巖不響，從馬褂夾袋裡掏出一疊銀票，揀了一張放在嵇鶴齡面前，數目正是一千兩。

「你倒真痛快！」嵇鶴齡笑道：「也真巴結！」

「我開錢莊做生意，怎麼能不巴結？你把銀票收好，如果要到我阜康立摺子，找我的檔手，名叫劉慶生。」

「多謝了！我先寫張借據。」

這也現成，胡雪巖隨身帶著個「皮護書」，裡面有空白梅紅八行箋、墨盒和水筆；嵇鶴齡用他那筆凝重中不失嫵媚的蘇字，即席寫了張借據，連同銀票一起交了過去。

「這為啥？」胡雪巖指著銀票，詫異地問。

「禮啊！」嵇鶴齡說，「我明天一早就動身了，拜託你『大冰老爺』，代為備個全帖，送了過去。」

「這也不必這麼多——。」

「不，不！」嵇鶴齡搶著說，「十斛量珠，我自覺已太菲薄了。」

胡雪巖想了想說：「也好。我倒再問你一聲，你預備甚麼時候辦喜事？」

「既然事已定局，自然越快越好。不過我怕委屈了瑞雲。」嵇鶴齡說：「果然如你所說的，新城之行，圓滿歸來；有個『印把子』抓在手裡，她不也算『掌印夫人』了？」

「你這樣想法，我倒要勸你，」胡雪巖居然也掉了句文：「稍安勿躁。」

「對！我聽你的話。」嵇鶴齡欣然同意：「而且也要等你回來，我叫她當筵謝媒！」

他們在大談瑞雲，先還有些顧忌，輕聲細語，到後來聲音越說越大，瑞雲想不聽亦不可得，一個人悄悄坐在門背後，聽得心裡一陣陣發緊，有些喘不過氣來。特別是那「掌印夫人」四個字，入耳就像含了塊糖在嘴裡。不過她始終覺得有些不大服帖的感覺；無論如何總要先探一探自己的口氣！就看得那麼準，把得那麼穩，自作主張在商量辦喜事的日子！還說「謝媒」；難道一定就知道自己不會反對？說啥是啥，聽憑擺布。

正在這樣盤算，聽得外面嵇鶴齡在喊：「瑞姑娘！」

「來了！」她答應一聲，手已經摸到門簾上，忽又縮了回來，摸一摸自己的臉，果然有些發燙。

這樣子走不出去。但不出去恰好告訴人她在偷聽；想一想還是掀簾而出，卻遠遠地垂手站著。

「瑞雲，」胡雪巖說道：「我要走了！」

「等我來點燈籠。」她正好借此又避了開去。

「不忙，不忙！我有句話問你。」

「是，胡老爺請說。」

「嵇老爺因為你替他管家，承情不盡；託我在上海買點東西來送你。你不必客氣，喜歡甚麼，跟我說！」

「不敢當。」瑞雲答道：「怎麼好要嵇老爺破費？」

「不要客氣，不要客氣！你自己說。」胡雪巖又說，「如果你不說，我買了一大堆來，跟你們嵇老爺算帳，反而害他大大地破費了！」

瑞雲心想，這位胡老爺實在厲害！也不知道他的話是真是假？真的買了一大堆用不著的東西回來，雖不是自己花錢，也會心疼。照此看來，還是自己說了為是。

不過瑞雲也很會說話，「胡老爺跟嵇老爺也是好朋友，不肯讓嵇老爺太破費的。」她看了嵇鶴齡一眼又說：「胡老爺看著辦好了。」

「這也是一句話，有你這句話，我就好辦事了。總而言之，包你們都滿意，一個不心疼，一個不肉痛！」

皮裡陽秋，似嘲似謔，嵇鶴齡皺眉，瑞雲臉紅；她不想再站在那裡，福一福說：「謝謝胡老爺跟嵇老爺！」然後轉身就走。

「如何？」胡雪巖很得意地說，「處處都迴護著你，剛剛進門，就是賢內助了！」

嵇鶴齡撮兩指按在唇上，示意禁聲：接著指一指裡面，輕聲說道：「何苦讓她受窘？」

胡雪巖又笑了：「好！她迴護你，你迴護她。看來我這頭媒，做得倒真是陰功積德。」

一面說，一面往外走。這時瑞雲已將在打盹的張貴喚醒，點好燈籠；主僕兩人把胡雪巖送出大門外，看他上了轎子才進去。於是檢點了行李，嵇鶴齡又囑咐張貴，事事聽「瑞姑娘」作主，小心照料門戶。等男僕退出，他才問：「瑞姑娘住在那間屋子？」

「我跟二小姐一屋——。」

「瑞姑娘！」嵇鶴齡打斷她的話說，「小孩子，不敢當你這樣的稱呼。你叫她名字好了，她叫丹荷——。」他把他六個兒女的名字，一一告訴了她。

「叫名字我也不敢。」瑞雲平靜地答道，「叫荷官吧！」

江南縉紳之家，通稱子女叫「官」，或者用排行、或者用名字：丹荷就是「荷官」，這是個不分尊卑的「官稱」，嵇鶴齡便也不再「謙辭」了。

「瑞姑娘，我再說一句，舍間完全奉託了！孩子們都要請你照應。」

「嵇老爺你請放心，府上的事都有我。」瑞雲這時對他的感覺不同了，隱隱然有終身倚靠的念頭，所以對他此生的安危，不能不關心，但話又不便明說，只這樣問起，「嵇老爺這趟出門，不曉得那天才能回來？」

「也不會太久，快則半個月，最多一個月功夫，我相信公事一定可以辦好了。」

「聽說這趟公事很麻煩？」

「事在人為。」嵇鶴齡說了這句成語，怕她不懂；因而又作解釋：「事情要看甚麼人辦？我去了，大概可以辦得下來。」

「如果辦不下來呢？」

辦不下來就性命交關了！嵇鶴齡也體諒得到她的心情，怕嚇了她，不肯說實話。「不要緊！」他用極具信心的語氣說：「一定辦得來。」

瑞雲的臉上，果然是寬慰的表情。她還有許多話想問，苦於第一天見面，身分限制，難以啟齒。但又捨不得走，就只好低頭站在那裡，作出伺候垂詢的樣子。

嵇鶴齡覺得氣氛有些僵硬，不便於深談，便說了句：「你請坐！以後見面的日子還有，一拘束，就不像一家人了。」

這話說得相當露骨，如果照他的話坐下來，便等於承認是「一家人」了。她心裡雖異常關切嵇鶴齡，但表面上卻不願有任何傾心委身的表示，因為一則不免羞澀，再則對他和胡雪巖還存著一絲莫名其妙的反感，有意矜持。

看她依舊站著，嵇鶴齡很快地又說了句：「你請坐啊！」

「不要緊！」她還是不肯依。

於是嵇鶴齡不自覺地也站了起來，捧著一管水煙袋，一路捻紙捻、一路跟她說話，主要的是問她家世。瑞雲有問必答，一談談到三更天，方始各歸寢室。

這應該是嵇鶴齡悼亡以後，睡得最舒服的一夜；因為他的床鋪經瑞雲徹底的整理過了，雪白的夏布帳子，抹得極乾淨的草蓆，新換的枕頭衣。大床後面的擱板上，收拾得整整齊齊，有茶有書；帳子外的一盞油燈，剔得極亮，如果睡不著可以看書消遣。

他睡不著，但也不曾看書；雙眼已有些澀倦，而神思亢奮，心裡想到許多事，最要緊的一件是新城之行的估量。最初激於胡雪巖的交情，王有齡的禮遇，挺身而出，不計後果；此刻想想，不能只憑一股銳氣，做了再說。到新城以後，如何下手，固非臨機不可；但成敗之算，應有籌劃。身入危城，隨便甚麼人不可能有萬全之計，倘或被害，身後六個兒女怎麼辦？

當然，朝廷有撫恤，上官會周濟，然而這都要看人的恩惠。總得有個切實可靠，能夠託孤的人才好。

念頭轉到這裡，自然就想到了胡雪巖。心裡不免失悔，如果早見及此，趁今晚上就可以切切實實拜託一番；現在只好留個「遺囑」了。

於是他重新起身，把油燈移到桌上，展開紙筆，卻又沉吟不定。留遺囑似乎太嚴重了些，這對胡雪巖會是很大的一個負擔。考慮了很久，忽有妙悟，自己覺得很得意。

高陽作品集・胡雪巖系列

胡雪巖 新校版（上）

2020年5月三版
2023年5月三版二刷

定價：新臺幣平裝380元
精裝500元

著者	高陽
叢書編輯	黃榮慶
校對	吳美滿
內文排版	極翔
封面設計	兒日
副總編輯	陳逸華
總編輯	涂豐恩
總經理	陳芝宇
社長	羅國俊
發行人	林載爵

出版者	聯經出版事業股份有限公司
地址	新北市汐止區大同路一段369號1樓
叢書編輯電話	(02)86925588轉5307
台北聯經書房	台北市新生南路三段94號
電話	(02)23620308
郵政劃撥帳戶	第0100559-3號
郵撥電話	(02)23620308
印刷者	世和印製企業有限公司
總經銷	聯合發行股份有限公司
發行所	新北市新店區寶橋路235巷6弄6號2樓
電話	(02)29178022

行政院新聞局出版事業登記證局版臺業字第0130號

本書如有缺頁，破損，倒裝請寄回台北聯經書房更換。
電子信箱：linking@udngroup.com

ISBN 978-957-08-5426-8 (平裝)
ISBN 978-957-08-5430-5 (精裝)

國家圖書館出版品預行編目資料

胡雪巖 新校版（上）/高陽著．三版．新北市．聯經．2020年5月．488面．14.8×21公分（高陽作品集・胡雪巖系列）
ISBN 978-957-08-5426-8（上冊平裝）
ISBN 978-957-08-5430-5（上冊精裝）
[2023年5月三版二刷]

863.57 108019534